凸凹
文集

02·散文

与生活言和

凸凹 著

北京日报出版社

图书在版编目（C I P）数据

与生活言和 / 凸凹著. -- 北京 ：北京日报出版社，2017.6

（凸凹文集）

ISBN 978-7-5477-2504-7

Ⅰ. ①与… Ⅱ. ①凸… Ⅲ. ①散文集－中国－当代 Ⅳ. ①I267

中国版本图书馆CIP数据核字(2017)第070375号

与生活言和

出版发行：北京日报出版社
地　　址：北京市东城区东单三条8-16号东方广场东配楼四层
邮　　编：100005
电　　话：发行部：（010）65255876
　　　　　总编室：（010）65252135
印　　刷：廊坊飞腾印刷包装有限公司
经　　销：各地新华书店
版　　次：2017 年 6 月第 1 版
　　　　　2017 年 6 月第 1 次印刷
开　　本：880 毫米×1230 毫米　1/32
印　　张：14.5
字　　数：360 千字
定　　价：36.00元

目录

第二辑

第三辑

第四辑

自序

编订这一卷专门写情感的散文，内心忐忑，久久不能平静。

这是一次关涉三十年时光的精神之旅，有生活现场的再一次回归，也有灵魂疆域的又一次到达，感触多多，高贵与卑微兼并，喜悦与忧伤共存。总的一句话，这是我以生活为本、以文学为贵的证明，不禁让我内心盈满。回味之余，真的有几句话要说。

我总以为，所谓情感，是一种带有个人色彩的内心体验，可以切身地感受，却很难以言语表达。一经表达，就已失真；因为内心的语言，与笔下的词句不会是同一之物，即便表达得再准确，也无非是逼真而已，那些无法表达出来的部分，正是情感的妙处。于是，情感表达的艺术，终究是令人遗憾的艺术。

那么，笔下之情感，归根结底是一种“矫情”。这是一种残酷的事实。人类尚没有能力表达原汁原味的情感：所谓真情实感，系为一种最自然最坦诚的表达，即努力使内心的情感在外化之时不至于变形得太厉害的谨慎态度；所谓虚情假意，系情感外化时加入了太多的臆造或臆想的成分，变形得让人难以接受而已！

所以，抒情的艺术，在一定意义上说，就是矫情的艺术。

那么，我们为什么还要把情感抒写在纸上？这正是人类的高贵之处——人类有本性上的善性的需要。

人，首先要善待自己，享受美好的情感；人，又要善待他人，把美好的情感向外传递。人人呼唤真情，人人竞表真诚，就是这个意思。

人要是不被美好的情感所包裹，便活得很绝望；若是不表达出美好的情致与愿望，便很难被他人包容与接受。

美好的情感，是人类灵魂生活的空气。

人们需要美好情感，哪怕里边有虚矫的成分，正如人们需要呼吸空气，即便里边有一些粉尘与污埃。虚矫是一种好意，惧怕把丑恶与卑污传达给他人。相反地，虚矫之情往往比原本的情感更加动人，比如爱情之表达。爱情，从根本上，就是矫饰之后，令人目眩的情感。矫饰之功在于：把情感的亮色强化了，把随之而来的阴翳抹去了；如出沐之美人，之所以更加亮丽，系清洗之功使然。

所以，在读抒情之卷的时候，读者也要存善的心态，不要过分挑剔情感的妥帖与偏执。一遇妥帖，您可以会心微笑；偶遇偏执，您可以存一分宽容，认可它亦是一种可以理解的情理。

另外，从艺术角度来说，自然地表达、真实地表达，仅是一种初级境界；审视情感、把握情感，做理性的选择与表达才是最高境界。

所以，抒情的艺术，又是冒险的艺术：润饰合理，情感便真实；矫枉过正，便让人感到虚伪。总之，字纸上的情感都是艺术化了的。读者应存足够的理智与自警。

这并不是要为作者开脱，怂恿人们去制作与伪造情感；相反地，是让人们学会提炼纯化情感，把稀释的情感更加浓缩，使平淡的情感更加强烈，以更有力地叩开人们情感的心扉，给人以更为痛彻的享受，更有力地善化人类的内心世界。

好的抒情文作家正是这么做的。也许会被人吸融，也许会被人唾弃，但他已卖了力气，对得起自己，也应该对得起别人，乃至还未最终离去的这个生存的世界。

是为序。

2016年4月26日于北京石板宅

第一辑

安宁

山垭口永远有风。

只不过风小时安静；风急时，哨音呼啸；风狂时，扫落了活动了、风化了的岩石……在山中生活惯了的人，这一切在眼里都显得那么平常，就如同每天要到山根的水潭里汲水一样的平常。

不过从平原乍来的客人，情形则大不同。每当风稍猛一些，呼啸声刚一传来，他就抖了双手，慌乱地捂了耳朵，眼睛睁大了，露出了惊骇的光：这还了得，要不多久，就会有乱石裹了杂草滚落下来，甚至半壁山塌下来，砸在土坯的屋顶上，砸在没有防备的晃动着的脑袋上，太可怕了。

这只是这客人最初的感觉。他在这里待久了，非常自由的那种自在安闲代替了他最初的战战兢兢，他熟谙了这一切，他不以为然了。有人问他："风不是还在无时无刻地刮吗？呼啸声不还常常传来吗？你就不怕此时会掉下石头，砸了你的屋，砸了你的头？"

"不会，不会！"他摆着两只手连连说，"事物本身告诉了我，山有山的性格，它稳实、坚硬。狂风只会给它搔痒，并不能摇撼它，掀垮它。那种松动了的、蚀化了的崖石很少很少。况且人们对自己房子坐落的周围熟透了，任何威胁在造屋时就被清除。你能听到石头滚滚的轰鸣声，只在远方，那些人们顾及不到的地方……”

“任何威胁，在造屋时就被清除了？啊，可不是这样！”一个花白胡子，染黑了脸的山翁不以为然地说，“造屋时的威胁清除了，可那只是那时的威胁呀！以后，长久地刮风、下雨、飞雪、落雹子；冬天冻冰了，春天冰化了；草木生长，盘根错节，周围一切都在变化，又有石头松动了，又有树木折断了，又有浮土扬起了，还有山涧的水冲刷下来了……这山间小屋随时都有毁灭的危险。可这里的人没有怕的，我们时刻消除着隐患，耐心地、毫不松懈地同各种危害斗争着。”

是呀，山村生活的清净、安谧中时刻孕育着不宁。但山里人却处变不惊，不教惶恐不安干扰了生活的宁静。他们这种巨大的心力，不是来自无奈中的麻木，而是缘于他们多年来养成的品格，即直面危机，内心清醒，保有不眠的警惕。

1981 年 8 月 30 日

爱

这是一片幽静的小树林。

顺着树缝看到远处：涓涓细流从山上叮叮咚咚地淌了下来，在谷底的青苔、碧石间迂回，最后注到一泓波光潋滟的小潭里。

由于水不断地流，这浑圆的小潭从来没有平静过。水滴溅起的从近及远的环波一环套一环，这就是小潭的生命，因而，镜映佳姿的平展。

就在潭边一块如牛的，光滑白净的河卵石上，一个姑娘弯着腰，搓着衣服；单薄的衫儿紧裹着肩膀，给人以匀称而健美的背影；两条长长的辫子扑腾着水面，不断激起浪花，溅到姑娘涨得通红的脸上。旁边一把锄头随意地放着，向人提示着主人见到小潭时的那种兴奋和激动不可自抑。

他躲在这幽静的小林子里，不住地向潭边瞟着。为着什么？他在林子缝里扛着锄头，踱来踱去；汗衫被勾破了他全然不知。他起伏着胸脯，不调和地喘着粗气，脸颊上缀满了串串豆大的汗珠。

地上深深地印了一行脚印。

哟，她直起腰持着衣服。她洗涤过的乌缎般的秀发又被结成长长的辫子。

她信手拾起锄头，自然地放在肩上。怎么她要走?

终于，他沉不住气了，风风火火、懵懵懂懂地闯出树林。

显然，她看到了他；慌乱地朝村里跑，揩脸的手帕飘落到地上。

他愣了片刻，迅速跑到潭边拾起手帕，向着她被暮色浸模糊了的背影径直追了下去。

兴许，在未进村的路上他撵上她，颤抖抖的双手捧了手帕，胆怯地送到她面前，她低下头，未去接帕子，羞涩而娇嗔地嗫嚅着："瞧你，干吗老缠着我?"

树林的幽深处，两只夜莺攀在树枝，叽叽喳喳唱着唱不完的歌。

1981 年 9 月 24 日

桌上，桌下

这是一个又一个晃得出奇的脑袋。

其实肚里的鼓叫得最烈了，为了体面，为了“文明”，这里的人们悠然板着脸子，正襟危坐，一板一眼地谈着乡下的二大妈、昨天城里来的美飞小姐……但每人的碗边都落了几豆黑头大苍蝇，至少一只。

“这该死的瘟疫，哪都少不了它们！”愤愤的声音。

也是，在这高雅的地方怎么能容忍这种恶心的家伙，像落在路边狗拉下的屎上一样，不管不顾地嗡嗡嘤嘤！

人们照旧按照秩序拿起了筷子，尽情地咂食这芬芳馥郁的菜肴。这实在比黑窟里的妖魔更会变幻，这远比兴风作雨、鼓云捣浪更富有色彩！

谁能知道这烦人的鼓噪的背后还有什么新花样?

其实这一页页的内容都是早有的，不能说是远古薄子上的流水，还是在水头行船人的脚迹。

一会儿的工夫，人声阒寂了，这宛如夜的气息顷刻间网住了这空间和这时间。这是时间的推迟还是提前？抑或是空间的被压缩或膨胀？无须多究！这是多么令人羡慕的淌着热汗的笑脸呀！

“哎！上菜呀！这么多花样的菜早该上了！”一个不耐烦的尖嗓子。

旋刻间，两排桌子上排满了大的小的、方的圆的、新的旧的各色的碗碟、盘子，甚至炒勺。

人们唏嘘着，个个伸长了脑袋，臂膀好像也比往日的长了。

这里无须刻意相让，人人都礼让，人人都恭敬，人人都会掌握分寸。这里没有乌合赌骂和跳着嚷着猜拳的；只看到在桌子上、桌子下手臂交错的空隙里，伸出了无数的指头——纤而净的、粗而黑的等等，等等。奇怪呀！呀！不怪。

人们的眼皮耷拉着，摇摇晃晃的似要寐去。

有谁知道眼皮底下的眼球却疲倦得异常难受呢？噫！睁还是不睁？

不睁，对，还是不睁得好；最不济也要睁一只、闭一只。

“这菜，乡下是驴年马月也吃不上，该骂祖宗喽！”

“哎，别骂呀，这菜在城里也算稀罕，甭说吃，就见也少见！”

“噫，嘻嘻，哈哈……今天！今天！”

“别嚎了！还是好生吃你的罢。”

哑然。

一只沾满了泥水，乱蓬着茸毛，浑身上下发着臭气的狗，不知何时悄然来到桌下；不住地舔舐着，撕啃着这个、那个客人从嘴边漏下的饭菜和随手扔下的肉骨头。为什么说是客人呢？因了这狗是这儿的常客；但这狗在离这儿不远的野草窠子里常年蜷伏。

这狗实在聪明。只要这儿人叫得哄然时，它就会不声不响地从草窠子里溜到这里——这客人的脚下；它从来不看桌子上的是什么人。因此这狗虽然是野狗，但它周身也浑圆起来，只是茸毛有些蓬乱。

1981年9月26日

最初的情缘

上大学时，有幸被一位美丽的吴姓女生爱上。当时极害怕，怕养不起她。后来发现，她不仅食量小，而且虽出身高贵、天姿绰约，人却随和。我又脏又臭的内裤、鞋袜居然常被她搜去洗得极干净，还总要喷上一些怪异的香味儿。我便觉得和靓女一起生活，并不是一件多么困难的事情。

我曾问她："我系山民之子，爱我什么？"

她笑答："你长得白，人老实，又极用功，没一丝浮相，将来靠得住。"

我虽不很理解，但觉她是个城市妞儿，见得广，想得杂，既敢爱自有她的道理，便极小心地默认着这桩爱情。

暑期将她带回家，进门就极妩媚地叫爹。父亲久久不敢应，低声问我："真是你媳妇么？"我说："是。"山人的词典中，恋人便是媳妇。

父亲紧紧地攥住我的几个指头："你小子，好能啊！"

于是，父亲不仅每日里顶着日头为她打野味，且每晚的洗脚水也极殷勤地给她端上，全失了公爹的矜持。我便感到别扭，对父亲说："爹，她只是您的儿媳妇，莫太宠了！"

父亲白了我一眼："瞧你狂的！"便仍是极殷勤地端饭，极殷勤地端洗脚水。我便有些沉不住气，迁怒于她："这事该自己干的，怎就不长眼！"她便极不安，噙着眼泪忙前忙后，吭也不吭一声。

父亲惊罕于她对我的极端容忍和服从，无人处便问："莫非你捉了她的短？"我恼极，心里暗暗地吼：你就是我爹，不然，早打出一串耳光。

出山那天，在曲折的山路上，父亲送了一程又一程。临了，终于鼓足了勇气，一把捉住她的手，塞进三张纸币："咱山沟忒小没出息，千万莫嫌！"接着，便是不迭地推拒，父亲便趔趔趄趄站不稳。她终于在我的催促下接了那纸币，父亲便嘿嘿地乐个不停。

于是，返校的车上，我便偷偷地吞咽泪水，觉得这爱情来得太压抑太不安分。

后来，我终于和她分了手。

也许是为了心理上的平衡，她将三十元钱寄还了父亲。父亲取出钱，在山路上边走边号啕，临了在祖龛前将那钱烧了，并在家谱上写上：吴氏，第 × 代嫡孙媳。

再后来，我寻了一房又黑又瘦的农村媳妇。偕妻拜老父那天，父亲稳稳地靠在旧椅子上，疲软地耷着眼皮，对儿女的问候有一搭无一搭地哼哈着。媳妇刚趸出门，父亲便对我说："你命该如此。"久久，他竟又说："但稳妥。"

于是，父亲便仍然是父亲。我心中虽积了不少的块垒，但看到父亲极秩序极自得地生活下去，对我便有了极大的安慰。

1985 年 5 月 2 日

吻

一

山人均怯，多呈愚讷状。其实，心里总有几多卑惴、几多惆怅，闷闷地蒸孕着，那神经便极敏感极脆弱。

那日，随父亲到县城卖狍皮，那门脸上偏有一白胖的妮子做掌柜，便使我好奇地端详她。那妮子竟恶恶地瞪我，丰厚的两唇也不停地嗫嚅。但父亲却遭了殃：那妮子让父亲一遍一遍地将皮子翻来倒去，撇着嘴角看父亲淌臭汗。果然查出一二处疵点，那妮子便有了发泄的机会，不管父亲那低声低气的乞求，将皮子放了低价。

于是，我便觉得城里妮子美丽而恶毒，理应得到制裁。

回到家去，便拼命读书：那是进城的唯一途径。

城果然就进了，考入一所重点中学读高中。但那时的课业太重，终日昏沉而乏力，再想到临行时父老那殷殷的叮嘱，便不敢生出杂念，任那城里的妮子飘来飘去。

进了大学，心便登地放踏实，山人的褊狭便促然露出头来，便寻找报复的对象。

她竟是那么漂亮，下巴腴美成双层，多了许多异域情调；笑时，双眼并不流盼生光，却微微合拢，温温如抚……由此，便更添了她的高贵。

那日上早操，她将脚崴了，圪蹴在一边不动窝。我便走上前问：

“要帮忙么？”

她说：“扶我到校医那儿去吧。”

我说：“没有一点必要。”

她正无措间，我已蹲下将她那只伤脚攥了，用力一抻一推，便听到悦耳的一声锐音。她骇得登地站起，苍白的脸上不仅有泪，还有难遏的愤怒。

我说：“先莫骂人，走几步看吧。”

她竟稳稳地走出好远，瞬间堆了笑脸：“你还挺能哦！”

我说：“这简单，爷爷给驴腿正骨，便这样。”

她嗒地将眼皮合了，低嗔一句：“讨厌！”我便哇地大笑起来，不停地在地上打滚，蹂躏了好一片青草。

这之后，有事她便常找我。最多的，便是要我接送她乘车。因为学校在郊区的一个稻田村，进城的第一个车站就距校园八里之遥，城里的妮们便常怨怼常谩骂。

我本想气气地拒绝，但想到电影里常有地下工作者，为完成使命，极殷勤地服侍狗特务，便将不快忍消了踪影，堆出一团极敦厚的笑，极爽利地借好车，等她将脂们粉们涂均匀，便悠悠地踏动了车子，上路。

每次，她竟忘不了对我表示些谢意，无非是为我削一只苹果、两只鸭梨，给几本我极想看而又找不到的破书。其实我心里早生出屈辱，偌大个汉子，竟只值两只鸭梨？但还是将鸭梨吃得吱吱响，任那梨汁放肆地溅出，装出了一副颟顸相。她便开心地乐，那好看的双下巴便白绸般雪白雪白地颤抖。

不久，她便肯和我出去约会，且每次出去她都将自己弄齐整，齐整得我卑卑怯怯。在荫荫的绿林中走，月光朗朗，衣裙飘飘，竟也将我带入佳境，心中便有一丝感动。莫再游戏，该真的爱一爱！

但偷偷地觑一觑，竟见她柔媚的唇角挂着两弯不易察觉的笑，我便怀疑，自己正被她暗暗地讥诮，一股暗火便倏地烧起，轻易地就将那缕柔情烧杳了。

我说："莫走了，站一站。"

她便真的站了。于是我便猛地将她抱在怀里，拼命地吻她。起初她懵了，并不知道反抗，不久，便急剧地摇动脖颈。我只好逮羊般钳住她的头部，仍拼命地吻她，若饿鬼啃一只烤猪蹄。直到吻出满嘴腥涩，才不甘心地住了。一吐，竟是又稠又黏的血汁。

她愣怔了久久，便呜呜地哭了。

我却放声大笑，释放着野性的满足：占有城市的妮子，竟这般容易(尽管只是一吻)!

她终于弄懂了我的意图，哭声便更剧了，并大叫："完了，你小子！本来我已真心地爱你了……"

我的大脑便一下子停止了思想，木木地看她一袅一袅地走进夜色。

那一吻，是我终生的第一吻，本该是极珍贵极神圣足可以留下终生回味的，但却这样断送了！如今想起，双唇仍颤抖不已，觉得我的人生有了一个极难补缀的残缺，隐隐地在心中将疼痛放射着。

二

大学毕业，刚走入机关，便碰上了她。

她不仅相貌极美，家庭也极殷实，父母是高干。但她没有飞扬之神采，整日极蔫极愁惨。在单位，领导颇关心她，仅给她一些收收发发的事件，也竟常出错：分报刊时，常把张郎配李郎，惹人不少怨。她便更孤单寡言。

她那年二十九，没有成家。接触过一些时日，竟发现她连男朋友都不曾交上一个。

她白天处理完手头的事，便抱着厚厚的小说看，且三两天便换一次。我说得出来的便有《简·爱》《红与黑》《漂亮朋友》《康素爱萝》《呼啸山庄》《金色蔷薇》《爱玛》……均是一些档次颇高的书。那时，我对文学还颇冷淡，便不曾生出同她借书的念头，但对她的人竟也有几分敬意。

单位离她家不远，却不见她回家去。晚饭吃过，就见她一头扎进宿舍便再不出来。听人说，那宿舍曾安排三个人住，但不久，同室的那二位便找领导调房子，说真受不了。究竟怎地受不了，并无人说得真详。于我，便是一个极具诱惑的谜。

那晚，我便轻轻地敲她的门。

门开了一道小缝，她将头探出，见是我，便有些恓惶，欲重新将门关上。

我说："喂，要拒人千里是么？"

趁她迟疑间，我已仄身进屋来，她便极不安。

屋里有张床，床头是一张极普通的办公桌。那桌上竟有一个小小的书架，塞了满满的书。但书们竟都被主人包了一层粉色的书衣，便隐去了对外人的魅力。记得她白天看过的书是均无书衣的，就自然生出了不少惊奇。

她说："请随便坐吧。"那态度也坦然而大方，之后，我还得到一杯水。

她默默地坐着，期待着我说些什么。我却只记挂她那一架穿衣服的书，便问："架上是些什么书？"

她说："几本英语课本和几本'跟我学'。"

"可以看看么？"我问。于是，就见她的白脸倏地红彻底，且嘴角不停地嗫嚅。我便非看看不可。

抽一本翻开，果然是英语。我扉页的一行字母拼出来，竟是《劳伦斯文集》。原来她竟拥有一套英文版《劳伦斯文集》。又翻过两本，果然找到了那本《恰特莱夫人的情人》，这是大学生们渴望看到却无从得到的书。兴奋之下，我便戏谑地读那书名。

她愤怒得浑身颤抖："你教养怎这么差？"

我玩味地看着她的双眼，讪笑："差么？姐们儿。"

不期竟使她失了心理的平衡，她骂过两句极难堪的话，说："一切后果，你要负责！"说完便狠狠地解衣扣。

我明白要发生什么事，便极惊恐，用力攥住她的手腕："别做蠢事！你想想，除了你和我，机关里还有懂英语的么？"

她果然就停了挣扎，怔怔地立在那儿。

久久，她一头扑在床上，婴孩般哭泣；我便鼠般遁出门去。

感谢上帝，若不是机关里果然就我们俩懂英语，我便完了！

这以后，由于特殊的遭际，我便有资格常到她那里坐一坐。便知道了她不交朋友不成家的原因：她患有先天性心脏病，心膈膜有极严重的缺损，路稍走得远些，便喘息不止，泪也流得不可抑制。她担心自己活不长，便不敢去追求爱情。但她又讳病极深，让人知道一个如花似玉的妮子有不可救药的毛病，那是极难堪的事，便让不少男子吃了闭门羹，便叫人觉得此人高傲而怪异。

于是，我不仅对她怀了敬意，也怀了隐隐的爱怜。

于是，便借她喜读的书籍看，便同她聊得渐渐投机起来，也使她渐渐有了笑颜。

但我的处境却极不轻松了。在她宿舍，同她娓娓地聊着，便听到门外有人声嘁嚓，有时还佐以压抑不住的笑声。我猛地打开屋门，见偷听者中竟有极受人尊重的重要头目。他尴尬地笑笑，不停地点头："啊，没事，你们谈，你们谈。"那时之情状，若一条无脊梁的狗。

重新坐好，我便说："嫁给我好么？"

她笑笑："你肯么？"我说："肯！肯！"

见我极认真，笑便倏地从她脸上消失了，接下去便是极长极长的沉默。

第二天晚上，她又把我叫去："你真的娶我么？""真的，从心眼里想。"

"千万别坑我噢！"她近乎乞怜。我便生气："尽是废话！"于是，泪就在她脸上流得绵长而痛切。

但这之后，竟久久不见她的踪影。

挨不过，便到她家找。家里就她一人。她给我打开门，便奄奄地躺在沙发上，面如白纸。

她说："求求你，别再找我了！"我极惊愕："为什么？"

"母亲不同意，嫌你是农民的儿子。"说得极坦率极冷酷。

"就不管你的幸福么？"我大叫。

"母亲说，我们大院都是龙凤呈祥；若嫁你，像处理破烂，别人瞧不起她。"她竟笑了，咯咯地，若鸡婆被人掐住脖子。"别怪我，怎么我也没几天好活，犯不上让母亲死去活来。"

我极绝望，一阵怒骂扭头便走，她却迅疾在门边挡了："来吧，我什么都给你，给你！"

于是，我便于愤怒和羞辱中在她脸上打出一道白光。

但左腿刚迈出门槛，右腿却被她死死地抱了："那就吻吻我。求你！"

我便一下子垮了，瘫在地上任她吻。她吻得极贪婪，裹挟着汹涌的涕泪。我喘不过气来。

我躺在地板上：吻吧，吻吧，你他妈的吻的不是我，是孟轲、朱熹或孔老二！

几年过去，她竟仍坚韧地活着，虽然活得极疲软极灰暗。

于是，我的那个吻，便还有一点点值得回味……

1987 年 7 月

燃烧的向日葵

住平房的最大好处，便是有个极宽绰的院落。偌大个院子，只东南角立着一棵古拙而蓊郁的疤松；松不太高，冠也不向四处拥张，仅树一面松的旗帜，给我一个读书的好去处。因此，院子便显得空落，我便想种几畦蔬菜，做一回道地的田园蓑笠翁。

但盛春的一个傍晚，妻却用篋筐剜来数十棵向日葵的幼苗，并用一把沉重的老镢掘地。

我说："还是栽几畦菜吧，吃着方便。"

妻却说："你怎么也像村中小妇人似的，光往俗处想呢？"

被她抢白了两句，我心中便有些不悦，"爱栽什么就栽什么吧，我可不管！"

妻笑一笑："谁要你管，尽管读你的书就是了。"

坐在书桌旁，书是怎么也读不下去。门外，妻的掘地声很重，心很难安定。便在门槛上看她劳作。那镢头很沉，而她的身子却极单薄，每次挥起，都倾了全身的力气，镢头下去，脚也趔趄了。这时，她那秀美的发尖已被湿汗大绺大绺地沾在颊上额上，脸蛋也夕阳一般红润。

我心中不禁生出一丝爱怜，就去接她的镢头，"还是我来吧。"

妻扭脸一笑，并不争持，俯下身，以十指作耙，耙土里的砖头碎瓦及木屑杂草。之后，便在挺匀的细土上，以手作穴，小心地栽下向日葵的幼苗。她分两行并栽，留着很内行的株行距，栽到三十棵，却不再栽了，把剩下的几棵送给了邻居。这样，就有了十五棵一行的阵势。

浇完水，妻竟说："谢谢你了。"我感到奇怪，说："还客套了，横竖还不都是家里的事。"她争执着："这可不一样，这是我自己的事，你只是帮了我的忙。"我便暗忖：这年头，连妻都神兮兮的了。

夏末，向日葵开始渐次抽出花盘，妻的笑靥也开放得很美。但一日下班回家，离家不远，就听到妻尖厉而愤怒的斥叫。进了家门，便见三岁小儿正垂头哭咽。妻抬头看我两眼，眼圈竟也霎地红了。我问："出什么事了？"

妻哽咽道："这孩子有多淘气！好好的两棵向日葵，生让他给折了。"抬眼望去，靠里的一排向日葵，果然被拦腰折断了。我觉得妻也太孩子气了，便安慰说："为两棵葵花，跟三岁的孩子生气，值么？"

妻急了："你说得倒轻巧，他折的不是两棵葵，而是折残了我的想念！"

见我愕然不解，她说："十五的月亮圆，栽十五棵，取的是圆满。外边那一排是为你栽的，里边的一排是为儿子栽的。并排十五棵，是让儿子跟你看齐，做个文化人，当个作家。你看，他偏偏就自己把自己的前程给毁了。"妻极懊丧，眼泪竟流汹涌了。

我哈哈大笑："快别伤心了，我不已经是文化人了么？那里边的一排归我，外边的就归儿子吧，让他超过我，不更好吗！"

妻喃喃说："本来娶俺个柴禾妞儿就委屈了你，这下子俺就更不踏实了。"

我把她拥在怀里，帮她抹去泪水："快烧饭吧，莫神兮兮的。"

后来，我终于知晓了这里的缘由。妻太爱我和儿子，便对她母亲说："咱个小女子，帮不了他甚忙，就盼他们爷俩奔得旺。"岳母说："那就悄悄给他们爷俩做件事吧！"

想来想去，妻想到了幼时的种向日葵。那个年代，向日葵是多么的神圣啊！于是，她便决定，每年为我和儿子种向日葵，这是最令她满意的寄托。

于是，栽下向日葵后，妻就天天企望向日葵长得茁壮，花盘也坐得大，籽粒也灌得饱满，这是很不好达到的境界，妻便殚精竭虑，倾尽了女人的一切细心。

天道酬勤，天道酬诚。妻的向日葵果然长得壮健红火。入秋后，二十八棵葵盘坐得硕大浑圆，若盈满了沉重的思念和眷恋，那金黄的花瓣鲜嫩而奋挺，在阳光下，艳艳似火。听着妻那孩子般的笑声，我不禁怦然心动，向日葵，在乡间小院里燃烧，这燃烧的爱，在平凡的人生中灼灼不息。

1988 年 9 月

无言的爱情

今生娶了她，也许是我的福分，也许是我的不幸，但已经是不可分开了。

这不仅仅是因为有了我们的孩子，一个人见人喜、白皙乖巧的小男孩。也不是我们向双方的父母承诺了什么，双方的父母也未曾给我们设置什么樊篱。我们的父母极古道但又极爽利，大悲大喜的婚姻折磨已使他们大彻大悟，他们不再愿意陷入儿女们的感情恩怨中，充当尴尬的角色——这与其说他们给了儿女们爱的充分自由，莫不如说他们已对儿女们放任了。但更不是世俗的因素，对我们来说，世俗的东西已不值得考虑——给自己戴上温柔的枷锁而不愿自拔的，正是我们自己！

与她的相识，的确是命运的极不经意的安排。如果不是和自己的系主任弄僵了，而被贬回郊区；又如果不是学的蔬菜专业，而学的是果林或畜牧什么的，就不会分到这个称之为菜区的小城。分到小城的结果就必定要认识她，但认识她并不一定要爱上她，进而娶了她。结果恰恰相反，这里最大的罪过是因为她太美丽，美丽得寂寞凄然却神采流动。

她是从一个叫西北关的村里被招到镇上当电话员的。镇里的电话室是一间又黑又窄的小屋，小屋被镇机关的大楼掩在身后，是个被人遗忘的角落。如果不是开窗时将一本书甩下楼去，我便不知道那又黑又小的屋里还住着人，而且住的竟是位年轻的姑娘。

我走到楼后，捡起了那本书。抬起头时，就见到了那个姑娘。她径直朝饭厅的方向走去，给我的是个背影。那背影很瘦削，有一副极好看的溜肩膀，可能要遮掩其瘦削，着一袭质地很粗糙的蓝工装，脚下的高跟鞋有些不跟脚，走路时，便嗒啦嗒啦响，没有弹性，显得很疲惫。

这并没吸引我。

数日后的一天晚上，我宿舍的电话突然响了。拿起电话，竟是一个很冲的女声：

“喂，书生！来了半个多月了，怎么也不串串门，好大的架子哟！”

我问：“您是谁？”由于不知道对方的身份，便很谦恭。

对方竟咯咯笑起来，带着微微地娇喘：“你可真逗，我是电话员小李。”

于是，便下楼去，轻轻地敲那扇又黑又旧的门，且带着满腔的羞怯。

进门去，见她站在屋中央的花盆前，微微地笑着，极大方地迎迓我。我的目光一下子就被她那张笑脸粘住了：好大好圆的眼睛啊，眼皮双双的，既亮又温柔；光润的脸颊上，一双酒靥又深又大，装着处女特有的真纯和圣洁……看着这张脸，我呆呆的、木木的，魂魄已脱我而去。

由于我盯得太久，她那张笑脸便嫣然红润了。像绽开的花朵，红润洇满了那对深深的酒靥，又溢出来，流向白皙而俏皮的耳垂……那空前的生动，使我呼吸急促，感到了瞬间的窒息！

久久，当我激情的狂潮消退之后，拨开眼前的迷雾，她已坐在插转机的机身旁，脖颈低低地勾着，依然是满面的羞红，但泪水已默默地流淌了，长长的睫毛也跳动不止。

她让我给吓坏了。

我轻轻地说：“请原谅，你太美了！”

她仍默默地抽泣着，不停地摆弄手中那金色的线柱。

我慌了，想到要解脱面前这极其严重的尴尬局面，唯有悄悄地溜走。

但当我轻轻地拉开那扇门的时候，竟听到一声虽低微却绝对清晰的命令：“你回来。”

这是极超俗的一声命令。

这轻轻的一声命令，注定我再也走不出她那温柔而明亮的目光。

然而，她却是个农村姑娘，托关系才走进机关的社调工。

然而，她却是个大龄姑娘，比我大整整三岁。工作环境的狭窄，束囿了她与社会的接触，她极其孤独，也美丽无比。

然而，就有了当我们在一起时，从门缝中闪进窥测的目光。

然而，就有了当我们一起看过戏后，她深夜打来的电话……

情节是这样发展的。那天领导给了她两张票，说：“单位就你最苦，今天我给你替会儿班，找个伙伴去看场戏吧。”她极感动，久久说不出话。

走出那间小屋，她极踌躇，不知那多余的一张戏票该给谁才好。她真正感到了孤独，感到了心灵的无所依托。她觉得这戏看也没意思，徒然浪费了领导那一番情意。正欲返身进屋，看到了闲逛的我：“哎，你看戏去么？”

我开玩笑说；“你要去，我便去。”

她沉吟片刻：“正有两张戏票呢。”

进了剧场，不期竟见到了她的姐姐。她姐姐的目光很闪烁，总往我身上瞟，我感到不自在："和你姐换张票吧，你们姐妹俩在一起看好。"

她便和她姐一起看。戏看了一半，她又回到我身旁："还是我们坐一起吧，散场后，你好陪我回机关，夜班我好接着值。"

那戏演得极精彩，悲喜交加，声情并茂。于是，便有悲时，她抑制不住的抽泣；喜时，她率性而响脆的笑声……其状淋漓尽致无旁人，招惹了不少奇异的目光。

这时我才真正体会到，陪伴一位美丽多情的姑娘，是一件多么赏心的事啊！

深夜，突起的电话铃声将我从沉酣中惊醒。拿起听筒，竟是她的声音："对不起，和我聊一会好么？我失眠了。"

我敏感到，她正经受着一场感情的折磨，而这种折磨也许正与我有关。

她果然说道："我后悔和你一起看戏……"

"为什么？"我问。

"姐姐说我……"她喃喃着，已没说下去的勇气。

"是不是说你跟我搞对象了？"我笑着问。

"你怎么知道？"她感到惊异。我说："这是小说里常有的情节。"

"要是真的……"她仍是喃喃着，且伴随着急促的喘息声。

"要是真的，将怎样？"我追问。

"要真的就太好了！"她终于说出了她要说的话。

"那就是真的！"我竟轻易地应允了。

"我可是个'柴禾妞'，还比你大几岁。"她的声音有些变。

"这无所谓！"

"真的？"

“真的！”

电话到此，便久久没声音，之后竟听到了她压抑着的哭声。真没想到，一个姑娘，面对扑天而来的幸福，竟是用极悲凄的哭声迎接它。

久久，哭声止了，一切归于沉寂。连声呼唤她，听不见回声，贴近耳机再叫，听到的竟是均匀的鼾声。

这时，却轮到了我不能入眠。没想到，这么一桩人生的重要选择，竟儿戏一般定下了。我从来没有这方面的准备，不知如何走下去。我感到心慌，我感到虚弱，我翻身下床，到幽黑的街上去跑步。我围着方圆两公里的小城跑，一直跑到曙色熹微。我的大脑乱极了，我不知道是选择了幸福，还是犯下了错误。但是我绝不能再去改变，我不敢想象，拒绝一位美丽的姑娘，将是怎样一种景象。于是，对未来的不可预测，将我吓坏了！我感到沉闷不堪，大口地喘着粗气，终于面对冉冉升起的朝阳，号啕大哭。

真没想到，一个小伙儿，面对扑天而来的幸福，竟也是用极悲凄的哭声去迎接！

爱情就这样注定了。

但当我第一次要拥抱她时，她却连忙逃避我的双手，双颊倏地变得煞白。我极尴尬地站在她对面，微恼地审视她。就在我的注视下，两串泪，从她的深眼窝中溢了出来。

“还是多考虑考虑，跟了我，干部楼就没想了。”泪并没模糊她的语言。

我极惊讶，惊讶于她的冷静而实际。在小城，房子有时会左右爱情。

我去拉她的手：“娶你就是了，虑那么多干吗？”

“要虑，不虑不成啊！”她迅速地抽回那只手。

“虑过了，自己盖总可以吧！”

“那你就抱吧。”她站在那里，头扭过肩。当我将她抱进怀里的时候，她瑟瑟地发抖。她是将自己作为赌码塞进我怀里的。

第二天，我便去申请地皮。

村干部说：“外来户不给地皮，上边有文。”

我说：“入赘总可以吧？”

他沉吟良久，竟说：“莫开玩笑！”

“不开玩笑！”

“那好，拿结婚证来。”

于是，我便拽她去镇里，打结婚证。递上结婚证，交了五百元占地钱，才拿到了三分地的准建证。

晚上，她姐请酒，说：“房子批下来了，就剩建了，咱哥们姐们不少，不会不伸手。你自个儿也得耐着点辛苦，先甭成亲，晚上也不要一块出去了，盖了房再说。”听了这席话，那酒喝得没味儿，晚上睡在机关的冷床上，抹了几把泪。

盖房的第一项工程是辟地基。那三分地正夹在三户人家的中间，密匝匝地长着树，树顺三家的山墙长着，界限分明地归属着各自的主人。首先要砍树。那上百棵树，均碗口粗细，折价每棵两元，但那二百元拿着烫手，便于苦想中生出策略：先不急于砍树，每日晚间，揣几盒好烟去那三户落座。把自家的烟卷散尽，就抄户主的烟袋，滋滋地吸那苦涩。户主端出黑糊糊的末子茶，便急忙接过，先给户主斟上，再斟出一杯自己啜。一啜，竟焦苦不堪，但仍要朗朗地笑出声来，与户主侃东侃西，道尽邻里长短，说尽乡间俚俗。末了，那户主一蹾茶杯：“伙计，你个大国家干部，竟这样跟咱不二、不见外，有啥难处，尽管说！”我拿眼斜一下那树，户主一笑：“该砍你就砍呗，谈哪门子钱。”于是，三个户主一呼应，竟主动帮我砍树。

她姐和几个兄弟，帮我把房垒起来，就等我找木头上梁。其实他们完全能极顺利地搞来木料，但却说："你在机关里，还找不到木材指标？"我知道他们的心计，便搭了几个要好的伙伴，偷偷去货栈买高价木头。不期，一场酣酒，一个伙伴竟把秘密露了。她姐便连连跺脚："你怎么这么窝囊，弄不来就说一声么！"说完转身进家，点出一叠票子，"都怨我，那超出的损失，我出了。"不容置疑，那票子就塞进了她妹妹的手里。我极不高兴，扎屋子闷了半日。她蔫蔫地进来："莫生气，我姐还不都为我好。"

那天星期日，天绵绵地织起了雨网。但必须从五里外的麦场上拉两车麦秸来，明天要上笆泥。我去借车，户主极爽利地应了，但我并不好意思去套人家的驴——那驴——主的爱物，素日只用它拉脚卖菜，梳得毛光可鉴。我便自己驾车去麦场上，她则撑了一把小伞随着。

很快就装好了车，车上的草垛晃悠悠如颤动的山。草垛将车辕杆遮了，我便只好钻进去，躬了身子拉。那路极滑，我滑倒了两次，膝盖渗出血来，满身滚满泥污。再拉那车，竟死沉死沉的；原来雨已经大了，草被淋得精透。雨汗交叠糊上我的眼，手竟腾不出来擦。她便跟车跑，不断用手帕帮我擦脸。她的伞已经不打了，浑身也湿透了，脸显得异常苍白。我极心疼：为了房子，她已将力气卖尽了。但我也终于尝到了什么叫苦，尝到了一个小知识分子没尝过的苦。

车后有隐隐的啜泣，我便轰地蹿出火来："号什么，使劲推就是了！"

她大声喊："是我害了你！"

我嘎地将车停下，让车依垛偏斜着。我钻出绳套，叫她："过来！"

她以为我要发作，半天才惶惶怯怯地挪过来。"怕什么，我不吃你。"我从她头上捡下一根毛草，"看你的头发都乱了。"

她终于笑了，那是一丝苦笑，但带着甜味儿。

房子建成了，我按乡俗燃响了一挂长长的鞭炮，宣布我已和这个乡村契合了。紧接着便喝喜酒。她姐端碗同我碰，极豪爽：“兄弟，咱妹子交你了，立你的门户吧！”我豁地站起身，迎着一排亲戚碰。我该酩酊大醉一场了：爱一个农村姑娘，是多么的艰难啊！

后来，当我爱上文学之后，给一位关心我的作家写信：……不要笑我琐碎、平俗，我的确伟大了一次，虽然只是一所普通的房子，但我扎扎实实地为爱筑了巢，生活将不再惧怕风霜雨雪；要知道，并不是每个人都能给爱找到根基的……

房子建成之后，便进入了漫长的冬季。此时的她也正有了身孕，对我充满了依恋。但盖房的亏欠太多，我已无能力购买越冬的燃料，便望着她微微隆起的小腹，久久地抽闷烟。她依在我的怀中，温柔地说：“莫发愁，冬天虽漫长，但我们已不再是一个人了！”

我顿然醒悟，抚着她冻红了的小手，热泪汹涌了。

之后，买了一条单人电热褥，铺在她的身下。但晚间钻进被去，我的被下竟也温暖如炽。原来她把电热褥横铺了，要我和她一起温暖起来。我第一次感到了妻的伟大。在我的怀抱中，她抖抖地瑟缩着，如小鸟进巢。

夜深了，窗外的老北风疯狂地刮着，若骤降了数万只恶狼；门窗也噼啪地响着，如盗欲奔进。我们紧紧地抱成一团，爱情使我们空前强大起来，我们已从凡间升腾！

当春风吹皱了一池春水，她也产下了我们共同的宁馨儿。

产房的门开了，小轮车辘辘地把她推到我的跟前。她疲惫地俯卧在车床上，嘴角有隐约的一丝血痕。那双俊美的大眼，圆圆地睁着，双靥也笑得无声。我小心地将她抱起，送到温暖的病房。她枕着我的臂弯，嗫嚅着：“我已尽力了，给你生了个儿子。”

我抚着她苍白的额头，柔情万缕：“谢你了，你延续了我的生命。”

由于快节奏的娶妻盖房生子，使我的生活更加拮据。我不但无能力宴请每一个高贵的宾朋，连我嗜之如命的美酒也点滴不沾。

她却没有一丝惆怅，整日里娇容灿烂着，并从母亲那里继承了度饥荒年月惯用的一套渍菜的手艺。她能把芹菜、香菜的细根渍出可口的酒菜，可把廉价的水豆腐腌成喷香的卤味儿。

于是，面对贫穷，我们并没有失去笑容。我们虽年轻，但已经很成熟。

那日，她接过我怀里的小儿，说："你切莫太儿女情长了，去搞你的文学吧！"

我极感动，觉得她既小鸟依人，又高雅超凡，注定是人的理想之妻，便夸下宏愿：为了这一片汪洋的情分，我要写出最壮美的诗篇。

我便买下好几百张白张，利用她既当电话员又当打字员的便利，印下了在同学们之间著名的"金熠诗笺"。那诗笺的额首，我让她给我端端正正地打上了如下一行字：

"缪斯，My love，你让我知道害羞，不忘记追求！"

于是，我便拼命地写作，以期将她绵延无尽的情意插上诗的翅膀，去扇动人间的挚情，净化人间的土壤。

当我的第一首诗发表后，她简直不能自持，亲自备下了烈性的二锅头酒，一杯接一杯地斟给我喝。她为挑动我的酒兴，竟平生第一次端起酒杯：

"诗人，也让你的妻为你干杯！"

我兴奋异常，似瞬间就赏尽了人间最广阔的人伦。她终于不胜酒力，斜倚在酒桌之上，若春风吹怯了的一枝桃花。望着她娇艳欲滴的双颊，心旌哗然摇荡，我疯狂地吻着她那双酒靥，高叫着："生活，你是多么的美丽！"

这就是我们最初的爱情，生动而浪漫！

然而，生活毕竟是深刻而又实际的。

为了免于她与我在土地上的劳作之苦，我把她的那一份口粮地和责任田都转包给他人（她的哥姐），她及儿子便没有了直接的口粮来源，三口人唯一的保障便是我每月的33.5斤口粮。但，这又是多么的微不足道啊！

我便四处去搜寻口粮，或出高价到市场去买，或乞求他人到产粮队买些剩余的小麦。这在许多人的眼中，是变相的讨饭。而那只讨饭棍和那只讨饭碗，就是我唯一的作为国家干部的那可怜的一点身价。

然而还有冬煤，还有液化气，还有食油……

工农户没有煤本，没有气本，没有购货本……过的是城市人过的生活，却没有城市人有的些微的保障。

我便拼命地交一些可办实事的朋友，凭空让文圈里的知己们骂出极不知己的言辞。无非骂我世俗，无非骂我市侩，无非骂我下作……他们还能骂我什么呢？

于是，我便感到气闷，感到要人为地开一扇天窗。而这扇天窗不可能是别的，只能是文学。我便拼命地读拼命地写，写出了严重的肾炎，写出了严重的脑供血不足。但我的文章却源源不断地发表了，文绩盖过了地区所有的哥们儿。朋友们，你们还说什么呢？你们当初说我庸俗，说我下作，那是你们还不了解我啊！

我最有效地维持了我的心理平衡。

这是仲夏的傍晚，来了小城最摩登的女郎。她们进了我敝陋的家门，不迭地称我老师，做出极真诚的举态，向我讨一点为文的诀窍。我受宠若惊，谦卑地招待她们烟和茶。

她们极随和，将茶啜得山响，将烟吸得雾浓，裙摆也掀得高高，若会晤老朋友。我只是朗朗地谈我的文学，全不顾她们流盼的目光。

她却不声不响地搬来机凳，与她们共听。

但她们却羞然变色，草草说了几句客套话，起身辞别。我并未感到不适，以为自己说得太多，便送了她们一程后，回来续读我那本《越缦堂随笔》。

但第二日便有朋友说："你那位真是，把你看得那么紧，可谓寸土不让。"

我不解："这哪里话？"他嘻然作笑："昨日梅白二小姐登门向你讨教，不期让夫人盯上了，弄得女士们好扫兴。"

于是，我便猛地想到了她及那只杌凳。我感到这很丢脸，闷气便更加郁结，觉得活得太不潇洒。

晚间回家，她已做得饭菜。菜是出奇的好：焖带鱼、炖猪排，还有金色的油煎大虾……这是结婚以来，第一次由她烹出的美馔。我便忘了白天的事，欢喜如小儿，口中高喊："真得好好喝几盅！"

但颠狂出是非，不期中将酒柜的玻璃扯砸了。面对一地的碎片，她絮叨着："怎恁不长眼，几元钱给摔没了。"我极惊异，一向温柔如水的她，怎竟如此说法？便悻悻道："这有啥，再买就是了。"

她回答道："省吃俭用置下的家当，还经得起这样摔么？"我极委屈，"砰"地将酒和杯摔到地上："我是一家之主，怎能受这个！"

她被我突然的爆发惊得久久不语，抱了小儿在一旁哭畅快了。搁往日，对她因忧伤而抽泣，我会心疼不迭；这一次，却感到不耐烦了，甩下这残破的局面，到凄冷的街上游荡。

几天后，我接到一家出版社的通知，邀我到社里当编辑。我把通知给了她。初看时，她喜笑颜开，但渐渐地却收敛了笑容，木然说道："不敢耽误你的前程，愿去就去好了。"但到深夜，我却被她掩不住的哭声弄醒。她紧紧拥着我："莫去了，我们娘儿俩离不开你。"

我很失望，拨开她搂抱我的手臂："我管不了那么多，只有去。"

她扭过脸去，饮泣不止。我感到没有理睬她的必要，就又兀自睡去。但不久又被她推醒，她把两张彤红的结婚证在我面前晃："我知道不该拦你，但你走前，咱还是离了吧。”

我惊得登时坐起来：“你中魔怔了是不？”

“不，我一点不糊涂，还是离了好，我们不拖累你。”她争执道。“甭给脸不要，黑天半夜生是非！”我极端地不耐烦起来。

“莫骂人好么？”她不该再说下去，我火了：“不仅骂，还打呢！”她竟恬然说道：“你打好了。”

于是，再也压不住的火焰，终于烧得不可收拾，那粗硬的皮带便劈头打到她的身上。她坦然地迎接着，没有反抗，没有哭泣。

孩子被惊醒了，大声哭号着，似替她的母亲伸张无限的痛苦和怨愤。她把小儿抱进臂弯，悉心地安抚着，为他寻找刚刚失落的那个圆满的梦境。小儿终于又睡去了，她也随之睡得没了声息。她的那张睡脸很恬静，只是眼角挂着两颗大大的泪珠，久久不坠去。这让人想到染露的晨花，恬美、忧伤而晶莹。

掀开她身上那薄薄的睡单，看到她那双雪白的腿上印满了殷红的抽痕，一阵刺鼻的酸楚漾上心头：“难道我真的嫌弃她了么？”

我轻轻地安抚着那累累的伤痕，喉头似塞满了滚滚的毛团：没想到，自己竟是这般无耻！

很想马上就把她叫醒，跪在她的面前，请求她的宽恕，但我没有那个勇气，更主要的，是放不下潜意识中那一点点夫尊。便偎在她的枕畔，沉浑地呜咽。

她竟紧紧地将我拥进怀里，说道：“你的那一派雄风呢，男子汉可不兴这样。”

虽然在很理智的情况下，她也真诚地支持我进城，但去编辑部的决心终于没有下定。因为，现实绝不是一声两声的许诺，而是一块不能轻易移植的土壤。她及小儿的根须已深深地扎在了这块土壤，我的每一次选择，都是对土壤的一次深翻，弄不好，会伤了那娇嫩的根须，淋漓出鲜艳的血汁。我不想把这叫做温柔的枷锁，这太俗艳，不符合我的性格。

从此，她再也没探问过我的选择，只是收敛了过于外露的性格，学得深沉起来。

她拒绝我帮她带孩子。即便是下厨房，也要小儿在她膝前绕。她不让我自己洗衣服，总是在人们午休的那个非常炎热或非常短促的时间里，拼命地搓洗。还有，她总是在我归来前就把室内外归拢得有秩序，不让我在家里沾一星灰尘……

当我步入回家的小巷，一准看到一大一小的身影，在小巷的尽头远远地伫望。待能看清了双方的眉眼，她会轻轻地推一下小儿，小儿便鹿般蹀躞过来，连声叫："爸爸，爸爸！"

为了用有限的收入，创造出灿烂的生活，她学会了算计。她从不买成衣，只是买下廉价的布料，剪出很新的款式，待小儿睡去时，借着我台灯的昏暗的灯光，一针针缝进她那千缕情丝。我不在家的时候，她从不买青菜，更不要说蛋鱼和肉。她整日里吃那缸里的渍菜，吃得旁人都说闲话。

但是，她却有钱给我买书，给我买价格不菲的《鲁迅全集》和每月必读的《人民文学》《随笔》等十几种报刊。另外。我的书桌是文人中最漂亮的，上边铺着贵重的葱绿色绒面，绒面上罩着大大的一块厚实而光滑的玻璃。那是她跑了城内不少大商场，悉心为我布置的。

我知道她心里在想什么，她是把对我的爱，变成了对自己苦苦的磨砺。

那天，我拉过她的手，那手通红而粗糙，且失去了往日的柔软。我心里极不是滋味，对她说："买台洗衣机吧。"她说："不成，得给你买一身毛料西装和一件西式风衣，你是面上人，莫太寒酸了。"

"那么，就不要没完没了地洗了，看你的手，都成啥样子了！"

她咧咧嘴，竟说：“我就洗，洗粗了怕啥，洗得你小子忍心离开我，丢了结发妻！”

这是怎样的一种心态啊！

我知道，她的内心极矛盾，也极自卑。我的名声愈是大起来，她的自卑便愈是强烈。她是靠着自己拼命的奉献，来维系那愈维系愈没有信心的平衡。我感到，对于她，我不能居高临下，也不能坐享她创造的生活。甚至我想：文学算什么？切莫伤了她的心灵。

于是，不管她怎么阻拦，我还是争着下厨去，为她炒出她爱吃的菜肴，并给她盛上端到手里。还有，每日的晚饭之后，带上她和小儿到熙攘的街上，接触她感兴趣的一切。但这毕竟是一门苦差事，我不喜欢遛大街，一到街上，我就心烦意乱。我最宜做的，便是略事休息，便扎到书房里去，看一看，写一写。

这只是生活的表层。更深刻的，是我努力从内心去尊重她，即便是夫妻生活，我也放弃了我该主动行使的权力，而是顺从她、迎合她。在这方面，我不敢过多地追求，怕引起她的误解，伤了她的自尊。

但她毕竟是女人。那夜，她突然问我：“我是不是老了，不美丽了？”我说：“没介。”

后来，我发现，她虽然美丽依旧，也的确不如从前生动了。关键在于她没有一件像样的衣服，虽“荆钗布裙，不掩国色”，但衣饰毕竟是女人美丽的一部分。

我感到很惭愧：偌大个汉子，竟连个“柴禾妞”都养不起！但我除了手中的笔，实在是没有别的本事，便拼命给人写抬轿子的文章，换几个可怜巴巴的小钱。一年下来，她终于有了几件早该有的衣服，我正经的文章却未发表一篇。

我荒颓了自己的追求！

于是苦涩和泪水便只有悄悄地吞咽，便拼命地酗酒，终至醉成濒死的狗，将胆汁都吐了出来。

她托着我软耷耷的脖颈，抽咽着：“我受苦受累全为了你的事业，你却偏偏为了我的几件衣裳，自己把事业扔掉了，我们这是干了一场什么呀？”

我苦笑着：“是啊，我们干了一场什么……”

时光荏苒，不知不觉间，我们已一起生活了六年。

有天晚上我们静下心来谈。她说：“真后悔嫁了你，嫁你还不如嫁个农民。嫁个农民我可以颐指气使，心安理得地享受该享受的一切。跟你就不同，我拼死拼活地干，却还觉欠你的，真不舒坦。”

我笑笑：“对，我真不该儿戏一般娶了你。若娶个城市妞，生活中的许多东西都来得比现在容易，我会更自由、更超脱、更有作为。跟你就不同，我谨小慎微地做了，却还怕伤了你，活得太累。”

她说：“那我们就离吧。”

我说：“那我们就离。”

但等第二天起来，双方依旧干着各自的事体，若昨天夜里，什么也没发生。

事后我想：什么是爱情呢？爱情就是一场恩恩怨怨，情情仇仇；或者就是一种粘着的情绪，“剪不断，理还乱”。

再后，我却不满意这样的理解，以为这极浅薄。我感到我与她今生绝不会分离。因为我们都生在中国，中国人太讲究为他人活着，也太讲究义务，太消泯自己的存在，而中国的爱情正是这样文化下的产物。中国的爱情世世代代就这么延续下来了，我们的爱情不过是这巨大的遗传基因中一个极微小的成分；要想改变我们的爱情方式，除非改变我们的国籍，但这是办不到的，这一生，我们还没做够中国人！

正是如此，我们的爱情很忧伤，但却很缠绵很健康。这有什么不好！

一天，我与她共赏一部外国经典影片。那里有一段很热烈的爱情场面，男主人公把女主角抱在膝上，疯狂地吻着，不断喊着：“珍妮，我的宝贝，我爱你！我爱你！我爱你！”

她睁大眼睛看着，一会儿，竟嘤嘤地哭了，说：“对了，结婚六年了，亏你还是个文人，怎么一回也没听你对我说‘我爱你’？”

我忍俊不禁，哈哈大笑：“是啊，你不是也没说过么？我们的爱情，一切都已在无言中了！”

1991年10月1日至5日

扁平疣

两年前，右手的虎口上方，兀生了两粒小痣，米粒大，无痛痒。闲时静观，觉平滑皮肤之上，有赘物两点，颇不悦；用指甲抠之，不痛不痒地抠下两片小皮，还一个平滑。但数日之后，不仅原来两粒状复如初，且又新萌三粒。五粒小痣，比肩继踵，如一小丛。平滑之上，孤生小丛，放眼观之，更觉突兀。

友人提醒曰："切莫轻觑，酷似癌之物。"

内心极不安，匆匆到皮肤科。皮肤科小姐笑一笑："文人多神经，仅几粒扁平疣而已。"

小姐在疣丛旁注射一针麻药，用激光撩两下，疣丛便焦化了，露出下面的嫩肉。给了两筒外敷药膏，说："待痂自然脱落，还你的好皮肤。"

一月后痂脱尽，本以为皮肤会变得平滑，即便是颜色比周遭深一些。却不然。竟生出一块心形的、红润而腴厚的疤，比原来的疣丛更突兀。

问机关看门的老先生，他谲然一笑，"结痂期间，你一定做了不少闲事。"

“什么闲事？”

“男女之事。”

老者见到我的红脸，肆然大笑。他可能找到了一种很开心的感觉。

便又去找皮肤科的小姐，小姐看了看，“哟，原来你是疤痕性皮质呀，有这种皮质的人，皮肤上别有创面，比如外伤，比如手术刀口，一有创面便结疤。”小姐挑一挑她好看的眼皮，“白润的皮肤上，结一块红红的疤，的确有几分憾；但白璧微瑕，更有情味啊。”

小姐的话说得我很爱听，觉得她是个很妩媚的姑娘。

但疤后的日子，却很不妩媚了。

每日熟人见了，须握手寒暄，或手刚伸，或相握中途，或手收回的一刻，准会看到对方的眼中闪出一束惊奇的光，“呀，你的手怎么了？！”

便要解释。遇到多少熟人，便做多少遍的解释。疤痕是一首奇崛的诗，作诗的诠释，是我的日课。

但再美的诗，反复诠释得久，亦会将诗意失去。很烦。甚至厌恶熟人的那一份热情。

后来，疤的意义又深化了。

有顽性的朋友，并不相信我的解释（其实心里未必不相信），摇摇头，“恐怕并非如此简单，概因为女人，为一痴爱女人表忠心所致。”

疤的确是一块心形的疤，一颗红彤彤的心。

女人的事，是一件敏感的事，便急急地辩驳；但愈辩驳，朋友愈得意，好像不幸被他言中。便愤然沉默。好歹也是三十岁的人了，由人去说吧。

之后，这种说法似乎就是一桩事实，以致无顽性的朋友见了，也悄声问：“是哪一个女子呢？”

一个人把这种说法说给妻，妻淡然一笑。

两个人把这种说法说给妻，妻无动于衷。

许多人把这种说法说给妻，妻便挂不住了，“说吧，那个女人是谁？！”

“没有那个人。”我说。

妻的泪就兀然恣肆，“我对你不好么？你就欺负老实人吧。”妻的泪是一坛子渍菜的老汤，渍得人心抽搐。便吼：

“就信不过我么，若信不过，就把这手砍了！”

“砍吧。”竟说。

高高地将一柄菜刀举起来。见无人阻拦，便又悄悄收起。文人怯懦啊。

最后，最不可救药的倒是自己。

在昏黄的台灯下，抚着这红色的心形的疤痕不停地玩味。久了，竟感到了血一样的温暖，心一样的跳动。

“这疤，真该是为一个可爱的女子啊！”心里，一个很动情的声音。

如果那样，将是一种多么激越的爱情啊。

这种情绪，每日都影子般追到昏黄的台灯下。沉溺得久了，竟幻化出那女子的形象：女人的唇很红润，脖颈很纤细，臀子很肥。

以往的那份平静的爱情，不知逃到什么地方去了。

1993 年 4 月 18 日

记小儿

一

由于热爱写作的缘故，儿子刚会吐一些单音字，我便常将他抱到我的书房里，让他摩挲纸和笔，翻那些杂志的彩色插页，且一遍又一遍教他一个字——“书”。

他果然对书发生了兴趣，常把娇嫩的鼻尖在书柜的玻璃上压得扁扁，盯着那些薄薄厚厚的书脊发呆。过了些日子，一有朋友来，拉人家进书房，他用小手掌拍拍书柜的玻璃门，大声说：“叔叔，书！叔叔，书！”直到得到响亮的答应，他才松开来人的衣角，站在一边乜乜地笑。每当晚上睡不熟时，忆起小儿对书的兴趣，便感到很惬意，并想：我也许做不成大作家，但儿子却是极有希望的；因为人们常说，伟大的创造，总是后人站在前人的肩膀上成就的。

于是，从那一天起，我一下班便把他挟持到书房里，给他许多他爱吃的食物，让他感受那浓浓的书香，且要他注意我在书房中的举态。他不久便记牢了我如何翻书，如何握笔，如何在不得要领的时候吱地喝一口浓茶。再有一亲朋来，他便演出模仿我的节目，逗起笑声一片。

朋友们都知趣，看我有如此可爱的一个娇儿，便每次来时都要买一二本幼儿读物带来。

正当我沉浸在一种良好的感觉之中时，我发现，从幼儿园回到家，儿子不愿随他母亲到街上逛风景，更不乐意小伙伴同他一起玩一些玩具，总是在我身边逡巡，极无兴致地骑骑他的三轮童车，习惯地翻翻他的画报，或干脆傍在我胯间看我写字。有一天，我刚把烟蒂扔在地上，他就极快地捡了起来，竟也用那娇嫩的小嘴嘬出浊烟！我极震惊，半天讲不出话来。晚上，我喝着常要喝的两杯酒，他竟也要往他喝水的杯中倒酒液，受到拒绝，便踢腿大哭，妻只好调些橘汁，骗他作酒。喝时，竟也将杯子颤颤地举起，嚷："爸爸，干杯！"

近日，一家三口在大街上走，妻突然叫："糟了，瞧你的儿子，走路都学你的外八字，好蠢！"一看，果然像极。我便大声训斥："你他妈的走好！"儿子被吓得哇地大哭，哭罢仍固执地学着我走。看来，不好改了。

悲哀之余，我突然想到父亲。父亲为人怯懦，话都没说整过一次，于是，他时时叮嘱我，要我事事小心，直到我和他一样怯懦了，才止了唠叨。原来，人都希望有衣钵被人承继，这乃人性。对伟人言，这不难达到；凡人却是终生奋斗也未尝如愿。因为人的孕育和造就，必定不是用机器生产零件，它需要的不是模具，而是一把把不规则的刻刀。（1990 年 5 月 6 日记）

二

小儿从幼儿园回来，很少找邻人的童子玩。我觉得这不好，因为久了会孤僻起来，而孤僻的心灵又有几多风采呢？于是，我就主动送他去邻人的童子中去，去觅一些他该觅的情趣。但他仍是不爱玩耍，看到邻人的几上有一本儿童的册页零乱地摊着，他会径直奔过去，把书弄齐整，再一页一页地看下去，兀自地笑，兀自地蹙眉。

这时，邻人正厌着室内那班打闹的童子，便喝道：“怎就不出息一番呢，你看人家！”就又对我笑着说：“还是您教子有方啊！”

我嘿然苦笑。邻人不知，我正厌弃着小儿这般情状；我多么希望，他也和其他童子一样翻滚吵闹，弄一些个烟尘出来。

我的颈椎有些增生了，晚间只好躺在枕上读几页书。自然，妻也躺在身边，翻几本轻杂志，如《家庭》《父母必读》《妇女之友》等。其实，她原来不甚爱书，后来她觉得书把我的情感勾去了，把寂寞留给她了，就赌气也读两本，读得上瘾了，寂寞就还给了我。不知从哪天起，小儿把他的两摞读物也搬到床头来，一见到我们仰而读之，他也不声不响地偎在枕畔，亦仰而读之。我离开书页，侧目觑之，我、妻和小儿那三张白净的面孔，竟都被书页遮昏暗了——这是怎样的一幅“倒读图”啊。

后来，我的眼睛就这样弄近视了。检查母子二人的视力，竟依旧如初。但我还是警觉起来，一见到母子倒读，我便低声喝：

“看什么看！”

因为，这是多么令我着迷的两双眼睛啊：

一双，美丽得不能再美丽！

一双，清纯得不能再清纯！

妻白我一眼后，不情愿地把书放下，小儿却依然故我。待把他的书夺过来，他咻然说道：“爸，你怎这么霸道，就兴你看么？”

“会把眼睛看坏。”

“坏了戴眼镜，戴眼镜好看。”

“戴眼镜臭德性。”

“就要臭德性。”

我就没办法，说一声都甭看了，就将灯关了。灯关了，我还可以静静地构一构思；小儿在那一边却腾腾地踹被子，辗转难眠。我心中暗叹：小小稚童，受大人般煎熬，何苦呢！

那日晚间于饭桌前，妻问小儿："你最喜欢谁呢？"

小儿断然说道："我喜欢我爸。我爸读了好多好多的书，叔叔伯伯姐姐阿姨总爱听爸爸说话呢。"

"那你最讨厌谁呢？"

"我最讨厌我老叔。"

"你老叔很有钱，他不是常常给你买好多好多的东西么？"

"那也不成，他总是喝酒，总爱说一些难听的脏话。"

这话正被饮酒的老弟听去，脸上煞地极难看起来，手中的酒杯戛地滞在空中，久久未放下。

第二天，老弟竟不再饮酒了。我曾不止一次劝过他戒酒，却未见他丝毫收敛；小儿的几句戏语竟生出了这般奇效。

我极纳罕。

后来，我还是想通了。原来，大人们是很看重自己的形象，在童子的眼中，自己是如何折射的，是很在意的。

于是，成人与童子的关系，就不仅仅是表面的那些。常常，童子与成人会站在同一水平线上。（1991 年 4 月 7 日记）

三

星期天居家唯一乐做的事，系读几本闲书，绵软地躺在床上，恣意地放松自己，有意无意地读几个片段，感受生活的从容与自由。

小儿却不理解你这番心情，怯怯地移近你的身边："爸，陪我上街吧。"很想冷冷地拒绝，但想到小儿整日里被束缚在教室和课下作业中的情形，便不忍将那个“不”字说出口。

穿梭在车辆和人群中，我下意识地去拉小儿的手，未想到他竟快捷地躲开了。“拉着爸爸的手，别让车子碰着。”我说。

“不哇，爸爸！我俩都是男子汉，男子汉在路上走，是不该拉拉拽拽的。”

我不禁吃了一惊。这毕竟是出自一个仅有八岁半的小儿之口啊！是何时，男子汉的意识在他小小的心灵中滋生起来的呢？

经过一家报刊亭，买了一张《南方周末》，便信手翻了起来。小儿一把将报纸抢了过去。

“爸爸，逛街就逛街，回家再安心地看报。”

我笑了起来。

“爸，您笑什么？”

“我笑咱家又多了一位管家。”

“管家是什么？”

“管家就是腰里挂着一大串钥匙，脸上很得意的人，他不开门，你就甭想进家。”

“噢，那我们家就没有管家，我、妈妈和您都装着钥匙，随时都可以打开家门。”

“那就把报还给爸爸。”

“不，您管不住自己。”

我们两个就都笑了起来。

继续往前走，他突然问：“爸，您装了多少钱？”“五块钱。”“买报花了五角，还剩四块五，您别再花了。”“为什么？”

“您给自己买了一张报，也该给您的儿子买点小礼物。”

快要到卖玩具的小商城了，我心里便颇费思忖。一年前，和他进了一趟这个玩具城。他看上了一架“巨无霸”组合玩具，死活要买。待他把嗓子都哭哑了，不得不花一百二十元买了下来。可玩了不到一星期，便坏了，该死的假冒产品。

“咱们到猴市去吧，猴子很有意思呢。”

“不，爸爸，到玩具城去吧，我太喜欢那些现代玩具了。”小儿看破了我的心思。

“不去，爸爸没钱给你买那些骗人玩意儿。”

“爸，我只是看。”

于是只有进那该死的玩具城。

进了玩具城，小儿把报纸还我：“我看玩具，您看报吧。”

于是，他在摊位上看玩具，我在几步之遥站着看报。

我不时看他一眼。摊位上的儿子，眼神总是那么熠熠闪光，嘴巴微微张着，泄露着压抑不住的渴望。一个摊主问道：“小朋友，买一个电子飞机吧。”小儿摇摇头。他感到难为情，便挪到下一个摊位。

八大版的报纸从头到尾仔细地看完了，那个仅百米多的玩具城还未被小儿看到头。一个满脸胡子的摊主逗弄小儿：“买一台圣斗士吧，你爸是大款。”“不，我爸不是大款，是作家。”小儿认真地说。摊主便放声大笑。我心里很烦。一个矮小的妇人，感于小儿的那份痴迷，“送你一支击水枪吧，小家伙。”小儿摆摆手，“谢谢阿姨，我上二年级，不玩这个了。”听了小儿的话，我心里更烦。

终于走出玩具城。小儿拽了拽我的衣角，“爸，我管得住我自己了。”

一股血直往我心头冲撞，心热极，喉哽咽。我一把将小儿抱起来：孩子很重了，就要抱不动了。

我想起了小儿的话，问：“儿子，要爸给你买什么小礼物呢？”

“买两本漫画吧。”

便从书摊上买了两本卜劳恩的《父与子》。付款时，正好四块五。

晚上，小儿翻着《父与子》，咯咯地笑个不停；我却歪在沙发里抽闷烟。小儿把白天的事早忘了，我却还久久地回味那五元钱逛街的经历……

1993年10月2日记

1993年11月18日定稿

远近

上学了，终于走出山沟沟，到另一个世界去。母亲把我远送到车站，揩揩眼角："可莫想家，使劲儿奔；咱这沟沟里太窄憋，奔好了，就留在外边儿！"我点点头说："一定。"

毕业后留在平原，整日在熙熙攘攘的人群里挤来挤去，居然挤出了满身"洋"气，并且得到一个小城姑娘的喜爱。我携新媳妇回家，对母亲说："我真的在外了，留您二老在家，心里总不踏实。"

母亲说："这上下连三村，就咱家有个住城里办公的人，乐还乐不迭呢，你就踏踏实实吧。"母亲觉着自己的话说得俏皮，便兀自暗乐。

日子久了，或由于工作或由于疏懒或耽于城里热闹的气氛，逢年过节我也很少回家。前年春节，朋友们约定分头聚聚，正巧有车进山拉煤，就托人捎去不少年货，请母亲原谅。春节后回家，一见面母亲的眼圈就红了，我感到惭愧。母亲说："娘不怨，只要你回来看看，你啥时回，咱家就啥时过年。"

回城时，我将母亲接了去。

晚上下班回来，母亲早把饭菜弄妥帖。吃过饭，我说："出去转转？"母亲回答："莫转了，成天在外没转够？就陪俺唠唠吧。"

母亲的话真多，连瘸二爷家的狗怎么下崽，狗崽被谁买去都唠到了。我给她倒茶，被她推到一边：“你娘啥时候喝过茶？”她茶也不喝，却聊得兴致极浓。等儿媳妇打出连天的哈欠，母亲说：“年轻人怎恁爱困！”才极遗憾地走进她的睡房。

第二天接着唠，第三天仍是唠。母亲每天都重复她唠过的内容。我知道她在山里憋闷久了，耐心地听，且不时发出积极的响应。母亲住的这段日子，我的大部分闲暇时间都被她占用了。走的那天，她拉着媳妇的手：“俺有造化，养了一个好儿子！”妻子苦笑。

过了不久，母亲又来了，又是连篇不断的老话。我尽管有不少事要做，但她是母亲，只好面带笑容，听她热烈而无价值的谈话。一年的时间，她竟接连来了五次。

我给母亲买了一台电视机。

但母亲仍连连往外跑，我不解，便问：“电视好看么？”母亲沉吟良久，说：“好看是好看，那里的人说哭就哭，说乐就乐，俺拿他们一点儿办法都没有。”“那您就跟父亲和弟弟们唠一唠嘛。”我说。母亲突然沉下脸来：“甭提他们，俺说啥他们都嫌；就你知道俺，到底知书识礼。”

后来有半年多，竟不见母亲再来。那日在街上踅摸，碰到出来办事的本村老栗，便向他打听母亲近况。老栗说：“你娘忒邪，都半截子入土的人了，竟在村凿石队报了号，整日里蹈着两只白薯脚背背挎挎！”我真想哭。我懂得母亲，她在用肉体的疲劳，追寻酣然的梦。这是一个不甘寂寞的灵魂啊！

我托老栗捎话叫母亲出来，多住些时日。

不久接到从山里寄来的包裹，里面竟是一双用麻绳密密纳成的“踢死牛”，鞋里塞着一张纸条：“娘老了，脚懒得动弹了。”这是母亲亲手写的。小时候，她读过几年私塾。

晚上怎么也睡不着，便想母亲的用意。想来想去，竟想到了童年。那时，我在村外的垭口上读小学，每天要走八里的干河滩。滩里石头硌人，母亲便给我做底子极厚的山鞋。那路费鞋，两月一双，母亲手中的麻线便总是打个不停。

如今村人出山，仍然走着八里河滩，只是脚下的石头，磨得极光极圆。

我突然明白了母亲的用意，那一双鞋其实是一声轻轻的嗔怨：小城虽然与母亲隔着一条近百里的公路，但若是心中没有隔膜，不是比那八里河滩还要近么？！

1993 年 12 月 12 日

小溪弯儿

在母亲眼里最闪亮的，是那村口的小溪弯儿。因为，那小溪曲曲的弯处，有两株曲曲的柳树，袅袅地沐着袅袅的风。

那柳却是我栽下的。

那天，我仔仔细细地洗去身上紫紫的皴皮，把一身蓝衣整得齐齐的，惴惴地去那巴望得眼酸的学堂。走到小溪的弯儿处，见两枝新芽暴绽的柳枝，被溪水轻轻地荡到岸边。我的眼光倏地亮了，在松软的岸上掏出两个小小的坑，把柳枝直直地埋了。这一切做得是那么的不经意，背后却有轻微的鼻息声；回头看，见母亲正抹去脸上的两行细长细长的泪线。

“好兆，好兆，咱老史家的天就要亮了！”惊愕间，竟听到了母亲如此的感叹。于是，就有了爸爸被妈妈骂着、催着到峭峭的大山上，去掏五灵脂供我上学的事。

山村的小学堂竟是两间乌瓦瓦的石屋，那教师竟是有几根长长胡须的儒学的遗老。那书上明明已写上崭新崭新的词儿，他却念得咕咕哝哝、摇摇摆摆。于是，一帮顽童便觉新奇又快乐；在学堂里不慌不忙地把日晷儿混圆了又混缺了，那两株小柳树便忘干净了。

暑假到了，雨也款款而来；我便窝在家里，拼命赶先生留下的作业，母亲把一杯水轻轻地放到桌子上，便坐在疙疙瘩瘩的炕沿边儿，屏了呼吸。抬头，见母亲定定地望着我。那眼光，温温的，像一闪一闪的企盼。抓起水杯一顿咕噜，抿抿嘴唇，竟是甜的。母亲放了糖。

待到雨过，偕小伙伴到曲曲的河弯儿上，往水面打漂儿。

没想到，那两株小柳居然长得葱葱俊俊了。一缕缕的枝条竟互相摩挲着，甩着悠长悠长的情意。母亲一弯一弯地培土，把温温的细土，覆在白白的毛根儿上。

我的心突然沉了，平生第一次发现，缎子一般的水面上，竟也有母亲眼角上的皱纹。

五年后，小伙伴都操祖辈的家业去了，我却要到几十里外去念中学。在小溪弯儿上，我上了木排。父亲一篙把排子撑出去远远，母亲在岸上拼命地招手。就要抹过曲曲溪弯儿了，忽见那两株柳树在轮番地摇动，那是母亲在摇动着她的心儿！

于是，那小溪弯儿上，两棵垂垂的柳下，便成了母亲回收一切希望的“码头”……

1993 年 12 月 14 日

饿的记忆

一

我的故乡是百花山下一小垭。

所谓小垭，就是四面大山包围下的一小块平地。

小垭仅有几十户人家，相依相靠的几十间石板房就静悄悄地隐在密密的树林里。故乡的村名也叫石板房。为了不忘来路，也是为了表达对故乡永久的惦念，我搞写作之后，给自己的书斋起的名字就叫石板宅。宅者，房也，只不过文了一些、雅了一些而已。

垭里的树多为果木，核桃、柿子、山杏、板栗、旱枣……品种极多。因为垭里的果木生得自然，枝干就很高大，村口的一棵老杏树，竟有三丈高；那高高的树尖上，总结出又红又大的蜜杏，对人的诱惑便极大。但人不敢爬上去，杏树的枝干极脆，负不得人的重量。就在地上铺一张草编的大蒲席，等着那杏子熟透了，自己掉下来。那杏树底下，就总坐着牙齿稀落的老人，一边回忆着美好的往事，一边等着吃几颗熟透了的蜜杏。这是小垭独赐给老人的一份极有趣的生活。

小垭里有一条窄窄的小溪，很温柔地流着，从不作大声的喧哗。小溪的水清极了，鱼子便只有二三十种，有长胡子的鲶鱼，有自肚花脊的草鲢，溪里的虾总也长不大，但很活泼，总在人的眼皮底下游来游去，有时还要蹦到人的脚面上，惹人一阵痒痒的笑。

垭里的小米很糙，但极好吃。妇女们端了米箩坐在溪边的卵石之上，慢悠悠地淘着米，把米子淘得很金黄。垭里的野菜好吃得很，大蓟、刺苋、毛菜、木榄……连孩子们都能叫出许多种来。把野菜煮过，放到溪里淘几过，菜性便很温和；随性儿吃多吃少，从不闹肚子。于是，溪边便多是妇女们的影子；那圆圆的卵石被坐得久了，竟磨出了光光的极好看的臀窝。垭里的女子们就都长得很白净。

小垭四周是广阔的山场和茂密的原始林；不仅羊群牛群如云般飘得多，山鸡、草鸽、麂子、土獾、蝎子……野物也极多。男人们农事之余便去打猎，都有极高的猎技。小垭的那块天，便总有肉香和酒香氤氲。而小垭的夜空星子极亮，黎明的鸡唱很清脆。

小垭的生活有多温馨多恬美啊！

而垭里却没有学校。少年们读书要到八里外的垭口去，每天都要走近二十里的路程。风霜雨雪，严寒酷暑，他们吃了多少苦头啊！但他们很坚韧、很勤勉地把书读下去了。因为他们有自己的心思：

垭里的五谷虽纯，但那石碾却太沉重，安装上磨米的机器多好；

垭里的世界虽温馨，但外边的世界却更迷人，应该让垭里老少知道得更多一些……

作为新一代的垭里人，他们懂得要用知识，去创造更新更美好的垭里生活，给自己，给后人。

于是，因为有了有志、清明的小垭少年，小垭便更加可爱了。

二

小垭虽然可爱，但它终究还是给可爱的少年留下了抹不掉的伤痛，那就是对饥饿的记忆。

在我七岁到十四岁的八个年头中，涝旱频仍，乃荒年也。故乡人便把垭里的野菜吃遍了。所谓“遍”，自然是指野菜的品种。

马齿苋、车前子、山韭、大蓟、黄芪、榆叶、香椿和木榄芽等是野菜中的上品，味道好，吃之不以为苦。现在吃山野菜是城市的一种时髦，差不多都是吃这些菜。

这些菜很快便被吃光了，于是又把嘴巴伸向本来不能吃的东西。人说臭椿叶子不能吃，味道奇臭，令人窒息。但那年头也吃了。我清楚地记住了臭椿叶的吃法：

把叶子在开水锅里煮上一个时辰，将支棱的叶片煮“伏吃”了，即叶软如泥，叶卷如须。捞出来放在铁桶里，拎到山溪旁，用清水一过一过地浸滤。滤出的水由浑黑到无色，要用很久的时间。滤菜的母亲，嘴唇变得紫了。

后来，那叶被浸得一点味道都没有了，放什么调料就是什么味道。一般均放炸辣椒，辣味强烈，能吃得顺当。其实吃的已不是臭椿叶，而是一般概念上的纤维。

那时候，很盼着雨季到来，可收一些芜菁、地萝卜和泛白菜等伏菜。自己种出的菜，当然比野菜好吃得多。是垭里人的细粮。

到冬天就好过了。

不好过的是人的心理。秋天打的几把瘪谷，若由性儿地吃，冬天未过，便吃光了。那么春天呢？春天要搞春耕春种，人吃好一点才有力气干活儿。

想吃又不敢尽兴地吃，那滋味，用什么文字才写得准确呢？自己咂摸着吧。

冬天，山枯了，便要到垭外买些土豆、洋萝卜之类。

哪里找钱呢，母亲逼父亲想办法。父亲正当着村里的支书，脑袋聪明；但想了几天，还是没有想出办法来。

“你笨得不是人啦。”母亲说。

父亲涎着脸说：“我不笨，倒还有一个主意，但说出来不好。”

“就说吧。”

“你去偷汉子吧，讹他几个钱儿。”

“你贱得不是人啦。”母亲把脸掩过去了，可能是眼泪掉下来了。

“我说说出来不好吧，你偏叫我说出来；一说出来，就收不回来了。”父亲倒委屈起来。

“偷汉倒好偷，可偷了也白偷，一个一个的窝囊汉，手里都娘的没钱。”母亲竟说。

父亲想了想，“也是啊。”

俩人便都乐起来，黑色幽默是也。

父亲最后到底是想出了主意：打两条又粗又长的羊毛大绳，跟一个手脚利落的伙伴，到高峻的大山里去了。

去掏“五灵脂”，一种吃柏树叶，叫“寒号鸟”的软翅动物遗下的颗粒状粪便。“五灵脂”是一种有名的药材，即使所有副业门路都被堵死的年头，供销社里也是常年收购的。“寒号鸟”们竟也知道自己粪便的名贵，它们把窝筑在悬崖峭壁的洞穴里，得其粪便，是一桩极不容易的事。一般人不敢朝这上面想；父亲不想做一般人，当真叫自己的老婆去偷汉？那则一生都抬不起头来，这毋宁死。

天大黑了，父亲和他的伙伴仍没有回来。

母亲攥着我的手，不停地颤抖着。屋外的寒风，吼吼地呼嚎，透着一种逼人的凄厉。母亲眼睛一眨不眨地望着我，我也一眨不眨地盯着她；两双耳朵支棱着，搜寻窗外的每一个细微的声响。写到这儿，我不禁想：如果“焦灼”是一首诗，那么，母子的这番情境，便是它的核心意象。

父亲他们终于回来了。两个人是裹着两团冷气跌进屋里的。他们仰面躺在地上，大喘不止。他们的双膝上，厚厚的棉裤都磨破了，露着鲜血淋漓的皮肉。

父亲气息喘得平息一些之后，对母亲说：“饿着肚子，能安生地吸几口灶膛的热气，也好受得很呢！”这句话，透出他心底惊恐的余悸。

买回来两麻袋土豆。

便偎在火炉前吃土豆。吃得很饱，很晚睡不着。肚子胀得受不了。

那些年，各个冬季，父亲都要进一次山。他不言一声苦，他须用土豆熨帖他家人的肚皮和心：有几颗土豆在肚里，夜特别短，梦特别多。

土豆是个好东西。

三

阔别十年，踏上还乡路，往昔的记忆涌上心头。痛苦毕竟比快乐给人的印象要深得多。

那些年，山村里的农户一年分下的口粮，差不多只够吃一季。女人们把簸箕里的老玉米拿碾子上碾碎，放到大瓦缸里。赶到饭日，舀上两勺玉米渣子，放到沸沸扬扬的一大锅清水中，为了让它不显稀，可劲地往里搁碱。碱多了，粥是显稠些，可也就搅成了红黄色，味儿也苦了。可是人们照样吃得香。

晚上，一家人围着小方桌，大碗粥就着大青咸萝卜，“咔吱咔吱”，“哧溜哧溜”，粥越稀越想往饱里吃，吃完了肚子胀得睡不着觉。山里人有明训：“穷忍着，病耐着，睡不着，瞎眯着。”不眯着，折腾饿了，没人给吃的。好不容易忍到肚不那么胀了，才蒙蒙眬眬入了梦，那小肚子里边又开始告急啦，逼得人纷纷下炕，非折腾个两三次不算完。等这一夜将尽，尿也不捣乱了，前心可又贴了后心，肚子里“咕噜咕噜”，又开了一台戏。饿是啥滋味？心慌，手里没个抓挠，觉既睡不着，盼天明又偏也不明。半死不活的夜，静得怕人，也燥得怕人。

为了对付晚饭，“讲究”也很多：花椒叶粥、南瓜叶粥、榆树叶粥、杏树叶粥、杨树叶粥、苦苦菜粥、毛毛菜粥……，几乎凡是人吃了不会中毒的植物叶都入了粥，为的是让它变黏稠。粥，把山里 人的肚量撑大，肚皮撑薄。

我的外祖父是个老抗日英雄，村里的第一任村长。他退职时，区里还发给他一块大匾，让他“发扬革命传统，争取更大光荣”。可几年稀粥，把老人喝烦了，在“早请示”时，他发了一天三顿稀菜汤的牢骚，便立刻被五花大绑，游了街，还罚他三天不许喝粥。夜里，我见老人躺在看守房的南墙根下，一声声呻吟……

我的回忆被车声扰动，开车人是我侄辈的黑旦。“二叔，上车吧！三万块，去年买的！”

车声隆隆，黑旦向我讲到家乡变化。山里开煤窑、种果树、跑运输，早已富得顿顿大米白面。黑旦说他特意种了点谷，为的是打点小米变变样，解解馋。

我来到外祖父家，老北房里搬进了大彩电，舅妈一下子端出了十二道大盘的菜。我刚一叫好，外祖父便晃了晃白头：“甭夸她，有东西，谁都会变着花样做；不信，倒退几年试试！”大人孩子都乐了。但大人的笑声和孩子的终究不一样，孩子的笑声是单纯的，而大人的笑却要复杂些，大概那里面有饿的回忆。

1994 年 2 月 10 日至 11 日

母亲的岁月

一

一到假期，村里的孩子们都去帮着大人挣工分，唯独我还在土炕上蛰伏着，吸啜着书本上浓浓的墨香。

别人的议论，激起了母亲的烦怨，不迭地催促道：“你也去挣几个工分吧，咱家又不是地主老财。”

我被催促得很心酸，恨恨地跪在她脚下，“妈，你就让我多读点书吧，如果我出息了，可不是几个工分能比得了的。”

母亲骇着了，她不再言语。

我接着说：“妈，你且放心吧，如果我不能出息到山外去，那么我就拼命地给你挣工分，不管是刮风下雨，还是数九寒冬。”

少年的悲壮又把她骇住了，她转过身去，擦了擦眼角，不声不响地走了。

卓越的海子也曾经受过工分的困惑。只不过他有过人的天分，他能够在学业之余，拼命地帮家里干活，在生产队的计时工里，以每天2分工值的顽强叠加，为家庭做出本分的贡献。

所以，在他的评传里当我读到这个细节，我不禁热泪盈眶。

他有两句诗是我们共同的心声：

你的母亲是樱桃

我的母亲是血泪

土地上的母亲没有过错，在生存的艰难面前，她们只能那样。

于是，正像艰苦的农人怀着仇恨收割期望得太久的麦子一样，在困厄之中，对书籍我反而有了苦大仇深般的热爱。我果然长进了，虽然只是小学五年级的学生，我写的儿歌，居然接连不断地被县广播站广播。

在村里，母亲终于有了一展笑颜的机会，也在村里炫耀，说，我养的儿子，终究与别人的不同。但她的笑颜绽放的时间很短，很快就又一脸的忧愁。她对我说："孩子，即便是出息了，在咱这个小山洼里，你又能走多远？"

我明白她的意思：偏僻而贫穷的山村，并不会因为你是聪慧之人，就多给你一副翅膀；反而会给你更多的沉重——你有了飞翔的欲望，却不能飞翔，敏感而痛苦，闹不好，会疯。村里那几个疯人，都是有文化的，一有了文化，就不耐烦忍苦；而困苦恰恰是土壤，他们只能在上面生长，就灰心，就失神，疯了。

母亲的忧愁是对的，因而它感染了我。一到黄昏，就抑郁，反复问自己：你真的有出路吗？

人到暗处，企盼天光，就真的有天光乍现：十一届三中全会召开，国家恢复了高考，学习好的孩子得以自然而然地走出那片不毛之地。

母亲说："你这孩子，是有造化的。"

我拼命摇头。因为"造化"一词太重，我承担不起。

二

我考到了山外的一所重点高中。

学校离村子有近十里的山路，而又不能住宿，起早贪黑，中午还要自带干粮。

每天鸡刚叫头遍，母亲就起来了，忙着蒸大馅包子。

山区地少，即便是分田到户，打下的粮食也仅是全家人半年的口粮。既要让出工干活的人吃饱，又要让上学的孩子吃好，是摆在家庭主妇面前的难题。

这一次，由于看到了希望的曙光，母亲没有陷于愁苦，而是笑着说："山里米面少，但遍地都是瓜菜，缺的只是勤快。"

上工的时候，别人歇息打尖儿，她就去打野菜。打下的野菜，用开水焯了，再用清水淹浸，苦味就去了，上案板剁碎，就是馅料。

一张薄薄的面皮，很纵情地填满馅料，包出的包子很肥壮，很招引同学的目光，惊叹道："你们家可真富有！"真让人哭笑不得。

天还没有绽露晨曦，而母亲又舍不得耗费灯盏里的那点煤油，她几乎是在黑暗里摸索着操作。灶膛里的火光把母亲的身影打在墙壁上，摇摇晃晃地膨大。当蒸气弥漫开来的时候，她的身影就不见了，与蒸气融为一体。就闻到了热腾腾的菜香。这卑贱的香味让人心潮澎湃，鼻子泛酸。便暗暗地嘱咐自己，一定要学得好，不辜负这淹没在蒸气中的母亲。

每天往返的二十里山路，让脚下的鞋很费，即便是很耐穿的胶鞋，不出两个月就穿烂了。胶鞋在那时是贵的，父亲就说，照他的这个穿法，我一年的收入还不够他穿鞋呢。

母亲一笑，说："那好办，我自己给他做。"

话说得轻巧，但真正做起来其实是很费事的。首先是收集布头。待布头有适宜的数量了，便用热火调稠稠的一锅面浆，在饭桌的面上，将一张张破碎一层一层地粘完整；然后，拿到太阳底下晒、拿到热炕上煲或者在灶火上烘。等到干透了，才可以小心地从一头揭下来。揭下来之后，轻轻一敲，会有咯吧咯吧的脆响，这就是乡下人所说的打“袼褙”。做鞋之前，要按脚的大小用纸剪出“鞋样子”，将“鞋样子”缝在袼褙上，才剪出“鞋帮子”，在“鞋帮子”上包上光鲜的一层新布，且细细地纳密了，才是正式做鞋的“鞋面子”。更费事的，就数鞋底子，要用老麻绳一针一针地纳，纳得板实坚挺方能收手。所以，做一双布鞋，是一个月圆月缺的过程。

我上学的那些年，母亲便总是不停地纳鞋底。

那年暑期的一个晴爽的夜晚，清风徐徐地吹，山里天空极清旷，那轮山月便若新浴，触之轻滑。同我一道回来的女同学便如酒醉，立于庭中，口中呢喃“山里的月好清啊！”便久久地与月温柔着，玩味得沉迷。

借着月光纳鞋底的母亲就极诧异了：“今儿晚上，月亮怎啦？”

女同学便愕然。

我对她说：“碧天银月亘古如斯，山里好月更是无数，母亲却没专门看过一次月亮。”

女同学便低声唏嘘：“稀见好月被如数辜负了，惜甚！要知，明月清风不需钱啊！”

我的心便阴郁了。这时的母亲毕竟还年轻着，也正是造一些个爱月眠迟的佳境，温款她自己的劳心的时候啊！

然而，她却顾不上了。

三

后来，我考上了大学；再后来，我居然还当上了一个京西大镇的镇长。

灿烂的家境让人羡慕，父亲却早早地病逝，留下一个孤单的母亲。我感慨万分，想在自己工作的地方给她造一间小屋，把她从山里接出来。

母亲说："看把你能的，你也不想想，你的能耐是谁给的。"

我说："您别往别处想，我是自己掏钱给您盖房子。"

她说："那也有嫌疑。"

母亲固执地待在山里，反复嘱咐我："你是社会的人了，眼里不能只有自己的老妈，要安心工作，俗话说'为官一任，造福一方'，这你比我懂。"

由于歉疚，就更努力地工作，在镇上，口碑很好，威信很高，颇自得。

更自得的是，没有我的操持，两年后，母亲竟自己"走"到了平原，住进了由公家出资修建的宽敞明亮的现代民居。新农村建设，走城市化之路，县上把偏僻山地上的居民统一搬迁到中心城镇。后来，县里还建立了"新医保"，农民看病能够报销；还拉上了有线电视网络，坐在炕头能看上近百个频道；老年农民每月发给几百元的生活补贴，还持有免费乘车卡……这一切，连我这个有文化的人，也是做梦都没有想到的。

母亲过上了有保障的日子，不用我再费心惦念，便埋头工作，看她的次数自然就少了起来。

一天，竟接到了她打来的电话，让我来一趟，有话要对我说。

以为她遇到了什么困难，便风风火火地赶过去。推开她的房门，她正坐在沙发上看电视，两条腿还跷在沙发扶手上，安逸自在，像个顽皮的孩子。便知道她没有大不了的事，悬着的心也就放了下来。

母亲笑着站了起来，对我说："叫你回来，就是让你尝尝我包的小饺子。"

我说："真有您的。"

进了灶间，我的眼睛倏地就亮了。案板上，密密麻麻地摆着已经包好了的饺子。那饺子很小，像馄饨一般大小，但个个饱满，脊背上还有好看的花纹，精致得像匠心独运的艺术品。

母亲说："是纯羊肉丸的。"

我说："这得多费工夫。"

母亲说："我现在是个闲人，有的是工夫。"

她告诉我，以前粮食不富裕，净给你蒸大馅包子，靠瓜菜糊弄饱肚子。现在不同了，不仅要吃，还要吃得讲究、吃得精致、吃得有味道。我如果不给你露一手，你还以为你母亲只不过是个糟老婆子，其实咱也是一个巧妇，是有很精致的手艺的。

我大为感动，感动于一个已入暮年的人，居然活得这么健朗，这么有心气儿。

母亲包的小饺子真是好吃，我吃馋了，每到周末，都要带着孩子老婆去吃上一次。母亲真有办法，竟用精美的吃食拴牢了一家人的亲情！

更让我吃惊的是，后来的母亲，居然活出了无限风光，她让自己上了电视，让县妇联把"巧姑靓嫂"的牌匾挂在了自家的门楣上。

这缘于她做的布鞋，她在鞋面上绣花，在鞋底上出彩，把布鞋做成了艺术品。

做给儿童的布鞋，燕子、蝴蝶、蜻蜓、猫、兔、虎、豹、狐、狗……山里有的动物，她都能绣到鞋面上。一穿在脚上，好像小动物很听话地被孩子牵着走。

给姑娘做的布鞋，她绣上了各种情态的鸳鸯。那些鸳鸯眼目流盼，娇羞温柔，再衬以小脚纤纤，男人看了，会被拨弄得心慌，情不自禁地生出种种绮思丽想。

而她纳的鞋底子，针脚密得惊人，且有很繁复的变换：依着她当时的心情，或纳出朴素的席花，或纳出罗天的星斗，或纳出碎梅点点……

这样的一双布鞋放在那里，美轮美奂，令人惊叹。

起初是邻居发现了，要走了放在自家的鞋架上，不忍心穿在脚上，用来养眼，喜悦心情。后来就传出乡里，就传到了县上。

奔布鞋而来的人多了起来，村长就说，你做的是工艺品，不能就这样白送，应该正经地开一方作坊。

母亲一笑，说："好。"

老了老了，母亲居然能自己养活自己！

我问母亲："您哪儿来的手艺？"

母亲说："我母亲传的。"

我说："我小时候穿的布鞋，可没这么好。"

母亲说："那时的布鞋是为了穿，急火火地穿，哪还来得及做得好？现在的布鞋是为了看，喜滋滋地往心里看，自然要往好里做。"

"怎么突然就想露一露手艺了？"

"还不是因为闲。"

她的意思是说，好日子解放了人，有了极富裕的闲暇——闲来无事又何为呢？就纳鞋底；纳来不精又何为呢？于是便纳得精。

我明白了：人的价值，美的诞生，都与生存环境的改变有关。

于是，母亲的岁月，就不仅仅是她自己的岁月。

1994年4月16日至17日一稿

2009年5月13日定稿

关于鞋

想一想我的穿着，鞋系第一要也。

幼时家境极寒仄，难得穿上新鞋；父母穿旧了的鞋，缝补一下，改装一下，便是自己的鞋子。

父母的鞋子都是肥大的，穿上之后，很不跟脚，想奔跑，便是一件困难的事。而儿童的天性，使他的游戏和乐趣正寓于奔跑之中。人已快乐地奔跑过去了，鞋子却丢在奔跑的影子之中，便要悻悻地转回身去，捡鞋子。这是一个大尴尬，一个大苦恼。

于是，为了尽兴，就干脆脱掉鞋，用细绳穿上，挂在脖子上，以无挂碍的赤脚去纵情。脚上就扎满了棘藜狗子、苞米棵荐子，忘情的那一刻，并无感觉，闲下时，便感到了尖锐的疼痛。

昏黄的小油灯下，由母亲一棵一棵地往外拨刺，伴以慈母的泪水与絮叨。小儿心里喊：娘哎，什么都不跟你要哩，就要一双跟脚的鞋哩。他不喊出来，喊出来，心比脚还疼痛。因为，母亲的心里最晓得哩。

上中学了，穿上跟脚的鞋了。学校在十里外的垭口，每天须打一个来回，鞋子便不能再马虎了。母亲去薅蜇人的荨麻，打了粗粗的麻绳，纳鞋底儿。那是一个“千层底”，冰邦老硬，扔到地上，比铁器的声音还响。

山路硌脚，不能没有硬邦邦的鞋底。

脚是不硌了，脚底板却不能自由地曲伸，上坡下坡便不好自持，摔了很多跤子，膝盖上留下了很多美丽的疤痕。

这种鞋便是平原人也知道的——老山鞋。老山鞋把岁月一寸一寸地量过来了，脚却变了形，走在平原的大马路上，亦舞蹈般走路，就像眼前的路也如山坡一样凸凹。

于是，参加工作之后，便很怕露出赤脚，总穿高帮皮鞋，即便夏日亦义无反顾。穿着上的开销，便以穿鞋为巨。

便有意与鞋店老板交朋友，以期在友情的迷晃中穿几双便宜鞋。便宜鞋自然是穿过几双，但付出的代价很大，比如打经济官司托你找律师，拉货的车子被扣了托你去要本子……腿没少跑，汗没少出，且要掏钱买一条两条的好烟。不细咂磨，你并觉不出不合算。当时占便宜，觉得很愉快；愉快后再大的投入，也浑然不察。盖人们乐意自己欺骗自己。

所以，人们喜欢的，往往是眼前的小快乐。

现在，我已不再从鞋店朋友那里买鞋了，现实给了我一点小小的人情教育。

朋友的店里进了新款式的皮鞋，电告我去挑一双。鞋果然好，价亦不菲，180元。正踌躇间，朋友说你拿去穿就是了，钱什么钱。便进了一种微妙之境界：第一，你不能白要，不是三二十的小价格；第二，又不能不要，不是怕跌分，而是怕朋友作另一种解。索性就递过两张老头票，朋友还是推拒。正友情淋漓间，朋友妻适时地走上场面：争什么争，大哥非外人，执意要给，收下便是了，干吗让大哥为难呢。话未落手已出，大票进了钱柜，一卷小票塞进我的手心。当时不敢看找回的零头，心想肯定是便宜了。

走出店门，看一眼顶上的太阳，好大好妩媚啊。回去展开小票，不多不少整 20 元。突然就悟过来了：朋友夫妇，做“活局子”的干活。便不再去朋友的店，省得大家尴尬：鞋子是小事，交上一个朋友却不是一件容易的事；况且现在都市场了，朋友也的确该市场一下子。

后来读到毛泽东的一段故事，大彻大悟——毛巾用得很旧了，警卫员拿了一条新的来。老人家正在洗脚，小鬼便把旧毛巾递给主席，“正好用来擦脚。”毛主席竟面色庄肃起来，“嗯！就这么看不起脚么？千里之行，始于足下，其实脚比脑袋更尊贵哩，拿新毛巾来。”便用新毛巾仔仔细细擦他老人家的脚。

我放怀大笑。这不是伟人的一则小故事，而是他的一本大书。便体悟到：

人舍得为脑袋花一把把冤枉钱，却舍不得为撑着人字骨架的脚稍稍多花一些，这是天底最大的不公平。

小时候，是父母给鞋穿，穿什么，我们别无选择；现如今，是自己给自己买鞋穿，再不大大方方花一些，便有些自轻自贱了。

1994 年 4 月 20 日

小巷意象

小巷极窄，窄若绵细的游丝，但它却是我爱去的地方，因为它不需要太多的言语，也不需要过于流动的目光；它只需要你默默地走一走，想一想愿意想的事情，或随意寻觅些什么。

然而总想看到什么。首先就想看到一个纯情的少女，从小巷尽头，款款地走进目光。她的脸庞应该像月亮一样纯白，她的目光应该像水一样温柔；她大方而庄重，含笑而不恣。虽然这很落窠臼，但我不是诗人，无须题外的烦恼。

果然就有少女来，是三个相拥着。她们磕绊着走路，臂膀时时与小巷相撞。她们的脸很白，却是极斑驳的年华；她们的目光很饱满，却是一种恣意的喷薄；她们的唇际很红润，却是红杏熟透般的奢华……她们终于过了我的身畔，却猛地将头掉转，久久地审视我，若审视一件怪物。之后，便哗地大笑，逃也似的跌出小巷。小巷便很谦卑，觉自己太古老、太孤陋。正困惑间，一少女已擦身而过。伊着玄色短裙，浑圆的小腿，嫩藕般白润，步态也极优雅。很想跑上前去，饱瞻梦幻般的美好，去已害怕失望，满足于那得到的残缺。小巷便很拘谨，却也觉得，这没什么不好。

有个青年走进小巷，步履轻盈而缓慢。默默地迎着他走，开始重新的寻觅。走近时，他竟倏地停了，期冀我与他说些什么。望一望他，很感动，但不会说出有价值的睿语，便甘心与他交臂而过；有时交臂而过也是一种意境，因为不知道失去的是些什么。踱到小巷尽头，又慢慢踅回来，竟见那青年仍执拗地立着，他低声说："你不够意思，太伤人面子！"我说："不相识，无所谓在面子。"青年仍想说些什么，终于嚅动一下喉节离去。那个身影移动得缓慢而滞重，是个伤心的影子。小巷便不安起来，恼自己太安于寂寞，无言，便也成了一种浪费。

于是，我便渴望有人再走进小巷，哪怕是一个不谙世事的婴儿。但来的是一位拄杖的老人，他远远地就注意了我，正如我对他的注目。他迈动着很沉稳的步子，那手杖便像是极华丽的装饰。我突然慌张起来，不知怎么同他开口才好。于是，他离我愈近，我就愈恓惶。他走到我跟前，若透视出我极深的秘密，拍拍我的肩膀说："年轻人，要好好走路才是。"我的大脑一瞬间变得极苍白，头颅便不停地俯动。老人极满意地远去，那手杖竟干脆夹在腋下，步伐却更有力。小巷又听到了极动听的古训，便生出诸多忧疑，那已骚动的情分，便于不知不觉中消杳了。小巷便不再生出故事。

但正此时，驼背阿婆蹒跚走进，且有幼小的孙子相追。她手中执一枝细长的篾条，边走边俯拾巷中的落叶，那从远处零星飘来的落叶。"奶奶给你穿串串，好响的一支鞭！"小儿极兴奋，与奶奶争着捡落叶，小巷便被老少遗忘。她们很快捡到小巷尽头，落叶就将篾条穿得满满；走出小巷，正如沐浴了晚霞，便极像一串鲜灵的糖葫芦。那是市井上的一团火焰，一个金色的诱惑。小巷便想到自己的少年，那是多么火热的年华呀，与所有的少年一样。它很想到街上走走，寻觅丢失的，但已不能动弹！

于是，应赶快走出小巷，若不，便被嵌在小巷的壁上，成一尾生动的化石！

1994 年 5 月 16 日

雄性的太阳

在诡谲险兀的山崖上，艰难地跋涉着一个男人：他的脸膛海涛一样起伏着，呼出一团团热浪，催开了崖畔那迟发的花蕾；他肩背的肌腱如峰峦，把生命的力一轮一轮地辐射着；那斧凿刀削般的脸颊，丛生着杂沓而卷曲的胡须，拴牢了绺状的坚毅；他发披若雄狮，被山风呼啸成猎猎旌旗……手中的葛藤突然绷断，他箭一般滑向深渊。空谷似奔腾着千军万马，他四肢在翻滚中痉挛，终于抓牢了一页崖痕，躯体便壁虎般迅然贴牢了崖壁，崖缝中就有洇洇的血殷红殷红地淌。但他眼中燃烧着灼灼的火焰，要把崖上茸茸的毛草烧光。待攀上崖层，他撕去飘扬的布条，腿上绽出森森白骨，森森地闪着寒光。他把毛草和碎布一径用藤条在伤处绑牢，拄一支松枝站起，极目东方；那东方奔腾暗紫的云块，且传来呼呼的撞击声。他嘿嘿地笑出声来，拖着半条僵死的残腿朝崖顶爬。从他肿胀的唇间，哼出摇篮曲的调子，像有粉色的婴儿在他身畔啼。终于，他攀上了崖顶。回头望去，他爬过的地方，幽幽闪着一道磷光，使鬼魂惊悸；待眺望远天，一轮赤色的太阳，已如重辎般艰难地、缓缓地爬升着；暗紫的云块已烧成灰烬。他哈哈大笑，极贪婪、极放荡。乌青的脸膛，滚流着黏黏的汁液，混混沌沌一片。那山谷哗响着：雄性的太阳！雄性的太阳！这是夜里的一个梦境。

早起，你那干涩的舌尖上，果然有腥甜腥甜的味道。你怔了片刻，很快便酒醉般傻笑起来；蹬在地上，两条干瘦的脚杆也有千钧力气，满眼希望地盯着那屋角。

屋角，那用洋铁桶搪的炉灶，丑陋地占去了大片空间。

你没能力买轻便灶具，便涎着脸从化工厂乞丐般讨来一只装原料的破桶。岳母是个搪炉灶的好手，你便赔着十二分的小心求她老人家。炉子搪好了，岳母嘴角那一抹讥笑才淡去。那不是冲你，而是得意于自己的手艺。要朝屋里搬这笨物，你竟不能挪动半丝；岳母便在边上狡黠地笑，放出半声压下半声，如针般扎人。你怒火烧起，几次将衣袖捋起，但很快又把袖管放下：你那两只手杆如柴般细，且有紫青紫青的血管曲曲张张地跳着。岳母的笑声就更加放肆；妻的眼里闪满了泪花，可还是把一束束的厌恶和诅咒像鞭子一样朝你心上抽。你心头早已被泪水漫过了，脸上却仍堆着尴尴尬尬的笑。饭桌上，你一杯一杯地给岳母敬酒，岳母也极粗豪地一杯一杯地饮尽。你惊讶于岳母的酒量，也整个将一杯酒吞下，不期是一阵剧烈的干咳。你觉得，自己真的不可救药了！等岳母将脸子饮得落霞般灿烂，她便用最后一杯酒咕咕噜噜地将口漱净，咯儿地一声咽下，“一会儿我叫你弟弟过来，炉子好歹要搬进去。”小舅子踏进院子，穿四十几号鞋的大脚将地面踩得微微颤。你赶紧将满满的一杯酒谦谦恭恭地递上，内弟却用手轻轻一挡，直让你趔趔趄趄向后退去，酒浇了满脸。你刚欠起身子，见内弟已将炉灶稳稳地托起，几步便跨进屋去。从屋里出来，内弟重重地拍拍手上的尘土，招呼都不曾打，转身出了院门。于是，你便站在屋地中央，呆呆地看那炉灶，温温顺顺地听妻那好听的骂声，任满腔的羞辱怒荡如潮滚。

那日，母亲偕弟弟来，娘俩皆满面污尘。你心疼母子跑二百里山路好不容易出一次山，便踅到街上，把贴身衣袋中那温热的“体己钱”掏净了，割几斤猪肉，放几瓣大蒜，在热火上炖。那肉香一缕一缕地飘出来，像一支支柔柔的小手，轻抚着母亲那多皱的额头。母亲款款地笑着，尽情地回忆你往时的光景；回忆在村口高高的大榕树下，母亲一遍又一遍地眺望，眺望那路的尽头，盼着一个小小的身影朝她走来。她儿子在山外上大学，每次都会把新奇和骄傲带回来。

妻子下班回来，母亲赶紧起身。妻怔了片刻，淡淡地说：“来了。”母亲连连点头，且把躲在母亲背后的弟弟一把推出：“快叫嫂。”弟弟嗫嚅着，仍羞羞怯怯，终于没听到那清脆的一声嫂。妻挥挥手，“算了，算了，别难为他了。”那口气漾溢着无限的不耐烦。母亲的脸上就堆满了无限惶恐和不安。饭间，弟弟吃得异常开心，不但大块大块地吞那肉块，且滋滋地咂尽手上的油花。于是，妻的脸上有了无限的不快。母亲在暗下，一次一次地戳弟弟的腰眼，而弟弟却不解，依次朝母亲、妻子和你的脸上睃，睃过，仍埋头酣吃。母亲的不安一会儿比一会儿加剧了，只一粒一粒地搛碗里的饭。你只好把肉块搛到母亲的碗里，母亲却在转眼间又搛回到你的碗中。推让间，那肉块落在了桌上，母亲便迅疾捡起，埋进饭里吃下。“瞎让什么，又不是外人！”妻终于发了话。这顿饭便哑了场面，郁郁闷闷地很快用完，遁尽了那一团亲情。你心里疙疙瘩瘩很别扭，肝火股股地撞。你觉妻子太不近人情，应该理论理论的，但你还是忍下了，怕把本已如纸薄的情面，一下子揭得鲜血淋漓。

晚上，你把家里仅有的一床电褥子从妻的身下抽出来，铺到母亲的床上，你把母亲的褥面抚得平平的，等褥面有了温温热意，才离去。这一切，母亲在边上都装在眼里，任双眼放肆地潮润。母亲赶紧燃一袋烟，狠劲儿地抽几口，那张蜡黄的皱脸便很快躲进缭绕的烟雾中。

你回到自己的卧室，妻正在床上辗转。她张口骂了你一声，你吓得连连摆手，“攒好了，等改日再骂吧，别让妈听见。”妻仍旧骂，只是低沉而尖刻。你觉得跟这女人混下去是活遭罪，但你害怕和她分手，害怕失去妻那刻薄却温暖的照料。你天生的一个小身胚，猥琐得近乎畸形。三十好几没找上女人，多亏了妻看上了你，看上了你的一点点才华和用不尽的驯顺。有了这个女人，母亲焦枯的心尖上萌发了绿苗。那年，妻在高高的产床上躺了两天两夜。遇上难产，她拼命地哀号，两只黑溜溜的眼都瞪白了。最后动手术，竟从肚里取出一个八九斤重的死胎。你擦去妻嘴角的血，妻一把攥牢了你的手，死死不放！你感到有无边的幸福，从脚底冲到脑顶。从此，你记牢了妻那尖厉的哀号和对你的依赖，你决心跟这女人生活一辈子。

妻终于骂累了，把一双冰凉的脚，极野蛮地插入你的胸怀。你一阵战栗，但很快便平静下去，反倒抱牢了妻的脚，尽情地传导自己那微弱的热能。妻看着你那张狭小但坚毅但平静的脸，心里有羞愧的温热汩汩地漾。她试图把脚抽回，才感到你抱得是那么紧。她一下子把头蒙在被里，微微地抽咽。她不愿当着自己瘦小的男人抽咽，她觉得你不配看女人的眼泪。但你却笑了，傍着你怀中，她脚尖微微的颤抖。

第二天，母亲对你说：“他大哥（在弟弟面前，母亲从不叫你的名字），你弟弟今年十六七岁了，书念不来，给找个活儿吧。”你注视着母亲，母亲脸上堆满了凄惶和歉疚，你便赶紧点头。母亲临走，从裹腿带里解下三十元钱，“他大哥，你弟弟就留你这，等活儿找到了，烦你打发他上工。这是他的伙食钱，妈给你留下。”你腾地站起，把母亲吓了一跳；你的脸很难看。母亲只好怯怯地把钱收回，拙拙笨笨地打好手提包袱，叮嘱一声弟弟：“要听大哥的话！”便跨出门去。母亲走在前面，都六十的人了，还腾腾地蹈起灰尘。你心安于母亲健康的身体，酸涩便也慢慢地从胸中淡去。到了车站，母亲捋了捋你额头的乱发，“孩子，你是闯大世面的人，要保重身体啊。”你仍连连点头。母亲又说：“村里都说你弟弟有个当干部的哥，找事做忒容易，你千万替妈多操心，争口气给村里看看。”你不知说什么好，只觉得喉头涩塞，一层薄雾把世界都遮迷了。

母亲走了，弟弟若掉进闷葫芦，更是很少讲话。他怕嫂嫂嫌弃，整日寻活干，把你终日犯愁的饭棚给搭起来了，就连有限的一片院落也砌起了两方对称的花坛。你心里很激动，觉弟弟有出息。你每日下班便往家里跑，叮叮当当厨下忙。你怕妻生出厌烦，弟弟受了委屈，便不声不吭大包大揽了家务。妻果然不曾使气，但弟弟的饭量日日减少。你知道弟弟的拘谨，便拼命找关系，帮弟弟找活干。你跟妻商量，买些礼品出门，事好办些。妻的脸阴沉，一分钱也不给你；你便死心塌地地干跑，跑出两月，竟不见结果。一日，妻子突然汹汹地问你：“你弟弟是怎地，要在这儿扎根儿是啵？！”正巧弟弟进门来，满耳把话听去，一张火红脸儿便涨得紫黑紫黑；晚饭也就不吃，早早地睡去。第二天，你下晚班回来，见桌上有一纸条留下，歪歪斜斜地写着：“哥，我走了！”

你当着妻的面，第一次把饭碗摔得粉碎，然后蹿上单车，拼命地蹬上路程。夜幕好沉好沉，你的心好重好重；盘山路下是一个个深渊，二百里山路好难走，可你忘记了自己的存在。当你瘫倒在村口的大榕树下时，鸡们已开始了第一轮的歌唱。你好不容易敲开了家门，母亲见是你，低低地叹了一声：“唉！”这一声叹息似一声重雷，使你无地自容！你曾对一个朋友说：在你心灵深处，真正让你终生颤抖的，是母亲那一声轻轻的叹息！

你终于把弟弟又带回来。

屋地上，你砸碎的碗的碎片，仍银灿灿地散落在地上。妻子斜倚在床边，用眼睛的余光扫视你。你毅然弯下腰去，一片一片地捡拾那碎片，像儿时随母亲一粒一粒地捡拾地里的麦粒。“哥，我捡吧。”弟弟刚要弯腰，被你轻轻挡开，“不，还是哥哥捡吧。”此时，你才真正感到，你再也雄峙不起来，而容忍才是你的力量！

晚上，你摸到一个朋友的家里，从衣兜里掏出两瓶“四特酒”，对朋友说：“让弟妹炒俩菜，咱哥们儿好好喝喝。”朋友一乐，“我说老蔫，你可从不沾酒，莫非有心事？”你说：“没介，没介，想喝就是了。”酒一下肚，五脏都翻腾，眼球似要迸出，但你用力抵住桌沿，不使喘息生起。朋友对你挚劝，但你仍把酒斟满，饮下，像酒客一样亮亮酒杯底，朝朋友嘿嘿笑。朋友极惊诧！不久，朋友喝得东倒西歪，扯嗓子滔滔不绝，且击手顿掌数尽英雄豪杰。你趁机说道：“老弟，帮个忙。”朋友一杯酒搁下，“说，什么屁事！”你即磕磕绊绊将原委道出。朋友听后，先笑仰了身子，“小事一桩，包兄弟身上！”于是，你便更殷勤地敬酒，直到朋友趴在桌沿上呼呼噜噜地睡去。你站起身来，天旋地转，耳鸣风声，若世界末日来临。你定睛一看，见朋友已滑到桌下，他妻子正费力地拽他。你顿觉周身掀起热潮，像兀然伟岸的一座高山。你稳稳地跨出门去，在街上跌跌撞撞出自己的世界。但你终于没有倒下，骄傲地跨进自己的门槛，然后，理直气壮地倒下，嗷嗷吐成一只濒死的狗。

弟弟终于有了一份工作。

你却从此耽于虚幻，整夜整夜地梦见那雄性的太阳；梦见自己也高大起来，脱离了身躯的羁壳，心灵变得自由、洒脱而轩昂。然而，你白天仍卑琐地穿行在人流之中，你仍畏怯于妻子那严厉的目光。别人轻易做到的事，你仍耗尽全身的心智，才有一点点结果。于是你就有了无边苦恼。苦恼过后，仍悄没声儿地去做，无可奈何地完成自己人生的形象……

你仍沉浸在夜里的梦境，贪婪地品味舌尖上那腥甜腥甜的味道。

你怔了片刻，很快便酒醉般傻笑起来，蹬在地上，两条干瘦的脚杆，也有了千钧力气，满眼希望地盯着那屋角，屋角躺着那粗笨而且丑陋的、用洋铁桶搪的炉灶。

你靠近那炉灶，双手用力握下去，拼命一提，竟微微动了。你的心脏怦然激跳如穿梭，兴奋也红洇了青色的脸颊。你努力和它较量，每拼命一次，便挪动一分。最后，不得不借助于号子，宣泄负重时心壁的压迫。那炉灶离门边愈来愈近，门边那缕早晨的阳光，则充满了诱惑。于是，你就更坚韧地挪动着。当炉灶终于被你掀翻在院子里的时候，你像陡地得到了升华！

然而，当兴奋过后，你却屈辱地发现：这一切，你做的是那样的徒然，是那样的虚妄。你永远也不会伟岸，伟岸会使你瘦弱的腰杆弯折；你永远也不会超拔，超拔会使你的灵魂出现断层……梦中那个太阳，要将你引向歧途，将你引向毁灭。你只能是你！

但，你的的确确是轮太阳，也的的确确是一轮雄性的太阳，这太阳宽容、忍韧而沉雄！它的光泽并不比别的太阳黯淡，它固守着自己的位置，忘我地照耀着。

宇宙可以有一个太阳，但人间却绝不能只有一个太阳。不然，世界将变得极冷寂极黯淡。千百万个太阳，热烈了一个世界。

1994 年 6 月 2 日至 9 日

乡村情况

贩烟

乡集上，一个黑脸老妪卖自产的烟叶。烟叶焦黄精脆，成色好极。

时下，抽烟叶的人，极稀少。但总有好这一口的，若有足够的耐心，终究会卖出一些货色。就是卖得太贱，愧对烟棵子在肥黑肥黑的土地上，孜孜矻矻吸的那三季精血。

总还要植。种粮更贱啊。

老妪将上好烟叶，放于家什的最上端，放开苍然的一口嗓："家产好烟叶，一斤一块八！"

日头西斜，老妪的烟叶果真卖得差不多，仅家什的底儿上，还陈着一些碎烟末。老妪想，整烟叶一块八都卖得艰难，烟末就更无问津者，还是早早地回吧。

正此时，一中年人急急地骑车过来，"有烟么？"

老妪眼睛一亮，迭然应道："有，有。"

很想贱些卖给这人，却又怕货贱留不住客，便说："日里，一斤卖三块，天晚了，两块卖你吧。"

那人捻一小撮烟末闻闻，竟说：“好便宜，包了。”

烟卖得干净，老妪自然高兴。走在路上咂摸那中年人，不禁笑起来：好烟叶，卖一块八还惹人讨价还价；剩烟末，卖两块，竟嚷便宜，世上多稀奇，啥人都有。

走到一个路口，老妪感到口渴，踅到路边的一户人家，要水喝。

出来的，正是买烟叶的中年人。热情地给她开了一听饮料，老妪几口便喝得罄尽。谢过人家往门外走，总觉得说不出的别扭，还是回过身来，在衣兜里抠索，抠出两元钱。

“好烟叶才卖一块八，烟末子倒要了整整两块，再退你两块钱，才好。”

中年人先一怔，之后就明白了，哈哈大笑起来。

老妪先是有些磨不开面子，之后是抿着嘴难为情地笑，很快竟又哈哈大笑起来。

笑里含着什么呢？

这样的笑，缘于金钱，又不缘于金钱。

钱究竟与人性不是一码事。

相信为好。

饲牛

老四没手艺。

有手艺的都出去了，他留下来，种几亩地。地里种一茬麦子和一茬麦茬稻。粮食够吃，且米面都有，便没感到有什么不甘心的。

才三两年光景，那些手艺人，渐次地翻盖新房，一幢幢两层小楼很有姿色。

老四觉得手艺人，住一住小楼实在没什么，要不，学手艺做什么呢？

手艺人觉老四随和，渐渐请他吃一吃、喝一喝，或玩点稀罕的什么。

老四便看到了声、光、化、电。这些都让老四激动不已。

老四又看到手艺人的女人，瘦的胖了，丑的媚了，且女人之外的女人也猫在小楼上，不下来。

这是一种什么样的生活呢？老四激动不已地激动不已。

老四感到很隔世了。

对自己那也隔世的女人说："少想些粮食的事，多想些钱的事吧。"怎么想呢？

正赶上卖奶牛的贩子来，说你贮那么多粮食等着霉咋着，买头牛吧，有奶吃奶，没奶吃肉。就糊里糊涂地被贩子说活了，买下一头牛。

饲料不愁，愁的是买牛干什么。

先养着吧。

一天，老四做了一个梦。梦见一白须老翁给了他一袋金子。他激动不已，咯唧、咯唧地数，一个、两个、三个……咯唧咯唧地数不完。被自己的女人踹醒了，仍听到咯唧咯唧的声音。似醒非醒的老四，便很诧异：莫非门外真有人在数金子。便迷迷蒙蒙地到院井里去，往一处处黑地方寻数金子的人。咯唧咯唧的声音就在近处，怎就寻不到那人呢？老四急得流出一柱尿，注到光光的脚上，很温暖。但很快就冷了，激凌激凌往回走。

便看到了栏里那头牛。

牛醒着，嘴巴蠕动着，咯唧咯唧。

老四一下清醒了：数金子的声音，是他的奶牛倒嚼的声音。

老四很恼，扇你个狗日的畜生。抡到半空，手僵住了。夜半的风太冷，老四的手抽筋了。

奶牛下奶了，接了很盈的一桶。乡下没奶站，只有留下自己喝。老四喝了一口，噗地吐出来：“娘的，腥腥的怪味道，有哪门子喝头，城里人忒会作死！”

正无措间，拥来一群女人。是小楼上住的那些女人。

手里均拿着灵巧的家什，要买老四的奶。老四怔了，半天不说话。

小楼的女人也会作死了。

一年下来，老四竟积了一小笔财。

晚间，老四睡不着，对女人说：“怪不得那巴掌打到半空，便僵住了，这家伙原来是个财神。”

乡下人发财，发得好不明白啊！

吃梨

一所乡级中学。

语文教研组的教研经费，在年底终于剩下五元钱。组里有五个教书匠，每人可分到一元。一元钱能做什么呢？有人提议，买梨吃。

买了几斤梨。

梨放到一个抽屉里。组长说，谁吃谁拿吧。

谁也不愿第一个去拿。因为，若取大者食之，怕人家说挑肥拣瘦；若取小者，梨在抽屉里，谁又能相信，你取的就真是小的呢？

大家都只是欠一欠屁股，不再动作。

都想，待无人的时候，摸一个吃吧。

四位去上课了，甲无课，便拉开抽屉。既吃了头水，已让人猜疑，干脆拣一只硕大者食之。

待乙独处时，拉开抽屉，见大者仍赫然在也，心想，甲这人还说得过去，也择小者而食吧。但又有谁明白自己的用心呢？与其做好人做得不明不白，不如亏心到实处。亦择大者食之。

轮到丙值班，速然打开抽屉，发现硕者依在，心里好高兴：甲和乙到底是有风格，亦学其榜样才是。但这榜样做给谁看呢？莫不如真实一些，吃大的。

丁终于有了机会，愤然拽开抽屉：大的准被几个馋虫吞尽了，受委屈的总是后来者。定睛一看，个儿大者并未杳去，呈一种安然的存在，便觉得有些不好意思。错怪人家几位了。拣一只小的，罚一下自己吧；但又有谁感受到那一片诚意呢？没必要难为自己，吃大的。

戊落到了最后。戊是组长。想到自己是领导，即使吃几位的落剩，也该坦然才好。打开抽屉，见剩梨之中，不乏硕者，便得一份意外喜悦：属下跟随自己多年，究竟是长了一些境界，不曾辱没师表那一重古风。拾一只小者欲食，突然想到，屉中所留大者，未尝不是属下的一番心意；在无言无人间，领不领情均一样矣，还是领情吧。

梨子吃完了，大家再聚时，都觉得自己占了他人的便宜，都暗暗地生一丝惭愧，与组中人说话共事，便都抱以一分谦谦之情。

大家处得比以前更好。

落苹果

村头有一棵苹果。

果子将要成熟的季节，刮来季候风。风很大。

有一些果子被刮落了，摆在地上，呈一种忧伤的艳丽。

老者踱到树下，见到好好的果子被遗落在泥土中，很心疼。蹲下身去，捡落果吃。

青年来到树下，看了看树下，又看了看树上，摇一摇头，便摘树上的果子吃。树上的果子很脆，他吃得很开心。他认为，风依旧在刮，果依旧要落；与其吃地上沾泥沾土的落果，不如吃树上将落未落的鲜果。

少女踅到树下。苹果的香味儿很诱人，她闻到一种青春和生命的味道。很想亲口尝一尝这味道，但她有些踌躇。地上地下均有果子，到底吃哪个呢？少女喜欢吃新鲜的东西，且有洁癖；干干净净一个丽人，若取被尘埃污染的落地果，高贵的天性怎拗得过呢？又顾忌到落果的存在，落果也是果子呀，被无端遗弃，惜甚。对两者的态度，便是一个不愿，一个不忍。只有哪个也不吃。

一个儿童蹀到树下，捧起落地的果子，很欢畅地吃起来。果子就是果子，他不知道树上的树下的，有什么不一样。

果子是一种存在，对这种存在，每人都有适合自己的选择，乃一种自由，相安无事便是极自然的事。

却有故事发生。

老者睨了睨那青年，“好好的果子已落了这么多了，那长着的不让它好生长着，怎就不知道‘珍惜’二字呢？”他说。他认为这小子，将来准是败家的货色。

那青年很不屑，“就爱吃这一口儿，怎着？再说，树是你们家的么？你保证果子不再落么？若为吃几个蔫苹果，不如到家门口的水果店了；走这么远的路，贪的就是这层鲜。我没天生的一身贱！”他心想，老头子真是过时了，活着不好好享受，死了白搭。

听着两人的争执，少女心里很烦，“愿吃哪口儿就吃哪口儿吧，吵什么吵！”她说。她觉得，小青年仅仅是吃几个树上的苹果，老者没必要较真儿；而老者心疼地上的果子，青年也太不该讲人家贱。两人乃自找没趣儿。但她分明感到这里有一层不公平：年纪轻轻的，怎就不能吃几个落果呢？摘树上的好果，怎就那么心安理得呢？老者也是，干吗不摘几个树上的果子吃，难道天生就那样的命么？

少女满面通红着，不知说什么好。

看着大人们吵架，儿童咯咯地笑。

人间就是这般地有意思。

1993年3月15日一稿

1994年8月10日二稿

世象二题

分房

县城这所中学，从五十年代初建校至今，已有近四十年的光景。县里的领导，从县长到乡镇的书记，大大小小有头脸的人物，几乎都是这所学校的学生。由此，这所中学与本地区党政部门的关系，不可谓不铁。但校园东侧洼地上，那六排教职工住的平房，从建校始，竟从没翻盖过。以至下雨漏雨，刮风揭瓦，令一伙老实巴交的教书匠苦不堪言。

一些老教师曾聚集了，一起去找县长。县长将教育局长、房管局长找来，乐呵呵地对这帮老者说："我们几个都是您的学生，工作不周处，请老师多多指教！"说完，就撕开一条"阿诗玛"云烟，依次亲亲热热地送到老师手上。老师们吸着烟，话竟出奇地少了。县长打破这沉默的局面，仍亲切地说："老师们莫顾虑，都是您的学生，有话好说。"老师们便你推我，我搡你，最后一个再也躲不过，便嗫嚅道："没别的，房子。"县长倏地站起："房子好说，等县城的十大建筑完工，压几幢家属楼也极容易；只是请老师们体谅我们眼下的难处，摊子铺得太大，资金周转不过来。”

一帮老者从县府大楼出来，虽一无所获，但极高兴：“县长所说，是可以理解的。”“是哩，在漏房子里，几十年都挺过来了，再捱一捱，能有啥？现在干甚不用钱，莫叫学生娃作难！”

又两三年过去了，县城耸起了不少楼房，城市味也愈来愈浓；相形之下，那六排教职工平房，就显得极萧条破败，极刺人眼目。更让老师们不解的是，县上的干部楼，几年来从东楼到西楼，从土到洋不断更新，这不也得花一大笔钱么？教师中的那帮老者，便也终于愤然不平起来，但一想到县长那始终乐呵呵的笑脸，便没勇气再到县上提意见，只是整天里唉唉叹叹，说一些不疼不痒的怪话。

正巧，学校搞招标，实行校长负责制。在招标现场会上，竞争校长的不下十个。但在关键的环节上，都怯了性子：难于解决教师的住房问题。这时，在人群中看热闹的我的棋友小 D 突然走上台去，说：“不就两幢楼么？这校长，我当了！”周围一片愕然，接着便是杂乱的喊喳声。

小 D 说：“大家莫担心，论文化，我电大毕业，大小文章也发了几十篇；论能耐，我干了五年的瓦工头儿，票子也挣得哗哗的了。真格地想当校长，绝不是胡闹！”于是，等房等急了的教书匠们便也失了斯文，甘心于一个泥匠的领导。

我对小 D 说：“当校长可不像当瓦工头，搞教育是一门科学。”小 D 说：“我调查了，原来的几位校长都是搞行政和教学的行家，我仍聘他们做我的副手，放手让他们去干，行政业务这一块便绝不会有问题；我本人则多抓一些经济，楼好住，但都是钱堆的呀！”

不到半年，小 D 就办起了五家校办工厂。这些厂有服装厂、鞋帽厂、地毯厂，甚至还有酿酒厂。这些厂在社会上并不赚钱，没人敢硬着头皮办下去。但小 D 认为，校办厂不收税，生产出的产品成本低，在市场上的竞争力就极强，不出一年半载，就会在同行业中占了上风，经济效益就会骤增。事实证实小 D 的分析极对，不久，县城附近的同类厂便找小 D 联营，中学的企业就办得极火红，后来，在银行中就也有了上百万元的存款。

于是，1988 年春节刚过，教职工宿舍楼便顶凌破了土。承包楼房建筑的，就是小 D 原来那帮哥们儿，建设速度便出奇地快，刚过“六一”，两幢楼便竣工了。

县长把小 D 找去，说：“你真能干，多少年的老大难问题，被你朝夕之间就解决了，到底是经济人！县里要给你记功，树你为咱县的第一位企业家！”小 D 觉得挺不好意思：当校长的不戴教育家的帽子，却硬要扣一顶企业家的桂冠，时髦出套了！

第二天，县长的两个秘书便光临了小 D 的办公室，送上一张大红烫金的“优秀企业家”证书。小 D 推辞不过，就接了。晚上他来找我喝酒，满面红光，兴致也极高。我知道他何尝不想得到这样一纸证书，在当瓦匠头时天天都渴望着。如今经济界也极讲面子，这个称号不是无足轻重，它可以给小 D 招来更多的信任和青睐，也会给他带来更大的经济效益。

楼房分配方案刚公布，就有教师到他的办公室来，又哭又闹。什么 ×× 老师虽是优秀教师，但才三口人，竟给了两大间，我们四世同堂才不过三间，不合理呀；什么 ×× 老师的孙子年初才接来，为的是充数分房子……一向温良恭俭让的教师们竟也失了宽厚和耐性，于哭闹啼戏中互相告状、互相攻讦。小 D 极困惑，烦躁弄得他烟酒不思。

夜深了，小 D 刚要入寝，却听到有极轻的敲门声袭来，轻得如猫爪抓。便问：“谁？”久久无人答话，小 D 就熄了灯。但那极轻的敲门声却又急促而执拗地传进来，便只好开了灯，极不情愿地去开门。

进来的竟是有七十四岁高龄，极寡言的杨老师。他的儿子小杨也在学校教书，三十好几尚未娶。

未等小D开口，杨老已扑通跪倒："校长，莫怨咱老来没出息，分的那两间楼房实在是不够哇！等小杨成了家，儿子不把咱扫地出门，公婆儿媳一起混，又踏实得了么？"

小D忙说："杨老，您莫担心，咱学校先缓一缓，还要盖呢。"

杨老仍执拗地跪在地上："多少年才盖这么一回，今后咋样，哪儿有个准谱，你不答应，老叟是跪定了！"

小D慌了，论贡献，杨老几十年献身教育，其功劳不下于盖十幢楼房，但却跪在一个后生脚下。小D用力将杨老搀起："我答应，答应！"他的心在抽泣，在流血：老师们怕他干不长，是要抓足了抓住了眼前到手的稻草！楼啊，你这冰冷冰冷的死物，却轻易地改变了有感情有思想的血肉之躯！

活该小D不得安稳。第二天，县长又打电话来，说机关里有几个困难户，无论如何也得安排一下，拜托拜托云云。小D深知这里的厉害，不能不应。于是，教师们的不满意、杨老师的跪倒以及县里突然夹进的楔子户，种种难题一齐压向小D，迫使他不得不重新考虑分房方案。

最终，他考虑到实行商品房的方案。实行这种方案，他心里也是极不安生的。他知道老师们挣的都是死工资，没有几个富裕钱。让他们花钱买房子，就等于拿刀生宰他们，这是缺德的事。但眼前的矛盾不解决，不但房子住不好，还要留下许多隐患，危害他已始的基业。经过极度的思考，他决定，由他一人控制，实行象征性的商品房分配方案：每平方米楼房，收三十元钱。

就这区区三十元，竟作难了本分而贫穷的教书匠，不但原有的矛盾杳然无影，有些原已分到三间房的住户，竟也退出一间来，用他们的话说：凑和凑和，千八百块就省下了，存在本里，等将来有了难关，好过哩！小D心中冒酸水，哭笑不得。

但这还不是最意外的效果，最意外的效果是小D接的那个县长的电话。

电话里，县长问："房子分完了是么？"小D说是。县长又问："都收钱了是么？"小D仍说是。

"就不要收了，教师的收入本来就低得很嘛！"县长说。

"县长，您老说得极是，但人们太斤斤计较了，不好办！"小D解释说。

县长说："机关那几户也收了么？"

小D说："一视同仁。"

"不好办了小D，那几户是我满包满揽了的，怎么好收钱呢？"县长的口气有些急促。

"对不起您哪县长，动不得，都大眼儿瞪小眼儿地瞪着哪，一动准生是非！"小D有些张皇。

县长沉吟良久，口气极平缓："就算我求你办事好么？我已经答应他们了，怎么好说话不算数呢！"那里有很重的一个潜台词，便是：我堂堂县长，一定说了算！

小D有些气短，但仍嗫嚅道："您就饶了小的这一遭，小的真、真、真的为难！"

"好了，那过两天，我去为我们那几户交钱！"县长嗒地将电话挂了。握着电话机的小D，呆呆地坐在那儿，久久不动。眼泪终于从他的眼角缓缓地滴下来。"泪光中不停地闪回的，竟是杨老师跪倒的那个干瘦的身影。"事后，小D对我说。

借书

艾老师是我高中时的班主任。他胖胖的身子，矮矮的个儿，素日，面上总氲着红色的笑容，让人感到他既亲切又乐观。我便极愿意和他亲近，但几次要去拜访他，均被他婉言谢绝。他当时的表情极慌乱，且伶俐的口齿登地变得支吾不清，让人生出疑惑。

那日老叔从广州回来，带来几枝鲜荔枝；因为有极好的礼物，我便极兴奋，贸然去敲艾老师的家门。

门久久才打开，露出艾老师那秃秃的脑门。见是我，惊异惊喜的表情倏地在那张胖脸上掺均匀，老久才让我进屋。

进屋去，先就闻到一股极浓的腥臊，令人不敢出大气。艾老师的面孔恓惶而阴沉，把我让到客厅里那唯一的一张旧藤椅上，就再也不知说些什么。隔壁传来一阵阵呻吟，艾老师站了起来，极不自在地摆一摆手，仄身进了那屋。不久便听到一阵窸窸窣窣的响声，夹着一声半声的低嗔。艾老师再出来时，手里提着便盆，躲躲闪闪地奔门外的公厕。其实他屋里就有厕所，也许碍着我的缘故，很不好意思吧。艾老师是很儒雅的一个人，虽乐观爽朗，但却从没听到他说过一句粗俗的话。

他进屋时，不停地点头，连声说抱歉，张皇中差点将脚下那竹皮暖壶打碎。他突然想起还没给我倒水，便提起壶来，一倒，竟是空的，就要到隔壁去提。我感到极不安，说："老师，我不渴，您快坐吧，我只是想看看您，顺便借两本书。"

艾老师听到要借书，便更拘谨起来，说："架上有几本，你随便翻吧。"

他的书架蒙着一层灰尘，榫处快要脱臼的样子，动一动便吱吼叫，宽大的格架上，仅几本旧书稀落地散躺着。

我从艾老师家中出来，努力吸了几口大气，后悔不该来，不该看到快活的艾老师那极不快活的一面。

我决计要帮他做一点事。钱物他是绝不收的，甭说是学生，校长和同事们的接济都被他粗暴地拒绝了。想帮他做些家务事，又不好进他的家，一则看不了他的窘境，二则不忍心让他尴尬，便想攒钱给他买些书。他是读书人，读书人怎能没有书呢？

终于买好了一捆书。送到他家时，他极高兴，不断地翻一本本的新书。翻完却咯咯地笑起来，“这都是你们青年要读的书，我一个半大老头子，还能读出个啥滋味来。”说完还笑，笑得我极不自在：“老师，您怎能这样？”他止了笑，拍拍我的肩膀：“你是个好学生，老师知足了，但以后莫给老师送书了，本该是老师送书给学生的，却让我弄得本末倒置了。”说完，竟有两滴浊泪流下。其实，这是极在情理中的事，艾老师竟想得恁重，何苦呢？

从上大学到分配基层，近十年的时间没见到艾老师。我调到政协后第一次见到他，是去年夏天，在我的同学印子家。

印子上高中时，功课极不用心，属调皮捣蛋类，经常被艾老师留下，洗脑换耳。于是，印子便视上学为苦差事，对老师们全无感情。近几年他搞皮鞋买卖，办了小城中第一家私人企业，不但有了近十万元的存款，还有很好的声名，是有地位的政协委员。印子除经商外，对政界的大小事体均感兴趣，常到政协来探东探西，我便有经常会见他的荣幸。他每次来，都穿着极笔挺极瘦窄的白色西装，这绝不是北方人怯生生穿的那一种，用他自己的话说，是最新的“港式”。我发现周围的干部们很欢迎他这种“港式”，说印子代表了小城最现代化的一面，冲涤了小城的土气。我并不以为然，对印子，我只是感到他特别爱说，准确地说，是特别会说，极会装潢门面。

记得是政协开一次中秋赏月会，会开到中途，印子急急火火进入会场，边走边大声问工作人员：“政协会散了没有？”将台上台下的目光完全吸引到他身上来。他气喘吁吁地说：“两小时以前，我还在‘广州—北京’的班机上，到家看到政协开会的通知，征尘未掸便赶来了。政协开会，无论如何要参加的！”政协主席极感动，紧紧握住了他的手，邀请他讲话。印子并不推辞，接过麦克风，用一种浑厚而清晰的语气说：“我本来是卖皮鞋的，是党把我培养成一名政协委员，成了一个经常参政议政的人物。值此中秋佳节，我要献上一个政协委员对党的一片心声。请让我唱一支歌子，一支多年不被人唱起，甚至令有些人反感的歌子，但我还是要唱，这就是《唱支山歌给党听》!”说完便唱，唱得极动感情，泪水濡濡地滚，音调也颤抖得嘶哑，全场皆为之动容。唱毕，便听到雷暴般的一阵掌声，印子便顷刻间成了众星璀璨着的一轮明月。

事后，我却得知，印子那天并没出远差，只是待在家中，选择了一个好时刻，人为地造了一个动人的场面。

印子既然成了一面旗帜，便要整理先进事迹。我受命负责这份差事，就请印子先拟个初稿。接到那几页初稿，我百感交集：那是几个驴唇不对马嘴的段落，记述的文字也写得倾斜欲坍；如果请一个小学五年级的学生来写，保管要好若干倍。我只好亲自出马，到印子府上，拜访加采访。

不期就遇上了艾老师。

寒暄几句后，知道艾师母在给他留了一屁股饥荒后，已于去年去世。他也退休了，便常到印子家，借几部书读一读。艾老师说：“印子真有几架好书哇!”其艳羡之情殷殷，溢出言表。

我打量了一下印子的书房：是个极宽阔的房间，正堂有几幅名人大条幅，周遭环列着一圈沙发，六个顶到屋顶的朱红大书架，威武而气势地站在东西两壁，对人有一种扑面而来的震慑力量。书架上果然尽是好书，中国古典文学名著的各种版本几乎都摆上了，让人极惊奇的是，架上竟有不下二十种的珍本书！我立刻省悟到，这几架珍贵的藏书，对艾老师这样一位贫寒而执拗的书生来说，将是一种多大的诱惑啊！

艾老师见我们有事要谈，便起身告辞。临了对印子说：“我今天借你那部二十四史，这是我半辈子都渴望读到的书。”

印子皱了半天眉头，见我正注视他，不自然地笑一笑："就拿走吧，不过得快一些，别像前两次，一借借了三四个月，让人不安生！"

老先生连连点头："就是，就是。"艾老师迈出门去，步履显得蹒跚不稳，背已驼得极厉害。但生活并没有压垮他，他不是很勤勉地读一些书么？

印子对艾老师的背影喊："说好了，就一个月！"那个影子站住了，像是回答了些什么，但我没听见。

我问印子："偌大一部二十四史，老先生一个月能读得完么？"印子晃晃头："管他呢，不催紧点，一借就借几个月，跟自家似的，全不管人家怎么着急！"

"你也正研究二十四史？"我问。印子不以为然地一笑："读它呢，一大堆破古董，不管吃喝，也不管赚钱！"

"那就让老先生研究好了，怪孤独的老人。"

印子竟急了："那不成，领导、朋友和哥们儿都知道我古本子多，若哪天来看看，缺这少那的，不成了吹牛皮了么？"

我问印子是从哪里弄来这么多珍本书，他以为我极欣赏，便得意地说："都是从名人学者那里弄的，扔进的票子多了，如今斯文人少，都他妈的认钱！"

这话我信，为了置办这几架书，印子一定花了大本钱。他既是富翁又是个政协委员，当然需要装潢。但我却感到一种巨大的悲哀。

三个月后，我突然接到一个陌生人打来的电话，说艾老师病了，要我去看他。

我买了一网兜水果，登了艾老师的家。屋内腥臊依旧，书架上仍躺着稀落的几本旧书。我来到艾老师的床前，听到他低声的嗫嚅："你送我的，为什么不是一网兜我爱看的书呢？"我并不言语，只是专心地给他剥橘子。把橘瓣放到他嘴里，"您还是吃点水果吧。"艾老师哽咽着：

"孩子，都什么时代了，为什么还是有钱买书的不是读书人，而真正的读书人却买不起书呢？"这话问得太古老太凄切，我不知怎么回答才好，便随口说："都怨该死的物价，涨得太狠！"

他摇摇头，什么也不说了。

原来，艾老的病是被印子气的。艾老三个月后才还那部二十四史，挨了印子的骂，也断了借书的缘分。

从艾老师家出来，橐橐地孤走在冷清的街上，心中郁结着吐不出的块垒：读不起书的，不仅仅是艾老！

1988年11月20日一稿

1994年8月12日至14日二稿

第二辑

南迁嘉木

进入二十世纪九十年代，尽管文坛的喧哗还是那么的嘹唳，但实际支撑着京城文坛，并给京城文坛带来光荣与梦想的，是“新文人”群体的随笔创作。这正如刘心武先生所说，“新文人”的写作，具有“符号价值”，或者说，具有“符号作用”。

符号作用，便是代表性作用。

而在这个“新文人”写作群体中，伍立杨是面旗帜，是个灵魂人物，对这个群体产生了深广的影响。

一以文字，一以为人。

伍立杨具有极强烈的“读书情结”，是个真正的读书人。他可以毫不做作地品藻出钱钟书、余光中、董桥与李敖的学问与文字的可圈可点处，可见他学问的广博与深厚。他在对中外文化传统的长久迷恋中，培养了自己勃郁的“文人情怀”。竹林七贤的放诞，谢灵运的山水情怀，太白的高标，东坡的旷达，李笠翁的情调，袁子才的性灵，济慈的夜莺般的快乐，契诃夫的从容与洞彻……均在他心中激起了梦幻般的向往。文章之中的“诗酒精神”被他看成是“浮世的迷醉”，对文字的深情成为“骸骨的迷恋”，他把思想的专断视为“精神的阉割”。他“活在文字中”。

是文字给了他人性的滋润，是文字给了他灵性的自由，也是文字给了他人生的坐标，所以，文学是他的生命所在，他用文学的眼光看待世界。

因而，他创造了一种只属于他的，优异卓越的文体——新艺文随笔。

艺文随笔，其实是个老牌号，之所以冠以“新艺文随笔”并称被伍立杨所独有，概缘于伍氏艺文随笔与传统的艺文随笔有本质上的区别：传统的艺文随笔，偏重于谈文说艺，探求的是艺文的技巧与机心；而伍氏的艺文随笔，则是用文学的眼光看世界的生命感怀。在他的艺文随笔中，既有学问，亦有感悟；既有识见，更有抒情。他文章的质料，大都取材于文人的生活形态和文学作品——亦即直接从文学世界里汲取对现实关怀的学问、思想和情感。正如他自己所说：“等到在书中沉潜下去以后，名著和奇书所慨然赠予我们的，便是关于人生和风景的深沉的梦幻，以及因人生况味的洞察，因风景真境的感受而起的共鸣和开启，悬想和咀嚼。”

在伍立杨那里，文学世界是个诗性、人性极为丰厚的地方，所以，直接取材于这个世界的艺文随笔，便亦充满了人性之美、情性之美和辞(词)性之美；其文质——情韵灵动，识见幽邃，文采焕然。通常表现为腹笥充盈，用典繁丽，承转腾挪，调和自如；纵横捭阖，覃思精研，率性点染，意绪幽深。其深远高华，非一般随笔作者所能望其项背。

所以，伍立杨的学问文章被京城文界和学界普遍倚重，在“新文人”群体中，每每都引用他的高辞丽句和幽思妙见，以壮自家文字的声色，不仅如此，“新文人”之外的所谓学者与文章家亦击节叹服。杂文大家毛志成先生就曾当着许多人的面，由衷地说：“立杨的文字我就做不出。”以至于有的所谓名家，心痒于立杨的深远高华，却又放不下架子，悄悄把立杨的幽微与精当“变幻”成自己的“发现”，在文界丢丑露乖，让人体会出别样的滋味。

当然，由于“新文人”群体的许多人都是立杨的朋友，也就毫不客气地借重他的影响：办副刊开栏目以能得到他的文字为幸事，编丛书撰专著以能邀到他的“加盟”为风光。从此可以看出朋友们对他的崇敬与服膺，他的文字在朋友们的心中有极神圣的位置。他的书是我的枕边书，每沉浸进去，均获大裨益。他丰赡的词采令我眼花缭乱，每每都要借助一本《汉语大辞典》，才能读得通透彻底。我从立杨的书中学到了很多很多。

可以说，有立杨的存在，勃郁了京城文化界的文化氛围，也提升了“新文人”写作群体的文化含量。由于他的带动，“新文人”群体普遍注重学问、识见和文采的完美结合，孜孜不止，在文界，筑造了一条亮丽的风景线。

以上，说的是伍立杨的文，再说他的为人。我认为，他的为人，是颇有些特立独行品格的。

这些年，他虽然身在《人民日报》旗下，结交权贵人物的机会多多，他却从不做攀龙附凤之态，甭说善于经营，就是愿意经营自己，得到一些炙手可热的官位、名利和物质，对他来说，亦是举手之劳的事情。他与一些大名家，诸如范曾、舒展、刘心武、毛志成、姜德明、蓝翎、流沙河等都有很深的私交，这些名家亦很乐意帮助他，他完全可以堂而皇之地毫不失身份地获得一些令人羡慕的利益与名分。但他都没有去做——他做到了一不欺世，二不欺情。不仅磊落，而且独立。

伍立杨不慕奢华，不嗜浮艳。因为他的地位与文名，被邀宴饮的机会很多；他能推的，一概推掉，实在碍于情面而却之不掉的，在饭桌之上，他也静处如兔，饮几口清茶，夹一些菜蔬，无饕餮之相，无哗众之音。所以，有的难免冷场，但他却处安然。

让他不能安然的，是一些不学之徒或褊狭之徒对真学问的贬损。比如京城一家权威报纸连续刊出贬损钱钟书、董桥和李敖的文章，而此三家深得立杨爱戴，于是写出反驳文章，指出前文破绽。讵料该报压住不发，惹得立杨豁然震怒，感于此报门户之见太深，发誓今生永不为此报撰稿。可见，伍立杨在文化坚守上的耿介与狂狷。

在京城时，伍立杨不仅不经营声名，也不经营家庭。他舍不得花钱安电话、装修房子，却舍得花巨资买那些冷僻的书。上海书店影印的《民国丛书》第一辑，一百余种四百余册，售价五千余元，在风入松摆放许久无人问津，立杨却一见倾心，毫不犹豫地悉数买下。一些刚跟立杨接触的人，说立杨有些孤傲。其实，被书香浸透骨髓的立杨，当自然而然少了媚俗的心计——文化的充盈已化为人生的自信，不仅不费心讨好世人，就连生活本身，亦懒得讨好了。

但伍立杨不是不入世的人。他虽不攀权附贵，却体恤民生；他虽不经营自己，却乐于扶助蹇贫——他不仅在文章中表达出对生民的大体恤，而且在现实生活中，亦处处表现出垂爱他人的古道心肠。

二十世纪八十年代中期，一些外省的文化人纷纷涌向京城谋求发展，但他们一踏进京城便陷入生存的困境。伍立杨则利用自己《人民日报》记者的身份帮助他们谋职、求学，并为他们推荐稿件、疏通关系，为他们培育生存土壤。这些人目前在京城的文化圈大都已站住了脚，有的还有了不小的声名。比如有名诗人祁人，二十世纪九十年代初从四川进京时，穷得连饭都吃不上，伍立杨二话没说，供其吃喝，直至谋到生路。祁人现在不仅是有名的诗人，还是有相当实力的老板；每提到立杨，他都感佩不止，充满敬意。所以，在京城文界，伍立杨有“文侠”之称。在当下物欲横流，文人的“阴私”气日重的氛围中，伍立杨的境界，岂止一“文侠”的戏称所能涵盖？他的文章，是真正的道德文章；所谓道德文章，非旧时的冬烘层面，而是真善美的性情层面。

立杨要南下了，京城的朋友们都舍不得，我等还情不自禁地流下热泪。他的南下，是京城文界的悲哀，也是业已形成的京城“新文人”写作群体的损失。尽管古训称文人宜用不宜聚，但世界已进入了资讯时代，信息的凝聚是发展的基础，而伍立杨本身是一团浓郁的文化氛围、一个有关文化的灵动丰厚的信息源啊！

然而海南有福了。不久的将来，在他身边，一定会长出一片足以傲视京城的文化风景，让我们激动不已！

2001 年 5 月 16 日

感觉汪曾祺

温暖的汪曾祺

早就想写一篇关于汪老的文章。并不因为他是名人，是心里很想很想。

从未见过汪老。只听人说，他身高不够七尺，是个很不起眼的老头儿。这让我感到很高兴。因为，不知为什么，我总觉得不起眼的人，往往有很强的内在力量。有这种感觉的人，不止我一个，还有一个刘恒。他在《冬之门》里写了一个复仇故事——最后把土匪头子杀了的，不是大块头的英雄，而是最没能力杀人的一个厨间的猥琐的饭夫。《冬之门》让我一夜没睡好，我感到人是高贵的，因为人是生物界中唯一不靠体力取胜的动物。

我固执地认为，一个真正的作家，文章与他本人应该是一种宿命关系。汪老的文章很小却有大的内力；他本人便不应该驴高马大、张牙舞爪，悄然而柔韧地生活写作，于他于他的读者，都惬意。

我爱读汪曾祺到了这般情形：长官不待见我的时候，读两页汪曾祺，便感到人家待见不待见有屁用；辣妻欺我的时候，读两页汪曾祺便心地释然，任性由她。在我的办公桌上，内室的枕畔，便均备放一本汪曾祺。

汪老的文章是我生命的一部分。

盖因汪老的文章，不浮、不滑，有一种滋润生命的温暖。

读汪老读得久了，竟幻化出这样一种情景：

在一个古旧的小木屋里，有一只用泥抹的小火炉，围炉坐着汪老和我。汪老是一个爱讲故事的老人，我是一个爱听故事的孩童。炉中无声地闪着橘黄色的光，照得爷儿俩的脸也一片橘黄。汪老平静地讲他的故事，故事也无大的波澜。他的故事讲得脉络清晰，里边的人物即便是丑角也有几分妩媚，即便是惊天悲哭也有间歇中的微笑。使你感到，他不是在讲别人的故事，而是在叙说自己的生活经历。见我听得很专注便说：

“你看，人活着，是一件多么有意思的事啊！”

见我不吱声他以为我没听懂，便用绵温的手抚一抚我的头，“不必想它了”。他不强迫我懂，其实，我早已懂了。继续听他讲下去，到了后来，那个火炉与汪老竟成为一体了。

这一幻境，其实就是读汪老文章的感觉的具象。他不强迫你读懂他，他不强迫你接受他，你却被他感染，甘心情愿地接受他。正如那悄然冒着橘黄色火苗的火炉，它不强烈地炽烤你，你却感到了抚到心尖上的温暖。

如果人有颜色的话，汪老便是橘黄色的。

他的故事，有一个总的主题：便是人活着是一种有意思的事。

汪老很尊重他的读者。汪老是个大器晚成的人，人生境界的深厚，使他不愿展示伤疤，以逞英雄豪气；不愿发小我激情，以臧否纷繁大千。而是取与读者平等的角度，娓娓地跟你谈些什么。使心灵的毛孔张开，需要的便是这种娓娓的气氛；这娓娓的情调，会给心灵以滋润。

猛火给人以表皮的刺痛，文火才把温暖滋润进骨髓。汪老乃大睿智也。

汪老很尊重他笔底的人物。他把笔下人物当作自己的友人，而不是一任笔尖拨动的玩偶。他爱他的人物，不忍心糟践他们。因为，在朋友眼里，友人只有一些这样那样的短处，却没有大恶丑。

那个行医的王淡人先生（《钓鱼的医生》），痴迷垂钓，爱做傻事，傻到竟把抽大烟的病人接到家里，管治病，管吃喝，却不取分文。感于他傻事仗义，汪老在小说的结尾，写了这么一句：你好，王淡人先生！

这是在写小说么？这声你好，非经年老友不说出口啊！

还有在《八千岁》中写宋侉子。宋侉子是个混迹江湖的马贩子，乃俗鄙之人。花钱住在情人家里，“朝朝寒食，夜夜元宵”，爱得天昏地暗。情意正酣，钱袋却瘪，宋侉子怎么办呢？汪老写道：

（宋侉子）就说一声，“我明天有事，不来了”，跨上踢雪龙骓骏马，没影儿了。在一起时，恩恩义义；分开时，潇潇洒洒。

这俗人身上的一股超然大气，一些正人君子能望其项背么？

所以，汪老的文字，虽然平静，却是真性情之作。真性情，是一种温暖的东西；浑然地滋润到读者的心里去，便是极自然的事。

索性直接说，汪曾祺是个善写人性的作家，是一个（在当代作家中甚至是唯一）能把人性写的是那么回事的中国作家。

“人间送小温”，这是汪老说的。这便是汪老文章使人感到温暖的根本。

己心妩媚，则世间妩媚；己心温暖，则世间温暖。这就是汪老给我们最深的启示了。

你好，汪曾祺先生！

永远的汪曾祺

歌德说过，中国文学是极具吸引力的文学，其魅力之所在，是三种东西：古老的格言、花草的芬芳和姑娘纯朗的笑声。

这三种东西，在汪曾祺作品中，有活的体现。所谓活，是（神）魂，是韵，而非形式。他的文章里没有直白的说教，即没有现成的格言，但每篇文章的背后都有一条古老的格言作依托。如他的小说《复仇》，那个为报父仇的少年，在寻找仇人的漫漫时光中，在想象中与那个未曾谋面的仇人对话，居然感到了仇人那不凡的情怀，以至于爱上了仇人，希望被仇人杀死。与仇人相晤之后，果然失去了复仇的激情，竟与仇人一同开凿山路，心灵竟找到了大安慰。这不是主观的臆造，而是暗合着佛教“冤亲平等”的思想。汪曾祺没有把这句格言说出来，而是交给了他的人物、他的人物生活。

汪曾祺是擅长描绘花草的，但他不是刻意地行其状，而是写其生命的韵味，让花草的呼吸与人的呼吸息息相通起来，让人感到，一株花草就是一首诗，就是一个可面对的友人。他写花草，写的是文化的含义，生命的含义。他的花草的芳香，是流向人心的，即花草之中氤氲着人生趣味。人为什么活得有意思？便是这种趣味。只有这种趣味，才真正超然于利与物之外。正如周作人在《北京的茶食》中所说：“我们写日用必需的东西以外，必须还有一点无用的游戏与享乐，生活才觉得有意思。我们看夕阳，看秋河，看花，听雨，闻香，喝不求解渴的酒，吃不求饱的点心，都是生活必要的—虽然是无用的装点，而且是愈精炼愈好。”所以，品汪曾祺的《云南茶花》，不用到市井上买来沏一杯，却早已芬芳满口了。

汪曾祺笔下的女性，个个“纯朗”，纯朗得令人心痛。心痛，有两层意思，一层是有关占有的欲望。面对一个美丽的姑娘，却不能拥有，便心痛。这种心痛，会走向极卑劣的反面，那些“煽情”文学的作品中，有为数颇繁的例子。心痛的另一层意思，便是心疼。心疼，即关心与怜惜。汪曾祺给人的，就是这种心疼。无论是《受戒》中的小英子，《大淖记事》中的黄巧云，还是《晚饭花》中的王玉英，都纯朗得令人怜惜。小英子纯朗得令人心净，黄巧云纯朗得让人心伤，王玉英纯朗得叫人心悲。心净、心伤、心悲，是审美的三个层次，且一个层次比一个层次更揪人心魄。所以，汪曾祺笔下没有一句女权宣言，却处处濡润着对女性特别的珍爱。这种濡润，使男性读者欲望的心得以平息与净化，对女性生一种深层的怜惜。这种深层的怜惜，叫男人羞于一己的占有，而是自觉地为女性献身。

所以，汪曾祺是中国古老文学的一个赤子，他既承继，亦创造，是中国文学神与韵的现代版本。

他的逝世，是中国文学的损失，真正的损失。

汪曾祺逝世后，《文汇报》称他为“卓然名家”，是很准确的。说他卓然，主要是文体卓异。他是个文体家。

新文学以来，称得上文体家的作家，有四个人：周作人、沈从文、俞平伯和汪曾祺（这只是笔者的一家之言，希望不要引起不必要的争执）。

说文体，主要是考虑文章的语境和语言。从文章语境上，汪曾祺区别于其他三家的卓异处在于：他从不客观地写故事、写情境，而是始终参与人物的生活，与人物的情境“感同身受”。由此，他的小说，不是一般意义上的小说，而是真正的“抒情小说”。比如他在小说《故乡人》中写那个“钓鱼的医生”王淡人，其语境，便是作者靠文字的引渡与人物一起生活着——即使写的是旧事，其叙事亦是现在进行时。他已不是人物和故事的构置者，而是人物的一个息息相关的朋友。作为朋友，他对王淡人是欣赏的，于是，在小说的结尾，他以极大的深情，向他的人物直接问候：“你好，王淡人先生！”

这是怎样的一种小说啊！他生活在他的小说里。

所以，在他的小说中，没有善到不可接近的人，亦没有恶到不可亲近的人。他不写至善，至善是一种圣化与幻境；他不写至恶，至恶与人性相隔绝。他写的是善与恶的“人间性”。而人们易于接受的生活，正是这种“人间性”的生活；人们愿意承受的情怀，正是这种“人间性”的情怀。所以，汪曾祺的小说，读来亲切，与人不隔。所以，他的小说是人性的，是温暖的。“人间送小温”。他实现了他的愿望。

汪曾祺的语言亦是卓异的。周作人的语言是雅的，雅得过于冲淡，而少了温度。

沈从文的语言是雅的，雅在有湘西的水汽，同时，也雅出了地域文化的束囿与局限。

俞平伯的语言是雅的，雅得拗口而有涩味，文化人之外，不好接受。

汪曾祺语言的卓异处，便是融合了三位文体家的长处，化解了三位文体家的短处。他的语言，雅得平白，平白中有诗味，平白中有脉动的韵律。百姓读了，感到明白；文士读过，不觉俗媚。“横看成岭侧成峰，远近高低各不同”是也。

汪曾祺不是语言的天才，而是他刻意研究语言使然。他很注意用字。

鲁迅《高老夫子》中高尔础说：“女学堂越来越不像话，我辈正经人确乎犯不着和她们酱在一起。”汪曾祺觉得这个“酱”字甚妙，比“掺和”的味道要好得多，便示与朋友并与弟子共同咂摸。

他颂念湖北民歌：赤脚双双来插田／低头看见水中天／行行插得齐齐整／退步原来是向前。居然感到“低头看见水中天”一句有禅味，“退步原来是向前”是高妙的思辨哲学，足见他用心之重。

他追求文字的语感，用字要“为声俊耳”。为此他很注意语言的“句读”与“气口”。为此，他在戏曲、诗词和音乐中搜寻语言，他找到了属于自己的“字韵”。

他甚至向绘画与书法学语言。这有他的《语文短简》与《写字》两文为证。

所以，他语言的随意是刻意的随意，其平白是精雕细刻的平白。

这种刻意，甚至发展成一种偏执。比如对前苏联那个“阶梯诗”诗人，通称马雅可夫斯基，他写时，写成“马耶科夫斯基”，他也许认为只有这么写，才与异邦的所谓阶梯诗的诗韵相谐。

所以，对我们这位卓然的文体家的最好的纪念，便是认真地，甚至是刻意地，读一读他身后留下的那些书，甚至是所有的文本。

2002 年 2 月 12 日

好人林斤澜

林斤澜同汪曾祺一样，都是我想写一写的作家。

汪曾祺至今未曾谋过面，林斤澜却见过两次。一次是在宽沟，1985年10月，他与刘绍棠、浩然等几个老作家给北京的青年作者讲课。他讲的是小说。他称小说是“结构的艺术”，小说的结构，一旦设置得好，小说便成功了一大半。他那时正起劲儿地写“矮凳桥”系列小说，关于结构，有许多现身说法，加之他抑扬顿挫的江浙口风，他讲的课，很抓人的心。所以，待他讲完，大家都把他围住了，一口接一口地称他“林先生”。文学场上称老师，是一种碍情面的称呼。那么大个老头子或老婆子，不管他（她）讨不讨你喜欢，不叫声“老师”便磨不开面子。而叫先生则不同，是一种真诚的尊重，亦有一些崇拜的意味。

崇拜林斤澜什么？他不仅小说写得好，而且学问也好，讲课中讲的真玩意儿很多，透出很厚的知识底子。所以，王蒙一主张作家要学者化，许多人便下意识地想到林斤澜。

见过他一面后，便留意他的小说。他后来的小说写得极朦胧，几乎没有什么成型的故事，整篇小说写的是一团情绪，一个意象，语文讲究到“咬文嚼字”的地步。他的小说从语言到意境均有一种“涩”味，须反复读几遍才可品出甘味。所以林先生的小说不能离开阅读环境，不好改编成影视作品。林先生本人名气很大，但他的小说是“寂寞”的。

有人说，林先生写的是“怪味”小说，是新时期“怪味”小说的代表人物。我不以为然。林先生是个爱锤炼语言的人，他把中国汉语的语序、语音、语意和语境在小说中做了刻苦的探究，做了多面的（时髦语为全方位）尝试，他是以小说的形式来寻找和体验汉语之独特魅力，他写的是“语言小说”。由于这种探索走得远些，且生出“涩”味，便失去了一部分读者，留下的读者就更津津乐道于他的“涩”，认为他的小说很“纯粹”，他小说家的档次，在批评家那里有很高的地位。

后来去地摊上，买了一本他的散论集《舞伎》。粗粗地翻了一过，觉得他的语言在小说中表现出的“个色”魅力，在这本集子中没有一点影子。隐在语言诗意背后的“诗意小说家”，偏偏跳到语言的平面上，作一些表现小狡黠小机智的泛论，让人不好接受，甚至感到遗憾。我固执地认为，一个卓有个性的作家，要唱好自己的“角色”，“反串”虽是一种本事，便总给人以卖弄哗众之嫌。

林先生是不是太“寂寞”了。

1994年6月，在关于散文的一个学术讨论会上，终于又一次与他相见。

七十好几的人了，容颜依旧，无老态。

他的口风又一次抓住了人的心。

他认为，现在散文主要影响人物是周氏二兄弟；要繁荣当代散文，必须对二人作对比研究。二老的语言个性极其鲜明，仿效者在其身后形成两大河流；但更要注意二者思想的细微差别。二人都有历史循回观，鲁迅的循回观其循回呈螺旋上升状，历史重演得再酷肖，仍是有差别的，不断前进的；而苦茶的历史循回，是在平面上的循环，只看到历史的重演，而未看到历史的前进。大同的历史观，造成了不同的人生观、文学观和艺术个性……

林先生的话，为他赢得了很长的一片掌声。

晚上，我去拜访他。刚坐定不久，又来了几位，或请题签，或请他再发高论。他说：

“签字可以，发高论不敢。老了以后，亦染上了老年常见病，便时时提醒自己，跟旁人讲话，尤其跟青年人，千万不可用教训的口气，做学问只是做学问而已。”

几位说，不妨，不妨，难得您的指教，林先生便笑着摆摆手，面上有倦色。我感到这几个人有些闹哄，便悄然离去了。

第二天中饭前，他居然来到我的房间。我有些吃惊。

“你好像很能喝酒，”他开口说：“在饭桌上看到的。”

“只因年轻，喝一点。”我很不好意思。

“一顿喝几两？”他竟问。

“情绪好，喝六七两吧。”我更不好意思了。

“水平偏中，跟我差不多。”他咯咯地笑起来。

他随口讲了一个故事。前年，他跟汪曾祺到黄山出席一个全国性文学会议。别人都去爬山，他二人却坐在黄山脚下，喝黄酒。每人一坛，一坛二斤。两人喝得滋润：我奈何不得山，山也奈何不得我，有酒在肚，山自在胸。还想再喝。林先生就又调了两坛。汪先生连连退避，不能再喝了。

“汪曾祺他喝不过我。”林先生得意地咯咯笑，童子一般。

“中午，你跟我一桌，咱俩好好喝喝，老伴没跟着，可以放点量。”林先生说。这一刻，我得到大放松，便取一本自家小书送他求正。这时，作协一女同志来催饭，他举一举书，“先回趟房间，把书收起来。”女同志说：“我给您搁回去吧！”“不用，还是我自己来。”话音未落，人已登上两级台阶了。

望着他一耸一耸爬楼的身影，我想到，眼下，做一个正经的文人，究竟是一件有意思的事。

虽然我们同住了三日，对他《舞伎》的一点私见，终于未曾说出口。

林先生小说做得好，酒喝得好，人也做得好，《舞伎》类的小瑕疵，实在算不得什么。其实未必是瑕疵：林先生喜欢做学问，他把精构小说，散论生态作为他学问的两翼，也未可知。

这么一个好人，一切由他。

2002 年 2 月 14 日

心碑青苍

赵日升先生竟猝然而逝。

涕泪交迸之余，我心怆然，感到：自己生命的一部分，也随之去了。

《在赠书的生命温度》一文中，我曾经说道：我之所以走上文艺之途，盖在心灵易感的年龄，得到了两册《房山文艺》。刊物中的文章，蕴含着生活之外的富足和温暖，给贫苦中的少年以梦般的慰藉，痴迷地读过之后，便再也不安于身边的枯寂，生一种莫名其妙的冲动。

那两册刊物，是做支书的父亲在县里开会时，不期间得到的。估计是编者利用开会的机会，在会场散发刊物使然。

刊物的编者，正是赵日升先生。

于是，赵先生在毫无知觉之中，已作了一个少年的文学启蒙。

上世纪八十年代中叶，散文家董华在十渡发起旨在培育山区文学新人的“绿谷文苑”，在成立大会上，我第一次见到了已在北京当了《青年文学》编辑的赵先生。

那时候，我已经在北京、乃至全国的报刊上发表了一些散文作品，有了一点小小的文名，董先生向他介绍我的时候，他一愣，“怎么，你就是房山的？”

他这个特别的表示，让我既意外又得意——看来，已经知道了我。要知道，当时的他，在房山作家心目中，是个有光环的人物——其一，他是在全国都广有影响的诗人，因而让人崇敬；其二，他在《青年文学》上推出了几个当红的青年作家，因而让基层的业余作者极为向往。

我率真地告诉他，我不仅是房山的，而且还是来自房山最偏僻的一个小山村。

他吃惊地看着我，那意思是说，你们那里是没有文艺的氛围的，怎么你竟搞了文艺？

我说：“赵老师，您根本不会想到，是《房山文艺》让我走上了文学道路。”

他大喜过望，激动地说：“看来，我在房山文化馆那几年还是有价值的。”

他的话，当时我并不明白其中的含义，后来才知道：他是怀着一种不被人认知的忧伤，离开房山的。这不是他情愿的选择，因而身子虽然在大地界了，但心灵却还一直牵系着故乡，热土上的物事与人情让他眷顾不息，既爱且怨。

所以，虽然我不过是一株刚刚崭露头角的小荷，但对他来说，却有特别的意义。即他能从一个故乡子弟的身上，感受到他的心血没有白白地付出。

因此，他的心情益发地好了起来，吃饭的时候，把我叫在他身边，喝了不少酒，朗朗地背诵一首叫《拒马河，靠山坡》的诗。那是他自己的代表作，被收入了小学课本。随行而来的他的文友、著名诗人阵容说道：“老赵平时是羞于提起这首诗的，今天却意气风发地朗诵，看来，文人的神经是最容易被故乡的情思所拨动的。”

分手时，赵先生悄悄地问我：“你手头有没有现成的作品让我带走？”

我回答说，几天前倒是写了一篇自我感觉良好的散文，题目叫《路边的白杨》，但是不知道您来，所以没有带在身上。

他随手找来一页纸片，把《青年文学》的地址抄给我。“尽快寄给我。”他说。

《路边的白杨》很快就被他在《青年文学》上推出，并很快就被著名选家谢大光先生收入《青年散文选萃》一书。我激动地给赵先生写了一封信，表达自己无限的感激之情。几天后收到他的回信，他在信中说：

你不要感激我，要感激就感激你自己，是你自己的文章写得好；虽然我们是老乡，但我又是国家级刊物的编辑，不能无原则地给家乡人“吃偏饭”，否则会引起非议，让人家小看；所以，你自己要加倍地努力，靠实力说话。

明明是用心扶植，可他却不言扶植，没有居高临下“人师”派头，让我享受到人格上的平等，创作激情便被空前地激发了。那之后，我在短期内写了大量作品，几乎是每两天就有一篇散文完成，好像遍地是文思，处处是文章。

我把成束的稿件寄给他，恳望他能利用“权力”多发几篇。他很快就回了信，告诉我，文章他都认真“拜读”了，都写得不错，看得出，作者的确有些天分，但是，他只留下一篇，其余悉数退回，建议另投他刊。另，即便是留下的一篇，也只能明年刊出，因为刊物有规定，同年之内不能连续发一个作者的作品。

认识赵先生之后，《青年文学》他是每期都寄我的，我知道上面的刊发情况，并不像他说的那样“同年之内不能连续发一个作者的作品”，颇有几个作者是连续发表文章的。我便对他生出一股怨气：既然作品面前人人平等，咱怎么就不能连发？哼，还是老乡呢。

我被他激起了一股较真的情绪，把作品纷纷寄给了《散文》《随笔》《中国作家》和《人民日报》等名报名刊。不期竟陆续发表出来，极大地安妥了我“受伤”的心灵。

我恶作剧似的把这些刊载着我作品的报刊寄给赵先生，想“刺激”他一下。

不久，他打来电话要我到编辑部去一趟。到编辑部的时候，已近中午了，赵先生因为还有些编务上的事需要处理，顾不上我，便给了我一些全国交流来的刊物，让我随便翻一翻。一翻才知道，这里边就有刊载我作品的刊物，有关页码上还折着角。我明白了，即便我不给他寄刊物，我的“踪影”他也是早有所察的。我感到羞愧，脸热得很，大气也不敢出，低低地垂着头。

不知什么时候，他从单位食堂把饭打了回来，餐具重叠在他手上，没有收拾桌面的余裕，他满脸大汗地说：“帮我收拾一下桌子，咱们吃饭。”

“咳，您言语一声，让我跟您一起去买饭呀。”我说。

“咳，那哪儿成，远来的是客啊。”他说。

餐具就放在他的办公桌上，我们头簇着头在一起用午餐。

这么近地跟他在一起，我更觉得尴尬，便只顾低头吃饭。他突然叫道：“呀，我给忘了，文件柜里还有半瓶酒呢。”他看了我一眼，笑着说：“我想起来了，你是爱喝两口的。”

酒给了我一丝轻松，说道：“赵老师，真不好意思。”

我是指给他寄刊物的事。

赵老师听后竟孩子一般呵呵地笑了起来：“小伙子，你以为我会生气是不？其实我心里高兴得很，因为我的目的达到了。”

原来，赵先生的目的就是以那样的方式，“刺激”我独自往外闯，而不要依赖于他这根拐棍。知道了他的用意，我心中之怨，不仅顿然冰释，而且立刻转化成一种感动，感动于他给我施与的是一种别样的恩德，便是从一开始就培养我在事业上的自立精神。

所以，他从编《青年文学》，到主编《小说》，做了二十余年的编辑家，虽然经手发表的我的稿件不过六七篇的样子；但是，在我的意识里，我公开发表的千余篇作品，都跟他有关——正是被他培育起来的自立精神，使我终生受益。

这次见面，他在肯定我的成绩的同时，又给我提出了新的要求。他说：你已经渡过了发表关，可以在任何一种刊物上发表作品了；但是，真正的危机也就随之而来了——有许多作者铺天盖地地发表了许多作品，但在文坛的影响却微乎其微，为什么？就是因为作品没有自己的特色，没有独创的品质。所以，你千万不能只满足于能发表作品，而是要写出“属于你自己的文章”，发出你“自己的声音”。

他说：“我衷心地希望，在我的家乡，能出一位真正立得住的作家。”

他给我立了一个比较高的标杆，也把我当成了故乡的文学希望。这是别一种期待，缘于他对故乡的大爱。但是，这样的嘱托，不免有些沉重，在我的心里激起了一片凄惶。然而，也就是从那天起，我的文学情感发生了微妙的变化，即文学创作不仅仅是一桩个人的事业，而且也属于生你养你的那片乡土。

于是，在他的启发下，一种叫做使命感的东西，压低了我的头颅，使我每有所得，都不敢夸耀和招摇。尽管这之后，我获了不少次文学大奖，作品被选入了不少的权威选本，但是，我一直也抬不起头来，因为我还没有达到那样一种境界，即一提起凸凹，就让人想到了房山；一提起房山，就让人想起凸凹。我还没有像人家刘绍棠一样，成为他生地的文化符号，我还是一只随时都可以被浩淼的文海淹没的、没有自己系缆船埠的漂泊小船。

所以，1996年，当一家大出版社要出版我的散文集的时候，我是羞答答地请赵先生作序的。

赵先生说，你已经有不小的气候了，我应该在序里吹吹你。我说，莫吹，我嫌寒碜。

他点点头，说道：那我就不客气了。便把序的题目定作《"出线"的凸凹》。他是借了足球的一个术语，就像中国足球刚刚走出国门一样，我的创作也不过是刚刚迈向全国文坛的大地界。

序将要上版的时候，他又打电话给我，说：我给你定的调子是不是太低了，是不是委屈了你？

我说：一点都不低，我很受用。

他在电话里沉吟了很长时间之后，竟说了这样一句话：凸凹，我敬重你。

听了这话，我一时语塞，泪流满面。

他是我的文学前辈，是我的启蒙者，领路人，居然说出了这么情动于衷的话，让我怎么受用得起啊！

就为了他这一句话，我后来更勤奋了，开始冲刺被一般作家视为畏途的长篇小说创作。

当我的长篇小说《慢慢呻吟》出版之后，他在一个深夜给我打了一个电话，劈头说了一句话："凸凹，你的文学成就已经远远地超过我了。"

撂下电话，我兴奋得睡意全无，在冰冷的大街上久久地徜徉，直到东方破晓。因为那时，我刚刚从乡长的位置上下来，每天都能感受到从背后射来的势利的目光；所以，赵先生的话，已不是对我创作水平的认可，而是对我生命价值的认定。

它来得何等及时啊！

他给了我一个心灵上的定力，身外的风雨雷电又奈我如何！

我的父亲已经过世有年，这一刻，我把赵先生极为庄重地请到了我心中最神圣的一个位置，即父亲的位置。丧父所造成的心灵缺残，顷刻间变得圆全了。

于是，每年的春节之前，我都要专程去拜访他，即便是他在饭店设宴招待我，我也不肯让他掏钱。他能感觉到我对他的感情，颇为自得地承受着。以至于前年的春节，由于公务太忙，节前实在无暇去探望，便在节中接到了他的一个电话：

“你小子在忙什么呢，也不来看我，我想你。”

这是血浓于水的感情，在老爷子的心中，我已经有了一个别人不能替代的位置。

我五内俱热，慌忙成行。到了他家，本以为是要挨几句数落的，没想到他慈祥地笑着，说：“只要你来了，这个春节，我就算是过好了。”

当时我百感交集，真想哭出来。

这几年，我们之间很少谈文学上的事，因为他对我是有信心的，觉得我在创作上是自觉、自律的，不需要费太多的话。但是，也留下了三个关键性的叮嘱：

一、不媚时、不媚俗，写生活的原生态当然好，但是一定要高于生活，给人贡献一些理想的东西、一些崇高的东西。

二、不管别人怎么看你的作品，你都要平和地对待；对文人，不管他对你什么态度，你都要存一份爱心，因为当下的环境，文人活得很艰难。

三、要写得慢一些，从容一些，文人的总体成就和影响就在于长寿。

因为他爱我，不忍心我把文字弄得过于冷厉和残酷，也不忍心我因为文学而恶化了自己的生存环境，更不忍心我身心透支，早早地把油灯里的油耗尽。

这三点我是记在心上，也是践行到实处的，因而少了几分挥斥方遒的少年意气，而多了几分宽容和温厚。用友人的话说，从面相到性情，我都妩媚了许多。

最让人感慨不已的是，虽然他跟我谈文学的事少了，但是自从房山正式成立文联以来，他对房山整体的文学建设倾注了几乎全部的心血——文联的各种活动、各种会议，只要接到通知，他都会不讲条件地参加。而且，每次他都是自己打的前来，从不摆名人派头。在发言中，他从来都是讲率真的话，讲坦诚的话，讲有的放矢的话，没有一丝虚假和做作。他既为故乡的文学鼓与呼，又为发展中的症状真诚号脉——他留下了赤子般的殷殷情义，贡献了可资镜鉴的真知灼见。让人感到，他爱故乡，爱得何等真切！

房山的作者，在回首往事的时候，都能讲出一段又一段与赵先生真情交往的动人故事，会不约而同地说：咱们哪一个与赵先生无关？

在房山的文学史上，赵日升先生既是房山当代文学的奠基者、开拓者、经营者和杰出代表，又是连接小小的房山文坛与广大的中国文学界的历史性文脉。所以，赵先生的去世，遑论北京文坛、中国文坛，就房山文坛来说，就“龙乡文化”来说，是个永远都无法弥补的损失！

去年春节，我和赵先生的受业弟子杨树德一同去看望他，在席间，他突然说道：

“我拜托你们二人一件事，请你们在十渡拒马河边给我选一块墓地，等我百年之后，我还要葬回房山。”

我和老杨面面相觑。他刚刚六十三岁，正值盛年，身体又好，怎么突然就有了这等打算？

我们以为他是戏言，便嬉笑着岔过了这个话题。

他正色道：“我说的是正经话，你们千万别当儿戏。”

他解释说：第一，我是房山人，故乡让我魂牵梦绕；第二，我的代表作是《拒马河，靠山坡》；第三，我的文学成就主要是诗歌，涵养诗人的地方必须有山有河。

他还说，《拒马河，靠山坡》给我带来文名，文坛总是把我同拒马河联系在一起；既然是这样，莫不如就葬在那里——坟头立一块天然的石头，石头上刻上《拒马河，靠山坡》一诗的手迹，成为一个人文景点，即使我人不在了，也能给故乡的旅游业再做一点贡献。

他的话，不幸为谶言。

诗人的灵魂迫不及待地向拒马河奔去。

十渡，是一处不曾被污染的自然胜境，那里的山青青苍苍，那里的水青青苍苍，漂泊赤子怎不归心似箭?

房山应有情——立心碑厚载诗魂，贮文脉召启天物，人心思贤，后来者思齐，乃勃焉兴焉。

2004 年 10 月 17 日至 18 日

心比天大

一

谭宗远主编的《芳草地》，是个民刊，名气却很大，文坛名宿云集于斯，令人心仪。

我是《芳草地》忠实的读者，知道其中的消息，名望的形成，主要有三条原因：一是主编本人的品位——谭先生对文章之途有纯正的信仰，真正是以文为贵的人，他不太考虑文字之外的名利颜色，像个农人，躬身耕耘本身即是心甘情愿的受用。二是刊物的品质——他不管文坛的冷热，只是平静地发结实的文章，长短不拘，文体不拘，只要说的是有用的话，对世道人心有所涵养，便均可登堂入室，绝没有龃龉浮躁之象，素面朝天，从从容容。三是刊物出品人的品格——徐伟是个通达之人，懂得精神之所以是精神，就因为它远离利益，一谈功利，便行之不远；于是，他不让刊物承担“额外”的东西，给了谭先生最宝贵的两样东西：自主和自由。

现在的文坛蒙上了过多的红尘，文人很疲惫，文心很仓皇。那些以文为贵的人，渴望有一块静心、洗心、养心的休憩之地，享受一下精神的自主和生命的自足，而《芳草地》正是这么一爿小小的“憩园”，写作者天南地北而来便是很自然的一件事。这些作者之间虽不相识，却因为有共享的芳草气息，便感动在一起，同声相诉，同气相求，像经年老友，惺惺相惜。

从这个意义上说，“小”便是大。耶路撒冷可谓小，但在信徒的心中，它比天都大。

普天之下，所谓“净土”，其实就是那么小小的一块；河山广阔，那是红尘滚滚、欲望蓬勃的地方。

二

谭宗远是个吃素的人，身况修长，面相质朴，像一株京西的玉米。

我出生在京西的山地之上，他的“京西玉米”气质很让我感到亲切，虽然他是平地雅士，我也视为本村的乡亲，相见之时，很是亲热，勾肩搭背，絮叨不已。

在别人大鱼大肉地满足口腹之欲的时候，他却忠实地吃素斋，个中原因，未曾深问，对照萧伯纳的操守，或许与“纯洁的精神”有关。

上世纪八十年代中期的一个秋月，在北京的一个文学会议上，偌大的一桌素食，仅他一人消享，我“气”之不恭，凑去与他分餐。也许我的姿态，成就了一种“咱们”的气场，他的谈锋很健，说了许多私房话。从这一天起，我开始偏爱素食，感到素食倒是一种精馔。

我了解到，他的胞兄竟然是大名鼎鼎的谭宗尧，一个国宝级的表演艺术家。一种自然而然的世俗心态，让我拘涩起来。他说：“他是谭宗尧，我是谭宗远。”看得出，他受不了我的这份谦抑。

我私下里想，一个在舞台上表现，一个在书斋里隐忍，却同出一门，真是绝好的风景。

正因为此，对他，我有一份不露声色的崇敬。不借势“秀出”，而甘于落寞，这样的人，在市井上不多。

文坛地小，我们总能在不期间出现在同一场合。我每次都看到，他总是择一偏僻的角落，静静地坐着，从不招惹人群的视线。只有被点到的时候，才说几句实实在在的话，更多的时候，则是一言不发。他不仅不借势“秀出”，竟至自己也不“秀出”，可见其人品。

在一个散文的学术会议上，我们坐在一起。人物们竞相出场，争抢发言，大言大语，夸夸其谈，“耳”不暇接。我感到有些闹，不禁烦躁起来。我看到他也跟我一样，眼神里有隐忍不住的不屑。

在质朴沉实的外表之下，有不阿的性情和坚硬的骨骼；换句话说，吃素的人，居然有肉的性格（血性）——谭先生真是个妙人。

三

与谭先生交往了近二十年，我们之间，并没有“私密”的感情，聚时亲切，离时相忘。但每到落寞的时候，首先想到的竟是他。他跟我说过，他的感觉也是一样的。可以想见，我们之间并不是真的相忘，心中都装着对方，只不过不像其他文人那样功利与“黏着”，是纯粹的道友。

一天，他突然打来电话，告诉我，他整理藏书时，翻检出两本多余的书，一本是果戈理的《狄康卡近乡夜话》，一本是人民日报辑录的《农村小说选》，问我要不要。

我当然是要的。因为我跟他一样，都有藏书的爱好，对于旧书有特殊的感情。

在后来的一次聚会上，他当面交给了我。并说，一旦有买重了的书，依旧给我留着。

这份感情虽然很淡，但是我还是很受用的；因为淡淡的感情，才真实，与“温暖”仿佛。

晚饭之后，他到我的房间来，说：“走，我带你去个地方，是新华书店总店的仓库，那里有一二折处理的旧书。”

这不是一种邀约，是觉得对方一定会去的结伴而行。一个爱书的人，岂有不逛旧书摊的道理。

那一次，我“淘”了一套《汪曾祺全集》，他的所得好像是一本《叶圣陶传》和叶君健的一本小册子。

我们相视而笑，有一种会心的得意。所谓会心，是我们有相同的趣味，都恋旧人，都钟情于质朴的书。

当然，也都写质朴的文。

在眼下，质朴的文章离时尚远，不会被人看好，但依旧是埋头写，像不谙世事的孩子那样固执。他说，质朴的文字之所以还值得写，是因为它真诚，离心近。

四

谭先生是个对衣着不敏感的人。相识二十年来，没见他穿过西装，总是一成不变的中式打扮，布鞋，短发，脚步安静。

我说，纵横千里，谁不识得谭君？你也该弄得气派些。

他说，那何必？穿道袍，不如有道心。

心境既然如此，多余的话也就不必再说。他岂止像一株京西玉米，本性上就是玉米的质地——拔节、吐穗、灌浆，一切都在平平静静中完成；虽不被人察觉，却不曾有一分怠惰，结出的苞谷，沉甸甸的，实实在在。他的写作过程，就是玉米的成长过程——生成得很慢，不减约每个季节，吸足了阳光，润足了雨露，最终的成果，结结实实，耐人咀嚼，毫无欺哄。

京西玉米比不得杂交品种，高大的茎秆上只结一穗苞米，所以它的产量很低，但是品质纯粹，口味纯正，令食者依恋。

谭君的文字，数量不多，但篇篇扎实，字字不苟，经得起反复吟味。

所以，谭先生的所谓“道心”，是以文为贵，写结实的文章，让心性自由地伸展。

那年我去谭先生家造访他的书，才知道他的居所是那么狭仄。三口之家，仅六七十平米的面积，以至于他的书大部分都没有伸展腰身的境遇，堆在床下，码在厕间，叠在柜底，栖在墙角，令人怜惜。

我说，这样的一个混乱的阵势，要想找一册自己想读的书该有多难。

他说，不难，都是自家人丁，心知肚明，隐藏得再深，也能闻到它熟悉的气味。

我说，你看文人多可怜，那些不读书的人倒有广厦阔宅。

他说，不可怜，房子再大，不如心大。文人居尺庐而思千里，所贵之处，正在于斯。

五

美人儿林徽因为友人玮德写过一首诗，其中有一节：

春风斯地吹过，

你却留下
永远的那么一颗
少年的信心；

和悦的

这用在谭先生身上是十分恰切的。他已到知天命之年，却是“和悦的”，不浮不躁，不嫉不妒，不悲不喜，概因为他始终有一颗“少年的信心”。

这真是难得。

文人易伤世，易摇摆，因而就易老，易不平，以至于进退失据，破绽百出，令人轻贱。所以，能够心安理得地活在自己的性情世界中的人，真是有福的人，他们远离了名利，也远离了耻辱。

“和悦的”，词面很小，境界很大，非恒久的修养难以成就。所以，对那株“京西玉米”我心存敬意，我称他为谭先生。

现在想来，有谭先生这样的一个人，必然会有《芳草地》那样的一个刊物。人与刊物之间，是结伴而行、共同生长的关系。

现在想来，《芳草地》这个刊名真好，它有这样的一个寓意：文人与文学的尊贵，就在于有草木一样的生存定力——依据本性的需要，隐忍而不息地向上生长。

2006年3月19日

每逢大事有静气

———彭程印象

一

著名学者孙郁总是感叹，今天的写作者真是大不如民国那时候的文人了。那时的文人，有博识、从容、儒雅、悠然、涵泳的文化状态，读书和写作不是工具，而是生活本身。因而他们的文字，有王小波所说的“情趣和智慧”，能让你领略东方人对世界的感性魅力，在自由生长中，达到一种今人不可企及的精神高度。而今天的文人，是单向度的人，趣味单一，心性浮躁，在追逐名利的层面上，作技术化的操作，思无定理，情无韵致，离人心的受用远了。

所以，他对今天的文人很是失望，有一种浓得化不开的悲凉情绪。

对孙先生的感慨，我是认同的，但是，却不像他那么悲观。因为他站的位置比较高，关注的是文坛上的风景。或者可以说，他目力所及，是“象牙塔”左右，那些善于“秀出”的人，那些热衷于打旗幡、自以为代表着文学“标高”的人。而我站的位置比较低，看到的是“坛外”的芸芸众生，也就是那些以“民间写作”的姿态，默默耕耘，不问收获的人。这些人，不以文名为重，却以文字为贵，扎实地做事，率性地为文，对世界有丰沛的感觉，对人心有从容的关照；他们不求闻达，只求供奉一种具有原创意义的“情趣与智慧”，让“俯拾者”有意外的收获，觉得对生命的完善有益。

这些民间的写作者，始终站在地平线上，就像农人，立于一望无际的土地之上，虽湮没了自己，却从不懈怠，一镐一锄都有担当。他们知道，米黍虽卑微，却牵系着生存，小事便也是大事。所以，他们以既爱且恨的心情潜心阅读，以既哀且奋的姿态谦恭著文——坛上虽有不察，却已颗粒满仓；“名士”虽有不举，却被饥饿的人心所取。

这群人之中，可作典型，也最让我敬慕的一个，就是已逾不惑之年的青年散文家彭程。

二

与彭程相识，走的是先文后人的轨迹。时间，大概是在上世纪的九十年代初。

那时，他做着《光明日报》的“读书与出版”版的编辑。那个版面，书香蓊郁，文字典雅，有大气象。他在那上边发表的书话作品，虽然论书，却不掉书袋，写的是个人见识与情感，有温润的韵味，颇令人心仪。我便贸然投书，并附以小文。不久，文章不仅发表了，而且还收到回信。他在信中，对我的文字表现出激赏的态度，且说，我们有相同的趣味，可视为知己。所谓相同的趣味，他概括道：我认为书话文章，也不能仅仅拘泥于书，所读之书，只是个药引，要写出自己的感受与观点。他说出了我想说的话，因为我私下里认为，前人为书话所下的概念，过于褊狭，也过于匍匐于书，书话应该是个很自由的文体，用别人的酒瓶，装自己的酒；以他人的情怀，浇自己的块垒而已。

因为志趣相同，未曾谋面，感觉上，已成经年老友。并隐约地感觉到，在文学的道途上，他一定是个可以终生相伴的人。

他的书话观成了他的编辑理念，使他编辑的版面，有一种别样的气氛，吸引了一大批新锐的书话作者，包括《人民日报》的武立杨，《河北日报》的刘江滨，《四川日报》的冉云飞，《深圳特区报》的姜威。他不仅发表这些人的文章，还为大家搭桥建立联系，结成道友。那个时候，大家互相荐书，交流心得，感情很近。在相互激励中，写作勤奋，文气通畅，共美其美，心性焕然。颇有民国时期，文人之间，共担道义，同气相求，惺惺相惜的大好感觉。记得《顾准文集》出版后，我所在的乡下，久无供应。彭程获悉之后，专程跑了好几家书店，买下寄来，赐我精神之安妥。与那几位说起，均这般地被"款待"过，那么，他所呈现出的情谊，就厚了。

那个时候，经济大潮对文学的冲击已经很强烈了，许多文人已经下海经商，还有许多文人哀伤隐遁，叹世风日下；而我们这些人，却意气风发，浑然不觉文学寒微。现在看来，小环境，就是大土壤，能自适自足，便无冷暖之虞。

后来，他利用个人的关系资源，策划推出了一套"绿阶读书文丛"（大象出版社），这些作者悉数收在其中，短期之内，蜚声书界，似成翘楚。

作为同属于上升阶段的青年作家，彭程的做法便凸现出一种人格的力量：他没有文人相轻、厚己薄人的小家气；更没有嫉贤妒能、贬抑他人而独自"秀出"的阴私气。他看重的是青年文学界的整体建设，看重的是人文土壤的共同培育，看重的是"纯洁的精神"的社会效益。一如民国时期的巴金，对待朋友的稿件，像手里托着火，总要让它烧到辽阔的原野上去，照亮人间。

在这套丛书的“策划者说”中，彭程把“新书话”作为一种文体，进行了开创性的界定：

> 作为一种文体，读书随笔（新书话）也有自身独特的魅力和优势。相对一般的随笔文字，它更多是围绕一本书或一类书展开话题，较之某些泛泛的抒情和议论，因为有所依傍而减少了空疏，显得更切实可触。同时，一本书在茫茫书海里被选中，被阅读，并且读后意犹未尽，必须诉诸文字而稍安，一定是因为书里的内容拨动了阅读者感受的心弦，引发了他的共鸣。那么，这样的文字，就不会是仅仅局限于复述、阐释原书，而是处处结合了作者自己的所感所思，浸润了他的心性魂魄，读后分明感到作者的脉搏。乍看谈论的是别人的书，其实表达的完全是自家心意。再者，和一般的书评不同，它并不担负对书籍作系统评论的任务，而完全从作者的心性出发，这就使得在写法上大可随意，既可天马行空洋洋洒洒，亦可择其一点不及其余，舒卷自如，有流水行云之妙。另外，它的清醒的文体意识，对语言的强调，也使其避免了“言之无文，行之不远”的弊病。总之，散文的诸要素，情感、智性、文笔、趣味，在这一文体中都能得到良好的发育，其中的优秀之作，跻身最杰出的散文之列亦毫不逊色。正因为有这么多的优长之处，才使得随笔园圃中的这从佳木，发育得如此葳蕤，成为一处独特的风景。

他清楚地指出了“新书话”的文体特征：它没有传统书话的“模式化”限制（即晦庵所说：“一点事实，一点掌故，一点观点，一点抒情的气息”）。它是一个自由表达的空间。别人的书，是写作者心灵的触媒，一旦被触动，就作纵情的表达：可缘书而谈，可弃书而论——一切缘于表达的需要。所以，它不仅是一种开放的文体，也是一种入世的文体，它不是自我封闭于书象之中，而是面向于世象，即面向于社会人生。它是紧紧结合了社会与人生的种种话题，以书为依托，为世道人生送去思想的关怀、情感的关怀。所以，它已不是“文字清玩”，而是纷繁的文化气象。总之，它的入世点，是不满足于书中所得，不沉浸于书中义气，而是“借别人的酒瓶装自己的酒”，即借助从书中或因书而得到的生命感悟和激情，去述怀，去“言道”。它世俗的着眼点还在于凡常人生对精神的敬畏、对书籍的敬畏；因而凭借“子曰”效应，完成对灵魂的“浸润”与提升。

所以，彭程对“新书话”写作有独特的贡献——他既是这一文体写作的组织者、倡导者，又是在学理上第一次系统地进行梳理的人。

“绿阶读书文丛”虽已经成为历史，但它的文本意义却发生着悠远的影响。今年年中，在一个学界的聚会上，祝勇、止庵等许多学者都认为，书话界，如果没有这套丛书的支撑，多少有些荒凉；书话写作，如果没有这番拓展，之后就没有那么绚烂。至少可以肯定，它是能够上得读书人的书架，做长久摩挲的。

对于书籍来说，这就够了。

但是，彭程的这种贡献，文坛是少知晓的，以至于有的人，把这份功劳揽在自己的身上，有了“符号”价值。究其原因，是彭程的低调，他做了也不说。而且也劝我等不平者不要分辨——他自己活得纯粹，也要友人们同样纯粹。

孙郁等之所以歌赞民国文人的情怀，就是因为有这种纯粹的东西，那么彭程的意绪，正是新世纪的余影，有薪火相传的味道，是值得我们敬的。因而虽然他年龄比我小，但我从来是称他“老彭”的。

三

老彭在“俗生活”中也是个很有定力的人。

他在职务行为中，表现出很高的敬业精神。他当着名刊的主编，却从不依托这稀缺的社会资源搞个人经营。在《书摘》杂志上，很少见到他摘转自己的文章，更见不到登载别人吹嘘他的文章。即便是发表一些署名文章，也是为了照应刊物的风格和主张。他颇费周折地笼集了全国几十家著名出版社作为刊物的理事单位，给刊物营造了一个选好书、选好稿的人文平台，使刊物进入了一个与期刊、与出版社、与读者（包括作者）互动、涵养的良性循环。这几年,《书摘》杂志，既典雅，又好读；既领风气之先，又海纳百川——被高人雅士和普通读者双重倚重，成为“我们”的刊物。这自然与光明日报报业集团的领导的眼界有关，但是，也得益于他的勤谨态度。

而且，他还有“大事业”的自觉意识——他鼓励自己的文人朋友，自己联系的作者，不仅为自己主编的刊物供稿，而且也要为诸如《光明日报》、《博览群书》和《中华读书报》等报业集团麾下的报刊写稿，颇有身居一隅，放眼全局的文化情怀。

在待人处事上，他有一般文人少有的细心与周至。譬如，参加一些文坛聚会，他会主动联系身边的同事、朋友，搭乘自己的车，为其提供出行便利。那次，我们同去散文家韩春旭家做客，其余的人均以“本该如此”的心态空手而来，唯独他能从长袖的腋下，悄悄地“夹”来两瓶红酒，送给主人。可谓礼数周全。与朋友见面，他从不爽约；朋友求助，他从不托辞；文人清谈，他从不议人短长；自己做东，从不高声喝叫标榜付出……一切做得是那么自然，平静，平和，有大仁厚之象，堪称君子。

文场聚合，几近闹场——争相作宏论，竞相指点江山，否则就会被冷落，被埋没，好像与“著名”无关。大家都不能免俗，但老彭却能甘享寂寞，忍做倾听者。记得我与他和几个当红文人在京西的十渡夜宿，语声沸沸，很是热闹。周晓枫拼命地抖落脑筋急转弯似的机锋，祝勇卖力地摆弄千古悠悠般的深刻，我则不甘示弱地以俚俗乡曲插科起哄，唯独老彭沉稳地坐在一旁，衣冠肃整，温厚、专注地倾听别人的发言。事后，别人已相忘了当时的绮思丽想，但是，他却写成了文章，发在了《散文百家》之上。读了他的文字，我惊异不已：他当时虽然不在话语的中心，所记所述，却分外周详。而且，他能拨开话语的浮云，用简省的几句话就直刺事物的本质。直让我感到，所谓“边缘化”，未必不是最佳的入世角度，它能冷静地观察，准确地拣取，从沙里淘出金来。

“每逢大事有静气。”这就是彭程的生活样相。

孙郁所推崇的从容、儒雅、悠然、涵泳的民国文人质素，或许就是老彭这个样子。

四

彭程的写作始于上世纪 80 年代中期，我们几乎是同时起步、相伴而行，算来均是“老作家”了。所以，对他的作品，我有很深的了解，自认无“谬托知己”之嫌。

他 1995 年出版了第一本散文集，名为《红草莓》，关注的是自然的四季和大地上的物事。

读到这本集子，我眼前妩媚，内心温暖。因为他的文风与格致颇与苏俄的“乡村歌者”蒲宁相仿佛。把外在的风景——自然的四季递嬗和土地的神秘气息对人心的感动和启示，活脱、勃郁而自然地传感给读者，让读者的灵魂也为之所动，迫切地接受濡染。

那时，还有一位寄情于“大地上的事情”的作家，就是被林贤治推崇为“大地诗人”的苇岸。苇岸也是我的朋友，他的文本也是我追踪阅读的对象。两相比较，我发现了本质上的不同。

苇岸“痛恨”机械文明（城市文明），把其放在与农业文明对立，甚至对抗的位置。究其原因，是因为苇岸对“大地道德”有着自觉的思考与追求，这个精神取向是他所有写作活动的支点和源点。而苇岸又是个心灵极端敏感的人，敏感得甚至有几分神经质；因此，在他深刻地感到了物质对精神的挤压之后，叹息道：“这是一个被剥夺了精神的时代，一个不需要品德、良心和理想的时代，一个人变得更聪明而不是美好的时代。”精神人格的内在驱动，使他不甘心于精神的“被剥夺”，本能地选择了文本的抵抗。

其实，他未尝不想在城市文明里筑起抵抗的营垒，城市毕竟是文明传播最快捷的地方。然而，城市是以物质繁荣为象征的，鼓励消费，使欲望膨胀，对精神的几声呐喊才刚刚出口，就被甚嚣尘上的市声遮蔽了。那么，就只能把目光转向乡野。乡野上的播种、繁殖和劳动多少还保留着自然的状态；乡野上的人性还多少保留着善良、淳朴、谦卑、友爱、宽容、和平与宁静等尚未被“物化”的人文特征。也就是说，农业文明的土壤正可以承接他的人文主张与人文理想。他找到了精神的最后凭依，便提炼出“大地道德”的理念，走乡村“包围”城市的道路。因此，以农业文明反抗城市所代表的机械文明，是一种矫枉过正的做法。但，正因为矫枉过正，才能惊动和震动人心，才能产生有效的反拨效果。所以，苇岸的“大地道德”是捍守精神价值的一种斗争策略。或者如林贤治所说，系“一种人格的实践活动”。这其中，他的一个举动是文坛共知的——为了完成关于二十四节气的文章，每到一个节气，他都要蹲伏在田垄之上，借助望远镜、照相机等工具，把季候特征详细地记录下来，然后作为素材，在“既定的立意”之下，编织他的说理文章。所以，我之所说，有着从做人到作品的双重依据。

而彭程却不同。他以“大地之子”的身份认同，沉浸在自然的感化之中，做大地物事率性的歌者，几乎是“无所用心”地抒发与四季亲和之下的真实情感。

他服从于心灵的愿望，不做事先的郁结——当歌则歌，当止则止，全凭着心性的起落，别无他顾也——心灵的起伏全应和着大自然的生命律动，感动着，书写着，有“天成”的味道。从这一点上看，彭程的散文正应与文艺（文学）的本源，即生命的自然表达命脉相通。因此他的文字，便具有了彻底的自然的本色，即土地的本色。

在彭程的散文里，节令的四季，不是身外纯客观的时令，而是人类感情的生命脉动，感应的主体是人。对大地的敬畏，对四季的敏感，对万物的感恩，使人和大地达成了最自然最和谐的关系，因而人才有了诗情画意，才生发了美好的感情，才有了纯洁的来路，才懂得了爱、怜悯和自珍——人对自然没有俯视资格，爱自然，就是爱自己，爱人！

因此，要想参悟苇岸的“大地道德”，便不能不读彭程的《红草莓》。他的记述的是“大地上的事情”的原生态，是自然的真相，是情感的“母语”；其丰饶的感性濡染，让人产生趋真、趋善、趋美的人性自觉，较之对抗化的说教更容易被人接受。就土地文字来说，苇岸属于宗教，彭程则属于文学。说来令人忧伤，《红草莓》至今未引起“坛上”应有的重视，不知为什么。

不过，他对大地的态度，最终受益和成就的还是他自己。他因此有了很浓郁的“平民意识”，对社稷民生和世道人心有自觉的人文关怀。这集中反映在他发表在《书摘》杂志的“读稿笔记”上。在这些文字中，他主张“让学术走向大众”，让民众进入“精神的高地”，一以贯之的是“民本位”的感情与思想。这与只关心自我设计、自我发展，而陷在名利场中的所谓的“峰值写作”的作家相比，就有了境界之差。他传承和发扬的是五四的传统，与鲁迅、与邹韬奋那一代人有相通的血脉。我为之击节赞叹，感觉他是“大”的。

孙郁如果读到，对今天的文人，便不会一味地悲观了。

五

深入查检彭程的写作，他除了土地散文、新书话的体裁以外，抒情美文、艺文小札、思想随笔和学术笔记，都用心涉略，均有专著。计有《镜子和容貌》《漂泊的屋顶》《中国当代青年散文家·彭程卷——受难之爱》等多部文集。可谓劳心经年，颇有所得。

但是，与那些争抢“滩头”，批量生产，博得大名的文章家相比，他写的是少的。究其原因，与他的“赤子情怀”有关。他敬重文学，认为文字虽“小”却是大事。因而要像里尔克一样，采集“真意与精华”，做到笔笔有出处，句句有真情，写得纯正，不欺心，不欺世。

他的《大事不着急》一文透露了他的心灵消息。他说：

> 大事的本质决定了我们应取的态度。大事既然是卓越的，超常态的，就需要更多的悟性、心智和体力，更深入更持久的劳动，而这些是着急不得的。它是百年老树，而非那些速生的、用来作一次性筷子的树种。它的长成需要更多的阳光、风和养料。它有自己的节律和周期。——菩提树下佛祖的正觉是一个伟大的寓言。——大事的尺度是时间，而我们这里多的是速度的大师，数量的规范，蔑视价值是必要劳动时间的凝结。他们争先恐后，一星期看不到自己印成铅字的名字就着急，一年没有新著出版就怀疑自己堕落了，他们本

来也许是想做大事的，却不知不觉把大事做成了急事。

他因而笃信，文学之所以是大事，就是因为它是帕乌斯托夫斯基笔下的那朵金蔷薇——时间把金粉铸成了金锭，再塑造成心血之花。

他不无幽默地说：什么是急事？内急得快憋不住了，却到处找不到厕所。这个时候，那件事就是整个世界。但是，一旦解决之后，不过是一泡尿而已。所以，急事往往不是大事。

对文学的信仰，使彭程进入了淡定、从容之境。他要让自己的文字自然地生长，就像“百年老树”因为自然的生长，吸足了阳光、风和养分，年轮绵密，质地硬朗，决不虚空。

他自律甚严——虽读了很多书，腹笥充盈（有发表在《书屋》《世界文学》等学术刊物上的文章为证），但节俭地剔拾对表达最需要的部分——决不炫耀博识；虽感性充沛，激情洋溢，却节制地拣取最贴切的部分——决不铺张才情……他删繁就简，步步为营，悠然呈现，让文字靠近金子一般的质地。

他特别注意锤炼语言，《在母语中生存》一文，可谓是夫子自道。他兴味于民族古典语言的精简、温婉之美，也延揽西方文学语言的通脱与率真，说理寓于感性，抒情不忘省身。如甘果入喉，既有汁液、皮肉，又有内核，各有所值，耐得住品味。这就避免了论理而掉书袋，感性而滥情。开合有度，深浅适宜——不乏知识，不乏情趣，不乏识见，无丝毫做作，有浑然之美。

在这么多同龄作家之中，唯独彭程的文字我愿意做枕边之书，反复阅读。不枯燥，不矫情——能读得下去，也能掩卷思索；知所以然，知不以为然；让人会心，微笑，温暖，充实，以致联想到很多。

这或许就是纯正文字具有的魅力了。

还有一点，我们都是燕赵之子，有根性的相通，因而有不为外人道的微妙感应。比如他的一篇名为《树读》的散文，文字虽委婉，却引起我的激烈反应，竟至落泪不止。他写到故乡村口的一棵老绒花树被人砍了，从此他感到故乡再也不是记忆中的故乡了；因为这棵老树不只是一棵树，而是故乡的标识，是故乡的象征。他甚至感慨道：这棵老树是我的一个亲人，是亲情的一部分；这样一个连着我根脉的亲人已失去了，故乡的梦也就残损了，甚至故乡也就不成其为故乡了。他的感慨也令我唏嘘不止，因为就我的出身所积累的人生经验，一直认为，自然环境是可以直接构成人的精神谱系的。

他的文字，本质上，传达的是民间情感，能引起共鸣，被反复阅读，是很自然的。

现在，能够被反复阅读的书不多了。所以，他作品之“少”，正是其“多”。

心有担当，娓娓道来，沉潜著文，不事招摇——他的“民间写作”状态真好。名声对他已不重要，有重要的文本放在那里，就足够了。

2006年12月26日

文化在乡的种子

2004年5月18日，我参加北京文联的一个会议，住在了顺义宾馆。晚饭前，突然冒出了一个念头：应该拜访一下王克臣先生。

一个地区，给外人的印象，一般都是由几个品牌性“符号”所构成的。到了顺义，我马上就想到这么几个品牌：首都机场、现代汽车、燕京啤酒、焦庄户地道和作家王克臣。前几个地方我都参观过，唯独没有见过王克臣，在我的意识里，如果不去拜见一下，便不算真正来过顺义。

我给家在顺义的同学吴敏贵打电话，让他马上到宾馆来。敏贵很快就到了，对我说：“我还通知了在县城的其他几个同学，晚上共同尽地主之谊。”

我劈头就说：“你认识不认识一个叫王克臣的人？”

他一愣，“他是不是写小说？”

我说：“当然。”

他说：“这就巧了，我跟他做过同事，知道他住的地方。”

我兴奋异常，催他马上前往。

他说：“几个同学都在海鲜馆等你，先吃完晚饭再去吧。”

我说："我现在心里像燃着一团火，如果不马上见到他，情绪浮躁，饭菜无味。"

他很是不解，说："在我们顺义人眼里，王克臣是很普通的一个人，怎么在你这里，竟那么了不得了？"

我说："他当然了不得，在我没搞写作之前，就已经知道顺义有个王克臣，他是你们顺义的一张文化名片。"

在路上，我向吴敏贵谈了我所知道的王克臣。

王克臣是顺义望泉寺村人，1978 年开始文学创作，迄今在《北京文学》《人民日报》《北京日报》《农民日报》和《小说界》等近百家报刊发表了大量的文学作品，出版过六七种文学著作。其中短篇小说集《心曲》，在我的印象里，是新中国成立以来顺义区的第一本文学作品集。著名作家刘绍棠称"王克臣的作品土而不俗"，浩然先生则称王克臣是京郊大地难得的"乡村歌手"，他不仅在北京文坛有广泛的影响，即便在全国，也不薄声名。所以，顺义出过多少高官，有多少富豪，我等外人并不知晓，但却毫不含糊地知道，顺义有个作家叫王克臣。

"你一个外乡人，竟如数家珍地谈到他，比我们本乡人知道的还多，这就奇怪了！"吴敏贵感叹道。

我说："这有什么奇怪的，这就是文化的魅力，文化长着无形的翅膀，具有惊人的穿透力。"

"以前，我们一直管他叫老王头，经常拿他开玩笑。"吴敏贵似有所悟，表情庄重起来，说，"那么，这个不起眼的老王头，就真的令人敬佩了。"

王克臣的家淹没在一片农舍之中，打听了半天，才叩准了他的房门。首先听到一阵狗叫，之后一个上了年纪的妇女探出头来。吴敏贵问："老王在不在？"

"找他干吗？"女主人略有迟疑。

听我们说明来意，她的脸竟红了，“在，在，他这个人，除了看报，写字，哪儿也不去。”她一边引我们进屋，一边自言自语地说：“真也想不到，还有专门拜访他的。”

站在我面前的王克臣，身材矮小，满面沧桑，但眼神清澈，灼灼如烧。吴敏贵把我介绍给他之后，他激动地握住了我的手，“做梦也没想到，凸凹先生居然能到我的寒舍来！”

坐定以后，我们像多年的老友一样，聊了许多话题，更多的是围绕对方的作品。我对他作品的了解程度让他吃惊，他说：“我不过是一介农夫而已，没想到，几本小书，几篇小文，竟被您这么看重，真是惭愧！”

我说：“我们这代人，是被你们这些前辈作家哺育起来的，我是带着感恩的心情来的，对您的尊重，就是对文学的尊重。”

他沧桑的脸立刻烂漫起来，拉着我去看他的书房。

他的书房除了几架藏书之外，整个地上都堆满了报刊。因为空间狭仄，书桌很小，一把座椅，也是老旧的模样。但是，却令我感到心安——因为出产乡土小说的地方，就应该有这样纯朴的质地，一如庄稼，就应该长在苍茫的土地上一样。

当我的目光再次回到那张窄小的书桌上时，被深深地触动了。

桌上摊着一张《中华读书报》，映入视线的是一篇大块的理论文章，报面上安静地放着一支笔，在细密的字行之下，有红色的勾线。这真是出人意料，写乡土文字的人，居然这么用心地探行于典雅的语林之中，虽被人遗忘，甚至轻看，却绝不放低心中的标杆，沉潜地修养着自己，以期供奉有更多更高“含量”的果实。

这不禁让人想到生长在山野的野海棠，虽远离人们的目光，却绝不懈怠，勤谨地开花，扎实地结果，颜色与味道，丝毫不差。

我的内心不禁热了起来，既有感佩，也有惭愧。我等写作人，过于趋慕文坛功名，心态躁动，追风弄巧，离健全的文学生态远了，已经感觉不到文学的庄严，因而浮名之下是难以排遣的虚空。

相形之下，王老就自得得很——即便旁人不识王克臣，但他依旧淡定从容地读写，顺其自然，自成风景。

距那次拜访，已经快两年了，但当时的情景却依然历历在目，恍若昨天。望泉寺之行，我受益匪浅，受王老的启发，我进入了一种顺乎内心，安静自适的写作状态。

这两年，王老则像老树开新花，更加风流有自。在村委会的支持下，他创办并主编了文学刊物《旅港文学》，并倡导成立了“望泉寺文学社”。刊物办得严肃认真，品位不俗，不仅煽动了乡土上的文学翅膀，而且也吸引了不少文坛上的名家，以在这个村级刊物发表作品为荣——既创造，也引进，虽偏居一隅，却是沃土。文学社则营造了农民共同参与的文化氛围——农民写，写农民；文学与生产、生活互动，农民富裕与乡风文明共赢。《农民日报》认为它对新农村建设具有典型示范作用，便用整版的篇幅进行了报道——一个小小的望泉寺村一时间成了全国闻名的“文化之乡”。

“待到山花烂漫时，她在丛中笑。”特有的文化土壤，给王克臣本人也注入了更大的生命激情，去年，他一举完成了长篇小说《风雨故园》，使自己的文学创作跃上了一个新的台阶。

为他高兴的同时，我又得到了一点启示：以往，一讲到繁荣农村群众的文化生活，惯常的做法，就是组织乡土之外的文化部门搞所谓的“文化下乡”，我们为什么不把着眼点放在“文化在乡”之上？文化下乡，是水过地皮湿的伏天阵雨，雷雨停顿之后，依然是干渴。文化在乡——百姓自我创造，自我受用——自己打井，自己灌溉，活水源头，永享滋润。所以，文化在乡，是根本性措施，是新农村建设的应有之义。

从这个意义上说，像王克臣这样的乡土作家，其价值就远远地超过了其文学创作本身。他们是“文化在乡”的种子，是稀有的原发资源。应该受到重视和尊重。

于是，望泉寺村党支部是有眼力的，王克臣先生是幸福的。

望善自珍摄，一路走好！

2007年1月12日于北京石板宅

郊区文学的知春鸟

——记故乡作家苏宝敦

一部书，一种带动，自身有价

近读诺贝尔文学奖得主奈保尔的自传体作品《作家看人》，我想到了一个人，即家乡的前辈作家苏宝敦老先生。

奈保尔出生在特立尼达的一个小镇上。这是一块主要从事农业的小小的殖民地，人口稀少，文化稀薄——殖民地文化、亚洲移民文化及衍生的次文化，似有似无，还彼此隔绝，用奈保尔的话说，就像是一个“被移植来的非洲”。这里的人只有一小部分受过教育，而且是以有限的本地方式，便感到，他的未来几乎就是一个“死胡同”。然而就这么一块不毛之地，居然有一个写诗的人，而且当他薄薄的一本诗集出版之后，还有几个人聚集在一起，认认真真评价一番。荒蛮之处，居然有“思想生活的守护者”，这让奈保尔惊异不已，一如沙海里见到了一小块绿洲，即便小到近乎无有，也给了他“向死而生”的希望。他写作的勇气大增，一路走下去，成了后来的大作家。

上世纪 90 年代以前的房山，也类同于奈保尔的特立尼达——农业发达，每个时期都出全国劳模，譬如吴春山、徐庆文、王砚香、仉振亮等等，而现代文化的发育却极为缓慢，几乎没有像样的文化人。那时，地处京西的房山，总是向京东的通州送去遥望和敬意，因为那里出了刘绍棠、刘白羽，还有晚近一些的王梓夫，都是些响当当的文化人物。

我当时为了实现从农民到居民身份上的转换，拼命读书，考上了一所农业学校，因为不喜欢所学的专业，以文学自娱，涂抹了一些小文章，在《北京日报》郊区版、《青峰》《大房山》等小报上发表。即便是小文章发表也很难，总是接到铅印的退稿信，心情很灰，便把写作大块文章、出版作品集，视为畏途，觉得那是不可想象的。还有一重身份上的自卑：出生在一个“不开眼”的农业县，底气和动力有先天的不足，根本就没有攀升文学高度的勇气。

恰在此时，苏宝敦创作出版了长篇小说《柳溪轶事》，并且还在《北京日报》郊区版上连载（当时在京报上连载小说，似乎是刘绍棠和浩然才能享受的“特权”）。紧接着引起刘绍棠、浩然的关注，刘绍棠热情洋溢地写了《喜读〈柳溪轶事〉》在《北京日报》上发表，浩然也对他说：“宝敦，你写成了。”出人意料的，香港的《把握》杂志也第一次为内地的一部小说发表了专门的评论。

苏宝敦的《柳溪轶事》在房山引起震惊。正如那个出诗集的诗人让奈保尔惊异一样，我和房山的作者都惊异不已：原来我们房山人也是可以登大雅之堂的！这里包含着两层惊叹，房山人不仅可以出文集，而且还可以出长篇小说。

震惊之余，就有了自信，有了勇气，大家都开始写作大一点的作品。

至于我，想法比别人更活跃一些：苏老那代人，所受的正规教育比我们要少得多，知识结构、文化水平远远不及我辈，他都能成就长篇小说，我辈岂能自甘其下？于是就有了我后来的《慢慢呻吟》《玉碎》和《玄武》等八部长篇小说。

一天他对我说：“我的《柳溪轶事》怎么能跟你的《慢慢呻吟》《玄武》比，你那才是大作品，有全国影响。”

我说：“您这样说，是用文坛的尺子衡量作品，如果用文学即人生的尺度衡量，您的作品影响更深刻、更悠远，因为您改变了房山作者的创作心态，在无路之处，指出了致远之路。”

我的意思是说，如果没有他苏宝敦，或许就不会有日后的凸凹。

事实上，苏宝敦这种开风气之先的影响，是弥漫到整个郊区的。

大前年我到望泉寺村去拜访因创作长篇小说《风雨故园》和创办全国第一家村级文学刊物《绿港文学》而知名的顺义作家王克臣，在交谈中他说道，在文学创作上，其实你们房山是在郊区最了不起的，在上世纪八九十年代，谁敢写长篇小说？而你们的苏宝敦先生就写出了。

王克臣说的话，他本人可能早忘记了，但至今我还有清晰的记忆。因为它让我联想到郊区业余作者的文学生态——区县的业余作者，整体上，起点都不是很高，都有“文学小民”的创作心态，他们不敢有大的野心，小打小闹，偶有所得，就有大欢喜。浩然、刘绍棠对他们的影响，是信仰和精神上的，在操作层面上，反倒作用甚微。因为二人身影巨人，人到与现实中的业余作者发生了隔膜，人们只能仰望，而不能近身，而苏宝敦恰恰是他们中的一个，是肩膀齐的弟兄，可以攀比、可以效仿、可以赶超，甚至还可以“灭掉”。从这个意义上说，苏宝敦对郊区文学起的带动作用要比浩然、刘绍棠直接得多。郊区作者，如果能平心静气地想一想，这样的说法，是不为过的。

一台戏，一个人，文学人生

回溯苏宝敦的文学道路，其起点是因为一台戏。

上小学的时候，旧历四月十八，离本村不远的鞍子口庙会开场，上演一出横岐调地方戏，剧名叫《刘秀走国》。剧情起伏跌宕，唱腔高亢幽婉，把少年那颗易感的心深深迷醉了。夜场散了，他就睡在戏台前，等天亮了，接着看日场。竟至把课业旷了，招致老师的家访，被舅父严厉训斥了一番（从四岁到十六岁他被舅父收养）。一番训斥，反倒更唤起了他对戏曲的爱好，觉得那戏词真好，有穿透人心的力量。由于崇拜写戏词的人，小小心田里，产生了当作家的欲望。

这个起点，具有典型意义，大多数的业余作者，都有相同的经历。浩然和刘绍棠在自传性的文字里，也坦言乡村文化、民间文艺对他们的启蒙与影响。即便是像果戈理这样的大师，其创作起源也遵循的是这个路径——有一天，果戈理对乌克兰的民间风俗突然产生了兴趣，便产生了创作《狄康卡近乡夜话》的构想。他在给母亲的信中说："您知道我们小俄罗斯（对乌克兰的旧称）的许多风俗习惯，许多迷信、可怕的故事、传说和各种各样的趣闻，等等，等等，所有这些，对我来说是非常重要的。"他把这些民间流传的文化资源作为素材进行创作，虽是第一次尝试着写作，却下笔如神助，竟一气写出了八篇小说。就是这几篇小说，为他日后的不朽奠定了基础。

从苏宝敦身上，不禁让我想到了作家，尤其是基层作者与民间文艺的关系。其实民间的文化资源，正是基层作家的活水源头、立身之本。可惜的是，现在的农村作者，一味地羡慕城市作家的写作方式，东施效颦，丧失了自我的优势，这也是乡土作家被文坛湮灭的一个重要原因。现在看来，刘绍棠"中国气派，民族风格，地方特色，乡土题材"的提法，真是一种经验之谈、切身之论。

自从有了当作家的愿望，苏宝敦就特别留意写作的素材。1957 年，毛泽东接见了河南应举农民合作社社长崔希彦，并请他到中南海的家中做客。看到报道，苏宝敦立刻就联想到了崔希彦与全中国农民的关系，写出了《五亿农民的荣誉》，投当时的《河北日报》，竟一稿中的。兴奋之下，又针对家乡的养猪生产，写了《猪草百样草，看你找不找》，很快就又在《河北日报》上发表。

两篇短文，两块敲门砖，苏宝敦敲开了张坊乡政府的大门。乡政府保送他到设在东北的中国农科院果树研究所学习，毕业之后当了一名果树技术员，成了一名吃皇粮的国家干部。这个身份上的转变，从根本上改善了他的生存条件，也更大地激发了他的写作热情，他写了文学速写《赵老大》在《北京日报》上发表，又写了短篇小说《立竿见影》，发在《北京文艺》上，成了小有名气的文学作者。1973 年，房山县毛泽东思想宣传站（文化馆）借调他去搞专题创作，得以参加了北京市的宣传工作会，在会上第一次见到了景仰已久的大作家浩然。

据苏宝敦自己描述：

“他在台上，我在台下，我不错眼珠地看着他。他长得那个俊啊，是人群里找不到的那种俊！特别是他的那双眼睛，大，圆，黑黝黝，滴溜溜，好像不是用来看东西的，而是用来说话的。他是天上的文曲星下凡，是给人照亮来的！我呼吸急促，心跳加剧，不停地感叹：看来我搞文学是搞对了，只有通过写作，才能与这样的明星人物接近！感叹之余我暗暗发誓：一定要毫不动摇地写，而且一定要写出名堂来。”

1974 年，受上边委托，苏宝敦与赵日升、曹岫森组成三人写作组去写全国劳模吴春山的事迹。素材收集完成之后，北京出版社派来张守仁进行写作指导。张守仁建议说，莫不如把浩然请来，因为他刚写完大兴县大白楼的王国福，有切身的写作经验。

浩然一请就到，没有一点当红作家的架子。

坐在吴春山的小黑屋里，他们点上一盏“棉花芯”的煤油灯交谈。张守仁说：“浩然你真能写，一天写八千到一万字，我这个看稿子的都追不上你这个写稿子的。”浩然也不接话，只是嘿嘿地笑，笑里还有一丝孩子一般的羞涩。苏宝敦感到他很亲切，心里问自己，我什么时候也能一天写八千到一万字？便急切地向浩然请教：“浩然老师，吴春山虽然是全国劳模，但没文化，说起骡马经来一套一套的，一说到他本人，一句话也不说，这可怎么写？”浩然说：“越是在这样的时候，越不能人为地拔高，要多走访老乡亲们，通过那些见证人的现身说法，还原主人公的生活现场，获得一种身历其境的感受，然后再根据人物的性格进行合理的想象，人物的言谈举止、思想感情就会生动起来了。”

浩然的点拨，让苏宝敦顿开茅塞，用他的话说，从那以后，他才真正懂得了什么是写作。

苏宝敦总结道，是浩然教会了我写作，他的真传就一句话，不要主观先行，要还原生活的现场，要“贴”着人物写。

他后来源源不断地写了许多小说，发表在《北京日报》《北京文学》和《北国风》等大报大刊上，还由中国华侨出版社结集出版。

写作上的长进，也使他的仕途一路风顺。他先后当过房山县的第一任图书馆长、张坊镇的宣传委员（即宣传部部长）、城关镇的党委副书记、房山区文化文物局副局长。

但是，少年立下的作家志愿，大作家浩然对他的深刻影响，使苏宝敦即便是身在仕途，也无心贪恋官场风光，他心里只有文学。当图书馆馆长，他近水楼台先得月，拼命读书，弥补知识储备的先天不足；当宣传部长，爱好和工作正好合拍，便名正言顺地多写；当副书记，接触的面广，经历的事多，他正好多积累些素材。在文学的滋润下，苏宝敦内心充满了阳光，整个人变得乐观、开朗、亲切、随和，虽然是一方土地的官员，但亲民、爱民，老百姓都愿意接近他。日前读到城关镇一个叫张长水的民营企业家写苏宝敦的一篇文字《相识苏老》，对他的容貌描写道：

> 那时的苏老总是神情专注，仪态端庄，如炬的目光能给人春天般的感觉，他讲话严谨而又不失幽默，层次分明而又点面结合，平静的语气亲和又干练，当年他在台上披衣而坐的身形，至今还有深刻的印象。

看到这段文字，我不禁莞尔，这动人的神韵，分明是从浩然那里脱胎而来。

接下来的一段记述，是一副活脱脱的亲民形象：

> 真正与苏老相识，还是以后的一段时间。那时，乡镇企业发展风起云涌，作为村办的一家联营企业，原材料的缺乏一直是个老大难的问题。听说苏书记有熟人能够搞到，便斗胆去找他。没想到，他不仅一口答应，而且亲自陪我去供货地河北邯郸。

因此，苏宝敦在当地人气很旺，威信很高，以至于原党委书记调走之后，县委的一个主要领导找他谈话，想让他继任书记，他笑着说："不行，我干不了，一是怕负债，二是心眼小，承受压力的能力低。"

朋友私下里问他："这可是个肥差，你为什么不干？"

"耽误写作。"苏宝敦说，"穿衣要穿布，当官要当副——副职自由度大，有空就能写两笔。"

苏宝敦每天五点钟起床，雷打不动地写两个钟头，写到七点钟，一丝不苟地梳洗打扮一番，精神饱满地去上班。

业余写作，居然也出了十几部书，原因就在这里。记得几年前到河南新县参加全国散文研讨会，与同居一室的张守仁先生谈到苏宝敦，他说："其实老苏写作上没那么多灵气儿，之所以能在郊区里成为佼佼者，因为他坚韧。"

写到这里，我不禁联想到郊区的创作队伍。上个世纪八九十年代，郊区涌现出一大批业余作者，形势颇喜人。但后来一路下滑，许多作者都昙花一现，归于寂灭。直接的原因，就是文学这块敲门砖让他们敲开了一些门户，享受到了一些世俗的好处，便乐不思蜀了。所谓"人格渐低庸福近"，古人早把人生的定律放在那里，请君入瓮。不过，这些人至今大多数并没有官大富巨，处在惨淡经营一途，一提到文学，也有掩饰不住的忧伤，让人唏嘘不已。但是，我并不鼓励他们重归文途，因为文学有格，容不得有杂念的人。

说到写作《柳溪轶事》的起因，苏宝敦说："文学给了我一颗敏感的心和一双善于发现的眼睛，使我能从本质上看世界。"

他在城关镇副书记任上，正好经历了乡镇企业如火如荼的发展历程。在一般人眼里，乡镇企业发展无序，跟国家、集体企业争资源、争市场，且因技术、资金的缺乏，自身发展也步履艰难，因此有不少否定的声音。但苏宝敦以文学的眼光看到，乡镇企业即便是有种种不尽如人意之处，但是，他给广大农民带来了思想观念、生产方式上的深刻转变，也给农民百姓亘古以来的贫穷命运以历史性的改善，他是农村改革发展最强劲的一阕时代音符，也是一笔属于农民自己的宝贵的精神财富。

这段独特的经历，给了他一种从来没有过的生命体验，用他自己的话说，就是：生活是美好的，生活是绚丽多彩的，生活是充满希望的！

他的写作激情爆发了，他要用自己这支笨拙的笔，为大地书写，为农民代言。

《柳溪轶事》的初稿写成之后，他拿给了当时的《北京文学》主编赵金九和《北京日报》郊区版的王保春，心怀忐忑地问他们，我这是不是长篇小说？二人说，是。二人以惊异的口气问，你不知道什么叫长篇小说，怎么就写了呢？他说，我琢磨着，真正的文学应该是特定历史时期社会生活的真实反映，因为我有生活，先甭管什么技巧不技巧，就原汁原味地写。

二人说，咱们郊区的作者，要都懂得这个道理就好了。

二人从心里为苏宝敦高兴，赵金九说，我给你联系出版，王保春说，我给你在报纸上连载。

1992年，北京文学收获了两部长篇小说，一部是苏宝敦的《柳溪轶事》，一部是他的偶像——大作家浩然的《苍生》。

真是天赐机缘！

在《农民日报》组织的农村文学创作座谈会上，二人相见，那个亲热劲，感染了所有与会者。

浩然问："我写《苍生》，跟自己较了很大的劲儿，才摆脱了'三突出'的框框，你是怎么突破的？"

苏宝敦说："我记住了两个大人物的两句话，一句是毛主席说的，金无足赤，人无完人；一句是列宁说的，除了两种人不犯错误之外，人都会犯错误，一是没出生的人，另一个是死去的人。"

浩然拍了一下苏宝敦的肩膀，"真有你的。"

《苍生》作为浩然新崛起的标志，很快红遍大江南北，而苏宝敦的《柳溪轶事》没得到文坛应有的关注，至今还依旧默默无闻。

我为此深感不平，因为，《柳溪轶事》在当时、或许是现在，是记述农村改革的重头戏——乡镇企业发展历史的第一部、或许是唯一的一部长篇小说，从社会价值上来说，有超乃师之处。

苏宝敦本人却没有这种不平，每一提及，他都难为情地一笑，“我哪能跟浩然老师比。”

这就是苏宝敦的做人本色，一如京西的当家谷黍，籽穗饱满了，也不好意思张扬，低垂就是了。

一个支点，一种延续，艺术生命常青

时间进入上世纪九十年代后期，文学失去了轰动效应，文学家头上的光环也渐趋暗淡，文学被边缘化了。许多搞文学的，走在人群中，耻于显露自己的作家身份，甚至还想办法遮掩。但是苏宝敦却以当作家为荣，在许多不适宜的场合，他都神采飞扬地这样介绍自己：

“我是北京作协会员，作家。”

社会价值取向的偏移并没有改变他心中的价值取向，他仍以文学为重。他说，偌大个房山区，已有近百万人口了，商人、官员遍地都是，可以拿簸箕撮，可是作家才有几个？作家是百年一出，甚至千年一出的稀有品种，金贵着哩。甭管别人看得起还是看不起，我金贵我自己。

他是文学的赤子，他始终生活在文学中。

除了文学上的苦恼，他没有别的苦恼。

他的第一桩苦恼，是作家一过了五十岁，再写小说，就格外地费劲。所以他经常劝我，知道你散文随笔写得好，但还是趁着年轻多写些小说，别浪费自己。所以每当我发表或出版了小说，不管外界的评价如何，他都会热情洋溢地祝贺我，他说，能够写出来就是最大的成功。

针对他的苦恼，我劝慰道："苏老，你的苦恼太奢侈了，写不出又有什么，含饴弄孙，琴棋书画，颐养天年，生活照样美好。"

他说："浩然的一句话，让我特别震撼，让我终生难忘。"

他叙述道，也是在那次（1992年）《农民日报》组织的农村文学创作座谈会上，浩然对我说，宝敦，你知道我为什么拼了老命写出了《苍生》？因为别人说我浩然除了高大全，除了阶级斗争，就不会写作，所以，如果不拿出这部《苍生》，我就破产了。

破产！这是我第一次听到，作家还有"破产"一说。苏宝敦说，浩然让我知道，写作是作家的生活方式，作品是作家的存在方式，一个作家，无论他以前多么辉煌，如果没有新作品问世，他就不再是作家了。

苏宝敦的话直让人联想到，选择了文学，不仅仅意味着风光与荣誉，更意味着要承受常人所没有的痛苦与烦恼，他必须时时能写得出，否则，心灵就焦灼，生命就有幻灭感。

经过一段艰难的思考和寻觅，苏宝敦终于找到了突破瓶颈的途径，他选择了写作文物旅游随笔。

这一选择，得益于他当文化文物局副局长的经历。这个职务，使他有条件接触了大量的文物和文物古迹。在职时，想到的是如何"看"好这些文物，履行好职责。现在，他退职了，用超然物外的眼光，也就是用文学的眼光看，文物和文物古迹，是文化之源——其中所蕴含的，是民族的历史、民族的情感和民族的心灵图谱，如果以此为素材，大可以描绘，大可以抒情，大可以传递另一种心灵消息。

找到了新的写作支点，也就是找到了新的快乐之源，苏宝敦脸上又有了灿烂的笑容。他踏访于田野之间，埋首于典籍之中，巨大的写作欲望驱使得他一刻也不知道停歇。他幸福地对旁人说："你看，我都退休了，比没退休的时候还忙。"

短短的十年间，他写了十多部书，其中，《颐和园与西太后》《明清疑案与北京（故宫）》《扫马西行——元朝西游记》（与人合著）、《长城与秦始皇》有很好的文学品质，连著名学者孙郁都为其写过有关的评论。

不俗的成就，使苏宝敦在北京文物旅游写作领域，有了自己的符号价值，被人誉为“北京旅游写作第一人”。

其实，这个评价是低的，因为他的文物旅游写作，不仅在北京，在全国，乃至海外都有不小的影响。西安的《收藏》杂志把他视为北京地区的重点作者，香港的《中国文物世界》聘他为特邀撰稿人，并把他的文章作为压卷之作，在头条位置连载了两年，达四十万字之多。

写作生命的延续，让苏宝敦有了一种新生一般的快乐，但也自然而然地伴生了他的第二桩苦恼，即作品的销路问题。

出版社的发行体制，坐等定数，不主动出击，让你无可奈何。在政府部门工作了几十年，自然有些关系渠道，但那些老朋友也只是给面子，属于“一次性销售”，再登上门去，双方都尴尬。再找有关文化部门，脸面也友好，表态也积极，就是迟迟不见行动。这里有认识问题，也有体制问题，没有充足的理由为一个作者的个人著作买单。

苦恼的消解，最终还是他自己找到打开锈锁的钥匙。

经年的文学修炼，使他的思维特别活跃，他能透过现象看本质，坚信看似无路处恰恰有路；多年的官场生活，使他洞明世事练达人情，不会像书斋派文人那样呆若青鸟，他懂得需找出路。

他分析道，一介菜农，没根没盼，却也能把菜卖出去，因为他肯于走上街巷；郭敬明一个毛头小子，绝无翻云覆雨的本事，却能靠书写而走上富豪排行榜，因为他懂得与时尚搭车，像商贩一样叫卖。他们都得益于一样东西：市场。

一旦明白了这个道理，苏宝敦就开始行动。他走遍了全市的各个文物旅游景点，既宣介自己的图书内容，也讲解这些图书对宣传景点所能起到的作用，告诉他们，我写关于你的书，你提供关于我的市场，咱们各行方便，互惠双赢。

功夫不负有心人。经过一段时间的尝试，各旅游景点发现，苏宝敦的书，作为特色旅游产品，很受读者欢迎，他们向老苏敞开了怀抱。老苏的书铺遍了全市各旅游景点的门市，成为了常销书。现在，他每半年去那些地方巡视一番，不是去求人，而是去结算，享受写作给他带来的收益。

前年，在房山作家的一次集会上，他说道："咱当作家的，不是生来就受穷的，也要有自己的香车豪宅，也要游历天下。"当时许多人不以为然，认为他口吐狂言。当看到这二年，他出有车，食有味，且自费旅游了二十多个国家，还写了不少旅外随笔，大家不禁生出一连串的感叹：这个老苏，身不过五尺，才不过五斗，在郊区作者中，却每个时期都走在别人的前头，从创作出第一部郊区的长篇小说，到成为北京文物旅游写作的代表性作家，到第一个在市场上立足获益，他称得上是郊区文学的一只感时顺生的知春鸟。

苏宝敦已过古稀之年，但他还能每天都写，而且思维敏捷，目光炯炯，身板笔直，步履轻盈，作为文友，每一看到他，心中就顿然生起一丝慰藉、一片温暖。感到，即便是特别崇尚物质的今天，当一个作家，做一个"不识时务"的精神追求者，亦是福莫大焉。

文学会使一个人永葆活力，生命之树常青！

在结束采访的时候，苏宝敦对我说：

说我的《柳溪轶事》带动了新时期郊区的长篇小说创作，有开风气之功，我深感不安。其实在房山，乃至北京郊区，推出第一部个人专著的是我的老伙计张玉泉先生。是他计划生育题材的短篇小说集《太阳在心底燃烧》的出版，率先打破了我"文学小民"的心态，给了我写大作品的勇气，要说带动，是他先带动了我。

这也是苏宝敦做人的本色，在成功面前，不遮掩来路，懂得感恩。

2007年1月16日至18日一稿

2010年7月28日改定

鲁迅与我

接铁猊邀约，命写鲁迅，心中不禁一顿——承先生文泽近三十年，以对偶像的态度尊拜着，竟没有写出一篇有关先生的正经文字，真是惭愧得很。正如对心中的大爱，虽刻骨铭心，却未曾吐出一个“爱”字。究其原因，不是不想，而是不敢，怕庸俗的字词把神圣的情感贱侮了。可见情之深切。

初闻鲁迅，是源自山之巅的高音喇叭。那时刚上小学，文化的“革命”正热烈着，大喇叭里，总能听到两个人的庄肃言论：一个是领袖，一个便是先生。先生的“斗争性”言论可谓多矣，但给幼弱心灵以最大震颤的，是那么一个短句，即横眉冷对千夫指，俯首甘为孺子牛。既短且硬且锋利，真如匕首。

小孩子天性好斗，好刀剑，从此就留心收集先生的书。都是些小册子，扉页上印着先生不苟言笑的像，他的唇角很瘦狭，依如刀刃。小册子之外，还有许多白皮书，印制者，有部队、厂矿、学校，甚至还有人民公社和 ×× 大批判组。先生的文字很生冷，符合冷兵器的特质；虽读得吃力，热情却每日俱增——因为本能地感到，对一些看不惯的东西，他的语锋总能“捅”到痛处，很过瘾。

先生的书很能让人长进，小学尚未毕业，我掌握的字词，据级任老师说，就比一般的初中毕业生多了。而且还莫名其妙地有了表达的欲望。正值“反潮流”，居然就写出了在学校，甚至在全县都引起“轰动”的诗歌：

反潮流，意义深，

大家都要来关心。
阶级斗争年年有，
路线斗争也常存。
你不反他他反你，
和平观念最害人！

且不论这“诗歌”的质地如何，有一点是重要的：先生的文字能开“天眼”，使幼小心眼有成人目光，让人早熟，让人追求与众不同。

我的这首所谓的诗歌，居然也在山之巅的高音喇叭里播放了，兴奋之余，对“作家”这两个字生出特别的崇敬，既而变成一种憧憬，喜欢在私下里无节制地涂鸦。

于是，在中学，在高中，我显得比别的同学“特别”一些，因为我的作文常被老师拿来做范文，或刻印于蜡板之上，或抄展于墙报一端，有“名人”效应。

为了跳跃“农门”后来很遗憾地上了农业学院。在就学期间很不安心于所学的专业，用节省下来的助学金，订阅了《诗刊》《散文》《萌芽》和《青年作家》等文学刊物，老师在讲台上像春妇发情一般激情洋溢地讲《育种学》，我则潜伏在课桌下像村女偷情一般且惧且喜地私淑那些绮章丽句。偶有所犯，被宽恕了；屡屡不改，便被扭拘到学生处，责令反省，写出检查。可笑的是，那份检查竟被我当散文写了，洋洋洒洒万言有余，题目为《我的检查——既当农学家也当文学家》。检查实际上是一篇理想宣言，里面反复提到鲁迅，通篇严正，凛然不可侵犯。学生处的领导也是钟情鲁迅的，审检完毕，久久无言，最后说："你喜欢文学，我不反对，但前提是功课要及格，保证能毕业。只有这样，你才能被顺利地分配工作。"他的话我是懂的，因为鲁迅早把话撂在那里——人生的正途，首先是生存，然后才是发展，最后才是提高。人不能栽在自己的理想上。我很感激他，保证道："您放心好了。"

就这样，一边农学着，一边文学着，青春的岁月被塞得很满，以至于在不知不觉中就到了毕业的时光。同学们都预先设计了毕业后的出路，所以大都去了各级科研机构，稍差一些的，也留校教学。来自乡野，却拒绝乡野，是普遍的心理。因为未曾设计，便听天由命地被分回了原籍的一个叫良乡的小镇。提起良乡镇，人们漠然，但说到"良乡板栗"，大多数人的眼睛就亮了。这是个著名的品牌，日本、东南亚和港澳地区都是很推崇的，因而国内的许多地方包括上海、天津和宁波等，在板栗出口时，都要打上"良乡板栗"的商标。所以，虽然被"发落"到最基层，但因为是个有文化底蕴的地方，心态也是平和的。其实最根本的原因，是文学的濡染使我有了一种不被现实功利所左右的心胸。那时我想，无论如何，只要那个地方还有一爿小小的新华书店，一家邮局，可以买书，可以订阅报刊，可以投递稿件，就是一块乐土了。而镇机关的对面，只隔一条马路的距离，正是一爿书店和一家邮政所，真是天赐大福！

书店的店面很小，架上居然赫然地摆着一套精装本的《鲁迅全集》。心跳加剧，感到那是先生对我的邀约。那是人民文学出版社 1981 年版 1982 年第二次印刷本，简体，页白，疏朗，大方，价五十二元整。怕被别人"请"走，便要求店员给一个保证。店员说，这套书在架上已经摆放一年了，还未遇见买主，你就放心吧。内心仍是忐忑，便久久地在柜台前逡巡。突然发现那店员正坐下来卷烟，便凑上前去，从他的卷烟纸上撕下来一张，“逼”他签了一张“订单”。

领到第一个月的工资，居然只有三十二元，离请先生之资尚差不小的距离，不禁嗒然，整日絮叨，仓皇不安。机关里有一李姓女子，闻之嫣然，慨然送上银两，遂成就愿望。事后得知，她乃一单身女子，对我别有设计。所以，命中注定，我请定了先生，她也把我套牢了。年后与她成婚，再年后与她产下一子。先生有奇伟功力，不仅能开启少年“天眼”，也能掣牵青年姻缘，遂作命运之叹。

十六卷大著放于案头，未曾开卷，就觉天地阔大，宅心深厚，须静敛心性方可破译一二。便不顾市井颜色正好，潜心阅读。以前接触的是小册子，且大多是文选，读时便率性随意，毫无顾忌；眼前却是全编，再挑拣跳跃地看下去，凭空就觉得有亵渎的味道。便从头读起，一字一行，都不敢漏过。先生的文字，特别是早期的篇章，幽深玄奥，有阅读困难，但还是硬着头皮“啃”下去了。系统地读完，用了一年的时光，具体时间是在 1983 年至 1984 年间。

当然，真正读懂是不可能的，离通透更是差之千里。但是，系统地“走”上一遭之后，自身的感觉发生了重大变化：觉得自己有文化了，有重量了。从那时起，看人看事，不再迷信世俗的尺度，而是先发出“天问”，然后作出自己的判断。小小年纪，性情谦和，不争小利；但喜抒发一己之见，不易被说服。给领导和同志一个特殊的印象：此人有异秉，虽是个小人物，却不可小觑，只是在这个小地方“暂栖身”而已。

因此，我开始感受到一种叫“孤独”的东西，心底也常常莫名其妙地就忧郁起来。

那个时候，正是文艺的复兴时期，人们对作家和文学有普遍的敬意，当下的作品屡屡走红，屡屡被身边人推崇。我自然也是其中一员。但是，一经系统地“鉴赏”过先生，居然就产生了一种别样的感觉，觉得当下的作品，成色轻浅，是不足以被倚重的。内心里还发出这样的一个声音：此等作品，我也是能写得出的；而且不写则已，一写，则……

为了做一验证，便于一个酒醉之夕，在两页碎散白纸上信马由缰地写了一通，也不曾抄检，转身就扔进邮筒。那时邮寄稿件，是不须贴敷邮票的，只需注明“稿件”二字就通行无阻。不足旬月，居然被报纸登出来，位居头条，且被标上“小说”两个堂皇的字眼。又不足旬月，居然看到一篇歌赞的评论，文章的作者还是当时炙手可热的一个著名人物。意外的收获，激发了满腔的狂妄，便又信手拽过两页碎散白纸涂抹一番。不期又登了出来，便生出所谓作家不过如此的感觉。

不久竟被邀参加了全市的文学创作会议，可谓一路风顺。在那个会上，我见到了责任编辑。他露出极为诧异的表情，说：“怎么，你竟然是个白面少年？”问其缘故，他说，从纸面上读到那么老到的文字，以为一定会是个老者。

听到如此评价，内心受用，话语不禁飘浮起来。责任编辑有些不悦，严肃地说，既然年纪尚小，写作时要体现“认真”二字，要把文章恭恭敬敬地写在稿纸上，不然换了别的编辑，会被当作废纸扔进字纸篓里的。

他还告诉我，我涂抹在散碎白纸上歪斜文字，是他整齐地抄写在稿纸上之后，才拿到排版车间的。

我的随意，他的认真，令我面红耳热，一下子我顿悟出一个道理：文学是不可玩弄的。

事后想来，我的所谓老到，并非一己的质素，而是鲁迅先生的提领——他思想的深刻，文字的老到，影响了我——我写作的起点，是先生的肩膀。

明白这一点之后，我就更离不开先生了。我买齐了先生著作的单行本，作为枕边读物；而把堂皇的全集整齐地放在书架之上，作为镇宅之宝。心中供奉着，手边摩挲着，让他的脉搏、体温和气息融入我的生命。

一路写来，未见过面的读者，都以为我是南方人，因为我的语言风格有江浙风韵；认识我的人，也十分惊奇，你一个粗犷的京西人，怎么笔下的文字却是那么沉郁、优雅、精致？

既然文学是语言的艺术，那么我的文学，坦白地说，就是沿着鲁迅先生语言的轨迹渐行渐远的。我酷爱他的语言，但又摆脱不了自己的出身，便在京西土语的底色上糅进了先生的“字话”，于是，我的文字，就有了一种既土又雅、既刚且柔的风格。

从文学的层面说，我是先生栽培出来的一个“杂种”。

所以，先生是我的文学之父！

继而言之，我早期的作品，特别是散文，主要写的是京西乡土。乡土是风情万种的温柔之地，很容易让人沉溺其中，大唱感恩之歌。然而，用毛志成先生的话说，虽然写的是乡土文字，我却没有“匍匐于乡土，醉倒于乡俗”，而是用审视和批判的眼光，挖掘出了乡风村俗背后的文化意义和生命意蕴，泥土的文字之中有很高的“文化含量”。之所以能有这样的文格，还是来自先生的遗传基因。

先生的乡土文字，特别是他的《朝花夕拾》，虽娓娓道来，却是对乡土的人性反思和人文批判——他是在给中国的“国民性”作历史注脚，给民族文化惕厉出被假话催眠、被善意遗忘的那些寒冷、残酷而又本质的“遗传细胞”。是别一种杂文！

所以，先生不仅赐给了我“物质层面”的语言，也赐给了“精神层面”的思维。眼界不高，行文不远——先生虽然没有直白地说出来，但他那十六卷大书，却字字都是闪光的镜鉴。

至圣者无烦言，短刃者无刀鞘。先生笔下没废话，所以文字精悍；后继者少说欺世之语，所以被人尊重。

对先生就这样默默地追随着，我的文字之道，便有了远行的底气。虽不温不火，却有着实实在在的收获。写着，孤独着，也幸福着。自我感觉很好。

2006年10月10日一稿

2007年1月20日定稿

午夜伶仃

过了四十岁之后，无眠之夜便常常光顾了。失眠的痛苦，让人猛地醒悟道：人的种种所有其实都是无所谓的，只要能吃得饱，睡得着，就很幸福了。

在辗转反侧中，借着暗夜的微光，能够清晰地看到身边女人那安恬的睡相，心中生出别一种滋味——不仅仅是嫉妒，更主要的是痛恶：一张床榻，竟有天壤之别的境地，凭什么？

尽管她是我的至爱，用《圣经》的伦理而说，是我生命的一半，但此刻想来，她其实跟我无关！

用这种心境审视她，发现被我视为掌上明珠的她，只是有着一大堆微不足道的小优点，而没有、哪怕是仅仅一种能被人感念的大优点；她衣兜里尽管叮当作响，却其实都是一些散碎银两，而没有一张百元面值的大钞——她真的不值什么。

害怕自己继续刻毒下去，便摸索到了那台被人当作敬意赠予的MP3。在耳机里，那首极欣赏的《马赛曲》竟也变了往日的感觉：已听不出它的英雄气概，听出的，竟是一种“伟大的恐怖”。

“伟大的恐怖”，是雨果喜欢使用的一个词汇，用来比喻那些空洞的、人为放大了的所谓壮烈情怀。近处的我，竟与遥远的雨果有心心相印味道。这不禁让我大吃一惊。

既然音乐的情调被败坏了，再听下去的意义已经不大，便关掉了。

为了应对这漫漫的长夜，我迅速地陷入无边无际的幻想。

我幻想着捡到了一千八百万现钞。巨富之后，要干些什么事体呢？不用苦思冥想，“事体”本身竟依次登场。

首先置备了至少有五百平方米使用面积的美庐，里边有一个大大的书房，有几排黑压压的书架。不仅家里所有的藏书都上了书架，而且为了填满剩下的空间，又购买了一大批价格昂贵的典藏本。在嘴角回甘的同时，我突然觉得自己很可怜。因为即便有钱了，也掩饰不住文人的出身——现实的家居很狭仄，大量的藏书都堆在地上，一旦用到有关的册籍，翻检起来很困难。所以，“大书房”的梦想早就潜泳在脑子里了。

其次砌建了一个不大不小的室内游泳池。棚顶的阳光很明媚，池中之水也平静而透明，有一种既私密又公然的时尚氛围。这并不说明我是个追逐市井颜色的人，而是缘于我的身体状况。我是个热衷于书写的人，便养成了既慵懒又勤奋的生活习惯。在键盘之上我是勤奋的，键盘之外，就什么都懒得做，包括从健康方面考虑所改进行的最起码的健身活动。于是，身形就很恐怖——肚子很大，腿杆子很细，心肾肝胆，有过分的负担，行色稍一匆忙，就做汉牛喘，颇有来日无多的感觉。真是比不得人家濮存昕，五十岁的年纪，尚有十八岁的腰身，生机盎然，惹少妇追慕。而游泳运动，正符合既慵懒又勤奋的性质——懒洋洋地伸展一下腰身，水流会托着你往前走。

再其次，竟是喂养两个美妇。既是红粉知己，不时地成就一番“红袖添香夜读书”情调；也可以在心神疲惫之时，给你一些形而下的耳鬓厮磨。既可以像苏菲·玛索一样给你消“心火”又可以给你一种成功男人的自我感觉。幻想至此，我不禁心冷了一下——因为虽然是一片幽闭的夜色，却看清了自己的本来面目——尽管写了近二十年的道德文章，也塑造了近于完美的“人文知识分子”的角色形象，其实不过是一介凡夫俗子而已。

伟大的夜啊！

夜色孤独却犀利，它能直刺出本质——自己白日里种种光荣的表演，所依托的，不过是一张张变换颜色和质地的“画皮”而已。

雨果说：现实的敌人尽可以蔑视，但心中的两个敌人却要认真对付，即孤独和幻想。

我的理解是：孤独是一种赤裸的状态，使伪装不能附着；而幻想是“本心”的原生态伸展，使“本欲”暴露无遗。

对于文人，这是两种多么不利的生存元素啊！它们会使居高临下的“表达”优势荡然无存，使自以为是的“信心”彻底动摇。所以，将心比心，在万丈红尘中，如果你是普通人，你千万别相信文人墨客的红唇白牙的鼓噪，你要留心他们在孤独状态下有什么表现。

郁达夫是个性情中人，敢于向众人公布他在孤独状态中的真实样相：在街头喝老酒，烂醉如泥唱大风悲歌；在暗门子里嫖私妓，把荆裙冯妇当作旷世佳人。

然而在现世的文人群落中，已经没有郁达夫了。进化之功，使秃鸡变孔雀，懂得如何爱惜羽毛了。

所以，在他们在“完美”起来的同时，也失去了承受孤独、享受孤独的能力——为了躲避失眠，他们干脆不去入眠，“泡吧”“泡碟”成了时尚生活方式，高脚杯，走私影碟，成了日子里的柴米油盐。他们“痛并快乐”着，以至于普通人都没有予以同情的资格了。

想得久了，头疼起来，掀开手机的屏幕，已是凌晨三点了。这是周扒皮半夜鸡叫赶长工们出工的时辰。

不禁苦笑了一下。我想到：长工们的觉总是睡不够，是因为劳顿；我等鸟人总是有觉不睡，是因为安逸。

这时，身边的女人打了一个哈欠，翻了一个身。侧卧的姿势，使她臀部的线条显得分外惊心动魄。

我知道，被衾之下，女人有个极腴美的臀部，正可以给我一个应有的劳顿。但是，最后的一点修养，准确地说，最后的一点虚荣，使我不能主动而急迫地表达对她的需要。便也别有用心地重重地翻了一个身。

果然被她感知了，她嘟囔道："都几点了，还不睡，真是闲的。"

"闲"与"安逸"是同一种状态的不同说法，在似醒非醒之间，她居然也概括得如此准确，以至于让人陡地生出厌烦。"谁不想睡？不是睡不着嘛。"

"睡不着就去写作。"她竟说。

她居然开出了这样一服药方，点燃了我心中的怒火，我真想吼叫一声："我是人，而不是写作机器！"但是，我还是忍住了，忍成了一种蔑视：蔑视是力量中的力量。

我大小是个人物，不能没有这种力量。我安抚着自己。因为她是无辜的，无辜得令人讨厌，所以，我更得安抚自己。

陷在望不到边的黑暗中，我悲伤地想：她是谁呢？而我又是谁呢？

"我是一座挂在房子正面的钟，向所有的人指明时间，而唯独不向房里的那个人指明时间。"居然想到了雨果说过的一句话。

"房里的那个人"是谁？是时钟本身，还是背对时钟的那个人？

如果我是时钟的话，那么，身边的女人莫非就是背对时钟的人？

现在看来，所谓同床异梦，绝不仅仅是婚姻之外的爱情，或爱情之外的爱情；在本质上，应该是虽然拥有最亲近的身体距离，却不能拥有或进入共同的精神世界和生命状态。

一个人的失眠问题，真不是孤立的问题，它会改变一个人对世界的看法、对人生的态度，至少牵扯到与身边人的感情问题。我清晰地感觉到，在这一刻，我不爱她。

长夜终于捱到了头。当晨光钻隙而入的时候，我的心境居然又变了——望着她晨起时慵懒而柔美的面容，我居然说了一句：

“对不起。”

2006年2月18日一稿

2007年2月2日修订

以生活为本

——关于写作姿态致友人

××老弟：

你好！

上月末的一天，你曾问我："近些天来，你一直低调，对我提出的一些问题，你也是支支吾吾的，回答得很不爽快，你是不是对我有些意见？"

元旦在家，因为牙疼得厉害，懒得出游和做事，就给你写封信吧。

老实说，有些话，特别是一些敏感的话题，当面是说不出口的，即便是你一再问到，即便是我心智里有几分颟顸，也是"王顾左右而言他"的。有些东西，心中虽均意会着，也是不能直说的，直说之后，脸上的笑容，会不由自主地凝聚起来，两个人都尴尬。所以，两个过于亲近的人，情感维系的链条，其实是极脆弱的——因为不防备伤害，便本能地不承担伤害。亲近着，也隔膜着，这是情感关系的真实生态。

我们都读了太多的书，书上有太多现成的例子：心间结成死结的，往往不是对手、陌路者，恰恰是同道、知己、亲人。心灵的裸裎和身体的裸裎，是一样的，都有太重的私密性，是羞耻之源，是反目的把柄，是仇恨生成的土壤，因而是禁区。

我们爱过的女人，为什么分手之后，较之一般的女人更恨我们？是因为我们过于熟悉她的身体——被你毫厘洞见，便容不得毫厘的不恭。爱，使她失去了在你面前最后的屏障；她如果能够重新面对你，羞恼与仇恨是必不可少的，那是她得以立身的新的屏障。

雨果在他的《见闻录》1835年一节中给我们提供的例证，更是触目惊心：

革命党人菲耶斯基因行使爆破被捕了，被捕之后，一直相信他的同伙是最关心他的人，所以无论怎么拷问，他都守口如瓶。有一天，他的情妇告诉他，他的一个同伙在得知他还活着的时候，竟说了这样一句话："他没有在爆炸中死去，是多么的不幸啊！"从此，菲耶斯基心中充满了仇恨——他揭发自己的同伴、毁掉他们的热情，同他在这之前要保护他们的热情一样的高涨。因此，他不放过任何一个微小的细节，把同伙们逼上了无法招架的死路。

可见，朋友间的反目是多么可怕的一件事，它彻底得毫无回旋余地。所以，对最亲近的感情，就像手里托着一团火，是要百般小心的；稍有不慎，就会招致灭顶之灾。

你是一个非常聪明、自视甚高的人。一点不同的意见，都会在你那里得到激烈的反应。我不忍心失去你这个"天分极高"的朋友，有保留地说话，几乎成了一种本能，它体现了我对友谊的珍重。它是一种无奈，与市侩无关。基于此，对近来相见的时候我的木讷寡言，请你理解原谅，并不是我对你有什么"意见"。

而我要如实地告诉你的是：你在我的生活中居停得太久了，已经成了我生命的一部分；你的喜怒，就是我的悲欢。所以，那天在沈阳刘老根大剧院看二人转，看到久久忧郁的你，竟开怀地大笑，我是十分地感动的，就像在享受一场失意过后的欢宴一样。

在世人眼里，二人转是一种低俗的民间艺术，为什么竟能让我们两个有些高度的人，忘记俗鄙而纵情其中呢？其中的原因，正像你分析的那样，是多方面的，如果愿意，是可以写出一大篇专论的。这里只简单地说两点。其一，就是它极端入世的态度。它关乎人情冷暖，演绎人生悲欢，舞台与生活了无界限，都是况味。其二，我认为也就是最关键的，是它的表演方式，它放低了自己的表达姿态，甚至比观众的视线还低。一低，就有了进退的纵深，就有了语场的张力。我本百姓艺术，便没必要装腔作势，便无所谓高低俗雅，了无禁忌，一切任性，酣畅淋漓。可庄重，可滑稽；可歌赞，可嘲讽；可高蹈，可低语；可滴水不漏，可漏洞百出；可长衫立得长安冷，可粉黛弄得秦淮软……一切，一切，只要能够自由地表达就是了。于是，台上台下，站在同一个高度，处在同一个语场——你庄重时，我会意；你滑稽时，我开心；你滴水不漏时，我击节叹服，你漏洞百出时，我含泪宽容……低姿态的表演，使挑剔无立身之地而悄然退场，原生态的真情传送，使居高临下的评判不合时宜而坐享其成——人性浑然互动、互融，无伶人与看客之分矣！

所以，二人转虽存于民间，却的的确确是一种高超的、智慧的艺术。

从二人转，我不禁想到了我们自己的写作。

坦白地说，你近来的忧郁和悲苦主要是由写作引起的。虽然也有生活本身的因素，比如父亲的去世与母亲的病重。因为你是有很强的精神质地的人，你曾经说过，在你心中写作占有神圣而不可动摇的位置，即便是女人的爱情，如果干扰影响了写作，也请她走开。为此，我还开过你的玩笑，说你“心硬”“薄情”。

为了不使你说我虚伪，在纸面上，索性放开了跟你交谈——

说真的，我认为你的写作状态的确是有些问题的。这也是近期我跟你交谈得少的原因之一。

出名前，你是“性情写作”，无论高低，无论深浅，只要能发出声音，就很快乐。现在不同了，你出了大名，成了文坛，至少是青年创作界的十分关注的人物。不少人认为你是“新文人”群体的领军人物，你主编的品牌刊物也左右着不少人的写作走向。于是，如影随形地，你的悲苦也就不请自来了。虽然你对自己的成功和影响并不以为然，一直认为自己不过是个自由的职业写作者而已，身外的声名与你无关。但是，别人的评价和身外的声名对你发生了“暗示作用”，你不由自主地爱惜羽毛了，不由自主地开始“扮演”别人期许与你的角色了。

这种“暗示作用”，乌拉圭诗人贝内德蒂形象地譬喻道：

“比如你一旦被人认定是一个勾引女人的人，即便事实上你是个守身如玉的正人君子，你的角色形象也不会得到改变。这的确是一件可悲的事。但更可悲的是：那个外界强加给你的角色，慢慢地，你居然真的接受了，且真的去勾引女人了。”

你的痛苦就是这样产生的——虽然你不接受也不标榜自己是什么什么“领军人物”，什么什么“改写记忆”的经典写作；但是，你被“催眠”于环境认定的角色之中，开始经营独领风骚的文章，开始建构卓尔不群的文本体系，拼命抢占话语的“制高点”，生怕失去了“重量”，被别人说“俗”、说“轻”。于是，你便被推上了一个骑虎难下的境地：面前是一片一片的眼色，身后是一拨一拨的追兵，不再有从容的心境，总是在得失间仓皇奔突。

这是何苦呢？我们为什么不能像二人转一样，放低了写作姿态，回归写作的本质：真诚地表达生命的诉求，从容地表达对世界的看法？不论成败，不置臧否，只为受用，在自我愉悦之余，对世道人心产生一些浸润，才是写作的常态啊！

孙犁、汪曾祺、沈从文，是我们两个人都十分钦慕的作家。

孙犁从不理会文场颜色，而是静悄悄地、从容不迫地写作，而且写的多是旧时回忆、身边小事、耕读生活。因而他的文章朴实得近乎无文，以至于单篇文章放在那里，会感到毫无过人之处。但是你一旦通读他的全集，就会感到他的文字之中，竟然储存着那么丰富、那么深厚的“静态价值”，像沉睡的海一样，平静的水面之下，却是一个令人震惊的大气象。对于孙犁，我曾经对你说过一个蹩脚的比喻：他的单篇文章，就像一颗颗不起眼的玉珠，一旦被一条金线连缀起来，就是一挂价值连城、光芒四射、夺人眼目的珍珠项链。这条金线是什么？是时光。

时光，使作家不刻意建构体系，却自成体系；不主观经营非凡，却脱颖而出。

汪曾祺从来不以文人自居，他甘于做生活中的一个凡人：研究美食，品味黄酒，弄书作画，怡然自得。在“生活之余”，如有真感动，真感悟，真感情，便随手操觚，写一些个小故事、小品文。他没有“革命文学家”的大抱负，大奢望，“人间送小温”而已。所以，他的文章，没有苦相，只有妩媚，没有隔靴搔痒的空论，只有扎实周致的关怀，读者能从中读到温暖自己的东西，因而就信任他，对他的文字就爱不释手。他也因此奠定了在读者心中大作家的地位。

至于沈从文，他总称自己是“蛮人”“乡下人”，下笔为文时，他从不高屋建瓴，只写感同身受，近乎笨拙地，甚至有些卑微地写他的人生经历，写他看到的风俗和风景，把世间的沧桑如实地传达出来。这不禁让我想到法国“诗歌王子”让·科克托。他不搞大的建构，也拒绝形而上的“制高点”，只关注瞬间感受，这样的坚持，反而“连缀”起他的沧桑气象，让人读出不俗。他描写女人的身姿，不用夸夸其谈的

“字话”，而是用“临海悬崖”这样的意象。这个意象真是耐人寻味——临海悬崖，经历风雨，饱经沧桑，却凸凹有致，风流有自。这样的女人，多有韵味：不仅曲线逼人，风姿绰约，而且还有阅历和灵魂。沈从文的文字，就像临海悬崖，不事张扬，却兀自挺立，虽显孤独，却见证沧桑变幻，因此就自成风景。

所以，我们崇拜的大师，其实都是在很低的写作姿态中的。

9月中旬，我去了一趟南方，到同里、慈溪、余姚、宁波去感受地域文化，途中带了一本书，即叶圣陶开明书店版的《未厌居习作》。叶大师的文字真是老到，却依然称之为“习作”，姿态低得令人肃然起敬。这是一本小册子，仅仅一百六十页的篇幅，且都是一些短制，无堂皇面目。但九天的旅程，我却读了两遍，几乎到了茶饭不思、枕不忍眠的地步。为什么？因篇篇文字，都写的是生命的真切感受；而这种感受，在我的心灵里得到了强烈的回应！比如：《没有秋虫的地方》，从听不到秋虫的鸣叫而体味到人不怕酸甜苦辣的磨砺，而只不堪于生活的无味。《藕与莼菜》中，“偶然被藕与莼菜所牵，所以就怀念起故乡来了。所恋在哪里，哪里就是我们的故乡了”。这样的感喟就不再是一个简单的口味问题，而是天下的游子所具有的“典型情感”了。《“昆曲”》的漫谈，道出了人的嗜好和志趣形成的心路历程——“人的癖性，往往是（长久地）亲近了某一种东西，生出特别的爱好心情来，（就）以为天下之道尽在于是了。”虽然是一些风物小品，传达的却是人心可感的普适消息——因而就经典了，真是一部摄人魂魄的大书啊！

叶氏的文字，让我在回甘之余，不禁想到了一个基本问题，即如何从事写作的问题。

孙犁、汪曾祺、沈从文，以至于叶圣陶，这些大家的写作都是循着一个传统的路数，即叙事、抒情、言志。

这样的写作方式，新时期以来被文坛整体地贬损和抛弃了，代之以超现实主义的所谓“难度写作”“峰值写作”“超验写作”“抽象写作”和“新感应写作”，等等，不一而足。总之，写作的技术指数是越来越大了。若不如此，写作者便被视为落伍，被视为低级，便没有文坛上的地位。不用讳言，我们俩也是这种新的写作方式的响应者，在某个方面，甚至还是始作俑者。

回过头来，所谓的现代写作方式，固然使我们制造出了奇文、玄文，超拔之文，轰动之文，得到了文坛新锐的符号，得到了青眼与喝彩；但是，我们也越来越深切地感受到自我迷失的痛苦。我们那天在乡下的小酒店，不是很忧郁地询问对方“文学能给我们带来什么？我们究竟是为什么而写作？”

因此我感到，老一辈作家的写作方式或许是可取的。装酒的器皿可以是篕、陶，也可以是金樽玉盏，更可以是高脚杯琉璃翠，但无论如何，容器中的物质是不变的。文字可以有老旧新潮，可以有拙巧，但人类的基本情感、本质感受是不变的，关键就在于承载和传达的指数。所以，不管人们怎么评说，他们的写作方式是有生命力的。至少，他们有着健康的生命状态：

生活着——感悟着——书写着——幸福着。

你看，孙犁、汪曾祺、沈从文和叶圣陶们，哪个不是大师？而哪个又不是活得那么宁静、自足和长寿？

那天二人转散场后，在茅厕里我遇到了台上的名角张 ××，事体已经完成了很久，他依然煞有介事地抖弄着那个小物件，很泄松的样子。我不禁叹道：“如果不是看了你的表演，谁会想到你是艺术家。”他反问道：“我跟你说我是艺术家了吗？”

那一刻，我感到他可亲可敬，因为他不自认为是艺术家，但他的表演却是那么精彩，以至于感动了那么多的人。

因此我认为，忘记自己的名家身份，甚至是作家的身份，用宁静而扎实的文字去叙事、抒情、言志，才是一种本分的写作态度。

写作就是写作，它代替不了生活；至少，它不是生活的全部。

所以，既然是在朋友之间，我就说得干脆一些：生活着——感悟着——书写着——幸福着，这样的写作才是以生活为本的写作态度。这样的写作，可能离功名要远一些，但也会远离浮躁、仓皇和痛苦。

写到这儿，真是天有感应，居然就收到了你的短信：

> 凛冽大风中，于一粗粮小店独饮烈酒，心情落寞，甚想老兄。

你弄得我五内俱热，冷泪潸然。

亲爱的兄弟，你看，笔可以放下，但生活的况味，你如何能够逃避?

令堂大人正病着，而你又是独子，你眼前最该做的事是把老人伺候好——人间之情是立身之本，是人品的镜子，而文章之道是末节，是长远的事，可以慢慢商量。

独立寒风中，你要善自珍摄！酒要少喝。祝元旦快乐！

愚兄 凸凹 于2006年元旦

走出困境

——关于文人的生存状态致友人

××大兄弟：

你好！

在电话里，你的一句感叹，深深地触动了我。你说："我们怎么会这样，作为热爱写作的人，竟然还被生存所困！"

你道出了实况，像刀子刺中了脆弱的部分，异样地疼。

平日，你的语锋光芒四射，总是能刺到一些呆鸟，以至在跌落的时候，还在思考。我便是其中的一只。但是，我们痛并快乐着，因为我们欣赏睿智。精神之光，远离人的自私属性，也令人暂时忘却物质，不付出，便能受用，看到人与兽的区别。

我一直认为你是个无忧的人，居然也有忧！便让人动心。就像笑容灿烂的额面上，猝然钻隙而出一二滴珠泪，便特别夺人眼目，质地也就锐利。

但是，我不想说安慰的话，因为智慧的人，其内心自足，别人所说，类似屁话，就像自适生长的植株，伤口反而是健全，因为可以排出毒素。

相反，在心痛之余，我有一种特别的快意——在你金刚不坏之身上，究竟看到了隐忍的伤口，对遍体鳞伤的我辈来说，心理上获取了短暂的平衡。这是意外所得，是养料，是补药，致使自己不过分自卑和颓唐。

我辈生存在非文学化的土壤上，写作活动简直是异类的异举，现实的挤压是常态。公务与俗务，似汤汤大水，淹人没顶。所以，偶有创作，偶有发表，因沉潜中的消耗，浮出水面之后，也为矮株。因此，在文章上，我辈从不与你等比拟，稍有收益，便自得。

1930 年 1 月 3 日，沈从文在致旅美翻译家王际真的信中说："我们不怕穷，那是小事情，自己还能读书，就得了。"那时的沈从文，文章卖得贱，千字二元，常入不敷出。即便如此，但还认为穷是小事情，还潇洒得这般自然自在。为什么？因为他心中有定力，能安妥，即有时间读书。根本地，他生存在纯粹的文学环境中，文学既害他，也救他。

我辈却不同。没有整块的时间读书与写作，进入不了淡定的境界，因而整日张皇，魂不守舍，心力就弱了。然而多年的浸淫，养成了文人的习性，放弃也难。文学之害，品味的深度与专业的文人相当，而文学的救赎，却来得迟迟。

由此，我辈对你和沈从文是嫉妒的，你的一点困顿，真是"小"。虽然，你被《××》的编务缠身，但那毕竟是文学的部位，在阅读别人的作品时，你会获得间接的生活经验和生命体验，它会给予你涵养；同时，他人的作品简直就是一种不付费的参照，你创作的标高会因此设置得更准些。

你痛苦得华丽而奢侈，所以你活该！

即便是在相同的痛苦面前，我辈也感到了自己的卑贱，心绪不平，很沧桑。

我的现实处境你是知道的，当着一个远离权力中心的闲官，绝无升迁可能。但当无望的差，也不能懈怠，也要认真应对，因为它是你的衣食所据。伏尔泰在其名剧《赣第德》中说，对你不得不做的事，要以勤勉和不屈不挠的精神去做，而且要做好，这是做人的尊严。我辈尚属脸皮薄脆的人，怕人戳点，所以，为了人格计，职务上的事，还是要用心一些的。还有一层深入一些的原因——人一旦进入中年，心性衰颓，失去了“从头做起”的热情和能力，害怕动荡，也就甘于“陷落”。这一点，颇与“懒得离婚”相仿佛。周作人在《中年》一文中也说：“得体地活着这件事比得体的死要难得多——假如我们过了四十岁还能平凡地生活，虽不见得怎么得体，也不至于怎么出丑，这实在要算是侥天之幸，不能不知所感谢了。”周氏的话，于不露声色中，传递出了中年人真实的内心消息：中年人的承受，是因为对“出丑”的畏惧。

以上种种，就是问题的要害。

虽无所成就，虽依旧平凡，但已耗费了太多的心力，在得与失之间，我已无余言，在当红的你面前，我只有叹息。

大兄弟，相较之下，我才是纯粹的业余写作者。白天，不用说文学的书写，即便是读文学的书，一旦被别人看到了，也认为是不务正业。所以，就期冀着能被自由支配的夜晚。夜幕垂临，我有一种偷情一般的兴奋，躲进书房，颤抖着打开电脑。键盘的碎音，真像饿鼠的牙齿终于可以啃噬到悬在房梁上的玉米的籽粒，疗饥尚是其次，关键的是，它可以确定身份。于是，那种声响，虽然卑琐，却是最动人的乐符。

但是，人毕竟不是鼠，不会因为籽粒充实了肚腹就满足；至于文人，令其心安之处，是不仅仅能写，而且还要写得好。便常常出现这样的情形：写出几行文字之后，亢奋的兴致，突然就跌落了，因为笔下文字的成色太缺乏品位，离“身份”的期待甚远。感到，写与不写，是无多大区别的。因此就气泄，僵在那里。坏心情油然而生，觉得自己是个废人。掷笔离座，惆怅不止；虽身立书城之中，也无心阅读——不再想做事，无聊极了。

愤愤地踅走出居所，到街头上去。街上，人流如织，霓虹灿烂，燕语欢声，人欲盎然。即便是游商的路边烧烤，也兴旺得令人咋舌，食客之中，多时尚男女，唇角流油，粗鄙而幸福。只觉得，做什么臊干文人，品性放低庸福近，莫不如做个普通人。弄两扎啤酒坐定，昏吃昏喝一番。但无陶醉感觉，落寞反而益深，竟举目空茫，不知自己是谁。却原来，一为文人，连“庸福”都享不得了。“身份”作怪，容不得文章之外。悻悻地回到室内，打开电视，但没有一宗节目堪可入目，便不停地变换频道。最终的选择，还是关掉。钻进浴室，仇恨着淋浴，仇恨着上床，然后就失眠，生不如死。

你看，文人活得多窄，病在骨子里。

沈从文有切身体验，他主张文人应该承受无聊，不可以借酒作遁。我可以给他补充一句：如果要远离无聊，最好是不借文学作遁，忘掉文字，猪一样酣吃酣睡。

对了，我想起来，你也是常常失眠的。现在看来，凭你的智商，人事与情感的纠缠，不会是失眠的诱因，真正的牵引，是对卓越文字的追寻。在以物为主的人间世，好文章总共才有几篇？你却要自己篇篇都精彩，恰似斗米要做盛宴，粒豆筛成满锅的豆浆。真是自讨苦吃！虽然“这个杀手也不冷”，剑锋指向自己的时候，下手就狠了。换个说法，你既是逃犯，又是追兵，你自己追杀自己，凄惶与苦痛是永远也摆脱不掉的。

话一至此，我突然悟到：我们的生存困境，虽然有形式上的不同，但本质上是一致的。归根结底，都是文学的利害——为文所累。世俗再下重锤，如果我们不是伏在精神的砧板上，也会安然无恙。

我顿生怜惜之情，我们是难兄难弟。

去年，我看了一张名为《耶稣受难记》的光碟，看后方知，犹大对耶稣的出卖，并不是在危急关头的变节，而是他接受了耶稣本人的秘密指令，指使他在关键的时刻履行一个对上帝的使命——把耶稣的形迹主动供给罗马人。因为这时的耶稣，人间的快乐、现世的温情，使他为上帝献身的意志不像原来那样坚定了，产生了一种“不情愿”的情绪，多次自问：那个救赎人类罪恶的人为什么必须是我？上帝为什么偏偏选择了我？于是，为了最终履行“人之子”的使命，他必须要借助一个外力，切断自己最后的退路。

以此类比，文学之于文人，几近于宗教，有上帝面目。献身的方式，就是写出好文章。好文章来之不易，郊寒岛瘦，磨损身心。所以，文人也不是常在状态，也常常被“不情愿”的情绪困扰。1848 年 1 月 10 日，因《死魂灵》而功成名就的果戈理在给友人瓦·安·茹科夫斯基的信中说：“对不起，亲爱的！每天我都准备写——但都被不可思议的不愿意写制止住了。”果戈理是大师，居然也会这样，更何况我辈！其实，不是写不出，而是害怕写不好。果戈理在烧毁《死魂灵》第二部的时候，心中肯定也会发出愤恨之问：“写得好的人，为什么必须是我？”

你我写就文章之后，发表之前，常先让对方看看，究其原因，是对文学看得太重，是“要写得好”在作怪。所以我想说，文人与文人之间，尤其是文友之间，都是对方的犹大。犹大的在场，迫使自己不降格以求，荆冠覆额，芒刺在背，十字架负身，悲壮地奔赴精神的耶路撒冷。

从道义上说，文人的这种无奈，正是其存在的理由。由于人性的弱点，整体地是趋利避害，喜享乐而恶困扰，承受而担当的人，仅仅是少数。所以，我在一篇名为《咫尺之艰》中说道："他们（文人）痛苦的写作生涯，所承受的苦难，便不是作为个体生命的人生苦难，而是整个人类的精神苦难——有了他们，人类的精神，才有了那样的深度和那样的高度；他们为整个人类，赢得了生存的尊严和价值。这就是人类敬惜字纸、敬畏精神的理由。另，咫尺之艰，恰恰是一个人性的证明：杰出者，不是没有弱点，而是他们有战胜弱点的意志和勇气。"

这样的说法，或许有些自我安慰的嫌疑，但一付诸"庄严"，我们内心的不平，就消减了。说来说去，我们感慨的所谓"为生存所困"，其实是被自己的"心性"所困。生存的环境是无辜的，因为同样的条件，别人就活得很快乐，很满足。怨天尤人于事无补，还得打肿脸子调侃自己：因为你太想与众不同，所以你活该。

你曾经跟我说过，王朔是作家里最聪明的一个。日前看了他在《南方周末》上的长篇访谈，感到你说的是对的。他的聪明，在于他不用文人的方式看世界。他先把自己放倒，取地平线上的视角，看到了世俗之美，凡常之美。他不跟自己较劲，遇到阻隔就转身，不让外界伤了自己，同时更不让自己伤着自己。

他说，我现在，就是想玩，写东西我可以到玩不动的时候写。五十岁以后。之前你得玩啊。写东西那八年，花儿开我都没出去过，给我憋得够呛。玩的这十年确实不一样，感到自己像个人。还是以生活为主吧，写作不是生活的目的，只是你生活中有感而发而已。我那个时候为钱写作，都写得恶心了；后来为别人写作，也感到特别难受。因此可以说，我这辈子实在的也特别不幸。

王朔还说，还算幸运的方式，就是谁也不为，只为自己——生活，然后把生活（感受）写出来。

王朔是有名的“顽主”，他的“解构崇高”被王蒙击节赞赏，在时代背景下，有特别的文本意义。所以他玩得起，众人也接受他的那个玩法。你我玩一个试试？有限的符号意义会消失，大家会认不出你。另外，在作家中，王朔特别的有钱，他能玩得雅，玩得出彩，追风的狗，会谄媚地舔他的屁股。而只能买打折衣服的我辈，没底气玩，玩不出花样，没多大意思。还有一层原因，王朔是自由写作者，不党不群，没有单位，而我辈是“单位”人，是体制内的写作，也不敢出格地玩。玩而不出格，显得特别的庸俗，也就扯淡了。

但是，他的一句“写东西那八年，花儿开我都没出去过，给我憋得够呛”就特别地锥心裂肺。他只是八年，我辈又是多少年？我们比他悲惨，常年过的，都是辜负“花儿开”的日子。

我们的生活，是封闭的，模式化的，小的。因而感受生活的能力是有限的。我们常常被写不好的情绪所苦，这是不是一个比较重要的原因？生活大于书本，生活更大于小说、散文，这是纪德早就在《地粮》里说下的。

所以，我们虽不能取乎王朔的那种玩法，但他“转身”的那个“姿势”，我们是不是可以效仿？不游戏，但能不能游赏？不玩弄，但可不可以玩味？北岛因自我放逐在世界各地，便特别地敏感，诗与文之中，总有一种激越的东西，让人震撼。韩少功在湖南的乡下筑巢而居，学术着，也泥土着，精神饱满，美文不断。文学边缘化之后，也有一个好处，就是把黏滞在字纸中间的人赶上街头，赶到生活中去。

况且，会玩的人，往往也旷达。生活，然后把生活（感受）写出来。你看，王朔这个时候，像不像一个智者？他把自己弄到一个生活与写作互动的环节中去，良性循环着，既是玩家，又是作家。有的时候，作文不难，活人却难。我们真得学学他。从照片上看，他胖了，脸上有油彩，但神情宜人，有一点羞涩，温情脉脉。

由王朔，我不禁想到一个写作的“间歇”问题。

在自然界，树木的结果，有“大年”“小年”之说。所谓大年，就是果实丰盈，压满枝头；小年，则是结有限的果，甚至不结果实，只长枝叶。农人们很理解，因为这是自然律，是为结更多更好的果而进行的休养生息，否则果木会提前老化，果品的品质会降低，甚至累死。这是土地道德，也适合人。

文人不是写作机器，写不动的时候，不要硬写，索性就放弃，就去入俗地生活，坦然地休养生息。生命的神经不能绷得太紧，绷得太紧会断掉，即便不那么严重，也会得抑郁症，或者变得怪癖。路遥虽然写出了《平凡的世界》那样的大作品，但四十二岁就死掉了，真是令人痛惜。海子后来神经了，如花的生命碎在了冰冷的铁轨上。

基督救世，是个漫长的过程；玄奘取经，也是遥途。作品的正果，也须从容修炼——要耐心等待，在不经意中意外地获取。

其实，作家的存活，有一篇传世的作品，甚至“一句风流”就够了！写那么多干吗？佛语说，自作孽，不得活；至于文人，自我逼迫，自我加压，作茧自缚，也不得活。

在自我逼迫上，你比我要极端得多——篇篇都期待峰值，否则就叹惋，就哀伤，甚至以为武功全废，留给自己的，全是自挂东南枝的心情。为了文学，你甚至连孩子都不要，文学的人间性，很值得怀疑。我斗胆问一句，你干吗非要写得好？纵览文学大师的文本，固然有杰作在那里支撑，但更多的是平实的文字。泥沙俱下，才构成他磅礴的气势，才凸显大家气象！为了构建丰富的文学世界，你放开写就是了。

大兄弟，我这封信写得太长了，且无多睿语，尽是陈词，打住为宜。

我感到自己很可笑，明明自己也是困顿中人，却还有心到肠地做醒世之语，可见迂阔之甚。然而换个角度来看，虽然治病者往往不能自治，开药方者往往找不到救自己的方剂，但至少死得明白。

到了这个地步，只能随遇而安，反而轻松了。

窗外，过节的气氛浓了起来。一个胖头小孩在冰上放鞭炮，躲避时摔倒了。哭着爬起来之后，反而笑了。因为他发现，炮辫儿上尚有几粒没有被燃爆的，喜悦仍在。

我们还是去准备年货吧，过节的时候，不谈文学。

祝猪年肥猪满圈，钱袋充盈。

愚兄凸凹于 2007 年 1 月 26 日

史铁生与“纯洁的精神”

得知史铁生去世，我先是心中一阵锥痛，继而是一片苍凉与忧伤，感到精神者的离去，伤的是每一个想让生命活出意义的人，因而有普世之悲。

因为我们是本家，相见的时候，有本然的亲情味道。他曾说，没想到你凸凹原来也是史姓，或许我们是一个始祖，或许你就是我早年丢失的一个兄弟。我说，是的，因为我跟你有感应，你在文坛上一发声，我在京西就打喷嚏。我是说，我太痴迷他的文字，每一读到，会心与共鸣处是多的，对他有几分敬重与崇拜。他说，你等我，我要到京西去寻根问祖。

竟等来他的不待之音，于是，我为什么不痛？读到解玺璋的一首悼诗——

无端岁末却惊风，
忽报长天送铁生。
命若琴弦成绝响，
病隙碎笔道分明。

清平岁月清平过，
寂寞风光寂寞僧。
到老欲说灵魂事，
金台遥对细无声。

读后，我泪流满面，给解先生发了一条短信：您写铁生的诗，很让我感动，让我的手紧握您的手，共同反抗物质至上主义对精神者的挤压。

说到“反抗”，不禁让我想到了当代中国文学曾发生的一场关于“重振人文精神”“捍卫纯洁的精神”的“论战”。铁生是其中的一个主角，我想，悲痛之后，来一番梳理，是对他最好的纪念了。

进入二十世纪八十年代末，随着市场经济的迅速发展，中国出现了不可讳言的深刻的价值危机，市场和消费激发了人们的物欲，精神价值被空前消解，“经济功利主义”左右了人们的现实生活。感于这种精神迫压，湖南的韩少功、山东的张炜发出了“反抗”的声音，提出“重振人文精神”的主张，提醒人们，要在警惕“政治功利主义”的同时，更要警惕“经济功利主义”。北京的张承志和史铁生做出了积极呼应，且以更激烈的姿态，就理想、道德、灵魂、信仰、价值、良知、崇高、纯洁等人文精神的构成元素进行了迫切的考问。张承志甚至把这种“反抗”上升到宗教层面，发出“以笔为旗”，捍卫“纯洁的精神”的呐喊，且以《心灵史》的系统建构支撑自己的主张。史铁生则以沉潜的态度，写出了《我与地坛》等意蕴更为深远的篇什，引人瞩目。

《心灵史》之后，张承志进入了散文创作的高峰，先后有《荒芜英雄路》《大地与情感》《音乐履行》等散文集出版。有人称之为“后心灵史”时期。张承志在散文中表现的是一个孤旅中的斗士形象，总是急于寻找，急于判断，为的是给自身的存在寻得一个合理的确证。张承志自己也称自己为“孤旅”，他感觉自己似乎有鲁迅先生一样的孤独，呼唤与寻找着高贵的精神，但是他又常常处于灵肉的撕裂矛盾中。张承志独自承受孤独的痛苦，因为他是个文人，却看到自己同类身上的痼疾，让他愤懑不平，无情鞭挞；他明知自己是回族血统，又信仰伊斯兰教，坚信那里有他需要或者说是中国需要的高贵精神，但是他又不得不离开那个“黄泥小屋”，离别“西海固”，回到自己厌恶的大都市里继续被污染。他的灵魂承受着煎熬，但不忍沦陷，便一路呐喊。到了二十一世纪，他才在激愤之中有了一份禅定，个人的高贵之外，有了历史大义、民族精神和人类之爱的阔大维度，《敬重与惜别——致日本》代表了他新的思想走向。

与张承志不同，史铁生从为“重振人文精神”而战转场到探究“在困厄中的升华”，不间断地就人生的根本问题，诸如生与死、残缺与爱情、苦难与信仰、写作与艺术、肉体与精神（灵魂）进行思考，并解答“我”如何在场，如何活出生命的意义，且得出“我”的结论。或者说，他以“无答之问或无果之行”去发现生命的根本处境，发现生命的种种状态，从而探究一个人类亘古不变的话题：我们心灵的前途和我们生命的终极价值终归是什么？其中《病隙碎笔》是他的代表性作品，表现出生的智慧和存在的安详，文字所致，都是“灵魂的声音”。

在此类写作中，还有最值得书写的一笔，那就是在中国文坛整体地流行“小女子散文”的“甜”与“腻”的情形下，一个叫韩春旭的北京女散文家却寄情于思想的“沉”与“重”。韩春旭创造了一种叫“心灵对话录”的新型文体。之所以说它新，就在于它区别于以往的思想文化散文，它不是用来说教和阐发，而是与经典大师进行平等的心灵晤对，把已化为枯骨的大师裹以血肉注入呼吸“请到”自己身边来，把时间深处的精典思想与自己的生命感受交流碰撞，完成“永恒价值”层面的感情诉说。这是一种奇特的文体：写作者既是大师思想的叙述者，又是自我“在场”的对话者；既要设问，又要做答；既探究人类的终极价值，又紧扣当下的现实话题——便使形而上的思考，具有了滚烫的情感温度，强化了“真理”对现实关怀的针对性。韩春旭与之对话的大师，从苏格拉底、柏拉图、马克思、梵高、卡夫卡到老子、庄子，古今中外，一一照应，每篇均洋洋一二万言，自成系统。韩春旭与史铁生虽然在写作材料的使用上有所不同，但都是立足于生命本体的思考，他们形不遇，却神遇。

所以，史铁生前行的背后，并非形单影只的孤冷，追随与同行者还是有的。可惜的是，韩春旭后来越写越少，竟至转写了别样的文字。可见，对铁生的追随，是难的，他向死而生，从虚无处求实有，整个的我，都已经精神化了。

那场论战，留下了大量的思想文献，但尘埃落定之后，再翻检那时的文字，感到有太多的烟火气，许多不过是呈现了一种反抗的“姿态”，文学上的贡献是可疑的。而史铁生则不同，他的文字有永恒的质地，因为他从对外部的反抗，转场到对内心的考问，使他的写作和生命同构在一起，笔下结晶，是生命的魅力、信仰的要义、精神的奥秘、人性的瑰丽，均关乎人之所以为人的根本命题。从这个意义上说，史铁生或许是上世纪那场论说的最终的一个成果，把他作为“纯洁的精神”的最纯粹、最彻底的捍卫者来看待，是不为过的。

史铁生说过，文学就是了解自己，就是解决写作者自己的问题。他的问题，就是如何从生的困厄中突围，找到生存之上的生命自由。二十多年来，他对生命进行了循环反复的探究、思考、咀嚼和叩问，一如圣徒踽踽独行于漫漫天路，终于跨过窄门，见到了天光。那就是他用自己的苦难有力地验证了一个人生的基本伦理，即人之困，非困于身，而是困于心。

《圣经》说：“饥渴慕义的人有福了。”

何兆武依此衍发说，可见“福”的内涵是一种道义的，而非物质的东西。因此，幸福是圣洁，是日高日远的觉悟，是不断的考问与扬弃，是一种“dunch leiden freude（经历苦难之后的欢欣）”。

据此就不难理解，为什么生命残损的史铁生，在经历了比常人更大的生活磨难之后，反而呈现出连健康人都很难具有的纯净、从容与淡定？因为他在对生命意义的不断追慕中，“日高日远”，进入了心地通透、自足自适的人生境界。即自身和谐，我即宇宙。与张承志的“悲苦”“激愤”相比，史铁生进入了伸展自由的心灵福地，他温厚慈悲，身上有佛光。

而对生命意义的“追慕”，是人类共同的本欲与取向，所以史铁生的“我”，便有了“大我”的本质。用萨特的话说，“我即人人，我就是所有人，也是任何人”。这时的史铁生已是众人之属——人们可以没有成本地享受他所达到的生命深度、精神高度，在荒谬中清正，在虚寒中温暖，获得生的信念和心灵的安妥。人们说他是“文化英雄”，其道理就在这里。

或可以说，史铁生是个福德两全的人。他在不断寻找意义中得到了自我的生命幸福，也把心灵的福音，传递给了别人，成就了一份身后的功德。他本身就是“纯净的精神”，让苟且者惭愧，让欺世者不得活！

2011 年 1 月 8 日一稿

2012 年 10 月 6 日修订

大道低回

——宁肯印象之一

与宁肯相识，系在不经意之间。

那年，他的《蒙面之城》爆市，我得以在地摊上买到一本。读后震惊，感到书里的苍茫气象，是以往的长篇小说里所没有的。他写的是西藏物事，异域的神秘自然是勾魂摄魄，但给人以震撼的，却是他对宗教和人的哲学思考。这种思考，不是居高临下的那种，而是基于生命的体验，深而可感，读之受用。看勒口上的小像，他长发覆额，像个愤青，唇角里有讥讽，眉宇间有不平。感到这小子是个另类，肯定不甘于流俗，拒绝与现实讲和。

书中的“马格”是个硬朗人物，即便是刀扎在心窝上，也不会皱一下眉头。却内心温柔，有忧郁和善感的气质，他爱惜人和生活。这就不一样了，不仅“硬汉”们喜读，把它视为杰克凯鲁亚克《在路上》的中国版，女性也崇迷，与考琳·麦卡洛的《荆棘鸟》等量齐观。我那一本被身边的一个女同事拿去，就再也没了归路。女同事的女同事，女同事的女同事的女同事，都来跟我要书，因为她们认为我也是文场人物，必与那个叫宁肯的家伙有哥们儿情分，而我是个虚荣的人，默许这种关系。所以只好自己到书肆上去批趸，花钱买一种牛 B 感觉。后来真的与宁肯成哥们儿了，怀着“义愤”让他给了我一册签名本，再让他给我那个女同事也来了同样一册，算是候补了交情，也给身后那帮老妇女一个关系的确证，省得留下欺世盗名、谬托知己的印象。

真的和宁肯相识，是在老舍文学奖的颁奖典礼上。他的《蒙面之城》和张洁的《无字》同时获奖。见到宁肯本人，我吃了一惊——他留着竖直的短发，发梢上有隐隐的白，面相憨朴，细细端详，像车间里的一个工友。再细端详，也不像工友，倒像一个常年浸淫在书堆里的知识者，因腹笥充盈，目光淡定，表情沉静而内敛。更令我吃惊的是，他在获奖感言里，有很入世的话，好像是说，像《蒙面之城》这样的另类文本，居然被主流社会所接纳且给以很高的评价，说明多元、宽容、理性、进步，所以他真心感谢等等。他自己把人们想象中的“愤青”形象彻底颠覆了，他是个很现实的人。

后来我们一起出行，旅途中大家嬉戏、笑谈、调侃，正经人也都变得很“不正经”了。宁肯也笑，也讲段子，但他努力躲避一些俚俗的用词，大家就挤兑他，说他是个毫无趣味的“正经人”。他逆来顺受，只是随和地笑，不作任何反驳。但我总觉得他的笑里有一种无奈，一如被伤害的人，还不能喊疼。也因为此，对他我有了一种相见恨晚的感觉——素日的我，怕与人隔膜，每有对谈，不忌生冷，不讳荤腥，成就一片融和，其实内心是不甘的——乡下人有“庄重”的本色，对解构的东西，是难以接受的。将心比心，觉得宁肯本质上也有赤子一般的纯净。所以，我们应该是同路人。

那一年，在交谈中，我无意间说道，京西边陲有一个小山村，闭塞到不知山外物事，都二十一世纪了，百姓生活还一如明清遗老，竟引起宁肯极大兴趣，说一定亲自勘考一番。以为是随口一说，不久他竟真的要来。正好那天我要出差，便建议他推迟一下行程，因为我觉得，像他这样一个当红的写家，是不应该怠慢的。他却说，你只需差一个带路的人就行了，别把简单的事弄复杂了。我便派了属下的一个地方文化学者，嘱咐他，一要做好专业言说，二要尽好地主之谊。事后，我们每见一次面，他都要表达一次谢意，说我的属下太尽职了，让他感动不已。这只是一件举手之劳的小事，他却久久萦怀，顿觉得他这个人，宅心仁厚，胸怀里荡满春风，待人接物以他人为先、为上。

更让我感念的是，2009 年秋日，在苇岸逝世十周年之际，他发起了追思会，并亲自拟定名单，亲自逐一通知。苇岸已经被人“淡忘”了，而他却要“隆重”，看得出他心底里葆有着对思想者真诚的敬重。宁肯与苇岸，自然也有我，是“新散文”第一代的写者。后来我主攻小说，已经不看重这个身份了，而宁肯也写小说，且成就斐然，却依旧珍重，可见他是个不忘“来路”的人，真的把精神之道视为神圣大途。

因为重来路，所以他重阅读，他读书很多，小说家的面貌，却是学者的底色。

关于阅读，他在《想象的悬崖》一文中说过一句话：阅读就是写作者的故乡，一个没有故乡的人是走不远的人。

他的话，我是同意的，因为经年不断的阅读使我感觉到，已有的书籍，都跟人类的来路有关，是精神遗传的细胞，影响着心灵的走向。也就是说，信念的确立，心像的形成，精神的创造，都不是空穴来风、无本之木，而是有着历史的根脉和思想的坐标的。宁肯的小说，为什么有丰沛的思想，从这里，是可以想见的。

在一个文人的聚会上，众声喧哗，高谈阔论，争领风骚，宁肯却偏居一隅，安静地看一厚册普鲁斯特的传记。这让人联想到狄金森的一句话，我不怕喋喋不休者，敬畏的是那个沉默的人，因为他一开口，或许就一鸣惊人、使众芳失色。她的意思是说，有定力者，必有大境界。

宁肯正是一个有定力的写家。与他相识多年，从未听到过他喋喋不休地议论自己的创作，也没见到过他眉飞色舞地得意于自己的成功，更不被外界的臧否弄得诚惶诚恐、失去阵脚，他只管写，一如农人潜心侍弄庄稼，秋后的籽实再饱满，自夸的话，也是一句也不说的；即便是歉收，眼神里也不缺少对来年的信念。这样的农人，虽然普通，但却伟大。因为他姿态低，一抬腿就步步登高，别人的眼色，只能停留在他坚实而上挺的脊背之上。

十年间，他不事张扬，潜心创作，卓有贡奉。《蒙面之城》之后，连续推出了《沉默之门》《环形女人》和《日光之城》(《天·藏》)，均获得广泛影响，堪称步步登高。这种“连续”，或许给外人一个“快”的感觉，其实他是慢的，每天苦心推敲五百余字，别人用一二月就能成就的篇幅，他用了三到四年。他自己也说，长篇小说，就是“慢”的艺术，因而他不忍心快，认为那是降格以求，大有亵渎神圣之概。能够“连续”，是时日累积的结果，背后所映衬的，是信念、耐力和意志，是灯火阑珊，心血煎熬的景象，非艺术至上者不可为。

宁肯的确是个艺术至上主义者。他不慕虚荣，不羡颜色，不堕时尚，心里只有他的长篇小说。或许与他西藏的经历有关，对创作有宗教一般的情结，静虚守成，心无杂念，仅有一个“写”字。因此，从开篇就珍重，精心谋划，匠心独运，苦心斟酌，可谓章章节节、字字句句均一丝不苟。他进入了一种“大化”之境，走的是经典写作的路数。

因为艺术至上，他的长篇小说，从一开始就避免流俗，执着地书写卓异的东西，或卓异的书写，努力把自己与传统和他人区分开来。他的《蒙面之城》就有形式感，到了后来就更加明显，强烈的文体意识，统领着他一贯的创作。

他在《沉默之门》中，有意识地运用了叙述人转换的写法，多声道地发音，让叙述本身成为对话的现场，给读者以事实的多样性和思想的丰富性，将意义判断的权利交给读者，而不是简单地由作者得出结论，从而将阅读的过程变成读者和作者共同探讨生活意义的过程。在《日光之城》(《天·藏》)中，他则把注释的附属地位一改为叙事主体，叙述转换更加多元、更加自由。既有作者全能视角的主导叙述，也有小说人物的自我言说。注释在宁肯那里，已获得了独立的叙述人格，处在与小说叙述者对话自主地位——既可以对故事的内容作解释或补充，也可以与小说中的人物辩论，还可以对小说的叙述方法进行评论，让读者在对叙事的内容、人物性格的形成、故事伦理的合理性，因而构建了立体的认知维度，使本文、文本互文、互动，有了不尽的意绪和纵横捭阖的艺术张力。

用周志雄的话说，这种叙述方法与小说的意义表达是相适应的，小说并不追求单一的明确意义，而是力图呈现生活的丰富性。在马丁格父子对话的部分，主要采用全能外视角叙述，王摩诘和维格的故事，采用内视角人物自己叙述的方式。外视角叙事让有关科学与佛学、佛学与哲学的辩论得以充分展开，内视角人物叙事写出了人物切身的感受性，在各个部分再以“我”的注释形成对人物、事件的评论和解释，从而在精神哲理与个人事件之间架起了一座桥梁，小说既是对人物内心精神世界的探寻，也是对普适真理的辨析与追问。

即便是他“轻松”写作的《环形女人》，也有精心的文体把握。人们普遍看到的是恐怖的、悬疑的叙述技法，却没有看到他“吊诡”与反讽的叙事内核，一如人们看《杜十娘怒沉百宝箱》——人们只心动于被压迫者反抗之后爱情的光焰与悲壮，以为是一阕爱情颂歌，却不知这正是压迫者反对妓女从良（反爱情）的训导演说——为所谓的爱情脱胎换骨、义无反顾是没有好结果的，最终只能陆沉江中，还是老老实实地待在勾栏中为好。所以，《环形女人》引入时尚因素，并不是媚俗，而是市场语境下的反拨——人物的悲剧，缘于功利社会淹没“真相”，往往造成人们对“崇高”或“真理”行为的“误认”。

宁肯在文体上的潜心经营，使他的长篇小说具备了现代小说的品质，既使创作回到内心，回到文本，回到文学自身，也使叙事打破了传统的封闭模式，呈现出腾挪自如的开放格局，拓展了长篇小说的艺术功能，“无限可能”成为可能。

“五四”新文学以来，除了一个废名，有清醒的文体意识，对小说艺术有过文体贡献以外，后来的作家，好像都不太注意这方面的努力，一味地沉浸在传统叙事的“娴熟”之中，戛戛独造者是不多的。到了宁肯这里，“文体”才又浮出水面，而且，他不仅继承了废名的传统，还大量吸收了西方的，或者说是先锋的优质的艺术要素，写出了别开生面的小说。因此可以说，宁肯是中国当代长篇小说创作领域，一个具有“符号”意义的文体家。

大音稀声，大象无形，大道低回。正因为宁肯是质朴、纯净、沉实、内敛的，他才有心力的专一，才走得高远，于无言之中，自成风流。

这既是艺术的道理，也是人生的道理。

2010 年 1 月 26 日一稿

2012 年 10 月 8 日修订

被西藏成就的作家

——宁肯印象之二

在远方，我最虔诚

中学时期，宁肯的作文就显出与众不同，于是很早就确定了自己的文学理想。上大学后，他正式开始了写作，并在当时名列“文学期刊四小名旦”之首的《萌芽》上发表了一些作品。1983年，宁肯被分配到北京的一所中学任语文老师。从学校毕业又回到学校，这种“原地打转”的生活使宁肯觉得自己缺乏经历，然而创作作品，首先就要创造自己的生活，他渴望能走出去。

生活在哪儿呢?他站在地图旁，最先看到的是新疆，他几乎没敢往西藏想，因为一部名为《农奴》的电影，留给他极为恐怖的西藏印象。

当时新疆有个学校招聘，宁肯几乎快与校方谈成了。这时来了一个消息，北京要组建援藏教师队，到拉萨去支援中学，时间两年。宁肯选择了后者。去拉萨是集体组织，比只身前往新疆更踏实。他没想到，去西藏也不那么容易。二十世纪八十年代初，中学特别需要像宁肯这样大学毕业的老师，学校是不同意宁肯去西藏的。宁肯就找到教育局，并自己到区里报名，潜心运作，总算成行。

“西藏和我的印象反差特别大。飞机沿着雅鲁藏布江滑行了很长时间，我看到的山像环形山，特别美，有点像到月球。下了飞机，我在地上蹦了蹦，没什么呀？但是失重感特别强，像太空人。再加上沿途藏民的热情、亲切，到处向我们挥手，风景那么优美壮观，天蓝、水蓝，和《农奴》的调子完全相反，心里一下子踏实了。”事隔多年，宁肯这样说。在西藏的生活，使他感觉到，很多内地城市虽有各自特点，但仍属于同一个汉文化圈，到了拉萨，才有完全不同的生命体验，他顿觉慰藉，自己的选择是对的。

一起去西藏的二十八位教师，大多都愿意留在城市中学，只有宁肯主动报名去了郊区中学。因为他想，郊外更接近西藏的本质，就这样，他于不自觉中成了援藏“标兵”。事实证明，他再一次做了正确的选择。他选择的学校所在地，地貌特别典型，有牧场、农田，有宗教气氛。学校正在拉萨河边上，还可以爬山，冬天的山谷里仍然是绿草丰盈。

宁肯一直用“特别棒”来形容西藏给他的感觉。大自然的壮观震撼了他，以至于无力把握住手中的笔。他以为到了西藏能写出重要的东西，可他发现，很多东西到了笔下却干瘪得要命，苍白而无力。为什么会这样呢？经过思考，他找出了问题的症结：为写作而到西藏，有太强的功利化色彩，只目迷于眼前的异质风光，而没有进入西藏的“内部”，把西藏的种种，化作自己内在的生命体验。必须像圣徒之于宗教，有虔敬之心。

就这样，他自觉地以藏民的身份潜心生活，观察与思考，追寻与体验，虽灰头土脸，默默无闻，却感到自己已看到了圣洁之光。

这期间，特别是 1985 年，对西藏的书写进入了最众声喧哗的时期——马丽华发表了《一个人在西藏的经历》，马原发表了《喜马拉雅古歌》《冈底斯的诱惑》，扎西达娃发表了《西藏，系在皮绳扣上的魂》，同年第六期《西藏文学》还推出了西藏题材的“魔幻小说特辑”，可谓藏风吹人。即便是这样，宁肯也以超强的定力，克制着书写的冲动，潜心阅读别人的文本，化为内在的经验，为自己的最终书写，做着实实在在的准备。

六年后的1986年夏，宁肯从西藏回到北京。1987年1月他在《中国文化报》发表散文《西藏的色彩》，该作是他写出的第一篇表现西藏的文字。同年，在《散文世界》发表散文《天湖》《藏歌》。1992年，在《延安文学》发表散文《雪域太阳风》。1998年在《大家》第三期“新散文”栏目名下发表长篇散文《沉默的彼岸》。他足够的西藏经验，使他进入了“文思泉涌、霍然独步”的创作境界，让散文界震惊。他的独异处在于，“直接从视觉与意识入手，让自己进入某种非回忆的直接的在场的状态”。他在《藏歌》中写道：

“寂静的原野是可以聆听的，唯其寂静才可聆听。一条弯曲的河流，同样是一支优美的歌，倘河上有成群的野鸽子，河水就会变成竖琴。牧场和村庄也一样，并不需风的传送，空气便会波动着某种遥远的类似伴唱的和声。因为遥远，你听到的已是回声，你很可能弄错方向，特别当你一个人在旷野上。你走着，在陌生的旷野上。那些个白天和黑夜，那些个野湖和草坡，灌木丛像你一样荒凉，冰山反射出无数个太阳。你走着，或者在某个只生长石头的村子住下，两天，两年，这都有可能。有些人就是这样，他尽可以非常荒凉，但却永远不会感到孤独，因为他在聆听大自然的同时，他的生命已经无限扩展开去，从原野到原野，从河流到村庄。他看到许多石头，以及石头砌成的小窗 --- 地堡一样的小窗。他住下来，他的心总是一半醒着，另一半睡着，每个夜晚都如此，这并非出于恐惧，仅仅出于习惯。”

宁肯在散文中调动了视、听、触、心理多重感觉（这些后来都融进了他的小说中），文字犹如裹挟于流动的蒙、藏音乐中的歌词，一唱三叹，凄清悠长，呈现出一种精神的在场。他自己倾向的散文语言不是传统散文的字斟句酌，炼词炼意，而是进入某种状态，抵达某种形式之后，心灵深处与之应和的语言。宁肯的散文叙述方式总体上有两种：一是由视觉展开或伴随的意识活动；二是由意识活动引发的视觉推进。前者像一个长镜头，并且一镜到底，有设定好的某种现场的视角，同时不断展开内心活动或高度主观的画面呈现。后者则是散点透视由意识活动引发的蒙太奇画面的切换，所有的事物，包括景象事件，都根据内心活动调动。宁肯的西藏系列散文如惊鸿照影，让人大开眼界，因而理所当然地成为了"新散文"写作的代表作家之一。

西藏，精神的版图

西藏经验，已经深深地进入到宁肯的骨髓、血液和性格里边，给了他一种超凡脱俗的感觉。用他的话说，西藏给我的一个最大影响，就是我回到内地以后，对很多事物都变得非常苛刻，非常挑剔。觉得很难再有西藏那种自然环境给我的超越之感，比如他们说黄山也好，峨眉山也好，这些地方我都去了，但是都没有达到西藏的感觉，达不到我的兴奋点。我到西藏以后，生命体验已经到了一个顶点，其他都有点曾经沧海难为水的味道，西藏使我具备了一个无形尺度，比如看人生、看人际关系，看是非、看利益。

西藏给宁肯的精神高线，使他强烈地感到，再也不能搞一般性的创作，津津乐道于能发表作品，应该有与西藏品格相呼应的精神高度，应该有与西藏经验相匹配的大作品。因此他中断了正如火如荼的散文写作，沉下心去，搞他的西藏长卷。

经过多年的沉寂，1999 年，在而立之年，宁肯终于推出了他的第一部西藏题材的长篇小说《蒙面之城》。小说甫一问世，迅即走红，2001 年 12 月《蒙面之城》获“《当代》文学拉力赛”总冠军，2002 年 10 月，《蒙面之城》获“第二届老舍文学奖”优秀长篇小说奖。老舍文学奖《蒙面之城》授奖词中说：

> 《蒙面之城》从寻求“精神上的父亲”出发，步入了九十年代欲望化的世界，多彩的现实，纷繁的人生。表面上看是“无根的一代”、流浪者的足迹、“另类”的构想，实际上又有着深深的精神的追求与灼热的心。由政治文化中心的北京，到古朴原始的还阳界小站，到超拔神秘的西藏、活力四射的深圳，地理与文化的巨大反差，同浸在现代化的历史进程之中。反叛现代文明，而又不能脱离现代文明；追求自由精神，而又不能忽视现实生存。躁动不安的情绪，丰富的情节，生动的人物，诡奇的意象，吸引着无数年轻的读者。《蒙面之城》具有寓言品格。面对一个年轻的世界，内蕴着理想的价值，宁肯创造了马格及马格的神话。虽然文本上的各个局部都尚有不足和可疵议之处，但它在思想与审美的独特性和普遍意义上，都是值得我们关注、肯定和重视的创作。

宁肯在谈到《蒙面之城》的创作时说，小说的思路是偶然得之的，有一天在街头听到了藏歌《阿姐鼓》的旋律，苍凉、悠远的曲调让他“魂飞天外”，闷积内心多年的“西藏情怀”一下子被唤醒了，突然间找到了写作的突破口。

> 那一天羚羊过山岗 / 回头望 / 回头望 / 清晰的身影 / 很苍

凉 / 天那么低 / 草那么亮 / 亚克摇摇藏红花

回头望 / 回头望 / 清晰的身影 / 很苍凉 / 天那么低 / 草那么亮 / 低头远去的羚羊 / 过了那山岗

这首打动宁肯的歌在《蒙面之城》中多次引用，成为小说的灵魂，与主人公马格的形象相互辉映。《蒙面之城》的问世，还有段有趣的经历。小说完成之后，他投向国内几家有影响的大型文学刊物，然而却都遭到了拒绝。失望之下宁肯联系了新浪网的连载，这篇小说在网上连载后好评如潮，迅速引起文学界的注意。《当代》杂志于 2001 年第一期将“网事随笔”栏目改为“网络文学”，并分两期刊出《蒙面之城》修订本，并在“编者按”中指出：《蒙面之城》“正在给我们树立一个标志——‘网络文学’同‘非网络文学’比肩的标志”。作家出版社也于 2001 年 4 月出版了单行本。《蒙面之城》被视为是网络文学的代表作，对宁肯来说是有喜剧性意味的。他之所以走了一条“曲线救国”的道路，源于西藏底蕴给了他骨子里的自信，他说：“这是个灵魂的歌手，充满记忆、黑暗和阳光，他注定会横空出世，没有什么能拦得住他，天才从来不会就范现实的任何秩序，任何价值取向对他都无效。”

这之后，宁肯陆续创作了以自己的城市经历为素材的长篇小说《沉默之门》和《环形女人》。他之所以暂时停下西藏题材的写作，是因为他把西藏看得太重，认为那是他的精神宝库，是稀有之资，不能轻易开销。他要以别样题材的创作，历练膂力，磨炼笔力，以备登高，以备求远。另外，西藏写作，是真正意义上的难度写作，他要以这样的方式，给生命以休憩，以必要的间隙，对西藏经验以反观、以倒嚼、以回甘，找到最深刻、最准确表达的切入点。

由于宁肯持续推出作品，并都广有影响，便给外人以高速的印象。其实他是慢的，每天苦心推敲五百余字，别人用一二月就能成就的篇幅，他用了三到四年。他自己也说，长篇小说，就是“慢”的艺术，因而他不忍心快，认为那是降格以求，大有亵渎神圣之概。能够“连续”，是时日累积的结果，背后所映衬的，是信念、耐力和意志，是灯火阑珊，心血煎熬的景象，非艺术至上者不可为。

宁肯的确是个艺术至上主义者。他不慕虚荣，不羡颜色，不堕时尚，心里只有他的长篇小说。这也与他西藏的经历有关，西藏的宗教氛围濡染于心，使他对创作也有了宗教一般的情结，静虚守成，心无杂念，仅有一个“写”字。因此，从开篇就珍重，精心谋划，匠心独运，苦心斟酌，可谓章章节节、字字句句均一丝不苟。他进入了一种“大化”之境，走的是经典写作的路数。

《天·葬》，与西藏一起辉煌

2010年，在与《蒙面之城》相隔整整十年之后，宁肯的第二部西藏题材的长篇小说《天·藏》问世。正如他自己期待的那样，作品再次引起轰动，而且是更大的轰动。小说描述了一个知识分子将自我放逐到西藏的故事。作品写法独特，运用了大量叙事性的“注释”，构成小说的第二文本，被称作一部具有佛教坛城特点的“立体小说”。西藏著名魔幻现实主义作家扎西达娃在读了《天·藏》后称：“《天·藏》体势谲异，孤傲内敛，遗世独立，爆发出强大惊人的内省力量，耸立起一座难以复制和攀登的高峰，阅读的旅程始终挑战着阅读者心理和精神价值的极限，像跋涉在西藏艰涩险峻的道路上产生的令人飞翔的迷幻。是自上世纪八十年代以来，真正从形而上对西藏的表述和发现。”《天·藏》为宁肯摘得首届施耐庵文学奖，并为作者再次赢得“老舍文学奖”。施耐庵文学奖的授奖词中说：

一段藏地生活，一次高难度的写作，一个极具张力却无法自我完成的怀疑主义知识分子，《天·藏》将人们带入了一场深邃而冒险的思想对话之中。由此，自我的真实性，时间的谜一般的魅力，暴力与创伤记忆，变态行为与修行、静观，以及人性的疾病和我们仅剩的脆弱的美好与灵性，一起构筑了这个奇特的实验性的精神叙事文本。当宁肯决绝地把哲学沉思的品格和诗性的超越特质注入汉语叙事时，我们知道日益世俗化的当代文学，其实从未丧失自我拯救的冲动，而中国作家也从未丧失对文学的信念。

由《天·葬》，宁肯的写作获得了文坛上的广泛尊重与高度认可——诺贝尔文学奖得主莫言称“宁肯是一位有着非凡勇气的作家，他的作品将尖锐的政治批评与深刻的人性解剖结合在一起，将瑰丽神秘的西藏高原的风情与喧嚣的都市场景联系在一起，将现实的无奈生活与对理想人生境界的苦苦追求融为一体。但更为重要的是，他用丰沛的想象力和博取众采的胸怀，创作了属于他自己的故事和文体。”同样具有国际声望的小说家阎连科这样评价宁肯：“执着于创伤记忆与西藏情结，对峙于历史与现实，始终保持着前驱的姿态，使宁肯成为一个中国最独有的小说家。他的独特性他人都无法取代，所创造的文学世界充满思考和令人不安的惊叹。他是中国最有个性和十分罕见的作家之一，就是放在世界文学的舞台上，也有自己独有的舞姿和歌声。”北京大学中文系教授陈晓明认为宁肯是当代中国最具创造性的作家之一，称“他的写作呈现出一种独特的想象力与生存状态，在把握我们这个多重诡异的时代上有一种内在力量引领着小说叙事，既吸引着读者，又拒绝读者，构成宁肯小说最重要的魅力。”中国社会科学院研究员、著名批评家白烨说：“宁肯惊人的才华既表现于他对哲学的内在体味，宗教的深度痴迷，灵魂的高度关注，精神的深切理解，还表现于他化哲学、宗教、灵魂、精神为意象和形象的高超的能力，是当代中国最重要的作家之一。”

众声喧哗的背后，冷静地梳理宁肯的创作，觉得艺术至上的信念，使得他的长篇小说与他的散文一样，从一开始就避免流俗，执着地书写卓异的东西，或卓异的书写，努力把自己与传统和他人区分开来。他的《蒙面之城》就有形式感，到了后来就更加明显，强烈的文体意识，统领着他一贯的创作。

他在《沉默之门》中，有意识地运用了叙述人转换的写法，多声道地发音，让叙述本身成为对话的现场，给读者以事实的多样性和思想的丰富性，将意义判断的权利交给读者，而不是简单地由作者得出结论，从而将阅读的过程变成读者和作者共同探讨生活意义的过程。在《天·藏》中，他则把注释的附属地位一改为叙事主体，叙述转换更加多元、更加自由。既有作者全能视角的主导叙述，也有小说人物的自我言说。注释在宁肯那里，已获得了独立的叙述人格，处在与小说叙述者对话自主地位——既可以对故事的内容作解释或补充，也可以与小说中的人物辩论，还可以对小说的叙述方法进行评论，让读者在对叙事的内容、人物性格的形成、故事伦理的合理性有了解，因而构建了立体的认知维度，使本文、文本互文、互动，有了不尽的意绪和纵横捭阖的艺术张力。

用周志雄的话说，这种叙述方法与小说的意义表达是相适应的，小说并不追求单一的明确意义，而是力图呈现生活的丰富性。在马丁格父子对话的部分，主要采用全能外视角叙述，王摩诘和维格的故事，采用内视角人物自己叙述的方式。外视角叙事让有关科学与佛学、佛学与哲学的辩论得以充分展开，内视角人物叙事写出了人物切身的感受性，在各个部分再以“我”的注释形成对人物、事件的评论和解释，从而在精神哲理与个人事件之间架起了一座桥梁，小说既是对人物内心精神世界的探寻，也是对普世真理的辨析与追问。

即便是他“轻松”写作的《环形女人》，也有精心的文体把握。人们普遍看到的是恐怖的、悬疑的叙述技法，却没有看到他“吊诡”与反讽的叙事内核，一如人们看《杜十娘怒沉百宝箱》——人们只心动于被压迫者反抗之后爱情的光焰与悲壮，以为是一阕爱情颂歌，却不知这正是压迫者反对妓女从良（反爱情）的训导演说——为所谓的爱情脱胎换骨、义无反顾是没有好结果的，最终只能陆沉江中，还是老老实实地待在勾栏中为好。所以，《环形女人》引入时尚因素，并不是媚俗，而是市场语境下的反拨——人物的悲剧，缘于功利社会淹没“真相”，往往造成人们对“崇高”或“真理”行为的“误认”。

宁肯在文体上的潜心经营，使他的长篇小说具备了现代小说的品质，既使创作回到内心，回到文本，回到文学自身，也使叙事打破了传统的封闭模式，呈现出腾挪自如的开放格局，拓展了长篇小说的艺术功能，“无限可能”成为可能。

“五四”新文学以来，除了一个废名，有清醒的文体意识，对小说艺术有过文体贡献以外，后来的作家，好像都不太注意这方面的努力，一味地沉浸在传统叙事的“娴熟”之中，戛戛独造者是不多的。到了宁肯这里，“文体”才又浮出水面，而且，他不仅继承了废名的传统，还大量吸收了西方的，或者说是先锋的优质的艺术要素，写出了别开生面的小说。因此可以说，宁肯是中国当代长篇小说创作领域，一个具有“符号”意义的文体家。他的成功再一次验证了一个论断，语言和形式，不是工具，其本身就是内容。一如西藏的高、空旷、神秘与苍茫，就是她的内涵与魅力。

2012 年 11 月 11 日至 15 日

你好，王凤梧先生

初识

知道王凤梧的大名，我确切地记得，是上世纪的八十年代初的某一年（1982？）。

那时我正在北京农校（现在的北京农职院）的蔬菜专业学习，业余酷爱读文学的书籍，从学费里撙节下来一些钱，订阅了文学刊物中的“四小名旦”，还有《散文》《社刊》和《星星》。读得昏天黑地，以至于很厌恶自己所学的专业。情动之下，也试着写些东西，主要是散文和诗。投出去，总被退回来，整个学习期间，没有发表过一篇东西。但那时的编辑部很敬业，不仅退稿，还时时有亲笔来信，或鼓励，或指导，不明就里的同学，以为我被重视了，作品也或许很快就会发表。敬佩的同时，他们也开始爱文学，也开始订刊物。一个叫吴敏贵的同学订了一本《小说选刊》，大家也很随意地拿来翻翻。这随意的一翻，就翻到了王凤梧的名字，是署在一篇名叫《露珠》的短篇小说之下。其实之所以记住了王凤梧，是因为作者简介里说他是房山人。这让我心中一动，赶紧卒读全篇。读过，大惊异，没想到一个乡下人把小说写得这么好，乡风温婉，水汽氤氲，让人心痒。

这对我发生了根本性影响——原以为城市才是文学的土壤，只有生活在“大”地方才可以写出好小说，没想到生活在乡下“小”地方，也能如此，便心生旷达，以至于毕业分配时大家都留恋城镇，怕分回原籍，削尖了脑袋运作，而我则抱着无所谓的态度，昏吃昏睡。因为我想，既然哪里都能写出小说，随其自然就是了。

分到良乡镇之后，我大喜过望，因为镇政府的门口，既有书店又有邮局，既便利读书又便利投稿，天赐福地，夫复何求？晚上寂寞而充实，鄙视着《北京日报》郊区版的俗滥小说，写着自己的精致之笔。小说很快就被发表，而且还很快就被当时炙手可热的大评论家康式昭、李世凯专文评论，文章的名字很性感，叫《好一股磁力》。得意之下，想同道，就骑车三十里，到房山文化馆找王凤梧。虽然是贸然造访，居然就见到了，好像他知道我来，就等在那里。

报过家门，王先生哈哈一笑，说，我知道你，你是好一股磁力。他的笑声很爽朗，能震动屋瓦，也能在脆弱的人心上激起褶皱。我不禁暗叹，这绝对是写出《露珠》的那个人，因为粗犷之下，必有细腻之心。

我说，怎敢跟您的《露珠》比，那可是大作名篇。

他又哈哈一笑，说，这我承认，因为那是时间所赐，生（硬）做是做不出来的。

接下来我说了敬仰与拜师的话。他说，你这叫带艺拜师，无须我教，不过我毕竟是你的长辈，称我为师，也乐得承受，就一起切磋吧。

后来聊了许多他的过往经历，包括因在河北《蜜蜂》上发表《小大人》而被打成右派，包括在被人家批斗时还默默地给对方挑批判稿中的错别字。虽说的是自己的血泪故事，却无一丝沧桑悲凉，笑声爽朗，一如在春风里徜徉。他身上弥漫着一股雄浑之气，让我迷醉。

后来他说，年轻人有了一点成绩，不要沾沾自喜，更不要骄傲自满——自满是一块石头，老举着沉，不如轻装上阵，并且刘绍棠说过，文学是愚人的事业，聪明不要做。

最后他竟说，看你小子的面相，唇红齿白，不会有坏心眼，要赶紧找一房好媳妇，才子佳人嘛，哈哈……

与他相识，到他故去，他不仅当面说，背后也说，房山的青年作者，可以说都是我的嫡传弟子，只有凸凹和刘泽林不是，非要说弟子的话，也只是带艺弟子，因为他们厚道，执意执弟子之礼，由他们去吧。

一如他一贯主张的那样，修辞立其诚，他为人率性而真诚，让人如沐春风。

风骨

因为屡在报端发表文章，被县上领导看中，我被调到县政协机关。距离得近，使我与王凤梧先生的交往自然而然地多了起来。

每有新作，就径直到他家里请教。他有好说好，有坏说坏，绝不看你的脸色，一吐快意恩仇。起初还有些难以承受，后来就习惯了，反而以为好，因为能听到真话，对自己有益。我们俩有个约定，看对方的文章，只说看法，绝不提具体修改意见，因为各人有各人的风格，一旦吸纳得多，会文字趋同。遇到与他的文学主张相悖，而他又觉得很有特点的文字，他会一言不发。譬如 1987 年我写了散文成名作《中国媒婆》，草稿甫成，正巧他来我的办公室看我，便兴冲冲地要他谈看法，他看过，啪地把手稿掷还给我，转身走了。望着他肥厚的背影，我一脸迷雾，不知他是悲还是喜。但是，从他的态度上我隐约地感到，这绝不是一篇平庸的文字，便有勇气投给大刊物《散文》。不期就登了头条，香港《大公报》、甘肃《读者》很快选载，还被《二十世纪散文经典》《今文观止》等权威选本收录。事后他说，这篇散文我不喜欢，因为它不伦不类，但是我又觉得，我不是文判官，我不能打击别人的创新，明智的办法，是不要轻易下结论。

这一点，很让我敬佩，他虽然老派、保守，但他对别人的创新尊重、宽容，绝不妄加臧否，更不阻挠。

那时他当着县里的文联主席。他这个主席几乎是个光杆司令，因为一无编制、二无级别、三无资金、四无办公地点，是个野台子，一切都靠他自己去化缘。但是，他这个主席，当得既艰辛又风光，给人留下深刻的印象。我时常看见他提着个破人造革提包到县委大院来。问他做何，他哈哈一笑，要钱。书记、县长、宣传部长的办公室他推门就进，自己给自己看座，然后就开门见山地道出来意。遇到推诿，他会洪亮地说，文联就那几个蛋子儿钱，你们少吃两顿饭、少喝两吨酒就有了。领导拿他没办法，多多少少会给他几个。我真为他担心，说，这可是衙门口，别冒犯了权贵。他说，小子，我当右派的时候，是人下人，现在也不是人上人，横竖是一个小老百姓，这就叫做光脚的不怕穿鞋的，无欲则刚。

有了钱之后，他就雇人办《大方山》报，发业余作者的作品——刊物虽然办得稀稀拉拉，却也没中断过。就邀请市属报刊的编辑和浩然、刘绍棠、王葆春等名家到房山来辅导创作，不断推出房山作者的作品。我是其中最大的受益者，他活动来的版面，我的作品发得比他的还多，而且总是发在头条。我不好意思地对他说，王老师，这回您可亏了。他说，你懂个屁，好汉总是喜欢有出息的，我虽然嫉妒，但绝不忌恨——我虽然是小人物，但绝不是小人，我厚德。钱稍微有些余裕，他就搞作品评奖——证书虽然小，奖金虽然少，得奖的人也有得大奖的感觉，且一派珍重，勤奋创作，致使在北京市庆祝建国 35 周年创作评奖中，房山大面积获奖。后来，他觉得应该总结一下房山的创作成绩，决定编辑出版《房山文学作品选》。这部书的出版，让他文联主席的生涯走向终结。因为主管领导认为文人的自由化思想严重，且多好名，不利于安定团结的大好局面。这导致他拍案而起，覆水难收。文选出版，他被迫辞职。多年之后，他也无怨无悔，他说，闲云野鹤，我心安矣。

《房山文学作品选》，封面白皮黑字，用纸粗糙，印制低劣，且无公开书号，是名副其实的白皮书。但是，它保留了房山文化的历史印迹，让人心生温暖。抚摸着蒙尘的封面，我浊泪纵横，顿生责任情怀和道义之心。

缅怀

王先生逝去，微悲之后，我心淡定。因为他生前豁达，功德圆满，已不以己悲，更无须人悲。

他好文入骨，即便被人批斗，也不恨人，而只恨其文不达意，错别字太多。

他虽好文入骨，却也最懂顺生规律，到了提笔忘字的某一天，他断然收笔。他说，老眼昏花，运笔生涩，再也写不出得意之笔，就不要写了，因为文毕竟是贵的。

到了生活不能自理之时，他自己把自己送进养老院。他说，不是怕儿女不孝，而是怕自己丢人现眼，因为人生的意义是有尊严地活着。

躺在养老院的病床上，因为离休干部的待遇，使他有些多余的钱，他一张一张地数钱，然后讥笑着说道，有这么多钱而花不出去，活着还有什么意义？所以名利是臭狗屎，是无用之物。

他有傲骨，但没有傲气，当问到他，王老师，您是咱房山的文化人物，请问您都有哪些人生经验？他哈哈一笑，没什么经验，全他妈的教训。

他因为自己的成就而当了市人大代表，当选之后，他像个孩子一样逢人就说，我当市人大代表了，你们谁有需要反映的问题就找我，我给人大提议案。他真是不懂政治，提了许多招人反感的议案，一到换届就被换下来了。有好心人对他说，老王，人大代表是多么荣光的事情啊，可你太书生气了。他眼睛一瞪，书生气怎么了？书生气是不计个人利害的理想情怀，是高贵之气，你懂不懂？

作为一个性情中人，自然会有些人与人之间的个人恩怨，但是，他生前都化解了。

譬如他与同样是房山文化名人的赵日升先生之间有一段著名的公案。他的成名作《露珠》，是被在大刊物《青年文学》主事的赵日升推荐给刘绍棠而得以发表并获得好评的。刘绍棠以《宁吃鲜桃一口，不吃烂杏一筐》在《小说选刊》发表了对王凤梧的短评，并盛赞他的小说有孙犁“荷花淀派”风韵。这样的评价，在全民看重文学的语境下，是不得了的事。但在后来逢人说项的时候，他说是刘绍棠发现了他，而只字不提赵日升的热情帮助。这在酷爱家乡、疾恶如仇的赵日升看来，也是一件不得了的事，认为王凤梧有失厚道，有意遮掩他对故乡的文学贡献，并上升到人品的层面。赵先生就此写了一篇长文予以陈述，并希望我在我编辑的《房山文史选辑》上刊出，立此存照，以正视听。因为感情色彩过于浓郁，不宜在史料性刊物上发表，我就推荐给了王德恒编辑的燕山文化馆的《燕山》发表。文章发出，赵先生希望王先生有回应，却没想到王先生置若罔闻，保持沉默，这就更激怒了赵先生，以至于剑斩义袍，不相往来。到了我当文联主席之后，每年都要召开各种作品研讨会，都要邀请赵先生光临以增其辉，每次他都会问，王凤梧怎么没来，我说，王先生自从封笔之后，各种文学活动也不再参加了。赵先生点点头，脸上有忧郁之色。我感到，他心里对王先生是牵挂的。便在春节看望王先生之时，有意扯起有关赵先生的话题。王先生也有忧郁之色，并问，日升身体可好？我便感到，两位先生因着故乡的血脉，他们的心是相通的，并没有人们传言的那种死结之说。2003年，在一个研讨会结束之后，我试着对赵先生说，咱们去看看王先生怎么样？赵先生眼里亮了一下，很快又黯淡了，他说，王凤梧这东西太可气了，我就不去了。但赵先生那倏忽的一“亮”让我有了自信，我说，赵老师，您现在是大场面里的人，不能跟小地盘的人计较，机会难得，还是去吧。进了王先生昏暗的客厅，王先生看见赵先生的身影，立刻就站了起来。这一站，让赵先生有了感应，他疾步上前，主动伸出手去，老王，你这个老东西！日升，真是你？两人的手紧紧地握在一起。这一幕，震撼了我和一同前往的泽林、思敬、京艳，我们会心地交换着颜色，都感到，虽身处暗室，却有阳光普照。

老王头，明明是我推荐了你，你为什么偏偏只提刘绍棠？

嘿嘿，日升啊，你这个人就是太爱较真，刘绍棠比你名气大，还不容许我有点虚荣心？

王先生孩子一样的坦诚，让赵先生内心释然——虚荣心是人性特点，不关乎品质，我真的是多虑了。

他们相谈甚欢，不容旁人置喙。思敬忙着拍照，京艳忙着倒水，我和泽林含笑倾听，用心留下记忆。

回忆王先生，我的心也得到了一次净化，感到海明威那句话是对的，一个人如果自己不把自己打倒，被打倒的外界力量是微不足道的。

最后用汪曾祺先生的方式道一声，你好，王凤梧先生！

2012年11月18日

第三辑

感恩

天气静好，阳光普照，温暖盈身，人们慵懒。一如轻声款语送耳，浓情美意照拂，人心就温柔。也一如妇人，一被轻柔抚弄，就会像花儿一样无声绽开，她相信爱，因而归于单纯。所以，慵懒是温暖之上的温暖，单纯是温柔之上的温柔，都是感恩的模样。

家中那只柯基犬，玲珑小巧，却爱运动，只要房门一打开，它就蹿出门去，然后不停地回望，希望你把它跟随。如果你跟随了，它会露出妩媚表情，即便是四肢肥短，小巷通衢，草地河畔，泥沙荒野，也回报给你足够的速度，让你以它为荣。

有个邻人，也喜它的乖巧模样，远远地看到它过来，双手插进衣袋，做鼓弄食物的形状，且不停地呼唤。它自然是兴冲冲地奔跑过去，但邻人摊开的却是空空的手掌，它企盼的眼睛里，便弥散出一片迷惘。被捉弄过几次，以为它不会再听从邻人的召唤了，却见它依旧闻声前往。但是，当邻人爱抚的手，刚要伸下来的时候，它却猛地转身跑走，徒让邻人的手凝固在半空之中。它则在远处眺望，不停地吐弄着它粉红色的舌头，表达着一种顽皮的嘲笑。我不禁心有所动：真诚收获真诚，欺哄收获欺哄，即便是小兽，也是懂的。

其实，邻人也不存恶意，只不过他是个上了几岁年纪的乡下农民，是被儿子接进小城来住的，看到城里人对狗类比对人还娇宠，他心里有一丝不平。其实他对狗也是宠的，只不过儿媳豢养的那条金毛小犬，从不允许他表达爱意——儿媳嫌他粗糙与脏，斥他远离。感到自己在家中的地位比一只小狗还低微，他有些郁闷。对家里的狗他不敢不敬，对街头的狗，他自然而然要发泄一下。

他见我在不远处对他微笑，脸一下子就红了，嗫嚅道："你看看我，都一大把年纪了，还欺骗一只狗。"我说："没关系，狗不像人那样爱记仇，只要你真给它食物，它还是会跟你亲近的。"

"等等。"他说罢，转身进了楼廊，很快就又出来了，手里攥着几粒干果。他朝着我的爱犬招招手，"小小，你过来，爷爷这里有好吃的哩。"

居然称之为"小小"（他孙子的乳名）！这样亲热的称呼，连狗都吃了一惊，但最终还是迟迟疑疑地走近了他。吃净干果，小犬用温热的舌头舔舐着他干裂的手心，情意殷殷，一点也不嫌他的粗糙与脏。"爷爷"的内心，不禁生出一种从未有过的温厚。

小犬让他暖意萦怀，总想给楼宇里的人们贡献些什么。看到楼前有块隙地，依农民的本性，他翻土施肥，修埂打垄，种了一片紫苏。紫苏俗称苏子叶，为一年生直立草本植物。叶对生，阔卵形或近圆形，边缘有齿状叶裂，叶面呈油紫色，且有药香，系上好的调味菜蔬——生拌，或佐以细丁咸菜，祛毒，开胃，为居民所喜。特别是吃过水捞面，如果以其作面码，会吃得酣畅淋漓，即便是吃得太饱，也没有撑的感觉。

紫苏体贴老人的用心，迅速蔓延出一片绿意，那嫩嫩的芽瓣，正是入时的美味。他招呼邻人道："苏子就是给大家种的，快来吃个鲜儿吧。"

大家自然就来了，叶绿如酥，有谁不稀罕呢？人们小心地掐着嫩叶，一如不忍惊破美梦。他笑眯眯地注视着，说：“尽管掐吧，苏子命贱，你越是掐得狠，它越是繁衍得健旺。”

但是，人们还是掐得很节制，刚一成撮，就停住了。这让他很不解，催促道：“掐就是了。”邻人脸一红，说：“够了。”

怎么就够了呢？他不知道，施与者的注视，会让承享者失去坦然的心情，一如大声说出“我爱你”，会让被爱者顿生羞涩，反而不知所措，生出退缩。

后来，他回老家打理一些事体，紫苏被他暂时遗忘在那里。被遗忘的紫苏，反而疯长——恩德既然被种下了，自然就有了属于自己的生命，有不懈怠的模样。疯长的紫苏，会变老，会变得不能入口，邻人们懂得这个道理，心想，与其让紫苏变得无用，不如安心享用，便放手去采摘，以至于怀抱盈满，口中滋味，整日里都是紫苏的余香。

从老家归来，他本以为那片紫苏一定会很荒疏了，却看到了依旧青绿、娇嫩、齐整、油亮，便一下子就明白了：一个人一旦把自己对别人的好处忘掉，恩德它自己也会走进人心里去。这之后，他只管给紫苏锄草、施肥，让它长得好，然后退隐到紫苏之外，暗看邻人欣喜。

欣喜之余，是人们对他的关心与尊重——端午节有人给他送粽子，中秋节有人给他送月饼，重阳节有人约他到河边公园看蹬高跷，元旦春节有人请他喝好酒，俊男靓女美妇也不嫌他粗糙与脏。

翌春一日，小区里的一个老妇人抱来了两棵香白杏的树苗，对他说，你紫苏的隙地上，应该再植两株杏，为什么？因为紫苏喜阴，有树遮挡，它慢长秧棵快长叶，就多了青嫩。再有，天长白杏，地长紫苏，上下都有收成，邻居们就多了喜乐。还有，白杏和紫苏，呈高矮，比对着就有景致的好，你说是不是呢？

是，是，自然是哩。便帮老妇栽下杏树。

杏树也一如紫苏，体贴人心竞速发育，一年成株，两年开花，三年就结果了。四年以后，年年果实满枝，红绿相间，看着就让人喜。且兀自挂在枝头，也不做宣言，任由嗜食者随性摘取。

我出身于山地，是吃山杏长大的，楼前杏树，便让我看到故乡余影。读与写到了月朗星稀，不由自主地踱出门外，在杏树下彳亍不止。椏间杏果，一如夜之眼，多情地闪烁，不禁心热，摘食数颗。叩齿生津，文思如潮，踅回房间，笔底通畅，一如神助。后来，在一本散文集的后记中，我居然写下了这样的话：

> 虽物欲横流，风尘迷眼，但有书可读、有鲜杏可咀嚼的日子，却总是能让人心定，便节制了多余的欲念，安心于自足的精神生活。

因为一片紫苏、两棵杏树，让我虽身居市井，却情系乡关，想到草木性格和天地性情——草木虽卑微，却兀自生长，不惮冷暖，不计荣辱，坚韧、隐忍、沉静、皮实、忘我，活得本分，自适、自足——虽被磐石挤压，也能钻隙而出，向上生长。天地虽无言，且常常被人轻鄙，被人污损，却绝不仓皇失据，从容地应对，不虑得失——人一不如意就骂天，但老天从不怪罪，阳光依旧照进那家的庭院，雨露依旧滋润那家的田园；人一乱性就咒地，但大地从不计较，即便瘠瘦与旱涝加身，只要你播下种子，也没心没肺地生长，贡奉出果实。

此种雅意，两个老人自然不会想到，但他们的种植，却唤来了一种别样的人情格局——楼宇里的人，每一相见，都要轻声细语地相互问好；阶梯一染飞尘，无须他人提醒，总有人主动打扫；卖大白菜的农车一驶进小区，便有人告知左邻右舍，备下冬储；路灯初上，相约散步，互通款曲；亭阁之下，对弈恳谈，大话家常……亲情融融，和乐一片，全不见别的小区那种不相往来而生成的心灵隔膜、人情冷漠。

因为，一如笑可以传染，善行和恩德，也一径蔓延开来——所在居民都觉得，凭空坐享其成是很不体面的，多少也是要尽些义务的。这不禁让我想到古罗马的圣哲西塞罗所说，“受人善行后的首要义务是回报——土地所提供的，远远比它所接受的要多，所以，没有什么义务比对他人的感激更重要”。

哦，紫苏和杏树，温暖的感应，一如爱情——在爱中爱，在恩德中释放恩德！

2012 年 6 月 23 日端午节于北京石板宅

薄暮里的刀锋

一如大雪覆盖旷野，遮其丑陋，使其美白，风霜侵袭颜面，去其鲜润，使其粗糙，放眼望去的人与事，往往不是它的本质。譬如眼前这个人——

酷暑之下，他仍着一袭草绿的建设服，前胸是斑渍，后背是汗碱，因为身材瘦小，整个人像未发育成熟的一个胚胎，被胞衣罩起来。下身是土色的粗布裤子，两只裤腿挽到膝盖，脚杆子蜡黄如柴，似难以承重。他推着一辆破旧的自行车，后架上绑着一乡下才有的窄长板凳，车把上挂着一个工具袋，因为沉重，所以不摇摆。他走得轻捷而无声，好像他知道自己不属于这里，谦卑如夜行。知道我在注视着他，便回头朝我一笑，“磨刀磨剪子不？”声音也轻，全无职业豪迈。浅笑之下，皱纹深广，以为有足够老，便生出怜惜，说：“磨。”

随我到了我居住的楼口，我说：“你且等一等。”他笑笑：“好，不急。”

我住的是一楼，很快就踅出门来。见他已骑在窄凳上，工具整齐地摆在脚下，可见他是个成熟的匠人，有属于自己的历史，不免生出信任。

拿出的是一大一小的两把刀。虽经年使用，因勤于擦拭，刀面光洁，夕照之下，能映出人影。心里说，其实是无须磨的，不过是照顾一下你的生意而已。他接过刀去，顺刀刃斜睨了一下，笑着说："您这两把刀，虽光亮唬人，却都还没有开刃呢。"我说："这怎么可能？"他说，"您看，这刀身与刀刃一样厚薄，手指头放在刀刃上用力摁一下，也不过是一道白印，不信您试一试。"一试，果然没有锋利感觉，顺势调侃道："这城里男女离常识渐远，以为是鸡就下蛋，是刀就能砍。"

他酣然一笑，说："您真逗。"便将其中的一把抵在窄凳一端的匝柄之上，再用皮环缚住刀尾并蹬在脚下，使其牢靠，然后施以锉刀，一点一点地锉去刀刃上多余的部分。其实，窄凳的一端就安着一盘砂轮，手柄一转，火星一闪，刀刃立现，但他居然舍轻就重，用手。如此做来，这将是一个相当长的过程，但电视里，正有一个喜看的剧目，我便表现出不耐烦，说："干吗不用砂轮，横竖不过是一把切菜刀，没必要这么讲究。"他还是酣然一笑，说："这刀也一如人，都有不同的性子，您这把是合金做的，钢口是脆的，一上砂轮，会蹦出豁口。"我还是不能信服，便问："你们磨刀的是论件数，还是论工时？"他说："论件数，一把四块。"说完，他好像明白了我问话背后的含义，脸不禁红了。脸红的应该是我，他却先红了，让我看到了"朴实"的模样，便心生一丝惭愧，说："就依你。"

刃开过之后，他从工具袋里拿出一块中间凹陷的磨刀石，不紧不慢地磨了起来。磨过一个光景，他便斜眼看一看刃口，并用手指在刃上拭一拭，再接着磨下去。我觉得那刀口已足够锋利了，但他还是觉得不到火候，一系列的动作不断反复。其间，他点燃了长杆烟袋，衔在嘴上，因为漫长，烟火竟至断了数次。他那个不急不躁的样子，让我不禁自问：他这是出来做买卖的吗？

因为离得近，更看出他皱纹绵密皮糙骨瘦，便问："您贵庚？"他说："都五十了。"我吃了一惊——乡下人论虚，说是五十，其实是四十九，与我同龄，然而却这样老态龙钟，让人顿感世道不公，便真切地说了一句："差不多就行了。"他说："我自然知道行与不行，您尽管去忙，不必等。"

这把刀终于磨好了，竟用了近半个小时的光阴，看了一眼那另一把刀，我不禁笑着摇了摇头。拿过刀来，他也笑着摇了摇头，说："对不起，还是一把合金做的。"我说："这一把就不磨了，凑合着用吧。"他说："那可不成，刀既然到了我手里，就属于我。"似乎怕我跟他争夺所属，他急切地把刀固定在窄凳之上，然后再点燃了他的烟袋，嘻嘻地笑，竟至笑出了两缕口涎。还是重复既有的程序和动作，我真的有些不耐烦，转身走了，把刀和人遗弃在那里。

电视里的剧情虽然感人，但奇怪地，却没有了往日的吸引，总是时时地到临街的阳台上看一眼那人。那个人专注地工作着，嘴上的烟袋像个摆设。夕阳的余晖洒在他的脸上，脸色很黄，一如土地。到了后来，余晖收敛，已看不见他的脸色，只有身姿还在，一如剪纸。再回去观剧，居然感到那里边的泪水与欢笑离人间烟火甚远，有些虚假，属于奢侈，属于有闲。

知道他快完成工作了，便从冰箱里拿了两听可乐——虽然知道这样做有些居高临下，因而显得卑鄙，但还是这样走出门去。他果然不知所措，推拒时竟至把窄凳带翻了，"使不得，使不得！"我说："您也别不好意思，我也是乡下人出身，依乡下的规矩，在手艺人干活的时候，应该有烟茶伺候，在城里混久了，连这最起码的规矩都给忘了，所以请您原谅。"

"瞧您说的，瞧您说的。"我矮下来的身姿果然平复了他心中的谦卑，他不再推辞。掏出十元纸币给他付工钱，"不用找了。"我说。他坚决把两元毛币塞进我兜里，说："八块钱是我的手艺，十块钱就是人的贪心了，我一辈子最恨的就是一个字：贪。”

他表情严正，我内心欢悦，情不自禁地学起了《红灯记》里的一句喊：“磨剪子来抢菜刀——，磨剪子来抢菜刀——”

邻人被惊动，纷纷探出窗，真有数人拿刀出户，匠人又有了新的商机。以为这正可以回报他的敬业，没想到他却满脸惊慌，推车欲走。我说：“到手的生意都不做，您这是为什么呢？”他说：“天都黑了，看不清物件了。”我说：“不是有路灯吗？”他说：“我眼神不济，灯光下看东西是模糊的，会给人家磨不好。”见来人近了，他说一声“再见您哪”，便仓皇骑远，一如逃。

最先来到的是县一中教历史的张秉璋老师，他满脸疑惑，“怎么回事？”我便把磨刀的经历与他言说。听完叙述，他唏嘘不止，感叹道：“这就是小人物的可爱了——小人物不趋时、不趋利，他们往往不怕辛劳，只怕欺心，这叫什么，这叫轻贱者往往品重、位卑者往往德高。”

我回味着张先生的感叹，在路灯下不停地踱步。我发现，夜色越厚暗，灯光越明亮，好像能穿透躯壳照进内心。

我坚信，明天夕阳灿烂之时，那个人一定会来，因为他知道，这里的住户，对他有期待。

2012年9月16日于北京石板宅

政协，生命的不解之缘

我从 1985 年 9 月进政协机关，一直到 1996 年 11 月离开到当时的南召乡任乡长，前后共十一个年头，可以说，我把最好的青春年华都献给了房山区的统战政协工作。

在政协工作期间，我创办了油印刊物《房山文史选刊》，继而又创办了铅印的《房山文史选辑》，发现并团结了一大批文史作者，见证并推动了房山文史事业，从无到有，从薄弱到繁盛的发展进程。那时的房山文史工作，在北京的区县政协，处名列前茅、开风气之先的地位，为房山政协工作争得了荣誉。本人也被评为北京市的先进文史工作者，出席各种文史工作会议，做会议中心发言，介绍经验、阐述观点，成为在北京文史界有影响的人物。在主持文史工作的同时，还积极主动探索政协对外宣传的有效途径，和张振乾（曾任房山区旅游局局长、区史志办主任）一道，创办了《房山政协报》，引起了市政协的关注，并派人到房山政协进行座谈，对《北京政协报》（《北京观察》的前身）的创办，起到了助推作用。那时的房山政协宣传工作十分活跃，政协的工作信息不仅经常出现在北京政协的简报和报刊上，还经常出现在《全国政协通讯》和《人民政协报》的报端。当时全国政协召开全国地方政协工作会议，房山作为北京唯一的区县代表出席会议并做大会发言，可见房山政协的对外影响。在对内宣传上，注意运用电视媒体的现代传播手段，拍摄了《政协委员风采录》的系列专题片，在房山电视台常年播放，树立了政协委员的主体形象，扩大了政协工作的社会影响，极大地调动了政协委员的参政议政热情。由于自己的深情投入和创造性的工作，得到了政协领导的高度评价和政协委员的广泛认可，被破格提拔为处级领导干部。

回顾在政协的工作经历，并不是为了给自己树碑立传，而是要让人们知道，是政协给我提供了施展才华、实现价值的人生舞台，它是我政治生命的起点，是我人格形成的土壤，是我事业扬帆的地方，因此，对政协组织和政协工作，我充满了感情，有很深的政协情结——不仅本能地关心政协工作的开展情况，而且不讲条件地完成政协交办的各项工作任务，与政协领导、机关干部和政协委员也有一种天然的亲和关系，归结起来一句话，政协在我心中有很神圣的位置。

到目前为止，我已当过四届的政协委员，加上在政协机关 11 年的工作经历，已经有了二十多年的政协情缘，它对我的人生影响是非常深刻的，堪可回味——

其一，是政协奠定了我能够在社会立身的个人素质。政协是人才荟萃的地方，政协委员都是各个领域、各个行业、各个界别的代表人物，他们业有所专、学有所成、事有所立，既是社会精英，又是可参照的人生标杆。跟他们相处，他们身上的光彩自然把脚下的道路照亮，使自己有了强烈的成才意识。于是，我留心向他们学习，既学知识，又学风骨，时间一长，对各方面知识都有领略，对各种人情都有感悟，单薄的经验得以丰富，单纯的阅世得以练达，到了后来，哪个行业都不陌生，哪个领域都知冷暖，有了能够立身的综合素质。这个素质的核心，就是能够触类旁通，跟所有人都能够对话，便延长了自己的生活触角和工作手臂，在别人的本事之上，增长了自己的本事。

其二，是政协给了我广阔的眼界和开放的情怀。政协的一大优势就是纵横伸展、联系广泛。天下政协是一家，兄弟姐妹常来往，没有人情禁忌和人为樊篱，既可知区情、国情，也可知天下情；政协既能快捷地领会到党和政府的决策意图，又能迅速地掌握社情民意，有顺畅的信息渠道。总之，上下左右，里里外外，政协都能够接触、能够融入，因而腹内有万象，胸中有风云，便不封闭、不保守，紧扣时代脉搏讲话，面向时事大局发言，有很大的格局。在这样的组织里生活久了，自然而然地就有了不一般的眼界和不拘泥的办事作风。我之所以无论在哪个岗位，都能关注大局，越出本位定思路，跳出房山谋发展，就得益于二十年政协经历的历练。比如负责文联工作之后，如果只是在区内孤芳自赏地搞搞创作，而不是以更广阔的眼界和更开放的胸怀把坐标定在北京，乃至全国，就不会摘取那么多北京和全国的文艺奖项，就不会成功地树立文学大区的对外文化形象。古人云，取法乎上，仅得其中——如果只盯住屁大的一块地方，也只能是被窝里砍椽子——自美而已。

其三，是政协给了我团结意识和民主作风。爱国主义、社会主义，是政协高举的两面旗帜，团结、民主，是政协遵循的两大主题，政治协商、民主监督、参政议政，是政协所履行的基本职能。政协组织的性质，注定了它没有教条、不设框框，广开言路，求同存异，自由言说的民主风气。大家相聚一堂，心无芥蒂，谈笑风生，如沐春风。在政协，能够听到各种声音，形成了费孝通所说的“各美其美，美人之美，美美与共，天下大同”的和谐局面。浓郁的民主气氛，使大量的远见、创见、卓见顺势而生，因而提升了参政议政水平，丰富了党和政府的执政智慧，智囊优势充分显现。正是这种开明风气的濡染，使我有了很强的团结意识和民主意识，在主持文联工作之后，能够倾听广大文艺家的心灵呼声和发展意愿，能够尊重每一位文艺家的艺术个性和创作实践，构建了百花齐放、百家争鸣的工作格局，在文联机关内部也营造了“有声有色地工作，有滋有味地生活，有情有义地交友”的工作氛围，真正把文联建成了“文艺之家”，极大地激发了广大文艺家的艺术激情，推出了一大批文艺名人和文艺名品，使房山的文艺工作进入了历史上最繁荣最有活力的发展时期，在北京区县有了名列前茅的现实地位。

如此说来，怎不让我对政协组织充满感情，怎不让我对自己的政协委员身份充满自豪！与政协结缘，是我的荣幸；为政协出力，是我的使命。珍惜机缘，真情投入，发光发热，是我唯一的回报。愿政协的事业蒸蒸日上，愿房山的民主政治建设分外清明！

2013 年 8 月 16 日

母校永在

一如丑人的自我感觉总是俊的，故乡在我的心中，也总是好。特别是有关故乡的文字，处处溢美，营造出诱人的神秘，惹他人向往。

一文坛达人，执意造访，兴冲冲地来，看过之后，却一路沉默。再三催问，他嗫嚅道，以为真的是一块美穴地，却是一块死地，不该产文字的地方，却产了那么多的文字，你欺人太甚。

我懂得他的心思，笑着说，是的，我的家乡不仅贫瘠，而且封闭，贫瘠得一年四季只产一种农家玉米，封闭得四山匝一爿豆角大的平地，从哪里进来，还要从哪里出去，就像住在瓶子里。

他说，是的，我满眼所见，荒山、石屋、沟坎、干河、矮树，一派穷气，生物与人，基本是自生自灭的状态，很难想象，你怎么会"活"到平原，且成为一棵大树。

我说，因为有津梁与舟楫，把我引渡。

我指的是我初中的母校，一所默默无闻、现在已完全消失了的山区学校——九道河中学。

这所学校，地处家乡的瓶口之处，离村落，有八里之遥的山路，又没有住宿条件，每天都要往返地走。村里的学童在村里上完小学，畏惧那每天十六里的跋涉，就基本辍学了，我之所以能坚持下来，是缘于对苦难生活的“仇恨”。

已过了播种季节，依然不见雨，铁镐刨在地上，冒起一股热烟。做支书的父亲强令村民（那时叫“社员”）去播种。我不解地问，种子播在热土上，它哪里会发芽，只能是被干死。父亲说，下不下雨在天，播不播种在人，这是在尽人的本分。

自然有幸运的时候，播种之后，果然有淅沥小雨，种子就没皮没脸地发芽了。但小苗长得艰难，荒草却蓬勃，人们就要拼命锄耪。人手不够，就勒令学子告假，待荒草锄尽，学子的心却已长了草，失去了学习的耐性，觉得学与不学是一样的。

即便是这样顽强地侍弄庄稼，秋后也是很稀零的收成，只是一季的口粮，其余三季，就是瓜菜代之。瓜菜掠尽，绞尽脑汁各谋生路，父亲矫健，到高岩上掏寒号鸟的粪便——五灵脂，系一种名贵药材，卖得现钱买倭瓜土豆，以饱饥肠。但高岩上的作为，是高危动作，每次归来，肚腹和双膝都撕磨得鲜血淋漓。

故乡给我的感觉，无论人们多么不屈，多么勤谨，多么隐忍，多么乐观，也无法改变自己的命运。依照故乡伦理生活，我不会走上希望之途，因为一如海子给他城里的恋人的献诗中所说：

> 你的母亲是樱桃
> 我的母亲是血泪

所以，我的“樱桃”之境，只能靠苦读、升学，考到山外去。

这种自省意识，使我有别于别的学生——收敛浮性，不用督促，埋头学业，便让老师们刮目相看，视我为学习的“种子”，便对我倍加爱护。

班主任老师陈国如，教数学，他叮嘱我一定要用铅笔做作业。起初我不明白，后来方知，他有深刻的用意。作业本发回来，在做错了的习题上，他不打“×”，只是轻轻地划一斜“\”，待改正后，随下次的作业返回时，他都补成了“√”。待一个学期结束，他把我的作业本作为样本在全班传阅，对同学们说，你们看人家是怎么学习的，一丝不苟，从不马虎，始终是对的。这不仅让同学们惭愧，也让我自己惭愧，因为真相并不是那样。但是，这种“始终是对的”的赞美，变成了一种心理暗示，让我更加刻苦、更加认真，使自己名副其实地“不错”。我的数学就学得异常好，即便是以后没有从事理工行业，也深受裨益，它给了我必要的理性思维能力，能放手写论理色彩很浓的随笔、评论。

语文老师是一个从市里名牌大学下放来的南方女子，白、矮、丰腴、近视，名字叫安近。她说话娇滴滴的，就压不住课堂的秩序。我因为父亲是村里的支部书记，订阅着“两报一刊”，随手翻阅，就知道很多山外的事体，词汇量也多于别的同学，以至于觉得课本的内容过于轻浅，夏天上课时，把手掌放在腋窝里，挥动臂膀，打击出惊人锐音，就把同学们的目光吸引过去，搅了她的课局。她把我拽到讲台上罚站，可她转身写板书时，我冲着同学们做鬼脸，并重复在下边时的打击动作，弄出公然的声音。全班笑成一团。她被气得扔下教案，哭着跑出教室。我被校长狠狠地呵斥了一顿，并警告说，你再捣乱，就干脆滚蛋。我怕滚蛋，因为那会断送了我走出大山的愿望，便老老实实地听课。但从此我对安近老师冷脸相对，除了课堂上不得已的相处，课下一见到她，就远远地躲避。有一次是作文课，我在作文后边，画了一幅漫画，画面上立着一个酷似安近特征的女老师，近旁站着一个小孩，指着脚下的一只山羊，从小孩嘴里喷出一团云朵，云朵里写着：我恨你！那天中午，我躲在学校西边的水泥桥下，偷偷地吃我的中午饭。之所以偷偷地吃，是因为我中午的干粮，总是装在饭盒里用网兜提来的掺了榆叶的稀粥，而那时我已经有了很强的虚荣心了。突然就见安近老师走了过来，背着手，笑吟吟的。走到跟前，她把背着的手移到眼前，是两只雪白的馒头。我说，你少来羞辱我。她说，其实我早就知道，你吃得很差，学得很苦，是个好孩子，所以你一调皮，我就伤心。这两只馒头是我特意给你拿来的，你不许拒绝，不然，我也恨你。那两只馒头，我到底是吃了，因为馒头里蕴含的东西很复杂，是不能掺杂恨的。

第二年，安近老师调走了，我伤心了很大一阵子。接替她的，还是一个女老师。她叫陈瑞颖，大大的双眼皮，身姿婀娜，美得让人不敢凝视。我当时就想，以后找媳妇，就找她这样的。但美丽的女性，也不是一味的绵软，她很有脾气。有一次她带着我们上劳动课，清理马路边上泥石流遗留下来的堆积。我不喜欢劳动课，铁锨就往空里铲，以节省体力。被她发现，受到批评，就有了火气，故意把锨里的沙石往高处扬，让烟尘迷同学们的眼。陈老师蛾眉一皱，撅下一把荆条，直冲我而来。我赶紧逃跑，她一边追，一边喊道，你必须让我打到，不然我决不会轻饶。荆条打在背上，身体不疼，但心里疼，疼在失去了在同学们面前的傲气。她说，你学习好是不假，但正因为你学习好，才不能放任娇惯，因为热爱劳动的人，才热爱生活。后来，她是真打，我是真疼，但始终默默地承受，毫不反抗，因为那一刻，突然唤醒了我一种莫名其妙的意识，红颜薄怒，是一种美，不容、也不忍断然反抗。她的教诲，真的作用到了深处——恋爱时，那个女子对我说，你要想清楚，我是个农民，身后还有几亩责任田，须耪、须种。我毫不犹豫地说，无妨，我不怕劳动。

初三之初，班里上了一堂特别的德育课。来了一个叫赵玉森的学区教长，他要给我们演讲。他演讲的是徐迟的长篇报告文学《哥德巴赫猜想》。那篇文章很长，他足足演讲了两个小时。他眼前没有讲稿，那篇文章他全部记在了心里。他表情丰富，声情并茂，好像他本人就是主人公陈景润生活的目击者，所讲内容，一如真的从心底发出。他的情绪随着人物的脉搏起伏跌宕，一会儿让我们哭，一会儿让我们笑，我们不可自拔，深深陷入。他带着一架白框眼镜，一条眼镜腿上还缠着胶布，眼镜的反光常常和他眼睛中的泪光交织在一起，原来，他不仅感动着我们，他自己也感动着。因此，他本人也深深吸引了我，使我特别想了解他的历史。一了解，知道他果然是个特别重感情的人。他本人亲自担纲，响应毛泽东的号召，到一个叫岭西的高山之巅，办了一个抗大班，与学生们一起边劳动，边学习。他到县里开完会，本来可以住在县城的家里，却突然闹起了天气，下起了大雨。他毅然决然地骑车赶回山里，因为他惦记着山上的学生。他风雨兼程地骑了一百多里，把车存在山下老乡的家里，徒步往山上跋涉。到了山顶，已经是半夜时分，他看到学生的宿舍还亮着灯光，知道孩子们怕雷雨，不敢睡去。他敲门，学生不开，他说，孩子们开门，我是你们的赵老师。一个声音怯怯地说，你不是赵老师，你是鬼，我们赵老师回县城了。他戳破窗纸把手伸进去，说，你们来摸摸，看看是不是赵老师。一个胆子大点的学生试着摸过，说，果然是赵老师，就把门开了。所有的孩子都从床上跳下来，都哭着和赵老师抱成一团。还有，他和孩子们一起养猪，偶尔杀掉一头给学生们改善伙食。他看到有几个学生因病因事回到家里，便把炖好了的肉，挨户送到学生家里。在他看来，这是大家共同劳动的果实，每个同学都不能落下，都要亲口品尝。因为他，我爱上了文学，不仅是因为他的演讲有撼人魂魄的文学魅力，也因为他这个人，更像文学中的人物，真情荡漾，品德高尚。

很快就到了初三大考，数学考试，监考的老师也是我们的级任，他叫栗凤安，人长得像豆芽菜似的，还有两颗好看的虎牙，脾气也温和，让我感到特别亲切。所以，他的监考，让我特别放松，不到四十分钟，考卷就答完了。看到我举手，他走过来，问我什么事，我说可不可以交卷了。他迅速看了看我的卷面，说，还有的是时间，你要仔细检查一下。我在检查时，他反复在我身边踅，我提前交卷的意图总是被他的眼神制止。我突然意识到了什么，浮躁的心安稳下来，真正开始认真的检查。果然检查出一道大考分的考题有错误，立刻就出了一身冷汗。改正之后，反而不自信了，又一遍遍地检查。踅来踅去的他笑着说，你可以交卷了。我的脸立刻就热得不成，羞愧之下，我感到，他特别像我的父亲。

那一年，我以全县中考第二的好成绩考上了县里的重点中学——良乡中学，“樱桃”之途开始启程。后来，九道河中学认为我给学校争得了荣誉，树为学习榜样，每到开学，都要给入学的新生讲我勤奋学习的“先进事迹”。还要请我回去现身说法，我一直没有那个勇气，因为这个学校、这个学校的老师对我有大恩德，我没有颜面夸夸其谈。

九道河中学真是小，小到只有两排教室。那个叫隗有功的校长总是坐在校长室门外的破椅子上眯着眼晒太阳。上边来人，他也不冷不热，调他出山，他也不为之所动，对手下的教师也没有清规戒律，任其发挥。但是，却考出了很多学生。

它也没有校训。但是在我心里它是有的：它不仅教知识，也教感情、伦理、道德和如何做人。可惜在教改时它被撤了，弃之他用。这一点，让我感到惭愧，甚至觉得我自己的人生也无足轻重。因为我如果是一个大人物，它会在文物层面被保留下来，被树为某某级青少年教育基地也未可知。

但是，它却铭记在我心中，因为它是我的人生之基、人性之源，我或可以对早逝的海子说：

你的母校是血泪，
我的母校是樱桃。

2013年9月18日

成人之美

内侄天洋，于我婚娶前二年出生。小时伶俐如圣童，颇惹人喜，我常抱于怀中，如己出。

上高中就喜音乐，自学低音吉他，大学毕业，与两志同道合者组成“永动机摇滚乐队”，工余演出，渐有名气。其乐队，以自创为主，翻唱为辅，以老北京民谣为底色，融入时尚元素，特色鲜明，出专辑四五，颇有市场。便常被各地邀请，代表作有《皇城饮恨录》《嫣色珈蓝》等。

业余团队，生存为重，我便利用人脉关系，在我所居住的小区为他谋一社区工作者的差事，并被选为居委会委员。但小区主任观念老旧，对他时常请假有异议，虽碍于情面也放行，却啧有烦言，使二人之间生出龃龉。内侄元旦要去上海演出，为能顺利成行，主动增加值班次数，但主任却说，即便如此，也不允准。

因演出场次已定，内侄难变通，便找到我。我与主任是老朋友，相信能解纠结。

我知主任心思，怨我拜访次少，有被忽视感觉。备铁观音两盒、熊猫牌香烟两条，登门拜访。

见我人来，主人速从座上站起，笑着说，什么风把名人吹来？

我也一笑，答曰，是音乐之风。

他立刻就明白了，说，区区小事，何劳大驾。

我说，早该拜访，只因俗事缠身，请兄海涵。

顺势把见面礼递上。他脸色骤然红透，说，严重了，严重了。

先是叙谈旧谊，让二人都放得自然，之后，很自然地谈到内侄。

他说，对您内侄的演出，我本人是支持的，但周围的人就不像我那样理解了，很让我费口舌，所以，我还得做做样子。

我说，你这样做是对的，土话说，烙饼得翻过，对事也得权衡——大家都一样，凭什么就他特殊？

主人很高兴，说，名人就是名人，通透。

趁其心喜，我说，不过，老兄，对内侄之事，我倒有一点不同看法，不知你感不感兴趣。

你说，你说。

我说道：

居委会主任，不是小差使，也是一级领导（他眼睛一亮），作为领导，就应该站得高、有创新思维。譬如对手下人管理，也要以人为本，根据其自身条件，开发潜质，发挥特长，让员工的主观能动作用充分显示出来。对那些没有特长的员工，唯一要求，就是要坚守岗位，遵守纪律，本分尽职。对那些有特长的人，就要创造条件，助其成才，提高其对社区建设的贡献率。而且，现在的社区管理，不仅仅是看好大门、打扫好卫生、维持好秩序、疏通好管道，也要搞好社区的文化建设，提升好居民的文明素质。从这个角度来说，居委会里有内侄这样的文艺人才，是你老兄的福气，你不用花培养费，就可以为你所用，这是天大的好事。他的乐队可以为居民义务演出，活跃居民的文化生活；他的才华，可以用来组织、辅导居民开展自我娱乐的文艺活动，促进小区的文明和谐。所以，你支持他外出演出，扩大的是咱们小区的影响，说明咱们小区是文明之地，作为居委会主任，你脸上有光。反过来，他通过演出活动，提高了自身的艺术水平，会更好地为小区居民提供文化服务。你也知道，现在的小区居民，眼光也高了，也喜欢名人、名曲，他们信服你，就乐意接受你的指导。再有，现在衡量一个领导有没有水平，不在于手下有多少听话的奴才，而在于有没有能拿得出手的人才。所以，老兄，你没必要太在意周围的人怎么说，重要的是，你要正面树立现在化的管理理念，并变成可操作的规则，让别人无话可说。

居委会主任汗流满面，说，老弟，你说得极是，但你一下子说得太多，容我慢慢消化。至于内侄的事，你尽管放心。

中午我要请他喝酒，他说，酒就免了，不然就显得太庸俗了。不过，你也别总是高高在上，对小区的文化建设也经常关心一下，我守着一个名人，怎么也要沾点仙气啊。

我哈哈大笑，你老兄真是狡猾，放走了一个，又拴上一个。

他说，我这叫活学活用。

2012 年 12 月 29 日

在好玩不好玩之间的人

读2月7日《南方周末》的附页《唯物》，上有陈丹青的一个访谈。

陈丹青是个妙人，妙在敢张嘴，敢说话，熟悉的、不熟悉的领域他都敢置喙，好像他是个百科全书式的人物。其实他不过是个画家，书读得比别的画家多一些而已。但可贵的是，他喜思考，善于联想，就多有心得。

譬如他谈鲁迅的文章就很吸引眼球。他把鲁迅繁而化简，生动地评说，没有鲁研人士的头巾气，即便偏颇，也让人会心，情不自禁地为他击掌。他管鲁迅叫大先生，二先生自然就是周作人。他认为鲁迅有趣，趣在鲁迅好看，好玩。鲁迅的形象无论影像、画像、刻像，无论悲、喜、怒，都有气韵，都有杰出者之光。鲁迅的好玩，是因为他可从黑暗中凿出光亮，从严正里弄出滑稽，从游戏里鼓捣出端庄。而二先生就无趣，既不好看，也不好玩。其形象总似奸佞，獐头鼠目如丧考妣；其做派，也不好玩，处处考据，下笔就引经据典，行文总是端着架子，一味地保持冲淡、儒雅。这世间，烟火气重，鄙俗气烈，不平事多，冲淡和儒雅，就显得可笑。

其实，好玩到极致，就不好玩了。鲁迅到最后就很不好玩——与高长虹的计较，与周扬的翻脸，与苏俄的媾和，都透出褊狭和意气用事的种种。还有他与许广平的爱情。许氏毕竟是小女子，不会有他期待中的旷世情怀，也不会对他有更多的相知，给他带来的痛苦是多的。然而他掩饰。长久地与小儿海婴躺在冰冷的阳台上，不是舐犊之举，而是用自戕的方式忍受妇人对他的伤害。因为他的爱情有革命性质，他不能让外人看到其中的阴影。

相反，不好玩到了极致，就好玩了。二先生的与胞兄失和，即便被外人诟病，但正反映出绅士的面具之下，他有普通男人的真实性情。譬如他的拂逆。既进曹营，就应说曹语，可是他却批评人家的文化。既有铁定的汉奸身份，就应认命，可他却上书大人物，反复而徒然地进行辩解。可发声处沉默，不可言说时言说，岂不是好玩?

大先生与二先生的好玩与不好玩，本质上是来自他们身上的“师爷”性情。师爷脾气，集中在两点：一贯正确，怀疑一切。自身正确，则底气十足，指点江山，臧否人物，纵横捭阖，处处好玩。一切可疑，则进退迟疑，恒物论事，审时度势，欲迎还拒，处处不好玩。

眼下的陈丹青先生，就沾染了师爷习气。从国粹中习艺，又比别人多了一点西方经验，就有了自我正确的感觉；加上对应试制度的观察，在体制内生存的切肤之痛，就推演到一切皆疑。就有了“愤青”情节，拿一切开涮。

但是，他的率性、随性、任性说话，缘自他有钱，衣食无忧。

他的画，是他的护身符。绘画，是世界通行语言，而中国又有巨大的字画市场，他能挣得大钱。而作家和思想者就很不容易，他们整体地穷。在中国，生存权决定话语权，活不好，也就说不好，甚至不敢说。所以，作家的反抗，是地火运行，而陈丹青则可以在地上燃烧。所以，陈丹青尽可以愤青下去，但切不可看不起其他类型的知识者，不然，就不好玩了。

还有，敢说，未必就说得好，就说得在理。还是要有一点言语理性，姿态低一点，试着说、商量着说。咄咄逼人地说，是脾气；娓娓道来，是有趣。

譬如他非常欣赏杜月笙儿子关于“流氓”的定义，就让人心中一惊。

有人问，你认为什么是流氓？

杜月笙的儿子说：流氓就是帮忙。

为什么？

你在这个地面上，本地人，外邦人，你在上海的街面上混口饭吃，要做生意，要有地盘，要有朋友，怎么办呢？要人帮忙。今天人家帮你，有一天你有力量了，兜得转了，就帮人家的忙。孙中山、蒋介石闹革命，都要靠“流氓”。之所以杜月笙是个大流氓，他是个帮大忙的人。包括今天，赖昌星就是大流氓，他要是活在民国，就是第二个杜月笙。为什么？你看他一路出来，家乡的父老孩子都管，逃亡时还给家乡养老院的老人打电话，问年终补贴拿到没有。

陈丹青评价说，我相信每个省、每个小地方，都有杜月笙这样的人。草根里永远有这样的人，书没念过，聪明、仗义、有办法、有担当。所以，我回来和许多人没法玩，他们是单位思维，而不是江湖思维。

从这里，不难读出陈丹青的江湖师爷味道。

但是，他忽略或有意遮掩了历史真相。

你要让黑道或流氓帮忙，第一，你要与他没有利益瓜葛；第二，你要足够弱。与他有利害关系，或同在道上，或势力相当者，岂容他人在自家卧榻前安睡？就只有砍砍杀杀。对那些极端的弱势群体，正可以烘托他们人上人的强势地位，满足他们的“仁心”和“救世”情怀，所以，他们肯帮忙。

一如嫉妒这种东西，所发生的对象，是在地位、能力、实力相当者之间。诸种要素相差悬殊者之间，高者对低下者，是垂怜，悲悯；相反，低下者对高高在上者，是仰慕、艳羡、佩服，甚至是谄媚、攀附。

所以，振聋发聩之声，要有风生云起，积聚相撞的前提；弦外之音，要立足于弦，而不能向虚空里弹拨。

不过，陈丹青属于在好玩与不好玩之间，依然是个不可多得的妙人。

2013 年 2 月 13 日

女人缘

书读到午夜，竟兴奋了，导致失眠。想到从毕业至今，倏忽间竟整整三十年，忍不住在暗光中回溯。竟发现，三十年间的每一个工作阶段、生活历程，都有女人的“引导”。

参加工作的第一站，是良乡镇科技站，站长是一个陈姓中年女人。她身材中上，头发稀疏，因为稀疏，就显得慈祥。她亲自带着我下乡，虽系公干，但都骑着自家的自行车。她骑得慢，我尾在身后，感到压抑。所以，我不希望她事必躬亲，没有她在身边，我骑得风声四起，有放飞的感觉。但她总是亲力亲为，让我感到，负责，敬业，其实是有重量的。她把我当自己的孩子，归来晚时，她会直接带我去她家里，赐予饭菜和酒。我的衣服脏了，她会从我身上剥下来径直去洗，扣子掉了，她会一针一线地给缀。在她的撺掇下，我娶了机关李氏为妻，为表庄重，她亲任证婚人。总之，她给你的都是不由分说的爱，一如母亲。

后来我到了县政协当秘书，秘书长又是一个中年女同志。她姓仉，回民，有洁癖。她人长得美，又特别注重打扮，气质优雅。她又善于言谈，与人交往时，她往往会吸引众人的眼球，成为中心。所以，能在她手下工作，我们都感到荣光和体面。她文化不高（初中），却特别懂得知人善任，交派你的工作，总是适合你的。你办事不得力时，她也不喝斥，只是用兰花妙指在你额上弹一下，给你一个笑嗔。美妇之嗔，让你无地自容，只能把工作干好。她选择部下，总是挑拣有身高、有长相、有风度的男士。她主管的秘书处，连我在内，共四人。开大会的时候，她坐阵指挥，都干得有板有眼，被人称道。她则喜上眉梢，对人说，你看我这四条汉子。她欣赏下属，一如欣赏自己。她让我知道，个人气质、优雅的风度，也是一种能力。

后来燕山区与房山县合并建房山区，建立了四个独立的办公室，依我的特长，我去了文史办。主任是从副县长转任的一个刘姓女同志，她长相憨朴，不苟言笑，看上去就让人有信任感。走访撰稿员，本是我作为下属的日常事务，但每次她都要陪伴。她说，因为要请撰稿员吃饭，我挣得少，而她挣得多。审稿时，我自恃精明，有绝对把握，便建议她选重要篇目圈点一下即可。但是她篇篇都看，且字斟句酌，拖延了出刊日期。见我不悦，她说，慢工出细活，况且文字事业放眼未来，此时之慢，正是不留后患。本来是一个堂堂的县长，却做了一个小小的主任，周围大有为她鸣不平者，认为是大材小用。她则心态平和，说，本来不材，有用即可。她让我知道，心中无我，就不会患得患失，就会天地广阔。人之所贵，不在官位，而在心胸、境界。

由于在文学上的特长，区委调我筹备成立文联，便听命于宣传部长麾下。部长系一王姓女同志，祖籍东北，乃下乡知青。为返京进城，嫁燕山石化一普通工人。从此赍志奋发，从厂报通讯员到区“五讲三爱”办公室、从区文明办到区委宣传部，渐次递升，终于出人头地。由于有苦难经历，心中丘壑纵横，便铺张扬厉，豪气霸气并生。从无耐心倾听下属陈述，做事全凭个人意志；她争强好胜，常左冲右撞，不顾及他人感受，与人多生龃龉。但她又极端随和，性起时也能跟你推心置腹，似乎没心没肺；说到伤心处，也涕泗横流，忘却身份。而且，对人有意见，她脱口就说出，不留情面，但常是别人还耿耿于怀，她却早已忘到脑后，不记人过，不留宿怨，也不整人，她真是不工于心计，故心宽体胖，有宏富的大胸，令人惊心动魄。所以，她的剑锋所指，最终总是指向自己，别人偷偷地记恨她，民意测验，给她划得很低，以至于升迁无望，年纪轻轻就转任政协副主席，以至于诱发脑出血，做了几年植物人之后，英年早逝。从她身上，我看到了人性其实是一种复杂的存在，不能简单地以此是而彼非来评定，处世阅人，应该有理性的态度。

文联成立后，与宣传部合署办公，部长还兼任着文联党组书记。这个部长姓唐，也是女性。她出身农家，却有城里人眼光，干事不嫌大，总是冲击高端，如担纲搞没有共产党就没有新中国纪念馆，如举办贾岛诗歌全国学术研讨会，如把“同一首歌”引进农村文化广场。她喜欢跟自己的出身较劲，正因为土，所以要“洋”起来，不能让人小觑。她让我列席部务会，每遇决策都要让我发表意见。为避免遭周围嫉妒，我起初总是推辞，她劈头就斥责，你有什么了不起的，不就是一个凸凹凹凸嘛。我知道她用的是激将法，也是给我一个在台面上放心表演的理由，即不是我要表现，而是不得不表现。她虽然很有主见，也从善如流，且善于把别人的理念转化为自己的观点，她绝顶地聪明。她特别讲究形象，喜穿美衣，喜挺直了腰杆走路，高跟鞋蹈出的声音异常响亮，让人感到她虽已人过五十，却有用不完的精力。她终于把自己“蹈”到区政协主席的高位，喜上眉梢，也不忘旧人，对我打趣道，我之所以能有今天，还不是因为有凸凹。从她身上，我认识到，人不能委琐，要懂得张扬个性，要有魄力，要挺直了腰杆做人。

现在的宣传部长系从市委来的一个赵氏女性。她是哲学博士，眼界开阔，底蕴深厚。她人长得异常清秀，却有侠义性格，阴柔与阳刚巧妙地融为一身。她工作追求高起点、高规格、高境界，讲究“借船出海”，把北京乃至全国的高端要素、优势资源延揽到房山。她与新华社结对子，畅通了外宣管道，她打造了funhill——寓意为快乐之山、智慧之城的地区形象品牌，创办了“长阳音乐节”，拍摄了区县第一部大型历史文化纪录片《房山》，推出了旨在宣传佛教文化圣地云居寺的三十集微电影——把宣传工作搞得风生云起，有气吞山河之势。她几乎熟悉我所有的作品，懂得我的心路历程，尊重我的创作习惯，而且把我作为地区的一张文化名片戮力打造——研讨会、专题片、电视访谈、大版面对外推介，可谓是全方位“包装”。对有关我的采访，无论多忙，她都要亲自介绍情况、发表评说，被我戏说为凸凹的新闻发言人。对她，我视为难得知音，充满敬重。从她身上，我获取了创作动力，并且有了全新的文学境界，即虽身在乡土，却绝不能匍匐于乡土，要放眼全国，放眼世界，在北京文化、中国文化、世界文化的大坐标系上处理乡土题材，以超越自身局限，成戛戛独造，有重要影响。

回溯之后，我感到，我天生就有女人缘分，注定了要由女性来涵养。这是我的宿命，要以感恩之心拳拳待之。

不知不觉间，窗外竟然有了微光，我内心有大喜悦。

2013年2月23日

孝的辩证

今天是正月十五元宵节，系春节之尾。

一“尾”，大家就不甘，就急迫，想把年节的气氛拽住——晨曦刚露，就放鞭炮，此起彼伏，像炒和吵。

早起探老母，送去元宵和扣肉。

老母正孑然一身地和面，她要给自己捏几个饺子。大声叫一声“妈”，却不见她像往日那样欢快地作答，看我的眼神也有一丝幽怨。

我知道里边有事故。

追问之下，他告诉我，是大弟弟说了让她不开心的话。

这一点也不奇怪，因为老母豁达，大弟褊狭，性格冲突，早晚发生，除非各安一处，离得远。但不如人愿的是，我与小弟都居楼宇，而老母和大弟都住乡下，且比邻而居，是朝夕相处的状态。

正此时，大弟进门。我每次来，只要车停门前，他就能听到，随后就能见到他的身影，他对大哥的感情是深的。

他朝我笑了一下，我却面沉不语。他说：“我知道，妈又向你告状了。”

我严肃地说：“怕告状，你就别做。”

他说：“可是，我就做了。”

我对他说，你知道什么叫孝顺？孝顺不仅仅在于你给老人钱与物，更重要的是给老人好言好语好心情。不然的话，再油汪汪的红烧肉，她也难以下咽；再亮丽光鲜的衣服，她也无心穿，你懂不懂？

他说，我懂，但是我无法克制自己，因为老妈固执，明明是不占理，也强词夺理。

我说，跟老妈论对错，你的出发点就错了——老人有固有观念，你无法改变，所以你只有适应；如果你非得跟她论短长，你对了，她病了，你的正确就狗屁不值。所以，你要事事顺从。

他说，那我得背多大的委屈？

我说，大哥知道你比我和小弟委屈，所以大哥向你说一声对不起。谁让大哥能力有限，当个小小的文官，钱少，房子小，没有足够空间接母亲同住，所以再有好言好语也不方便说给老人，所以我没资格批评你。情动于衷，我不禁心伤，泪含眼眸。

大弟也不禁，说，哥你可别这么说，我知道，妈的赡养费几乎全是你掏的，妈的病几乎全是你治的，妈的衣食住行几乎全是你管的，我们全家的工作几乎全是你给安排的，你最最辛苦。

我说，辛苦也是零——我给的钱再多，也是不孝，因为我没时间在他身边照顾，而能亲身照顾的，是你，所以你比我孝；我给治病的次数再多，也还是不孝，因为我不能每天在老人床前嘘寒问暖，而你却能，所以还是你比我孝……

大弟眼泪也下来了，截住我的话头，说，大哥你别说了，我明白了。他转向老母，说，妈，我错了，我轴，不会像我大哥那样会说话，惹你生气了。

老母说，错了就得改。

大弟说，改，一定改。

老母叹了一声，说，心中的一口闷气，终于发散出去了。

我对大弟说，你看见没，孝的前提，就是能承受委屈。

回到家里，见家婆，怀抱爱犬刚特，像侍孙一样抚摸轻拍，小犬细眯双眼，享受得似睡非睡。便说，这人有时候还不如狗。她说，你发什么神经?

她又说，没事你给儿子打个电话。

干吗?

你连儿子的生日都忘了，你问问他，是在家里还是饭店给他过生日。

儿子在电话里说，你们就别管了，梦杰给我过生日。

家婆遥向电话大吼，你真是翅膀硬了!

我赶紧捂住话筒，怕孩子的恋人听到。

我对她说，你哪里懂人家八〇后的心思，你伺候好狗和我就成了。

这时我想，这爱，往往是上辈对下辈的，到了下辈，就不体贴了。同时，亲人之间，其实是很陌生的，乃不亲之亲。

晚间的鞭炮更暴烈，好像天被炸裂了，陨石纷纷下，让人惊惧，

2013年2月24日

清明祭祖

和老叔约好，今日率同族后人统一到祖坟祭扫。

祖父遗六男二女。二女中，一幼时早夭。据传，此女，颇伶俐，家人均喜。因家境蹇仄，一直穿家人的剩衣。十二岁那年，祖母怜其可爱，为其做一身红色新衣，女大喜，昼夜穿着，行走坐卧，概不离身。不日竟得一怪病，请医问药，求神弄卜，多方救治，也高烧不退，殁。祖父据此得出结论并告诫后人，贫贱之人，应安于贫，不能有意外所得，更不能暴富，因为他（她）承受不起这多余的福分，会"烧包"，会鬼迷心窍，因而也就折寿。

这对后人有作用。他的子孙后代，大都安分守己，不觊觎，不奢望，更不动非分之想，贫在贫中，乐观自持，多有作为，被乡里敬重，终成"望族"。

另一女，儿孙满堂之后，因病而逝。他的大女婿，是优秀教师，二女婿是大老板，小女婿是地区党校的校长，虽不假天年，临终前也是满脸微笑。

六个儿子中的前三位，我的大伯、父亲、三叔都走在父母之前。祖父对祖母说，咱俩这么无用，却活得这么长久，八九十岁，还无病无疾，把儿女的寿命都挤占了。以至于，在身体很健朗的情形下，他们毫无先兆地走了。由于走得有些“急”，生命好像是自愿地放弃。

他们后边的三个儿子果然活得好，即便是疾病缠身，腰身塌陷，也有长寿征兆。

这三个叔辈之中，四叔、五叔依旧生活在家乡，只有老叔在外，由于是公务员，见多识广，公推为灵魂人物。而我，由于是祖父的长孙（其实真正的长孙是大伯家的大哥学，而学因为贪念儿子，让贫血的爱妻高龄生产，终至发生事故，母子双亡，愧恨之下，他酗酒自残，于前年诱发心脏病，遂了早死的心愿。这在我的散文《山石殇》有详细记载。），也由于有一个职务、有一个所谓“名人”的影响，被家族的人看重。所以，祖父身后的子子孙孙，都愿意让老叔和我“带领”。

祖坟选在家乡的高山之巅，一个叫“伯勒洼”的地方。高山挺拔，居然就在临近山顶的地方，有一块平地。避风，土厚，能容得下棺椁，可以安魂。绝对是一块风水宝地，后人不得不由衷地佩服祖上的眼界。

但也给后人留下艰辛。

由于京西山村允许土葬，要把沉重的棺椁抬上巅峰，就有了外人，特别是山外人难以想象的难度。十六个抬杠的，一百号拉纤的，默默地在山壁上移动，加上纸钱纷飞，那个阵势，惊魂摄魄。当前社会，青壮都出外打工，留守的都是老弱病残，出殡的“壮举”是吓人的事情。所以，村里衍生出“两不起”，即病不起，死不起。

父亲去世之后，我先把他火化，然后抱着骨灰盒上山，解决了登巅之难。虽然我的理由很堂皇，因为他当过支书，至今还是党员，但家族里的老人，还是暗骂我忤逆不孝。他们心知肚明，不会被表面所欺哄。骂则骂矣，后生们却也心中赞许。我的做法，给了他们一个有所依托的理由，他们就不“难”了。渐渐地，效仿者一多，就成了风气，老人们就默认了。

但祭扫是必要的，后人们还要承受攀登之苦。

现在的人，被烟酒、美食弄得腰腿疲软，攀爬不久，就心跳不止、气喘吁吁，以至于望峰兴叹。个别后生啧有烦言：这老祖宗真是不开眼，把个祖坟弄在这么个地方。我厉声斥责，作为后代，你无论如何放纵，也不能失去对祖上的敬重！

但这攀登之苦也的确是苦，过了四十五岁之后，一临近山脚，就闪出一个下意识的“不愿”。但因有“带领”之责，不能表现出丝毫的犹豫，就强迫自己踉跄行步。所以，每一次祭扫，都是知难而上，都是对自己心力和体力的一次考验。去年我带着即将娶妻的儿子祭扫，意图是要他记住祖坟所在，在我体力不支的时候，让他代我尽职。他爬得潇洒、轻松，对我等的蚁行之状露出嘲讽。他刺激了我的自尊，也引发了我的思考：下一代的轻松，是青春本能，待他们举步艰难的时候，是不是真的知道祭祖之重？他们很有可能选择放弃，而这种放弃，是严重的，意味着与根脉的断绝；而这种断绝，又意味着忘记来路，生命进入浮漂境地。弗洛伊德的《图腾与禁忌》早就告诉我们，一个没有图腾的民族，是衰落不前的民族；一个没有禁忌的人，是放纵无为的人。于是，我给自己下达了一道指令：只要自己还活着，这座山峰，每年都要亲自爬上去；一旦不能攀爬，就意味着生命的即将终结。

在跟自己较量的同时，也是要给后人一个坚定的坐标，把他们框定其上，有所参照，有所皈依。

今年我已经五十岁了，在农村，五十岁就是老汉了，就意味着人生之退。一个“退”字，让我无法容忍，所以，一到山脚，我就径直向上爬去，我要宣告自己的不老，也要宣告，鄙人的生命，从五十开始。

居然第一个爬上来，而且还感到了近年来从未有过的轻松。

祭扫完毕，我环视群山，感到祖上的选择是对的。因为，祖坟所在，背靠大山，面朝远滩，立足坚定，放眼开阔，寓示着家族的沉实来路和远大进伸。

巡视脚下——老树铁干，簇生新芽；墓草繁盛，固土有本；灌木发达，纠集成片；小鸟栖枝，自由啁啾——一切都是和谐之象、兴旺之象。

我内心欢喜。

一喜风水之好，二喜物候有灵，给人以蓬勃不衰的暗示。

回归祖宅，大家簇拥而坐，吃农家饭菜，喝自酿老酒，幼敬老，老敬幼，叙亲情话语，拉平安家常，都感彼此亲近，感情深厚。虽平日里劳碌于生计，各奔东西，很少谋面，但一旦相聚，共念祖上恩德，共忆往日岁月，共商发展谋略，好像彼此之间须臾都没有分离。

我与老叔相视而笑，因为我们心里明白，其实祭扫祖上，也是祭扫活人的心灵，扫去世事的浮沉，抵抗物欲对人的疏离，看到人性的模样，让亲情永在。

2013年3月30日

母爱的重量

周末早起，总有愁绪萦怀，隐约感到，应该干点什么才是。

对，去看望母亲。

母亲患高血脂、高血压、冠心病，又有腿疾，然而一直独立而居，坚强在坚强里。几种药物都是我买，而社保卡有限制，“贪”一下也没几粒药丸，就索性自费。其实是舍不得时间，一下子备下一二月的用量，我可以安心于创作。如果像那些无所用心者，每周都出现在社保的窗口，也自然可以省去那过多的花费。但钱与时间相比，我自然选择后者。

到了母亲的住处，居室的门竟锁着。

想到母亲灶间的煤气可能缺了，就径直到了配房里的灶间。

虽然从入冬到现在已数月用度，但煤气罐的重量还是很沉，母亲真是用得节俭。我所居的小区通了天然气之后，我的煤气本就给了母亲。指标内的煤气一罐才四十三元，她居然也这么撙节，让我心酸。

不久母亲回来了。我大声叫一声“妈”，她答应得脆亮，亮的还有她的目光。五十岁的儿子还像小时候那样叫她，她心中受用。

她说，我去村西头的小店，去吃了两根油条、一碗老豆腐。

我说，您血脂高，少吃油腻的为好。

她说，你妈就好这口，谁管它好不好。

她突然想起了什么，戳着手中的木杖，急迫地朝灶间拽去。她的腿疾在膝盖，关节劳损，不能直，“拽”是快速的动作。

她掀开锅盖，说了一声“完了”，就朝我傻笑。

母亲每当做错了什么事情，就是这个表情。

原来，她知道我爱吃田间的苦苣菜，就拖着病腿剜了一些回来，她也推断我今天会来，就上火焯它一下，好让我省去环节，直接带回去凉拌。但她忘了马上捞出来，就一直浸在热水里，软了。

我打趣道，软就软了，省得费牙。

她说，吃野菜就得用牙，有咬劲才有味道，看来，你妈真是老得没用了。

我说，没用也是妈，站在那儿就有用，让我感到，自己虽然足够老，但依旧年少——因为父母是儿女的尺子。

她说，我儿子就是会说话，总是哄妈高兴。

我一直以为，孝顺的前提是“顺”，不仅要供奉钱物，更要供奉好心情。

进了她的房间，我扶她坐下，问她腿上的浮肿消了没有。她毫不犹豫地回答，消了。

她长期服用降压药，有药物反应，中医叮嘱，要时常服一点五苓胶囊，祛湿化瘀。服用之后，果然见效，浮肿渐渐地消了。

由于她回答得果断，我便心中生疑，蹲下身去，挽起她的裤腿——脚腕亮而腴，一摁一陷，实实在在地肿着。

我说，您是不是停药了？

她答非所问，说，一个腿肿，既不碍吃喝，又死不了人。

我说，您老真不听话，几粒药也花不了几个钱。

她马上追上话茬儿，还没几个钱呢，小小的一盒药就好几十块，腿不肿，我心肿。

我说，怎么就心肿？你儿子堂堂的一个处级干部，国家公务员，每月工资好几千块，能把药店里的药柜子整个给您搬过来。

你就吹吧，她说，这人就怕算细账——我孙子到了娶媳妇的年纪，你要给他买房子、买车子，还不都得要票子？你是属兔的，即便是肥兔子，也拔不下几把毛来，除非你去吃夜草、去取身外之财。这种事你甭说是去干，就是想一想，我也都整宿整宿地睡不着觉。

我说，您老放心，我是个文化人，明白事理，不会发生您所担心的事。

这可不见得，她说，有的时候，越是明白人，越会做糊涂事，比如你叔伯二舅。他那时当着村里的支书，历来大公无私，但那年水灾之后，上边送来成车成车的救济，堆在场院，像座小山。以为毛多不显秃，不易被察觉，顺手就往家里多拿了几捆布匹，他家里孩子多，都露着腚呢。不期就被人发现了，举报到上边，被拷走了。大家都知道他不是贪心的人，是一时糊涂，都为他求情——批评教育一下就成了，切莫拷人。上边说，盗窃救济物资不同以往，要严办。你看，好处这种东西身上就有“邪劲儿”，会让人身不由己。

我说，虽说常在河边走，哪有不湿鞋，可我待的单位，是清水衙门，没多少油水，即便是想“湿”，也湿不来。

她说，你这又错了，为什么？你看，咱们村前这条马路，常有拉煤的车经过，稍一咯噔，就会掉下来一些煤末子，虽然不起眼，只要你常年地捡，也能捡出成吨的煤。你再看，东头占地拆迁，拆剩下一些碎砖烂瓦，都以为是弃物，可我一点一点地捡回来，也堆成了一大垛，也盖起了一间厨房，这你是知道的。我的意思是说，再零碎的东西，就怕捡，捡多了也成气候；再寡淡的油水，就怕刮，刮多了，也肥。妈知道你是个本性清正的人，但就怕你身后有用度，一有用度，本钱不够，就会自生邪心，所以，咱们必须算计着花钱。

母亲的一番话，让我看到了母爱的模样——母爱，总是垂下身来的姿态，是无我的呵护。那么儿女呢？要想无愧地承受这自上而下的大爱，就要站稳了脚跟、挺直了腰杆——因为爱是有重量的！

看一眼母亲，由于齿稀而唇瘪，由于衰老而发白，让人感到岁月的锥心，便情不自禁地把她抱进怀里，眼泪不请自来。

母亲眼里也有了泪光。她毕竟多病，无奈于生活，承受不起这过于温柔的情感了。面对这样的母亲，我暗暗对自己说：对她最大的孝顺，乃是更加清正地做人。不让她担忧，不叫她分神。

2013 年 4 月 13 日

叹友人

本区的散文家董华，今年六十二了，虽然在文学上有不俗的业绩，但退休前，也只是《房山报》的普通编辑，并没有得到家乡的倚重。

从他身上可以看到这个地区文化土壤之薄、文化风气之稀，还没有给杰出者留下应有的位置。

但是，也有他自身的原因。

他首先是个落伍者，更确切地说，他是个逆潮流而动的人。突出表现，是他在生活上的不入“流”。

连普通农民都置备手机了，他还固执地使用传呼机，直至传呼台下最后通牒，才接受儿女为他准备的手机。有了手机也不开机，如果有什么活动需要他参加，十有八九也联系不上他。他找你，总是不期而至，来了就不走，要你请他喝二锅头。因有师生情谊，不忍冷落，便不管有多急迫的事情要办、多重要的活动要出席，也只好推辞。

他举止猥琐，穿着随便，无文人雅相，三九天光脚穿皮鞋，怪异之下还自得。现在社会，人人讲和谐，对他人，无论喜与恶，都面带笑容，亲切握手，而他则不然——对志不同者，他冷眼以对；对道不合者，他拂袖远离，绝不给表面的热情。现在的人，都有功利性格，是睚眦必报的，你怎么对人家，人家自然会相应地对你，所以，他的朋友不多。

人们都以入世的态度写散文了，关注世象，融入潮流，革新文体，变换手法，引文坛和读者注目，他则固守传统写法，一味地书写乡土物事，且刻意求工，字斟句酌，旬月只得千八百字，老旧而慢。至今仅有一篇万字长文，曰《垄间击缶》，还是以镂、耙、锄、犁等传统农具为子题，连缀而成。用力太狠，写得精细，因而也就琐碎，读之气闷，除三两知己，很少有卒读全篇者。

但在不入流的大格局之下，他也有很入世的一面。

虽然是文人，虽然写的是文章，应该拿到文场去检验，他却每有新作完篇，先到官场展现，在几个部门盘旋完毕之后，带着口实再回到文场，曰某某长、某某主任、某某主席如何如何说，言下之意，文场列位若不如此说，就没有眼光了。殊不知，官场和文场的评价体系不同，能共鸣到一起的时候并不多。相反，官场和文场都觉得没意思。因为，身为文人，平日里总是以文人习气行事，而不遵守官场规则，到头来却要官场承认，官员错愕，不会真心对你；而文场则认为，你既然是文人，干的是文章事业，就应该有文人风骨，就应该用文学观念衡文，却挟官场话语来强行覆盖，怎堪忍受？逆反之下，好文章也会被看轻。

我暗暗为他惋惜，但始终不曾说破，因为在官场行走经年，已有了很重的世俗心。另外，也有一点真诚的体恤——因为他写的是故乡文字，承载着地域文化的种种信息，便不仅仅是文学作品，也有对地区的知名度、美誉度有宣介之功，让官场知悉，也是必要的。其实。他的这种入世，也是一种“落伍”的表现，他对官场有幻想，寄希望于对贡献者有所发现，但他错误地估计了“形势”——文学已不是上世纪八十年代的旖旎风光了，被 GDP、被“政绩”、被各种功利目标，排挤得越来越边缘化了，严重失重，沦为小道，你再有文化贡献，也被视作是文人的雕虫小技。

他的这种“落伍”，对他自身的伤害是大的。为了让身边的社会承认，他给官员、给权势部门，还有所谓的企业家，写了大量的传记和纪实性文字，浪费了宝贵的才华，也落下了严重的脊椎病。他不愿意承认应景便无景的道理，当给面子工程写下的碑记，被刻在大理石廊柱上时，他会沾沾自喜，认为自己已经不朽。记得前年，他拿来十数篇碑记、碑赋让我在我主编的《燕都》杂志上集中刊登，自诩是旷世美文。被我婉拒之后，他认为我身有官气，不念旧谊，其实他不知道，我内心深处，正暗自流泪。

不过，他的应景文字，也给他带来了现实的好处，在老家的旧地基上筑起了堂皇的二层小楼，命名为“董宅”，在门楣上还镶嵌了由著名书家书丹的华丽宅赋，寓公俨然，领文人贵阔风气之先，让不少人眼红。有人说他俗气，还有人说他如果不是一个没有任何政治身份的自由文人，早被双规了。总之，是种种的微词和满脑袋的看不惯，甚至还怀疑他作为文人的品格。我却去给他温居，送去真诚的祝贺，觉得这是势利社会对他“盘剥”之后应有的补偿。

我对他始终是敬重的。

一是敬重他的为人。

他出身于普通农家，因文字，被以临时工的身份吸纳到县城的文化馆，做馆刊的编辑。由于跟主编的编辑理念不合，二人滋生龃龉，在“转正”节点上，主编出手，历数他种种不端，欲断其生路。好在文化局的领导惜其才华，有善待之念，从中调停，避重就轻，调他到最偏僻的一个山乡——十渡，去做基层文化站工作。饭碗虽保，但山高地远，夜冷星稀，孤寂之下，他有大苦闷。好在青山绿水能治病，他很快又振奋，想在落魄之中有所作为，证明人生。第一个证明，是成立了郊区的第一个文学社——绿谷文苑，引京都名人齐聚十渡，辅导、扶助基层文艺青年。第二个证明，是精选文苑成员的文学习作，到京城攻关，集中发表，激发业余作者的创作热情。他的公关手段，也是农民样式，一些山货、几只柴鸡，小气得动人，让编辑老爷心热，遂开绿灯，拿出版面。记得《农民日报》《北京法制报》就慨然拿出整版篇幅发社员作品。我是最大的受益者，两篇习作，均发头条位置，引起文坛关注。所以，他对地区作者、对我本人，都有培育之恩。

不仅在文学上，在生活中，他对业余作者也是关爱有加。记得1985年我在良乡建房定居时，覆顶的板皮或缺，他得悉之后，四处寻找，并亲自押着一台农用手扶送至宅院。当时情形，至今清晰如昨——长途而来，一路风尘，坐在车上的他，除了牙齿是白的之外，脸面已分不出颜色。饭也不吃一口，又匆匆离去，让我百感交集。

因为有这样的为人底色，所以，在日后的时光里，即便他有别人看不惯的种种表现，我都是看得惯的，并且自愿地行弟子之礼，让不少人迷惑不已。

第二层敬重，是他对文学的态度。

他行文严谨，讲究字词，写一篇小文，也下大功夫，反复推敲，吟安为之。贾岛虽然是房山人，但他的“苦吟”精神，也只有董先生忠诚继承。为了准确用字，他身边和案头，总是放着一部词典。“两句三年得，一吟双泪流”，他活在贾岛的余影里。看别人的文章，他也总是盯着人家的用字，稍一不合，就率然指出，眼里不揉沙子。也就多惹他人不悦，讥他为“技家”，暗讽他格局小。但他坦然以待，认为文字本身有性灵，不能欺哄——重文字的文章，虽然体量小，但也有大的质地；相反，下笔千言，无凭无据，总是空。所以，即便是写应景文章，也一丝不苟，精心打磨。他说，再世俗的表达，也要先过文字关。

他反对散文的虚构，恪守真情实感的理念，力求笔笔有出处。而我主张文字的纵横捭阖，只要有利于情感的表达，无须拘泥。他不以为然，认为我有游戏之嫌，是在卖弄聪明。所以，他自己的写作，总是迈不过他自立的那道门槛，即：求真、求实。这就使他不能高产，写得少而短。即便如此，他也不急迫，从容打捞生活所赐，沉醉在“纯粹”情怀之中。

在他那里，虽然文章不能给他带来现实利益，但他也心无旁骛，忘我投入，以至于无暇顾及儿女的教育和妻子的病。老妻目盲，儿女就业无着，他慨然长叹，身为文人，命该如此。但无论卑微、无论蹇仄，他都不抱怨，泰然处之，他接受磨砺，也接受自己。平日文友相聚，都论得失，都论不公，都伤世伤怀，都忧命忧运，而他，总是不为之所动，只以他固有的语调论文学。这不禁让人想到，他的文字，是身居地狱而仰望星空的结晶，是珠泪，是气血之魂。

眼下，这样的文人不多了，甚至是稀有物种。

但是，就是这样的文人，夯实着中国文学的基础，构筑着中国文学的尊严。

所以，即便他猥琐，即便他老套，即便他褊狭，种种不足，都可以忽略不计。

他值得敬重，而且，敬重他的背后，就是敬重我们自己。

2013年4月24日

又见麦秸

去探望母亲的路上，两边有麦田。

青亭亭的，微风一过，轻轻招摇，有幽香渺渺。

渺渺，是似有似无的感觉，隐约却实有。

别看现在青，再过周余，麦子就熟了，会是一片金黄。农谚云：草生四季，麦熟一晌。一进六月，麦子一会儿一样，如若遇热风，瞬间就熟。

望一眼麦田，心中一片温暖。

午间闲翻今年第六期《小说选刊》，竟看到有卢芙荭的一篇短小说《麦垛》。题目的吸引，让我率然阅读。读过，觉得亲切，一如己出。

小说写了一对到城镇的工厂打工的男女的幽会故事，地点是工厂外一片残存的麦田。他们“躺在新麦草上听着野虫的鸣叫”，爱情很泛滥。男人觉得，新麦草闻起来很香，跟女人身上的味道一样。他们找到了被城市淹没了的记忆，回到以往，能感到生命的存在，觉得自己的爱情很庄严。男子说：“要是你怀上了，我们就给孩子取个名字叫麦子吧。”

城市的高楼大厦，割断了与土地的联系，让他们仓皇，幸亏发现了这块麦子，才有了踏实的感觉。他们希望明天还有这块麦子，即便是挣得少，也富得流油。

可是，他们也知道，明年也就不会有这块麦子了，所以，他们蓬勃的爱情里有了一丝忧伤。作者当然是在“象征”，他是以城市的视角，为农村文明唱挽歌，有动人的魅力。

它引起我的联想。

爱尔兰的土地诗人彭斯有一首著名的诗篇叫《好姑娘躺在田埂上》。中心意象是“麦田有好埂，好埂上有好姑娘”。躺在田埂上的姑娘，身体舒展，心中盈满，呼唤质朴的男人走近。

在田埂上的人，没有物欲，只有本欲，一如土地希望种子，为了发芽、开花、结果的自然需要。

我在上世纪九十年代初也写过一篇名叫《麦秸》的散文。其中说：

> 故乡的土地贫瘠，麦子没打多少，麦秸却有硕大的一堆，稚童去堆上滚，成一种好游戏。暑中雨多，麦秸便被淋得精透，待阳光一出，竟倏地生出一片一片金色的平顶菇，村人采去，好吃得很。那时，一场暑雨一场菇，神奇的麦秸，给我留下了深刻印象。
>
> 于是，到了平原，最感兴趣的，便是田畴上的麦子。
>
> 平原的麦秆茁壮得很，用指头在上面敲一敲，就发出沉实的声音。在垅间坐着，青青的麦秆会发出青涩的香味。这香味与青春的香味或许有相通处，反正我很喜欢这种味道，久久地嗅着，若期待着一种莫名的温柔。
>
> 刈麦时，将一束麦棵揽到怀中，顺其倒势而下镰，便听嚓地一声响，麦秆便很忘情地投到臂弯里了。投到臂弯的瞬

间，干草样的香味，就突然从切口处喷射出来，鼻息便肆意地吸进去，得一刻的沉迷。臂弯里的麦束，不仅沉实，而且温暖，若幽火幽幽地烧，直烧到人的筋脉里去。于是，僵直的四肢，便猛地活络起来，手中那一柄镰，就唱得很欢畅。

这是太阳的功力。

麦子一生都被太阳照射着，麦秆里贮满了太阳的热情，一束麦秆，便是一束阳光。阳光是抓不住的，但可以抓住麦秆，于是，劳动着便温馨着，劳动着便幸福着，在这里，便不是一句空话。

一个朋友来，倾诉其化不开的忧愁。我倾尽真诚，以情以理去抚慰他，却不见那一张阴郁的脸，有半点舒朗。我便无话可说，陪他沉默着；那一团阴郁，便也一点点地啃啮着我。我开始烦。突然，我想到麦秸。便拉起他的手，朝原野跑去。在朋友懵懂间，找到了一片麦场。场上正有新麦的麦秸堆着。我说，就在麦秸上躺一会儿吧。

躺在麦秸上，朋友仍要唠叨，我说，什么也不说，什么也不想，只须静静地躺一躺。

就躺着，数天上的星星。

夜深了，看一眼身边的友人，见他大大地睁着眼睛，眸子里的星星也很亮。我说，回吧。

他说，再躺一会儿吧。

我暗暗地笑。麦秸里，一束束太阳的火苗，在幽幽地烧燎着他，心中的块垒，快被烧化了。

归来的路上，朋友说，躺在麦秸上，竟这般舒服，舒服得要死。

但他活了。

他原来生活在虚空中，现在他与地气交接，输进了一种沉实的东西，感到忧愁类似无事生非，是额外的闲情，一如奢侈。

事后，我想，麦秸是最质朴的，生活和感情的内核不也是最质朴的么？质朴是一种自持，质朴是一种本分，质朴可以安神。于是，拥抱麦秸的时候，我们能听到真纯的声音，羞于产生多余的欲望。一如守着成堆的金银，肯定会放纵地消费，身临清溪，首先想到的则是净洁的洗涤。麦秸和山树往往不是物，是随处可遇的菩提，它们关乎土地道德，是美好情感生成的土壤。

所以我觉得，离土地近一些，是好的。

这篇文字，把我自己都感动了，便把它投给在《文艺报》编副刊的冯秋子，因为她是“新散文”写作群体中的战友，心气一定会相通的。却被她退了，曰“空泛”“浅”。或许她出生于草原，离麦子远，不知其中消息。她拜马鞍，不拜麦子。

后来是同在燕赵大地出生的刘江滨在他主编的《燕赵都市报》副刊头条发表，还称其是“至美”之文，能见心路。刘江滨还说，甭说躺在麦秸上，就是看一眼翻滚的麦浪，我已是身心温暖，纯净无滓。

本来我有许多机会能进京城发展，为什么至今还在一个叫“良乡”的乡下小镇居停，系对麦子这样的质朴情感、土地性情的牵挂和留恋使然。

人和麦子一样，在适宜自己的土壤上，才欢快成长、适意生存。

而且有麦子的土地，正是诗意生成的地方。

海子就是麦子的最深情的歌手，他说：

粮食
是图画中的妻子

反复抱过的妻子是枪
枪是沉睡爱情的村庄

2013年5月26日

爱之殇

今天是端午节，是纪念屈原的日子。未必人人都知道屈原，但却成了人人都可以公享的假日——职员工休，市民喜庆，休闲、美食、团聚、旅游，多一份福祉。屈原不死。

一早出门，遇到一老者，无言地点点头。我与他已做了十八年的邻居，是一个小女孩出落成 18 岁美女的年华。他衣着素朴，提着一个黑色皮包，步履轻稳，向阳光升起的地方走去。他的剪影挺拔，不似老人，让人感动。

我走近车子，阔大的前挡风玻璃反射着阳光，异常刺眼。我心中一动，麦子得救了。

连日的阴雨，如果不及时响晴，就会霉在地里。看来，屈原有大悲悯。

白天忙乱，但一闲下来，就想那老人。

老人足够老，儿女成群，且都已成家立业，整体地家境殷实，其中还有一女儿是大款，能护佑隔代人。老人便没有生活负担，也不向儿女伸手，靠自己的退休金过活。但他有感情负担，不快乐，整日里沉默寡言。

他青年时有一段自由恋爱，麦地、瓜田、窝棚、街头，总能见到他们如胶似漆的身影。男子俊美，男子温柔，感情深沉，自然也有性。然而女子家贫，而他又出身于一个人丁繁盛、多嘴的家庭，倘若结合，将是贫上加贫的生活。父母惧，强制拆散，逼他娶了一个富户女子。他曾抗争，对父母说，她身心都已给我，且床上的恩爱，让我销魂，不忍离弃。父母说，在日子面前，床上的事再大，也是小。

那个女子拖着身孕嫁了他人。生一子，绝顶聪明，也勤谨不惮苦，机会来临，就大发达，扶助弟妹，共同奔小康，是远近闻名的富庶家庭。然而父亲抑郁，在好日子来临时逝去。因为夫妻之间，除了生儿育女，无感情交流，他病于情。念母亲凄惶，儿女孝顺，她生活无虞。虞的是心灵落寞，不感幸福。

那个老人也如是。全家富足，老妻健康，在客厅里听儿女谈笑，觉得自己是多余的人。终于有一天，他提着皮包出走，数日不归，儿女找寻不见，欲登启事寻人。他们的母亲摆摆手，说，你们只需到某地某小区找某人。果然找到，拽其回家，当着母亲的面斥责道，你已到了儿孙绕膝、德高望重的年龄，却如此不自重，还红杏出墙。他苦笑一下，说，我的这棵杏，从来就没在墙里长过，不信就问你们的母亲。他们的母亲说，自打把我娶进门来，他从来就没给过我恩爱，就是在床上，他耕种我这块土，也是吆喝别人的姓名，他是一头牲畜。言罢，大哭，惹儿女大恨，说，闭其门，饿其饭，看他还有没有多余精神。闭其门，他就径直去找那个女人。由于他的儿女登门吵闹，女人不再敢留，他就去住旅馆。饿其饭，他就到街头小馆吃包子，慢慢地咀嚼，呆呆地望着门外。

后来老人终于摊牌，对儿女说，我要离婚。他说，以前隐忍，是因为生活苦，我得担起日子。现在你们都混得好，不需我来牵挂，我可以走。儿女说，那个女人有什么好，老女人一个，还不如我们的母亲年轻。他说，在我心中，她再老，也年轻也美——我就爱闻她身上的气味，就爱躺在她的怀里，摸她的奶，一句话，只有在她那儿，我才觉得自己是个男人，才不感到老。儿女们惊愕，儿女们的母亲，却撕开自己的前襟，哭着说，我也有奶，还是比她的还肿的奶！他摇摇头，轻声说，你那是一块死肉。终于整体地爆发了，关于老不正经的一些词句，都从儿女们的口中比肩接踵地骂出。他始终微笑着承受，因为他知道，泄愤之后是无愤，离自己的解放之日就不远了。儿女们的母亲说，在儿女面前一点尊严都没有的人，还配做什么父亲，还不如死。他说，没有尊严，就有了自由，我可以理直气壮地为自己活。

然而离婚的技术问题却成了障碍。存款，房子，所有家产，儿女们都不允许他参与分割，如果一意孤行，只有赤身离去。女人那一方也如是，虽然他们尊重老人的感情，却不能允许财产的分离，他们爱财产，胜于爱爱情。于是，爱情在岁月深处，还是流放在麦地、瓜田、窝棚、街头，虽然他们说，痛苦一生终于知道，床上的事虽小，对于没有来生的他们来说也是大的，但是他们毕竟已是白发老人，一处屋檐，是重的。

妥协的结果，是老人的儿女把母亲接走了，并断绝了与他的父子关系，给他留下一座空巢，让他独享生活之冷，也默认他没皮没脸地去幽会他远处的爱人。女方那边的儿女也有明确规定，他白天可以来，但晚上必须离去，因为儿孙们下班归来，他的存在，会让大家感到不名誉。而且，隔辈人纯洁，容不得“污”，会让他们感觉羞耻，于健康成长不利。

于是，每到早晨上班的时候，都能见到老人提着皮包的身影；每到下班的时候，也能如期地看到老人准时的归。好像远处他有一个永不退休的岗位，工作繁忙，牵系大局。

不过，死亡的阴影总是追踪着他。夜半心脏病发作，他只有求助于儿女；儿女们也尽责，会及时地呼应他的求助。但只见救护车来，不见他们的身影，他们靠钱办事，耻于用情。街坊邻居悯，乐于帮助，他均是委婉拒绝，因为儿女们有规定，不允许他与熟人接近，以免话多语失，泄露了家中消息，让家族蒙羞。所以我每与他相遇，热情问安，他也只是点点头，匆匆地走过。他爱他的儿女。

然而他的女婿与我相熟，酒后失言，让我知其遭遇。而且女婿也有一相好，系钱多生事，暗中奔走颇以为苦，对岳丈还有几分羡慕。他也希望速老，因为老了可以忘却颜面，可以被宽恕，可以公然做鹊桥会。我说，你与你的岳丈不同，他的爱情是根性的成长，而你的则是随手种植，不关收成，一旦老，会时过境迁，生出悔意，所以，你最明智的选择，是规规矩矩。日前他告诉我，他已给那个女人一笔钱，把她打发掉了。因为与她偷偷摸摸之后，见到自家女人会满心愧意。

晚间，又遇见那个老人。迎面走来，步履从容，表情淡定，夕辉洒下，给他勾勒出金色的轮廓。我感到这个有故事的老人，他很尊贵。

咀嚼着他的悲壮与决绝来纪念屈原，也是对的。

2013 年 6 月 12 日

一个父亲的婚礼训词

进入9月，心里立刻就像长了草，紊乱，浮躁，除了应对日常工作，不能安心读写，其间，仅因《北京日报》“作品”版主编陈戎逼迫，令写有关母校和老师的征文，以开栏。断断续续地写了一篇近四千字的《母校永在》。以往，这等篇幅会一蹴而就，这次，却写了一周的时间，从18日起，到24日方完成。

其中因由，是筹备小儿婚礼。婚礼时间定在9月20日，阴历8月16日。

筹备事宜颇琐碎，头绪也纷繁。

现在的人，颇重视婚礼，要体面正规，需要场面，不似我等旧时方式——择一晚间，花五十元买一些瓜子、花生和糖，请支部书记主持，简单地宣布一下，接受一下同事们的祝福，就有了被见证的婚姻。

但恰当前贯彻中央八项规定，不可大操大办，便在“党性”和民俗间游移，苦苦探寻一个适宜的尺度，既要热烈，又不能铺张，更不能给人留下借机敛财的印象，便颇费神。

首先是圈定参加婚礼的人员，不能有官员，只能是亲属和平民朋友；其次是婚宴规格，人要少，饭菜要简单，趋于家常；再次是婚礼场面，有鲜花，有灯光，有个基本的浪漫氛围即可。

横竖在体制内生活了三十年，自然有众多官员朋友，因不被邀请，许多人闻讯前来“指责”，说我矫枉过正，不近人情。我不厌其烦地解释，颇费口舌。场面简化，还要与一对亲家反复沟通，求得谅解，也颇不易。饭店也选在乡下，因地点偏僻，还要为亲友描绘乘车路线，每天都要接到咨询电话，不停地重复相同的内容。

一切都在纠结中，自然就不能正常读写。

终于挨到了 9 月 20 日，婚礼的举办日。

婚礼前一天，整夜失眠，不是因为大喜，而是觉得人生进程太快，自己还没有潇洒够，竟然就当公爹了，一点都不真实。由于后人的催促，一下子就有了老的感觉，很不心甘。

由于失眠，本不想在婚礼上多讲，只讲几句感谢、祝福的话，填充环节即可，没想到亲家精心准备了讲稿，讲得热情洋溢，让我有了压力，怕亲友小觑，也就认真地讲了。不期竟赢得了喝彩，许多人还被感动得热泪婆娑，以至于被亲友们认为是婚礼讲话的“范本”，都要学习。祝勇、徐迅、荆永鸣还开玩笑说，贾平凹在女儿婚礼上的讲话，在《美文》上发表了，冠以《一个父亲在女儿婚礼上的发言》，且流布很广，成文坛一段佳话，你的发言盖过老贾，可整理一下，在杂志上发表。

我没有那个雅意，就整理在日记里：

尊敬的各位长辈、亲爱的各位同辈、可爱的各位晚辈，大家上午好！

我一直认为，不被分享的快乐，不是真正的快乐，不被见证的婚姻，不是完美的婚姻，而你们的到来，给了这对新人这种分享、这种见证，使他们的快乐更加饱满，使他们的婚姻更加神圣，所以，你们是爱情使者、赐福之人，因此，我代表我的全家，对各位的光临表示最热烈的欢迎和最诚挚的感谢！

大家都知道，现在的人，都有追求完美生活的强烈愿望，有了梧桐木，还要凤凰来，有了金枝摇曳，还要玉叶闪光，有了璀璨珍珠，还要碧玉晶莹，这样就有了丹凤朝阳、金枝玉叶、珠联璧合的大美胜境。而我们的凤凰、玉叶、碧玉从哪里来？来自眼前这对亲家的辛勤哺育、培养和奉献，是你们给了我们一房既美丽大方，又才华横溢的好儿媳，因此我和我的夫人向你们、和你们身后的两个家族送上我们真诚的谢意，并祝你们家族兴旺、福寿两全！并且请你们放心，我们一定会像亲女儿一样，疼她、爱她、呵护她、善待她，不叫她受一点委屈。

面对一对新人，我想要说的是，你们在恋爱中的爱情和宽容，是一种激情，是一种新奇，是一种本能，是一种浪漫，而进入婚姻之后，爱和宽容，就要变成一种生活习惯——习惯于用爱的眼光看对方，对方处处可爱；习惯于用宽容的态度与对方相处，对方处处可亲，这样你们就进入了和谐的胜境，你们就永远甜蜜了。请你们记住这一点，并祝你们琴瑟相合、白头到老、永沐爱河。

同时我要叮嘱两位新人，在悉心经营你们的爱情生活的同时，要以感恩之心，要竭诚孝敬、赡养、服侍双方父母，因为父母是你们的生命之源、爱情之基、幸福之本，只有不忘来路，让父母幸福在你们的幸福中、快乐在你们的快乐中，你们的幸福和快乐，才有纯粹的质地，这是人间伦理、天地道德，你们要自觉地、牢牢地记在心里，切实加以履行。

我也看到，为了给一对新人一个完美的婚礼，许多人都付出了辛勤的劳动，包括婚车、司仪、灯光、音响、摄影、录像、沙画表演和酒店服务，为此，作为事主，我要致以深深的谢意，并且请你们相信，你们的付出，我们一定铭刻在自己的记忆里，念念不忘，而且我也相信，这份恩德，也会在一对新人的爱情史册中，写上最浓重的一笔。

最后是我的祝福，祝大家步着一对新人快乐的旋律，每人每天都快乐，沐浴着一对新人幸福的华光，每人每天都幸福。

谢谢大家！

婚礼圆满礼成，倒头大睡，醒后称体重，锐减四公斤。看到婆娘幸福的傻笑，我感到她很陌生。

2013年9月26日整理

情爱的领路人

午睡前，突然思念表妹华。思念得有些心痛，全不似五十岁人应有的那种。五十岁男人的思念，应该是淡淡的，温馨的一点回甘，提醒自己曾经年轻过。却依然强烈，像还在当年的情景中，心绪大乱。

华的外祖父与我的祖父是一母同胞，华的母亲比我父亲大，我叫大姑。大姑玲珑而白，美得惊人，便得以嫁给京西矿务局保卫科的一名干部。这是乡下女人最好的归宿，一直遭人嫉妒。

那年春节前大姑来省亲，正赶上我的父母打架，我给他们拦架，棉袄被撕破了，大姑拿过针线给我缝补。棉袄就穿在身上，她个子矮，就让我坐在矮柜上，她站着动作。她面庞真是秀气，不像山里出身的人，看着她光滑的皮肤，我心跳不止，但不敢呼吸，怕吹破了她的脸。

我很希望她经常回来。

但是却很少回来，因为她有关节炎，不便走山路。我心情嗒然。

后来，回来了一个替代品，就是她的大女儿华。

第一次见华的时候，我十七岁，华比我小一岁。虽然是第一次见面，我却觉得跟她很熟，好像是一同长大的一样。因为她长得跟大姑酷似，只是比大姑高，身体有曲线。

她回老家那几天，我们总是形影不离，她说我是第一个她看着长得好看的男孩。我们之间产生了相互吸引，她不仅年关回来，即便是暑期，也打着看望外祖父的幌子，回来和我相聚。

我们整天在山场上跑，看山、看树、看百花、看畜，也互相看。

有一天汗湿了衣衫，她躲进屋里擦洗更换。过了一定时间，我觉得她肯定是换完了，就推门而进。她却还光着上身，不禁低声叫了一声，试图遮掩。我说，怕什么，我是你哥。她便停止了遮掩，整个胸部就进了我的眼。她的两个乳房真美，像两个刚蒸熟了的馒头。我居然毫不思索地说了一句，妹，你就嫁给我吧。她从容地穿好衣服，笑着说，你真愣，我们是血亲，生出的孩子，不是残疾就是呆傻。我痛惜不已，难过地哭了。

她好像也有些忧伤，把我的头揽进怀里，爱抚。她的指尖像有热流，从我的头顶传递到脊椎、尾骨，我瘫软地往小里抽缩。我突然有了一股冲动，双臂紧紧地匝住她，毫不商量地亲吻。她居然驯顺地接受我的亲吻，我们的嘴唇咬在一起、舌头纠缠在一起。她口腔的气息真是醉人，像甘草、像桂树在阳光照耀下蒸发出的那股香味。

她让我有了性的意识，觉得自己是个男人了。

后来，我上高中、上专业学校，自然有女生向我表达爱意，但我表现得很迟钝，不做积极的响应。因为有华装在心里，并作为尺度，她们都显得很平庸。

有一天华说，你正经也算一个美男子，人也聪明，怎么也不见一个相好的女生？我说，我笨，不会勾引。

她说，那我教你。便如何如何容地训导一番，声情并茂，有很强的现场感。她问，懂了没有？我说，懂是懂了，但还是不想勾引。她问，那你想勾引谁？我说，就想勾引你。她一笑，我不用你勾引，早就给你预备着，你什么时候想要，就什么时候给你。

她的话把我吓坏了，虽然清白无猜地待在一起，却突然觉得自己很卑鄙，很罪恶，对不起美若天仙的大姑那一针一线。从那一刻起，我不再敢坦然地看她，也不像原来那样随意地说话，交谈时，也总是挑拣词句，止于不破坏美好。

这个结局，好像是她的预谋，因为她说，哥，你这个人很好，将来会是一棵大树，而我不过是一棵小草，大树总往高里长，而小草一辈子都趴在地上，你不能被小草绊了脚。

奇怪地，她关于“勾引”的玩笑，反而让我感到，男女之爱，是自然而然地走近，而不是来自有意识的勾引，一如我和华，一见面就不陌生，就想待在一起。

我走上社会之后，有一个现成的择偶标准：一要有华的影子；二要自然而然地走近。

我结婚后，她很快也就把自己嫁了。在这之前，我并未听说，她已给自己预备着恋人，便情不自禁地问她。她说，矿务局的女孩儿，整天闲逛，最擅长的就是跟男孩儿玩在一起，并且把他们弄得神魂颠倒，心甘情愿地为你花钱，供你白吃白喝。我是这方面的老手，给自己找个小白脸还不是轻而易举？说完就大笑，笑到最后，竟笑出泪来。怕我看见，猛地转过身去，狠狠地擦了，回过头时，笑容依旧灿烂。我知道，她心中有隐痛，她在极力遮掩。

不到两年，她就离婚了。这是我意料之中的，心中厚了一层无奈。

她后来又嫁过一次，并有了一个女孩儿。但又离了，因为那个男人酗酒，擅勾引别的女人，整天在外边鬼混。

新纪元的春节，突然接到她的电话，说要见我一面，有事求我。在五棵松的一家湖南菜馆，我们见了。她的身材没变，面容也如昨，只是笑时眼角有隐隐的鱼尾纹。她穿着一身为我旧时所喜的套装，立刻就勾起了我往日的思绪。但是环顾周围，旁的女人的时尚与多彩，衬得她有些暗淡与寒酸。便感到，再美好的时光也不会人为地留住，眼前的她也不再是过去的华了。但是，我立刻亲情盈满，感到有义务以哥的身份爱她。

她说，她有了一个自然而然走近她的男人，而且对她的女儿也百般怜爱，她有福了。只是他是个普通的出租车司机，早出晚归，钱挣得辛苦，希望我在大公司给其谋个出路，能正常地回家。我立刻应下，一如信徒走上救赎之路。

调动多年人脉积蓄，终于为其谋得给一家大公司的经理当司机兼保镖的差事。那个经理有书香底蕴，亦有侠士古风，对其照顾有加，不仅高薪，而且体贴，忙完商务之后，还让其开公司的车回家，早与家人团圆。华真的有福了。

一如美玉易碎，红颜易衰，华的好日子也显得短。大前年的除夕，公司经理的座车被仇家劫持，对其大打出手。华的男人感于老板对自己的大仁大义，挺身而出，拔刀相助，把人意外地杀了，自然就走上了不归路。

我去看望华。本以为她会满脸的愁云惨雾，没想到她依旧唇红齿白，且薄粉敷面，用心地遮掩岁月沧桑。她告诉我，都近五十的女人了，情与爱、仇与怨、苦与乐，都不起作用了，只剩下不悲不喜地过日子了，所以，哥，你不必为我担心。

我感到，在此时，任何安慰的话都属多余，甚至显得恬不知耻，便轻轻地抱了抱她，走了。

回望时，见她倚门而立，满脸微笑。

这微笑是针线，是送给我缝补残缺的，但残缺在岁月里渐渐变大，已无法缝补，只能痛在命运里。

华至今独自生活着。她的孤独放大着我的孤独，一如树越大，阴影越大。

所谓阴影，就是思念，就是无望之念——它被原罪喂肥，并独自吞下。

2013 年 12 月 9 日

浩然与我

在区政协七届三次全会开幕式上，翻阅随大会文件发放的《房山文史资料》(第二十七辑)，看到肖文奎的文章《浩然——我的启蒙老师》，始知浩然与房山的缘分之始。

1959年，原《红旗》杂志文艺组组长郑公盾到周口店公社大韩继村下放劳动，与当地干部群众结下深厚友谊，1961年下放期满回原单位工作，把大韩继村作为文艺组的联系单位，遂派组内的记者、编辑浩然做联络员。浩然对农民有感情，经常下来，一来就住上一段时间，收集素材，发现典型，撰写新闻稿件。同时也辅导当地青年，带起了包括肖文奎、肖勇在内的一帮业余作者，扶植他们在北京的报刊上发表文章。

我认识浩然，是1985年年中在昌平召开的北京农村作者座谈会上。此次会议是由北京作协和《北京日报》郊区版联合举办。出席会议的名家除浩然外，还有刘绍棠、王宝春。王宝春既是剧作家，也是当时的《北京日报》文艺部主任。

会上，浩然、刘绍棠做辅导报告，前者比后者更受农村作者的欢迎，座谈时，争相叙说浩然与郊区农民的血肉联系。其中门头沟一叫高国镜的业余作者，诉说自己写作之艰，说如果没有浩然的鼓励，他的写作难以为继。浩然曾登门看望过他，所以，在写作上每遇到困境，睡梦中都能出现浩然菩萨一般慈善的笑容。有一次，浩然是赶着马车走向他，穿着一双老布面布鞋，他一激动，大喊一声浩然老师，就醒了。睁眼一看是父亲那张愚讷的皱脸，他伤心地哭了。高国镜边叙述边哭，弄得大家跟着他落泪。

第二次见浩然，是二十世纪九十年代之初，董华在十渡成立绿谷文苑，他在成立大会上讲话。后来董华在琉璃河造纸厂给他找了一间创作室，供他写作长篇小说《晚霞在燃烧》，遂有幸经常聆听他关于写作的种种言论，他还给我题过词：写农民、写苍生。董华要在《农民日报》《北京法制报》上推出房山作者专版，其稿件让浩然把关。后来董华本人告诉我，浩然看了我的作品，对他说，这个作者比你写得好，前途不可限量，因为他放得开，有灵气。董华对我说，当时他心里很不是滋味，很想暗中“扼杀”你，但农民的朴厚制止了他，就一边妒着，一边帮着。

看来，浩然的榜样有净化作用。

由于我的性情与浩然有差异，与浩然虽然相识，却始终没有建立更亲密的感情关系，算不得他的嫡传弟子。但我心中是敬的，所以，当他去世后三河文联《苍生文学》出版了他的纪念专辑，我托我在区政协工作时的同事、他的老相好、作家张玉泉代我索得一本，很珍重地保存，且不时拿出来翻一翻，沐浴一下他仁德的光辉，助我在寂寞的小道上坚定地走下去。

2014 年 1 月 6 日

想那人，真是至情至性

翻检旧报，看到一大叠《中国地震报》，不禁想到它的副刊主编陈焕新先生。

与《中国地震报》结缘，纯属偶然。那是上世纪八十年代中期，我在区政协工作。那时区委大门的门卫只是两个老人，还兼着收发和传达。不像现在，已有了五六十穿制服的保安。由于经常收到样报和稿费单，便与他们二位厮熟。那天中午，二人改善伙食，在传达室用电热炉白水炖猪肉，我借机买了一瓶二锅头，与他们喝在一起。邮差来，除了订阅的报刊之外，还额外给了一捆《中国地震报》，说是赠阅。我随手抽出一张随意翻看，发现它的副刊不像其他行业报纸只发图解有关业务的文章，而是纯粹的文学作品，而且还有当红作家钱刚、刘震云出现在版面上。二位看门人见我有兴趣，就说，索性你都拿去吧，反正也没人看。拿回办公室，发现成捆的报纸竟不是同一期的集束，而是一个月报纸的集成，而且期期有副刊，便喜出望外。总的感觉是，报纸编辑把副刊当作文学刊物办，小说、散文、诗歌、杂感、评论、报告文学，各文学品种一应俱全，且都是认真的创作。便猜想，这个编副刊的人，一定是文学中人，有对文学的敬重和一丝不苟的态度。遂产生了投稿的念头。

那时，我正创作“垭里风景”系列散文，试图把故乡的风物、民俗、人情、物事作全面的书写，以建立自己的文学共和国，一如莫言的“高密东北乡”。由于用笔特勤，产量颇丰，差不多两三天就有一篇三四千字的散文写成。密集的写作，需要密集地发表，除了文学刊物外，需要一张有严肃趣味的报纸作依托。便选了几篇退稿，照着报尾的地址，给那个叫“陈焕新”的责任编辑寄去。随稿件附了一封口气很大的信，说，焕新兄，我系实力派散文家，在各种报刊发表散文近千篇，薄有声名。日前偶见贵报，发现贵报副刊颇有品质，便寄稿与你，权作投石问路矣。其潜台词是，因看得起你，才寄稿给你，你千万要珍惜。果然他迅速回复，心中云：凸凹先生，您的文章老到、深厚、典雅，无丰富的人生阅历和深湛的文学功力所不能为，您能赐稿，是我们这张无名小报之大荣幸，叩首揖谢。大作将迅速安排，勿念。另，我 1952 年生人，系晚辈，不堪“兄”尊，还是叫我焕新吧。

由于我在文字上刻意追求古雅之风，已不能文如其人，虽然我比他小十余岁，却让他把我当成了老前辈，不禁窃喜。想到说破了会影响在他心里的位置，甚至影响发表，就索性装老，以后的信件往来，都保持着原来的语气。

文章果然迅速发表，发在头题，处理得异常醒目大方。而且以后的发表，总是头题，他不折不扣地给我名家待遇。他所在的报纸是周二刊，他每隔一期，就登我一篇，全没有其他报刊那种发稿禁忌。而且，他接连不断地刊载有关我文章的读者来信，好像我的文字真的光大了他们报纸的版面。我的虚荣心得到巨大满足，创作激情被极大激发，下笔神助，如泉喷涌。他持续不断地发表，我持续不断地供给，短短两年，就有了三四十篇的规模。于是，报纸形成了一种“凸凹现象”，整个系统都传颂凸凹作品，它的作者也不断给我写信，表达倾慕、虔诚取经。竟至报纸的总编辑、著名地震学家耿庆国先生也函寄于我，感谢我对报纸的支持。并且说，我们报纸的副刊，已成大气象了，在文学界都广有影响，因此我们要有意识地构建队伍、举办笔会，竖起减灾文学这面大旗。

为此，报纸与国务院减灾委员会联合举办了“人与灾害”征文，我的短篇小说《飞蝗》登了唯一的一等奖。而后，报社举办了颁奖暨减灾文学笔会，在这个会议上，我见到了副刊主编陈焕新先生。甫一见面，陈焕新先生就露出偌大的惊愕之色，之后怨怼道，你不过是一个面白无须的后生，却故作老到骗人至今，颇不厚道。我说，骗人有道，不为过，因为我们已心灵相通，成了知己，也是佳话。为了补偿您，今后，对您我不再称兄而称师，如何？他说，你必须叫我老师，以还我心理平衡。

的确应称师。陈焕新是著名的报告文学家，有很深的文学造诣，《中国地震报》副刊的地盘虽然小，他却用大文学的理念苦心经营，把副刊办得风生水起，以至于国家地震局、国家减灾委员会和国务院的有关领导，都喜读上面的文章，以休憩涵养自己。同时也被文学界倚重，吸引了一大批文学名人团结在他周围，包括钱刚、刘震云等。

后来，钱刚选择了在《中国地震报》做栖身之地。这当然有陈焕新的深切关心和诚挚邀请，关键是这个副刊对他有吸引力。但是后来，在编辑理念上他们二人发生了冲突，钱刚一味推崇名家而“轻视”系统内和身处基层的作者，有执拗骄横之气，这让陈焕新感到难以合作共事。陈焕新有大善情怀，珍惜钱刚的才华，也悲悯他的逆境之旅，就主动退出，到总编室当了主任。离开了自己酷爱的副刊事业，陈焕新郁郁寡欢，我曾与他的作者唐济泉、张振乾、刘军专程去看望，在他的办公室大喝老酒。也曾请他的全家到房山游山玩水，文学之外的感情愈来愈厚。到了二十世纪九十年代末，国家地震局进行人事改革，他提前退休，并开办了个人律师事务所，因为他绝顶聪明，有辩才，轻易就考取律师资格，并不断晋级，在办报时就已崭露头角。他的律师事务所也办得风生水起，有大收益，有豪车、美庐，生活富裕。

他自己虽然远离了文学，但是他极其关心我的文学。新世纪开元的一天，他突然邀我到他的事务所去，说要给我介绍一个对我的写作大有裨益的朋友。那就是现任中国作协副主席、大名鼎鼎的报告文学家何建明。此时何在国家地矿部《新生界》文学双月刊任主编，陈是刊物的法律顾问和专职律师。在万寿路的一家酒店，我们相谈甚欢，觉得性情相近，可以深交。与何建明认识之后，在他的刊物上，我发表了长篇散文《两碗酒话》。不久，因一篇报告文学与李四光的后人发生诉讼，何建明被迫调到《中国作家》杂志社低就副主编。2003年我写出了长篇小说《玉碎》，陈焕新老师认为是杰作，建议我拿到何建明那里发表。何读后也认为好，遂在次年的第二期杂志上以头条的位置隆重推出，占了刊物三分之二的篇幅。发表后，马上被《长篇小说选刊》摘要选载，之后就由刊物举办了《玉碎》研讨会。当时的评论界大腕何镇邦、何西来、章仲锷、王干、肖立军、孙郁等二十余位聚集一堂，给了很高的评价，使我的声名隆起，有了名家地位。在研讨会上，陈焕新的发言别具一格，他说，不要认为是《中国作家》成就了凸凹，也是凸凹成就了《中国作家》，因为他拿出的是精品力作，足可以光耀刊物的版面。他私下里还对我说，你不要感谢我和建明，要感谢你自己。我深深感动，觉得他虽然不做文学编辑了，却永远是我的责任编辑。

何建明因为报告文学暴得大名，成为中国报告文学的领军人物，升任中国作协党组成员、作家出版集团管委会主任、作家出版社社长。陈焕新嘱咐何，一定要继续支持凸凹，遂在中短篇小说集出版非常困难的情况下，作家社出版了我的中短篇小说集《神医》，并与中国作协创研部联合举办了作品研讨会，当时的创研部主任、著名评论家胡平亲自主持，中国作协副主席高洪波和三十余位一线评论家出席，使我有了继浩然、刘绍棠之后，北京农村题材创作的代表性人物的“符号”。去年，北京大学教授、著名学院派评论家陈晓明在《人民日报》著文建构新时期北京文学地理，我被作为“地标”人物之一。

一路回溯，我感到，一个人与什么人相识，是一种宿命。陈焕新先生就是造物给我的预设，让他在必要时出来帮我，而且还是毫无功利的动作。我应常怀感恩之心，对他报以永恒的敬重。

陈焕新老师，我双手合十，祈祝您永远幸福！

2014年2月28日

放羊娃，我文学的见证人

今《人民日报》“大地”副刊以头条位置刊我散文《塔里木河》。

为多得几张样报，到区委收发室找分发报刊的熟人。

居然就是他当班，如愿以偿。

收发室每天都要收到各种赠报，包括《人民日报》。现在真正读报的人不多，即便是公款订阅，也往往是为了完成摊派的份额，而不是读，何况赠报，更无人问津。我曾对他说，不被取走的赠报，你就给我留着，让其物有所值。

这个熟人，叫任庭宝，仅小我两岁。是我在区政协工作时的同事。

我 1985 年 9 月从良乡镇调入政协，他是 8 月招进，比我早了一个月。据说政协秘书长到他家乡考察他时，他正在永定河大地上放羊。也因为此，秘书长一锤定音。秘书长认为，放羊娃内心纯朴、为人本分，最适宜在公务员的岗位。那时的公务员是指工勤人员，给领导打水、收拾房间，兼看门、传达、收发。

我到政协报到时，走进楼道遇到的第一个人就是他。他正在擦拭楼道的墙裙，楼道虽然昏暗，他却擦得一丝不苟。我问他领导的房间，他只给我看，并小声地说，你姓史，我早就知道你来。

我问他何时来的政协，他说，上月的这个时候，整比你早一个月。我说，其实咱俩是同时调入，因为我虽然没到机关，却已为政协干事了——政协主席让我到良乡镇的吴店村搞乡镇企业调研，拿一份报告上来，好到市里做典型发言。

我的调研报告的题目是《滚雪球的方式是乡镇企业稳健发展的必由之路》。交到领导手里，领导喜出望外，因为它来自基层，有很强的针对性，且言之有物，让人服膺。主席只理了一些字句，就到市里发言，收到一片喝彩。

我得意地告诉任庭宝，他说，你真成。

由于我们俩的家离单位远，就在机关常驻。我不以为苦，因为我爱好文学，晚上正好清静地写作。每天都是我刚坐在办公桌前，他就轻轻地敲门，要给我打开水。我说，你是领导的公务员，没必要照顾我。他说，我敬佩你，愿意为你干点事。

那时投稿不用邮票，只在信封右上角剪个缺口，写上“稿件”二字即可。小任兼管收发，每次都叫他寄出。我写得很勤，寄得也勤，他惊叹不已，总是说，你真能写。

一天中午，我刚要去打饭，他兴冲冲地来了。大声说，史先生，你的文章上《人民日报》了。他递给一封未曾打开的《人民日报》的信件。我十分惊奇，问他，还没打开，你怎就知道文章发表了?

他笑着说，咱俩相处一年多了，这里的门道我就看出来了。如果收到的信封鼓鼓囊囊的，肯定是退稿；如果信封很薄，或许是编辑来信或用稿通知；如果信封不薄不厚，肯定是样报了。

打开信封，果然是样报，在副刊二条的位置登有我的散文《老情》。

他比我还兴奋，用手指着题目下的署名，说，你看，是不是大凸凹!

他竟然不念凸凹，而是念大凸凹，可见他此时的感觉。

我拉着他的手说，走，咱们去喝酒。

以后每遇到此种情景，我都要拉他一起去喝酒。以至于门口小店的女老板一见我们来就会说，肯定是又发表文章了。

后来他不想来了，他说，你付出辛劳，我却平白享受，很是难为情。我说，你是我写作生活的见证，我乐意让你一起分享。常言道，不被见证的快乐不是真正的快乐，不被分享的幸福不是真正的幸福。

他说，还有一个原因，咱们单位有好几个年轻人，每次你只请我，他们都嫉妒了，不疼不痒地讽刺我。

我说，那好，从下次开始，我一块儿请。

就这样，我在政协工作了十年，用稿费与年轻同事同乐了十年。既播撒了友谊，也传播了影响。他们钦佩我的才华和人格，说，凸凹先生是个纯粹的人，不重财，只重快乐。

后来我当了政协办公室副主任，是全区最年轻的处级干部之一。虽然缘于我的干才，但也与我有良好的群众基础有关。

当了副主任之后，考虑小任年龄一年比一年大了，不可能总是当公务员，就建议领导让他去学驾驶，转到司机的岗位。那时的司机，在机关里有很高的位置，被人看重。

他当了司机之后，开机关的大车，总是拉科室同志外出，就开阔了眼界、增长了见识，变得有了独立意识和是非观念，再也不是笼子里的小鸟，听人摆布，叫在低处了。

他这时甚至还能跟我探讨文学上的事，很有说服力地指出我文章中的不足，让我刮目相看。我虚心吸纳，并加以鼓励，他便对我敞开心扉，无话不说，成为至交。每到年节，我随他到老家看他的父母，颇让老人们倍感自豪，对邻居说，我儿子有出息了，能交高人了。我父亲病重，他也跑前跑后，像孝敬自己的老人。我父亲倍感欣慰，对我说，你到底是没忘本分，交的都是老实人。

也正是因为他有独立意识和是非观念，使他的处境发生了变化——当我被外任乡长之后，他与新主任的为人处世风格多有不合，不被赏识，以至于借政协机构精简，把他分流到区委机关服务中心当勤杂工。起初是分管会议室，做会议服务，后来考虑到他在政协机关搞过收发，有工作经验，就又转到区委收发室。

我从乡镇回到区委机关分管文联，报刊送阅、信件往来都归区委收发室，我们前缘再续，疑为命定。虽然他境遇多变，但他依旧乐观，竟说，能继续为大作家凸凹先生服务，我也就乐在其中了。

他现在有个美丽的妻子和一个美丽的女儿，虽平淡无奇，默默无闻，但也不乏天伦之乐。我觉得这很好，随遇而安，少忧虑，乃人生大福。

我觉得，他不悲不喜、安享命运的豁达态度，多少也是缘自文学的熏染。收发离字纸近，随意地翻检，就能获得别人所不能获得的身外消息，内心就豁亮，就不褊狭。而且，他还颇爱读我的书，每本他都索要，其中内容也多熟悉，与我共着同一个心灵天地，有我相伴，他不卑小、不孤独。

陈晓明说，生活不是文学，但文学肯定是生活。

这说到小任和我的心坎上去了。

2014年3月1日

凝重的洗礼

又近清明，便与老叔一道，率山外一般家族老小回故乡祭扫。

老家的路修得真是好，崭新的水泥路面，且拓宽成上下道，能跑出清晰的车噪，心情大好。

前年的7月21日，大雨骤降，短期雨量达到五百毫米，乃百年一遇，山洪遂爆发，把老路冲毁。去年国家出资重修，乃有如今模样。老路窄仄，路面凸凹不平且破损严重，令人忧，如今变得阔气，让人喜，不禁感慨：这世间物事，总是存于辩证中，坏反而是好，没有洪水造次，哪来国家洪恩？没有国家资助，依山里的经济状况，那上好道路，或许只能存于百年梦中。

也是因为这场大水，屋斜顶漏，家族中的大多数，都被迁移到平原的安置房，所以回家祭扫的人比往年“浩荡”。素日不谋面，而今日谋面，大家极欢悦，趋在一起，不停地嘘寒问暖，亲热在亲情之上。

这次祭扫，又携妻带子，好让后辈能接续根脉，待我不能走动时，让儿孙来，以免忘祖。

祖坟的山顶还是那样高，绝不因大水冲刷而有一寸的矮。虽然年过半百的腿有些疲软，但依旧攀岩而上。因为我早有一个意志，能不能身临祖坟，是我生命力的验证，所以我不能自颓意志。虽然喘过往年，但还是上去了。激动之下，在父亲的坟头跪拜了三下。之所以行如此大礼，还是有一种心理暗示，即便是有坚定的意志，身体本身的成色，毕竟是一年比一年衰落了。

还有一个直接的原因——随行而来的族人中，有我一年过六旬的四叔，他是个聋哑人，一辈子没有婚姻，去年还突然中风，走路趺趺绊绊，以免有安全之虞。但他上山的热情很高，让晚辈不禁唏嘘。都委托老叔规劝，令其在山下歇。劝来横竖无用，老叔就妥协了。我的一个堂弟名春者，埋怨老叔道：祭祖是为了保佑子孙，而他又身后无人，祭奠不祭奠也不吃紧，你应强硬阻拦，而你却这么绵绵软软，真让人伤心。老叔恼了，愤愤地说：每个人来祭扫，都有每个人对祖上的心意，而你四叔又是个重感情的人，你不能强行剥夺他的权力，他上不去我搀他，他下不来，我背他，不用你瞎操心！

其实我明白四叔的内心，他觉得自己老了、残了，这可能是他最后的一次祭扫了，他必须上去，至于来年如何，不是他所能奈何，但是这最后的一搏，可换来他心灵持久的安妥。

我在由衷生出敬意的同时，也感到了人生的一种悲凉，就对春说：你的想法是不错的，但有时过于自我的关心对别人也是一种伤害，你应该尊重四叔的选择。再说，他即便是行走有困难，咱们这么多晚辈在他身旁，完全可以保障他的安全，助他实现自己的愿望。

春不甘地说，咱们家族之所以没有预想的那样兴旺，没干出预想中的那种惊天伟业，也没出现预想中的杰出人物，就是总纠缠在小处，缠绵在小处，让眼前的小感情缠住了脚步。

他貌似有理，但还是激起了我心中的不平，我说道：山草虽小，一棵一棵地立在那儿，就能绿成大地；水滴虽微，一颗一颗凝聚在一起，就能汪成河海；寸心虽短，一寸一寸地接起来，就能爱成恩德。

所以，小最应该被尊重，因为它是大的起点，是大的根基，让大能够实现。小感情怎么了？没有眼前的小感情，就没有日后的大感情，一如我们作家的写作，没有眼前的小细节，就没有日后的大文章。

既然撂下这样的话语，就不能在春的面前稀松，便拉着四叔的手，我们相互搀扶而上。究竟不同以往，多了比预想还大的艰难，中途不停地歇，让残腿和弱心得以放松，以免神经崩裂，就牵累了整个队伍的速度，行进得异常迟缓。春满眼幽怨，但他已不再发言，面对艰难中的意志，他只能悲悯。

终于到了山顶，面对祖上已近荒芜的坟茔，我眼前氤氲出一团迷雾。目光尚未清晰，就见四叔在祖父、祖母的坟前訇然跪倒，放声大哭。聋哑人的哭异于常人，在压抑中有奔放，在含混中有清晰，有刺心裂肺的质地。我知道，四叔的一生没有自己的家庭，唯一能得到的家庭温暖是来自祖父祖母。他别无他属，所以聚结的心中忧苦，只能倾泻于这两座老去的坟茔。他的哭声，令人震撼，让我感到了亲情的神圣和小感情的庄重。

春也已经泪流满面，为了躲避我的眼光，他猝然别过脸去。

这是一次凝重的祭扫，凝重得就像圣徒的洗礼。在走出故乡的路上，我想，山洪虽大，冲毁道路，如果没有国家的资助，故乡人就无路可走；社稷虽大，失之空旷，如果没有草民的情感支撑，大厦就会坍塌。由此，家族的祭扫，决非小事，因为家与国有着必然的联系，它通过亲情的凝聚，为民族复兴积蓄民力。在这个意义上说，一个家族做得做不出惊天伟业、出现不出现杰出人物，是不重要的，只要相互间重情重义、互助互爱、同心同德，就会和谐在一起，温暖在一起，幸福在一起，从而为天地开太平，为盛世做注脚，家族的兴旺也就在其中了。

2014 年 3 月 29 日

吃的背后

中午，在福源蕙业生态园请老母和二弟、三弟全家吃节日饭，斥资一千元。

自父亲1996年去世之后，每到节日，我都要把几家人聚拢在一起，以凝聚亲情。因此我就成了这个大家庭的主心骨。

大家欢悦，我却有一丝阴郁，因为想到父亲，也因为父亲，想到儿时的种种。

记事以后，感到贫穷与吵闹是连在一起的，因为父母动不动就干架，这与古籍上“贫贱父妻百事哀”是暗合的。

那日，老母鸡下了一枚蛋。母亲盯着那枚蛋愣了半天，突然无因由地乐了。她让我到小卖部去，用一枚鸡蛋换两块臭豆腐回来。我明白她的意思，是要改善一下伙食。寡淡的日子，臭豆腐就是油水。

晚饭的时候，菜粥佐以臭豆腐，奇香无比。便怦然心动，兴奋不已。但眼神却放出幽愤之光，觉他人都是争食者，是可恨的。筷子纠缠在一起，像征战中的兵器，并伴以斥骂。斥骂的内容就关涉到眼前的父母，一对夫妻愣在那里。

母亲对父亲说：“瞧你的三个孩子，都是白眼狼。”

父亲不接话，只是傻笑，好像很欣赏白眼狼们对自己的不恭与背叛。

母亲又说："你哪里像个当爹的，麻绳穿豆腐，提不起来。"

父亲还是傻笑，但笑到中途，体味出了女人话语的含义，笑就凝固了。

那只盛臭豆腐的碗有密密的、黑黑的麻点，心情好的时候，权当作温香暗送的一粒粒芝麻，现在则不同，像无量数的苍蝇屙下的屎，他喉头发痒，想吐。

他把碗抄起来，朝着洞开的门扉看了一眼，碗随之就飞了出去。

碎在庭院里，就更香，招引来一群蚂蚁聚在上边。

我和两个弟弟远远地看着，觉得这很好笑，原来蚁类与人一样，遇到美食，都是抢的。

突然悟到了什么，在没有任何前兆的情况下，哥三个同时扑出去，把散碎的口味连同忘我的蚁类一起捡送进嘴里。声音清脆，如同新豌豆放进热锅里，因为熟得热烈，噼啪噼啪地作响。

母亲哭了。因为怜悯，心里生出大爱，盈满得难以承受，泪水四溢。

父亲很惭愧，在母亲的脸上狠狠地掴了一下，"日你祖宗的！"

他扔下碗筷，就去担水。

井在川底，羊肠小道弯弯曲曲地通向那里。在白日里，小道就像一条白练蛇，鳞光闪闪，像动听的小曲娓娓婉婉。已经是晚上，路痕消失了，封闭了通途，有鬼魅气息。但父亲的脚底却像长了眼睛，更是通行无碍。

他不停地担水，大缸满，小缸流。无处承载，就浇庭院里的秧棵。秧棵主要是葫芦和丝瓜，是经旱不经涝的品种。水汽重了，只长藤蔓，不结瓜果，所以，"旱"着它们才好。这些父亲是懂的，但眼下他顾不得那么多了，一心为“担水”找到理由。

我们知道，身体的疲累，能平息他不安定的心。

母亲对我们说：“别招惹他，他在抽风。”

这让我们恐惧，老老实实地窝在炕头，心里想，我们不招惹你，你再发作，那你就是狗屁了。

父亲终于走进屋里，脸上居然连一点怒气都没有，他看了我们一眼，竟嘿嘿地傻笑，好像比我们还难为情。

这个人真没意思。我们所幸蒙上被子，忘了他。

昏蒙中，我们听到他问：“还疼吗？”

母亲说：“你少理我。”

他说：“我不理你理谁？”

母亲涕溜涕溜地抽泣起来，呜哝着，“我受够了。”

以为我们睡了，他们竟恬不知耻地“好”起来。

我们的恐惧一下子消失了，被窝里你踹我一脚，我挠你一把。没心没肺像猪狗。

猪洗干净了又滚进泥里，狗吐了又吃进自己的肚里。

我们的日子也真的猪狗一般。

臭豆腐的遭遇给哥仨的性情带来影响。长大后，二弟拒绝吃类似的食物，包括臭鸡蛋和各种腐乳。他说，这东西，能让人照见自己的卑贱。三弟则养成了一种怪异的嗜好，见到蚂蚁、蚕蛹、蝗虫之类，会眼睛发亮，会活生生地扔进嘴里，响脆地咀嚼，喜不自胜，直至唇角生津。因此，他胃口异常好，长得很胖，独对胖女人感兴趣。胖弟妹娶进家里，很长时间不接受她的亲吻，认为他的嘴不是嘴，是专在污秽上啄食的鸡公的喙。后来还是接受了，因为女人有认命的本能，跟什么样的男人生活得久了，就什么样了。我则特别喜欢吃臭豆腐，即便是有了身份，即便是在一些风雅的场合，热饼裹臭豆腐，也吃得旁若无人。因此，人们普遍认为我这个人很粗俗，品位差些。这让我很不舒服，索性放纵开去，咬牙、放屁、吧嗒嘴，毫无遮拦。终于让别人屈服了，交往的人说，其实你这个人还是很不错的，本色，率性，朴实。我也得寸进尺，正经地宣告说，我的生活哲学是：粗犷豪放，顺其自然。但转眼就对自己说，别猪鼻子插大葱——装象（相），其实都是扯淡。

由着儿时的记忆，我感到，吃饭问题，绝非小问题。饥饿使人失去自尊，争食又让亲情稀薄，一个人在家里的地位，往往与能不能供给吃食有关。母亲已老，需儿女赡养，而两个弟弟收入微薄，赡养之资主要源于我。我也不攀比，便被认为有长兄之仪，所以他们都尊重。如果仅限于此，我不过是可敬，但离可爱还尚远，因此还要有“额外”的表达——资助弟弟们的儿女上学，力所能及地给他们解决一些生机问题，最直接的是，在节假日肯于花钱请他们下馆子，让他们吃上家常饭之外的美食。大快朵颐之后，亲情浓郁，在他们心中，我这个兄长不吝啬，在自饱的同时，还能不断地分食给他们，就变得非常可爱了。

人间最形而上的道理往往存于形而下之中，从这里，可见一斑。

2014 年 5 月 1 日

故乡眼

今天居然想到故乡。

回望故乡，它的存在，依托于几个老物件：一口古井、一盘石碾、一棵老柳树和老柳树身上悬挂的钟。

这些故乡的标志，对故乡人来说，那时与今天，所寓含的意义有大不同。因为不同，所以故乡永在。

那口古井，是村里的唯一水源，因为年代久远，村里的老人也无人能讲得清它的来历。好像它是个天然的存在。村里搞建筑，总是用石头和泥，唯独这口井的井口、井壁用了混凝土（水泥），以防渗漏污了净水。

即便是古井，也不长青苔，也不深，一人多高，清澈见底。一些怨妇也不在此寻短见，因为它清浅，不存留死亡。所以这口井，终生圣洁。

在平常年份，虽供奉全村人畜的饮用，也不见水位下降，好像它用之不竭。只有到了大旱之年，人们才对它有了深刻记忆，才觉得它是人畜的生命之源。持续的干旱，使井水干涸，人们取水，要下到井底。井底有一凹陷，是水眼，洇着一汪水，只能容得下一把瓢。系下水桶，人蹲下，用瓢往桶里舀。舀过一瓢之后，要等待片刻，等到它重新盈满，才能再舀。舀满了一担（两桶），蹲着的人要自觉地攀上井去，因为等水吃的人排着一个长的队伍，便不能贪占。这么一个小小的凹陷，人们总担心它会被舀干了，有危悬一线的恐惧。但它总是不能被舀断，舀过又汪上，不让人绝望。古井就是这样维系着全村人的生存，让人恨着也感恩着。

到了平原，到了水量丰沛的地方，人们回望，不禁感慨：故乡的井才真的是井呢，它让人感到水的存在，懂得珍惜。

故乡的石碾与古井一样，也久远得不知来历。也因为是唯一，它要昼夜碾动。石碾的背后，是一堵石头花茬的墙，在墙缝里从上到下依次插着一把一把的笤帚，这是村人约定俗成的秩序证明。张三碾完了谷物，就把代表自己的那把笤帚取走，把下边那把移上来，意思是该你李四了。其实各家各户的笤帚都有相同的形状，上眼看去，并没有绝对的区别。然而，先后的秩序却从来都没乱过，因为在故乡人那里，外在的秩序形式不重要，不过是个象征而已，但是内心的秩序很重要，不能有丝毫的违背与僭越。

现在看来，故乡的石碾规定了本分的重量，提醒人们，和谐的生活，不是靠外在的法典和制约而形成的，关键的是每个人都自觉地养成和谐的信念，守信、守诚。故乡人对我说，“慧”字是“心”字上边有个向里的笤帚，这就形象地告诫人们，生活的智慧，源于时时能够清扫自己心灵的杂质，是自我的修炼，方使生活和事业都能双双有丰硕所得。

说到故乡的老柳树，也不是一个固定不变的概念。儿时的那棵老柳树遭过一次雷劈，后来就朽了。但是从它的侧畔，又萌发了新芽，多年之后，也壮大、也老，延续了原来的地标形状。村里也不做严格的区分，认为它从来就是“本来”的那株。如此一来，就乡情凝聚，即便是游子归来，也能找到过去的来路。

至于老柳树上的那口钟，其实也不是严格意义上的钟，它只是一块铸铁，能敲出钟声。对这口钟，人们特别留恋。因为在过去的日子，它既带来公平，也激活了勤勉。无论尊幼、无论贫富、无论男女，只要它一响，你就得起床动身，你就得出工劳动，不能懒。村里发生了事情，它一旦响过，就代表着对众人的召唤，不能缺席地参与论辩。统一意志、辨明是非、警示行为——它让村里人有“整体”的概念，不能游离其外，各行其是。

现在再看那口钟，不禁生出化不开的忧伤。过去的钟，天天要经受敲打，所以钟的表面闪闪发光、伤痕累累。但是，它不疼，因为被击打，它所以欢快，而欢快的响声给人的生活带来警醒，让人活得清明。而今天的钟被闲置了，锈迹斑斑，不过是一块废铁。所以我感到，它特别疼。因为死痂的下面，往往是不流通的血脉，预示着肌体的败腐。不被敲响的钟，意味着它已心死，是更深刻的疼痛。

而没有钟声响起的日子，常常是死寂、慵懒、昏愦这类东西无声登场。

所以我想，在生活中，怎么能够容忍没有钟声敲响的时光？

2014 年 5 月 24 日

寡言者自重

我父亲是个沉默寡言的人，居家过日子，他只是微笑，从不表达自己的意见。母亲却特别善说，像时间的鸡婆，下蛋的时候叫，不下蛋时更叫。

母亲絮叨的时候，父亲自然烦，就去担水，把水缸担满之后，就浇庭院里的丝瓜葫芦，总之是不让自己闲。他觉得劳动才是大事，有足够的理由使他免听母亲的闲言碎语。

母亲知道他的用心，很是生气，对我们说，你们的父亲是个十足的大坏蛋，他懂得怎么折磨人。

母亲总能从我们身上找到缺点，不停地管教。我们非常烦厌，逆反之下学会了顶嘴。她求助于父亲，埋怨他不尽父亲职责、不给她撑腰。父亲说，孩子不是管出来的，是长出来的，树大自直。母亲就不依不饶，逼着他发威。经不住母亲的纠缠，他终于发威了，但不针对具体的人，只是暴跳起来，锅碗瓢盆一顿乱摔，一片破碎。这既是为了震慑孩子，也是为了震慑喋喋不休的母亲。母亲和我们一道，不敢吭声。

一如深水无波，树高影多，沉默的父亲多技艺，他有一般山里男人所没有的行动能力。

譬如他会打猎。我中考位居全县第二，大光门庭。他往山峁上望了望，说那里有一只五花翎的大野鸡，我给你打下来，庆贺庆贺。我们谁也没看到野鸡的影子，觉得他在说诳语。但是他扛上猎枪在山峁上转了一遭，隐忍的一声枪响之后，他果然把野鸡拎了回来。

譬如他会打鱼。故乡的小河清浅，不过是生一些小虾小鱼，我们都觉得没有大的口味。他却说河里有大鱼，就伏在河底的大石头下。我们不仅怀疑，也觉得即便是有，也无法捕得。他笑一笑，到山上砍了几捆苦荆棵，把其沉到河底浸泡。浸泡之后，渗出奇苦的汁液。大鱼不仅被呛了出来，而且都晕得盲目，自己就游进父亲张开的网中。大鱼是鲇鱼，多肉少骨，炖出来奇美无比。

譬如他会爬树。这是最值得大书特书的一笔。

山里的果树不剪枝，就疯长，就有几丈高的大树。村前就有三株，一棵核桃、一棵柿子、一棵香椿。收获时，只有父亲能爬上去，别的男人只好在树下叹息。核桃、柿子自然归公，香椿就例外了，它属于能征服它的人。每年三月，香椿发芽，由于树高冠阔，一树碧绿鲜嫩，让站在树下的人垂涎欲滴。男人们都想爬上去，采折珍奇，以快朵颐，更重要的是博妇人欢心与敬重。却都滑脱，无奈之下，大骂爹娘。父亲最后登场。他把竹竿和篮子拴在绳子的一头，另一头绑在腰间，就开始爬树。他的身姿像猫，又像尺蠖，前腿伸后腿蹬，转眼的工夫就爬进了树冠。这易如反掌的动作，惹妇人们惊呼，这个男人可真是了不得！父亲解下腰间的绳子，把竹竿和篮子抻上来，不紧不慢地作业。不一会儿，树底下就有了一大片嫩香椿。一见到这大数量的收获，妇人们变欢呼为愤怒，因为她们此时省悟到，香椿长在树上，属于公，即便是谁也吃不到嘴里，直至变老而废，但有均等的痛惜。然而一旦有人采到，就属于了他个人，就有了独自的喜悦，这真是不能容忍。

她们开始嫉恨父亲，认为他是村里最自私的人。

香椿采净，父亲下树。看着妇人们一双双不友好的眼神，父亲摇头一笑，开始捡拾他的所得。他按观赏者的人数，把香椿分成均等的份数，他只拿了属于自己的那份，毅然离开。当妇人们都拿到了香椿，心情瞬间就变了，望着父亲的背影，她们感到他高大挺拔，心地善良，是村里最好的男人。

后来，村里人选父亲做了支书，因为他们觉得他就像长在高处的香椿，不采下来，任其香魂自消，的确可惜。

父亲当支书之后，更是沉默寡言。他认为对的，只是埋头做，让别人不好意思不跟随他做。到了我上高中的时候，由于要在平原住校，有了不小的一笔现金开销，而他又不忍心从穷乡僻壤中“变”出钱来，就断然辞职做了挖煤的窑工。

这个窑工做得让乡亲们心痛，感到做好人所承受的，是比别人多得多的沉重。所以他们真心希望他的后代能有大好前程，以至于我考上大学之后，他们自发地吹起唢呐、擂起牛皮大鼓把我送到山外的车站，那个阵势，像自家在办送亲迎娶的大事。

现在看来，父亲的沉默寡言反倒成就了他的人生。因为不善言说，所以就专心于做，久而久之，就变成了习惯，就变成了品格。会说的就也拿他没办法，只好认同，比如母亲；善标榜的也在他面前谨言慎行，只好低调，比如我和村里的后生。`

2014年5月27日

儿时有光

国际儿童节到，窗外有鞭炮响爆，是邻居在举行一个婚礼仪式。今天是阴历初四，按乡下老礼，并非吉日，据说，女已有身孕，欲出怀，慌忙之下不顾禁忌，速为腹中婴儿找一安妥理由，使其堂皇出生。

这正是人间的温暖，让人爱生活。

儿童节日，不免想儿时事情，想来想去，发现儿时经历塑造并规定了后来的性情。

山地瘠薄，谷物歉收，总是亏粮，常瓜菜代之。野菜、树叶，凡能入口者，悉数吞咽，所以胃口健旺至今，便不挑拣食物，粗茶淡饭，精馔大餐，全无区别，都吃得香甜。这就使我既可登堂入室充人物，也可出没山野田间做小民，无尊卑之感。

家贫无银，衣不蔽体，父母穿过的衣服，裁剪上身，便是新衣。因家无长物，每一物都倍感珍惜，重复使用，不忍弃。长大之后，便不挑穿着，一坛一罐、一桌一椅，即便是迁入新居，也不舍汰去，极恋旧物。由物及人，虽交友无数，却更重故交。所以，喜新厌旧、功利往来，与我无关。

贫贱夫妻百事哀，所以父母吵架成习，事由全是一些鸡毛蒜皮。

因为不关大事，父亲懒得与母亲争执，一概隐忍，故他性情沉默寡言，一切均以埋头做事予以逃避。这就成就了他的实干能力，被我等看重，学其榜样，走上社会，也不夸夸其谈，而求真务实。

父亲做过支书，却从不搜刮地皮。在他看来，贫地无余钱，寸金也有大血泪，不可贪。小儿升学增加用度，他拿不出现钱，就只好辞职去挖煤。做窑工是吃阳间饭干阴间活，但他觉得内心安妥，面黑心白，能清净做人。他给了我日后的标尺，即便做了一方长官，出不坐豪车，吃不羡膏腴——骑车下乡微服私访，与农民打成一片；办公室里腌一坛酸菜，佐以食堂的炒饼，也怡然自得。

祖父是地下交通员，以放羊倌的身份作掩护传递情报。解放后令其做官，他说我别无长计，只会放养。就终生与羊为伍。却有了乡间哲人般的大智慧，譬如他说羊为什么总是哀鸣不断，是因为羊有贪心。刚出栏碰上青草，就开口大嚼，急速地填饱胃，孰不知道山场上还有无量数的青草，既已吃饱，就再也吃不下，承受的就只有哀伤。从他那里我感悟到，不用去听别人的说教，你只需亲近自然，因为大地上就有道德，足可以获取做人的道理。

祖母身量虽小，却有阔大的心地。伤员住在家里，昏迷中嘟囔道，如果能吃上一碗红烧肉，即便是死了，也不再有遗憾。她毅然杀掉用于过年的一头猪，让伤员如愿以偿。伤员竟不死，日后还做了大官。为了感恩，他专程来探望，带来一大堆礼品，并欲认祖母为母。祖母坚拒，说我从来没给你做过红烧肉。那人走后，祖母对我说，不让他感恩是要让他长心，为他人多做好事多积恩德。祖母的做法，给了我心灵暗示，使我每做了好事就赶紧忘掉，轻装上阵，好事就做得更多，成为习惯。

外祖父做过游击队长，得过边区的嘉奖，聂荣臻送他一幅领袖题字：“发扬革命传统，争取更大光荣”。可是他不爱惜羽毛，在特殊年代他替民请愿，坦呈实情，说，万寿无疆、万寿无疆／斗私批修空粮仓／一天只喝三顿稀菜汤。他因此被打成现行反革命，架在高凳上批斗。因死不认罪，被造反派从高凳上踹下来，摔断了腿。落实政策时给了他一笔抚恤，他却交给队里令其买些优种，他说，百姓还是要以粮为纲。他教会了我，做人要有担当，要敢讲真话。所以我至今还保持着率真的品格，不为一己得失，而虚与委蛇。

山里人善良，像对待亲人一样对待一个下放的右派。给他住暖屋，给他分派清闲活计，逢年过节给他送年糕、蒸肉。出于感激，他给村里传授知识，还教小孩认字。他的内心锦绣，拨动了一个姑娘的芳心，她给了他爱情。但是，当他平反回城之后，却决绝地忘记了呵护他的小小山村，至今没有一次的探望。他开化了那个姑娘的心，唤起了她对文明生活的向往，却不给她出路，而她再也不能回到那个传统的以往，就疯了。这就告诉我，有文化的，未必就有道德。而且，文化固然可以开启愚昧，但要有后续的路径，否则，旧的内心秩序被打破了，而又没有新的接引，就意味着破坏和毁灭。所以，我从事文化工作之后，时时告诫自己，文化未必天然就带来进步，要看准原有的砧木，做符合实际的嫁接。

我和堂兄那时形影不离，常一起去山间地头挖药材。一天他发现墙堰上有一株奇大的半夏，为了不让我跟他分享这独特的收获，他拒绝我的帮助，独自撬开半夏上的石头。当他伸出手时，身子自然就有些轻飘，复又落下的石头，把他的一根手指砸断了。堂兄大哭，说，要是让我爹见到了，准得挨一顿揍。我说，你就说是我给你弄断的，大伯就不埋怨你了。果然灵验，大伯只是轻轻地对我说了一句，你这孩子，也不小心一点。但是，事后再说出真相，村里居然没一个人相信，反而认为我品质上有问题。最可怕的是，到了后来，堂兄自己竟也认为他的手指真的是我砸断的，让我无可辩驳。这段经历，让我看到了人性的复杂——正是在这种情形下，我们为生活承担了一些本不该承担的东西，而且在时间深处，我们还适应了、认可了这种“无罪之罪”，连抱怨、辩驳的心力都没有了。这就造成了我委屈求全的性格，常常被文坛高人所指摘。我自我安慰道，这很好，正是文人应具有的情怀：悲悯。

2014 年 6 月 1 日

逻辑之外

生活有生活的逻辑，但不符合逻辑的事也常常在生活中发生。

这点感慨，缘自早晨在路上，听车载广播。

广播中说，跳水女皇郭晶晶为霍家大少产一子，有人发噱，说其子来世，至少避免了一个在两难境地中的选择——其母和其妻同时掉进水里，先救谁的问题。其前提，是因为他的母亲善水。

真是无聊，但无聊也可诱发思考。

都以为水性是后天训练出来的，但有人天生就有水性，譬如我。儿时初戏水，有人恶作剧，把我扔进深水区，他旁观，待我呛水之后他再救。我居然不惊慌，竟从深水区里扑腾出来。这一点，我与我家的爱犬相同。

幼时看到一只斑鸠在梨树上飞起飞落，我突然想到父亲那杆猎枪。虽然从没放过枪，也不会瞄准，但扳机一扣，就把斑鸠打了下来。两个弟弟说我那是运气，不算数。就再去寻一尾松鼠，也照样命中。后来我有机会打靶，只熟悉了一下枪械原理，四发子弹竟也打了三十八环。

四奶奶家无习武者，她却有接飞物的本事。四爷性烈，与四奶奶稍有不合，就把手中的饭碗掷向她，她竟轻易地把饭碗接住，且用食指转动饭碗，让四爷大惊失色。以为是凑巧，再掷，仍能接住，且笑曰，你别给鼻子上脸，小心我给你扔回去，砸花了你这张狗脸。惊骇之余，四爷就老实了。

我的女同学马京云和我一道在影剧院里指导彩排，那个导演自以为是，不听从调遣，她颇生气，说，你甭美，一会儿就会断电，让你反过来求我。话音未落，嗒的一声，全场灯灭。以为是负荷大了，减了几盏副光灯，合上电源之后，不久还是灭。她扬言道，我有气场，你不能惹我生气，否则你还是难以继续。那个导演只好听信，改变了对她的态度。她说，你可以放心彩排了，尽可以任意使用灯光。整个过程，果然一帆风顺，让人称奇。

我的司机也是个女同志，车开得从容，后边的一辆车嫌她迟钝，经常超过她，且有意做别车的动作，便惹她愤怒，她预言道：你别看他现在得意，一会儿就会撞车，老天总是会惩治那些没有修养的人。不一会儿，那辆车果然撞到别的车上，导致了连环追尾。几位司机下车来，薅着他的脖领，要施以老拳。他在求饶时，还不停地往回看，他是在寻找我的司机。我的司机摇下车窗朝他笑笑，让他羞愧难当。

我和二弟给岭那边的外祖父、外祖母去送杏，刚到大门外，就闻到扑鼻的肉香。进了屋门，灶火上果然炖着猪肉。外祖父哈哈大笑，弄得我们一头雾水。他解释道，你姥姥早晨一起来就连连打哈欠，说两个外孙要来，就到供销社割了一块肉，我还骂她神经。姥姥说，我不经自由地就能预见一些事，连我自己都吃惊。比如那年你出奇地想喝酒，让我去给你打，我就是不去，你还生气。我不是不想给你打，是看到了酒瓶子正往咱家走，不一会儿大闺女就来了，手里正提着两瓶二锅头。

想了这么多神奇的事，感到生活中确实有神秘的存在，虽然不符合逻辑、不符合科学，但它就那样客观地发生了。所以，讲唯物，也不能绝对化，对不理解的物事，也要有“可以理解”的态度，不能断然否定认知能力之外的事物。

这个世界，虽然“自然”当道，但也遍地是“意外”。

回过头来，郭晶晶虽然有水性，也未必不会溺水。在那个两难境地中，她的儿子也要二者兼顾，切不可掉以轻心。

事实上，正是那些搞科研的，包括许多大科学家，在气功、意念、特异功能的造神运动中，最先投入，且推波助澜。虽然颇遭世人诟病，但真的可以理解，因为他们越是唯物，越是能感受到世间万物确实有着一种不可言说的力量存在，他们不禁产生敬畏。这是有知的作用，不同于那种无知者的无畏。

这就可以理解，为什么许多大科学家都是虔诚的宗教徒。在他们看来，宇宙的一切，或许只有上帝才能真正说得清楚。

2014年6月7日

昨是而今非

晚饭后检阅自己的藏书，看到叶文福的诗集《山恋》，拿下架来阅读。

此书的来历源于“偷”。1981年，我在北京农职院读蔬菜专业，敷衍正课，而酷爱文学，常到学校的图书馆借读。当时喜读诗，见到《山恋》就痴迷，神魂颠倒。因想拥有，就趁管理员不察时，装入棉裤的免腰，窃出来。在晚自习时，反复阅读，并刻意模仿，写了很多诗。今日再读《山恋》，感到毫无诗味，满纸政治口号，满页虚假抒情，不堪入目。

诗集竟保留得异常完好，底页的阅读卡还是原样，学校图书室的大印还清晰如昨。我生出一丝羞耻，不为窃书的行为，而是为曾迷恋于凡劣。

竟又想到另一种记忆。

那是上小学的光景。一个夏天的夜晚。二弟突然腹泻不止，母亲令我去大队的卫生室拿止泻药。赤脚医生系一未婚女性，她平时就住在那里。那屋子有灯光，人不仅醒着，而且还有叽叽喳喳的说笑声，我便敲门。屋里的声音立刻就止了，半天无动静。我又敲了敲门，屋里问，谁？我报了自家名号，门就开了。我进门之后就呆了，原来屋里的炕上躺着好几个女人，有香姑、幺姑、五丫表姨，还有大芹姐。她们都是赤条条的，即便是进来一个小男人，她们也毫不遮掩地公然地裸裎着。进入我眼帘的是一炕白花花的胸乳、一炕白花花的大腿。我难为情地别过脸去，眼神无处落脚。那个赤脚医生竟也是光着身子给我拿药，我几乎是让她白花花的大屁股给挤出门去。我刚出一门，身后就上了闩，就传出一片浪笑，“一个小破孩儿，也懂得害羞，哈哈，哈哈……”她们竟说。我感到受了很大的羞辱，居然伤心地落下泪来。

多少年之后，我长大了，再看女人时总是心有遗憾。因为这时的女人，不管是多么鲜艳、多么妖艳、多么丰艳，透过她们的领口、短袖和裙摆，都没有白花花的那种感觉。她们很黯淡，很枯黄，很粗涩，都不上眼。

现在的诗很精彩，现在的女人很平庸，正与记忆相反。

这是为什么？

或许是儿时的眼界太低下，在不美处能看到美，比如对叶文福的诗；或许儿时有羞耻感，对性有本能的回避，反而保留了美好的想象，比如对那满炕的女人。

不过有一点是明确的，一个人对眼前事物的判断，都是依托着过去的记忆；历史对人的影响，是不可抹去的存在。

2014年6月8日

无言的教化

回读苇岸，或者说，有了一些城市经历、现代眼光和文化熏染之后，对旧物、旧事、旧时做重新的打量时，我们会获得全新的角度和更理性的认识，发出“原来如此”的叹息。

我的小学年代，几无课外读物。因为父亲任着村里的支书，被分配着“两报一刊”（《人民日报》《解放军报》和《红旗》杂志），我得以近水楼台地读。这些报刊，固然有强烈的政治色彩，但因少年的阅读全凭了自己的兴趣，就有了意外的增益。譬如提升了认字率、词汇量，使我比别的少年有更强的阅读能力；譬如知道了汉字的变体，黑体、楷体、宋体、魏碑，使我比别的同学更深地认识了汉字之美，比猫画虎之后，写了一手好字。阅读能力的增强，反过来推动我的阅读，以至于对读物有本能的喜爱，几乎是见到什么就读什么，得意扬扬。能写好字，就增加了自信和表现欲，以至于从小学到大学，独揽了班里黑板报的书写。反观对“两报一刊”的阅读，在强烈的政治话语之下，为什么日后我并没有表现出极“左”思维的倾向？盖因为儿童之心不承重，本能地亲和愉悦的东西。同时童心与土地类同，都有原始习性，有过滤功能，趋向于自然与纯净。

那时的电影只有那么几部战争片，譬如《地雷战》《地道战》《南征北战》和《红日》，即所谓的“三战一红”。虽然电影放映队在本村演过，但是移至别村，还是跟了过去。山村路遥，村与村之间有很长的距离，也不畏惧。晚上电影散场后，考虑到明天还要上学，不能耽误睡，便需要跑。我年幼，速度缓慢，常被落下，上初中的老叔，就抓住我的手牵着我跑。在我眼里，老叔是最亲的人，以至于到现在我还无条件地敬重老叔，不忍惹他生气。几部不断重复放映的旧电影为什么对少年有那么大的吸引力？现在看来，虽然有生活枯寂的因素，但主要的是因为儿童本能地需要心灵愉悦和生命冲动。这就引起了我对文化的反思——文化如果不注重对心灵的作用，而只注重商业功利，即便是再繁荣，也离人心远。这一如大地上的植物，它们有向上生长的原欲，所以它们不断地接受雨露。

那时的山村，一有时间，妇人们就纳鞋底。纳了一双又一双，且一双比一双阵脚细密，一双比一双式样精美。当时只认为，山路费鞋，而日子又没有余钱，她们必须勤于针线。可是，她们在纳鞋底的同时，还不停地纳鞋垫，而且鞋垫上全是美轮美奂的图案，她们全不顾鞋垫纳成就会被踩于脚下，顿消美丽。问母亲缘由，母亲说，山里妇人没有别的，有的只是闲——闲来无事又如何？于是纳鞋底（垫）；纳来不精又如何？于是就纳得精。现在看来，她们是被乡村伦理所驱动——因为在山里，好女人的标准是勤快，而懒女人同语于好逸恶劳、为人不淑。所以，她们的针线是对伦理的遵从，或者是对妇德的认同，纳出的是自己的生命尊严。而这种乡村伦理又从何而来？是大地的昭示。譬如在故乡深山的阴处有一种植物，叫山海棠。即便是生在僻处，无人观赏，可它依旧是一丝不苟地向上挺拔了枝叶，开出鲜艳欲滴的花朵。我当时很是不解，曾对祖父说，它真是不懂人间世故，既然开在深山无人识，便大可以养养精神、偷偷懒，没必要下多余的功夫。祖父瞪了我一眼，说，你究竟是太年幼，不知生命真相。在山海棠哪里，它只按自己的心性而活，生为花朵，就要往好里开，尽开得本分，至于能不能被人看见、被人夸奖，它是从来都不会去想的。现在回想祖父的话，不禁感到，正是这种本分意识，成就了妇人们的勤劳本色。

到了上世纪70年代末，村里已经有了粉碎机、面粉机，也就是山里人俗称的电磨。但是，每到年节，母亲还总是不舍昼夜地转动着她那台手动石磨。黄豆压在石磨里，缓慢地转动，缓慢地流出浆液，母亲心定气闲，面带微笑。还有，每到新玉米、新黍子下来，妇人们也总是拿到村东那盘石碾上去碾。这种传统的碾米方式，耗时费力，让人怜惜。但是，她们坚持不懈，没有怨烦，只是不管不顾地做。母亲和妇人们之所以这样做，是因为她们懂得这其中的道理：石磨磨出的豆浆，因为缓慢，所以黏稠——调成的豆汁醇厚香郁，点化的豆腐，瓷实筋斗。而山里的玉米和黍子，生长周期长，吸足了阳光，蕴足了营养，都是充盈的货色，这就需要慢慢的碾压，以其缓慢地释放出热量不使其皮，有层次地破解不使其散，这样碾出的米有黏性，熬粥粥香，做糕糕腴，均有地道的口味。这种舌尖上的感受，化成她们的生活逻辑，不轻易妥协于外力。现在看来，没必要担心机械文明对美好传统的侵蚀与损害，也没必要担心乡愁的流失，因为土地上的记忆一如细胞、一如血脉，已化作山里人的生命秉性，且代代遗传，不辞来路。

回望旧物、旧事、旧时，不禁感到，乡土上遍地是哲学，不仅长万物，也长道理，大地道德有自然的教化之功，让人唯真而动、唯善而行、唯美而崇。人们只要一亲近土地，人性的病症，就不治而愈。

2014年6月10日

耿介

因为要编辑《房山文艺精品大观》，便想到要找出好友张振乾的作品。翻箱倒柜一番之后，收集到手，陷入回忆。

他跟我合作过三部作品：报告文学集、散文集、小说集各一。集名分别为《太阳每天都是新的》《两个人的风景》《两个人的故事》。当时想，一旦能再版，《太阳每天都是新的》要改成《两个人的报告》，以便把“两个人”的系列源源不断地创作和出版下去。可是后来中断了，因为主观设计总是受制于命运的操纵，人算不及天算。

我们俩都属兔，他生于1951年，我则是1963年，按民间说法，整相差一轮。

与他相识，是1985年。当时区政协调入才子，他搞新闻写作，我搞文学创作，被同时调入。他于该年8月报到，我是9月，因为我受政协主席委派，到当时的良乡镇吴店村搞一乡镇企业调研，成稿后，方正式调入。

我报到那天，在楼道里碰上他。不用介绍，一相遇就知道对方是谁，热情地握手。他说他要出席一个会议，中午赶回来，给我接风。他匆匆地走了，但却给我留下了很深刻的印象。他长得很美，身姿也潇洒，用今天的词语形容，绝对是玉树临风。

中午小酌，他善饮，语锋直爽；我也如是，有一见如故之感。便商议，一同干一件开创性的事。就创办了《房山政协报》。报纸是月刊，采、编、校、印、发行，都是我们两个人干，而白天都有各自的事务，就用晚上的时间。所以就商定，每周的一、三、五住单位，把业余时间用于工作。

报纸版面上的文章几乎都是我们自己写，用了许多笔名。因为我们的忘我投入，把政协的宣传工作做得风生水起，使房山政协的对外影响急剧提升，名列区县前茅，以至于政协主席经常在北京市、全国做典型发言。

即便如此，我们也不居功自傲，每到年底评先进，总是评他人，即使是有晋升指标，也不争执。虽然我们干得很出色，但职级最低，我是科员，他是副主任科员。我们没有当官的观念，只有干事的热情，位卑却很快乐。

我们每每要骑自行车到二十里外的苏村印刷厂点红、定版，一路欢笑，把办报看得很神圣。一次归途遇雷阵雨，大石河的水突涨，淹没了道路。我们把自行车扛在肩上，涉水而过。我们不心疼皮肉，但心疼车，可见真的很忘我。

那时我们真的很有激情，日常工作，业余办报，整天忙碌，但是一点也不觉疲惫，还觉得应该做得更多一些，于是就设计了家乡主题的文学创作，要通过自己的笔，把家乡的历史文化、民俗风情、杰出人物都悉数写出来。我们想到做到，陆续合作了上边所说的三本书。

后来我在《太阳每天都是新的》的后记中写道：

据说，文学是一个极难弄的行当。那么，我们就弄文学吧，这就是我们的性格。

而我们并没有奢望，也不怕被文场的大家所鄙薄。我们生在房良这块古老的土地上，就要首先在这块“母土”上留下足迹，然后，才能走向远方。

而且笔下的一切，都是友谊的印记，因此，我们格外珍惜。

我们之所以能够一拍即合、心心相印，一是因为我们有相同的性情。我们对外有一句共同的口头禅：二人皆属兔，均率性温柔，重情重义，不问世俗。二是我们有共同的人生追求。不求物利、不求功名，只求心灵的自由伸展，过一种豪迈的生活。

一同工作，一同做事，自然而然地使我们进入了对方的生活，而且是全方位的深度介入。在单位办报的夜晚，我们形影不离，即便是回到家里，常常也是筷子刚刚拿起，就听到了他的敲门声。赶紧让家婆再添置两个小菜，我们在一起畅饮。到了最后，双方父母、兄弟姐妹、妻子儿女、亲戚友朋都成了共有的成员——一有家事，就共同承担；一有来客，就共同接待；一有外出，就结伴而行。

因为自己的文化作为，张振乾被外派到良乡镇任党委委员、宣传部长，比我先一步走出了政协的大门。他并不看重这个官，觉得我们的合作与友谊才是合乎本性的大事，就去区委组织部斡旋，不允，只好悻悻地走。他走之后，我一人难以支撑《房山政协报》的编务，遂停刊。基于我的文才，政协领导让我编文史资料，比原来清闲了许多，就投身于自己的文学创作，其成就渐渐地比他大了起来。

虽身处两地，但心还是紧紧地连在一起，我每有新作发表，他都要打电话祝贺，并派车接我一聚，煮酒论文。这时他有了明显的忧伤，因为做官后杂务缠身，他顾不上文章的事，心有不甘。但他又是一个做事认真的人，不喜欢的工作也做得有声有色，两年之后，又当了农工商总公司的总经理，跟文学的关系就更远了。我在文坛上有了自己的位置，他真诚地为我高兴，主动地帮我解决一些生活上的事，譬如他看我家居寒酸，就动用关系，帮我装修房子。他说，堂堂的一个大文人，也应该注重一下门面。父亲患了癌症，诊费颇巨，他经常送来钱物，帮我渡过难关。三弟娶亲，他也帮我操持。看得出，他是在充当长兄的角色。他这时常说的一句话是，我以文为贵，但不以文为业，而你既以文为贵，也以文为业，不要分神。

1996 年，我也被外派到一个乡镇当了乡长，他则改任区旅游局局长。从此我们之间官话多了起来，首先想到的，是如何很好地履职。我们的交往好像又频繁起来，因为同是行政官员，一起开会的机会多，谈工作的时候多。饮酒的时候，他会意味深长地笑，嘟囔道，嘿嘿，史大乡长。我知道他的意思，一个正经文人，却要去当一个事务性的官，他觉得好笑。我说，这没办法，这是中国国情，人才的价值，要靠官位验证，你不也是这样吗？他说，我和你不同，在文学上我是半瓶子醋，荒废了也不可惜。

后来，著名的单霁翔先生到房山区任区委书记，结识之后，他对我说，你就是大名鼎鼎的凸凹先生？就不要当什么乡长了，回区里组建文联，把房山区的文学艺术搞起来，做到人尽其才。遂于 2000 年当上了区文联主席。

张振乾得知，比我还兴奋，他说，早该如此了。

他后来也被调回了区直机关，任史志办主任。我也调侃道，你也早该如此。

他面色阴沉，说，我跟你不一样，你是神仙归庙，我是“罪臣”遭贬。他大有不平之气。

事实上，他的旅游局长当得非常称职，把旅游收入从原来的三千万提升到八千万。但是新来的最高行政长官要放“卫星”，让他“达到”数个亿。为了仕途所需，他“膨胀”到一点五亿，首长还是不满意，就要设定的那个数字。他终于不可忍耐，说，现在的数字就已经充满了水分，我的内心就已经很是不安了，若是再注水，您就另找他人吧。首长说，那好，你不是爱写吗？你就去史志办吧。追究根源，是他的正直性格和文人本色害了他。所谓以文为贵，在他那里其实以良知和真为贵。

两个单位同居于一座办公大楼，我们又恢复了每周一、三、五晚上聚首的习惯。所不同的是，那时我们共同办报，此时是喝酒漫谈，痛斥人间不公。

我曾生一想法，想让他当文联的党组书记，我们还一起并肩作战，合作为文，走得更远一些。便征求他的意见后，找主管领导游说。但主管领导畏于最高行政长官的权势，不允，且说，他一个搞新闻写作出身的人，并不擅长文学。我说，他的实力我知道，他写滹沱河的散文、小说有很高的品味，在大刊物上也发表了不少。领导说，滹沱河是河北的，而这里是京西房山。

努力未果，他的忧郁更重。他是一个抱有激情的人，喜爱情感文字，而史志办整天跟陈年旧事和故纸堆打交道，不合其兴趣，但他又不想尸位素餐，遂有很深的痛苦。正此时，区里有文件，年满三十年工龄的干部可以申请提前退休，他不听我的劝告，提笔就写。

一日晚，我们小酌归来，正碰上遛弯儿的区委书记单霁翔。他拦住我们，说，我老远就看到了两个大才子，一直就等着。振乾，我有几句话要对你讲，他看了我一眼，说，我知道你与凸凹先生是莫逆之交，所以也不避他，我想要问，你年纪轻轻，身体又好，精神也充沛，为什么要申请提前退休？

振乾说，因为我符合区里的政策。

单霁翔说，别人提前退，我毫不阻拦，而你我要真心挽留，因为你有文采、有能力，又有丰富的工作经验，人也正直，提前放你走，是地区的一大损失。

振乾说，您是区委书记，您的恭维我真是不敢当啊。

单霁翔说，我看你是对区里对你的职务安排有意见，不过没关系，你可以自己选地方，你愿意去哪个单位，我都会说服其他领导给予重新调整。

振乾说，感谢您的体贴，但是我真的有实际困难，我的两个女儿都上大学了，老婆又多病，家庭开销大，我想借机下海，多挣点钱。所以，您要是真关心我，就顺利地批准我的申请，那样，我就感激不尽了。

单霁翔摇摇头，既然是这样，我也就无话可说了，人各有志嘛。

回到振乾的办公室，我对他说，单霁翔书记是学者出身，他有惺惺惜惺惺的情怀，所以他的态度是出自真心实意，你干吗断然拒绝，不留情面？放了别人，这是巴不得的机会，我建议你好好考虑一下。

他说，有权有势固然好，但我看重的是做人的尊严，绝不给别人留下议论的话柄。

他后来真的下海了，到通州著名的运河苑度假村当了常务副总经理。

有人说他早给自己找好了退路，才有那么坚定的决心。作为他朝夕相处的知己，我可以负责任地说，他当时尚没有下海的念头，真正想干的，还是与我一道从文，在文字里尽洒快意豪情。他是自断后路之后，在自尊心的驱动下，弄假成真。

他的心里背景是：既然说要下海，就要真的下海，并且要有游弋的风采，就像我们知道文学难弄而弄文学一样，要对得起自己的选择，让人看到言行一致的品格。至今他仍在海里，且拍岸击水，游刃有余，业绩不俗。

不过，在海里畅游久了，就再也没有坐下来的耐力，他与文字渐行渐远，直至彻底告别。以至于对自己留下来的文字，也十分漠视。区里编辑精品文艺大观丛书，要他挑选自己的作品，他也毫无兴趣，说，不过几篇练笔之作而已，就让它自生自灭吧。我说，在我看来，你的作品均属上乘，如不收入，很难完整展现房山创作实绩，从为家乡文化负责的角度出发，你应该重视。他说，既然你看重，就任由你处置，选与不选，选多选少，悉听尊便。

对他的态度，我颇有意见，对他说，你真是离乡久了，心里已少了家乡概念，多了江湖习气。他说，然而，家乡人眼里，还有我吗？即便是你，对房山的文化的发展那么兢兢业业，忘我付出，可是房山人眼里又有你吗？

他的反问，让我无言以对，因为他点准了穴位，激起了我复杂的心绪。

现在看来，我们俩虽然都属兔，但性情上还是有大不同。他决绝，我优柔；他耿介，我敦厚；他拿得起来放得下，我则左顾右盼顾虑太多；他眼里不揉沙子，我则一切逆来顺受。因此，他是一条铁铮铮的汉子，我则是一介唯唯诺诺的迂腐书生。

前年单霁翔先生从国家文物局局长位上改任故宫博物院院长，相对的超脱，使他想起了房山的贾岛故居。他推动各方，要在这里建一座贾岛纪念馆，他想到了我，要我搞展陈内容设计。多年不见，一见还那么自然亲切。他居然与我热烈拥抱，且当着众人对我说，凸凹先生，你已经是著作等身的大作家了，我要问你，当年我把你从乡镇调回，专搞文艺，不知是耽误了你还是成就了你？

我说，在得失之间。

听我回答得这么不符合官场规矩，陪同而来的我的老领导、区政协主席唐淑荣女士说，你真是不改文人习气，连个感谢的话都不会说。

我不禁苦笑。

单霁翔先生说，不过，这才像凸凹，或许他说得还有些道理。

我觉得，单霁翔先生有设身处地的理解，在中国，衡量事情的利弊得失，没有非此即彼的简单标准。所以在饭桌上，我真诚地敬了他一大杯。他受到感染，也把杯中的酒一口干净，小声问我，振乾现在怎么样，我说，他很好，成了大款。他说，那很好，你替我捎个话，问他好，告诉他，挣钱固然好，但要注意身体，算来他也是六十好几的人了，不年轻了。

2014 年 6 月 21 日

体恤

友人家产杏，早晨差其子送来两箱，系上好的大白杏，在市场上罕见。

想到五叔就在邻近的一个小区当看门人，就驱车给他送去一箱。

故乡处京西山地，素产杏，家人就都有吃杏嗜好。五叔如果不是出于生计到平原来打工，现在一定会在自家杏树之下甘享美味。他有两儿，大儿在村里给石板厂老板拉脚，挣几个辛苦钱，三十已过尚未娶亲；小儿娶了一个需换肾的病女，家境贫寒。所以，五叔虽已过花甲之年，也不得不背井离乡，自谋生路。

他那个看门的窝棚，四面透风，冬天奇冷，夏天匝以蚊蝇，虽苦不堪言，也隐忍，为的是每月一千二百元钱的进项。他与五婶人各一方，不能照应，颇让人怜。每到节假日我都要给他送去烟酒吃食，节令果蔬，旧衣旧物，也顺手送。他大为感激，屡屡感叹，说大侄胜于亲儿。

见我送杏来，黑面牙豁的他，又情不自禁地落泪，口中喋喋，这可怎么好，你的恩德，我如何能报答？我瞪了他一眼，说，你这是什么话，我是你的侄子，跟儿子又有什么两样？你切不可见外。

到了机关，去吃早餐。遇当保安的一个熟人。他姓骆，原在我们小区物业当水暖工，人很敬业，但收入极低，得知我的家婆在社区服务中心负责，能安置四零五零人员，就冒昧来求。家婆体恤，给他安置，所以饭厅一见，他就对我点头哈腰，如下民遇见皇帝。我心中颇酸涩，对他说，你尽管吃你的饭，别这么客气。由于区委机关吃的是自助餐，他盘中取食数量很大，包子六个、鸡蛋四枚、馄饨两碗，还有肉卷二。一处级干部见状，对我说，这些个人，真是恨吃恨喝，如果是按量交钱，恐不这样。我瞪了他一眼，觉得他养尊处优到失去了同情心，不再悲悯小民。骆姓保安用餐毕，毕恭毕敬地前来告辞，我小声地对他说，你以后再遇见我，不必这样，就当不认识我。见他一脸雾水，我解释说，你卖辛苦挣钱，对谁也不该欠，不能见人低三等，你应该活得自在一些。

早晨的经历，让我颇多感慨，觉得这个人间世，真是颇多不公——普通小民生路窄，却苦在苦处乐，富生感恩之心；官面人物活得优裕，却乐在乐处苦，少有知足报世之志。这个社会之所以尚欠和谐，是因为有人得到的太多，因而不觉得得；有人得到的太少，因而也不觉得失。如果两者都能做到换位思考，或许就有了全新的认识，有了在不平中求平的动力。

下午四时，家婆打来电话，说她正陪儿媳在华冠购物，欲给儿媳买几件夏日美衣。晚上还要留下吃饭，让我早点回。我撂下电话，突然想到今天是周日，应该去探望母亲，便猝生一计，又打电话给她，对她说，你既给儿媳买衣，也要想到婆婆，我一会儿去把老人接来，三代人共进晚餐。她说，我明白你的意思，就随你。

我四点半就去接母亲，怕她已操持晚饭。进门，看到她正迟暮地看电视，似醒非醒。身上穿的是我淘汰下来的隔年 T 恤，把整个身子都罩在里边。我对她说，收拾收拾跟我走，儿媳要给您改善伙食。她眼中大放光华，忙不迭地从箱底找出舍不得穿的衣裤，笨拙地换在身上。照镜子时觉得自己的头发凌乱，便用心地梳起来。母亲的头发已经全白，梳理时还不停地掉头发。临出门时，她突然大叫一声，不成，我还要洗把脸。

五点半回到家里，家婆和儿媳都在。家婆在厨间忙，儿媳在客厅看电视。母亲落座之后有些不安，她想去帮厨。我悄悄地把她摁下，小声对她说，她儿媳妇都闲着，您也闲。母亲也小声地对我说，你年纪轻轻，老理还很多。

饭菜上桌，儿子回，亲热地叫奶奶，并说，我换了新单位，人生地不熟，比较忙，没时间看您，请您原谅。我对他的表现比较满意，对他点头微笑。家婆命开饭，我说先不急。她冷笑一声，说，我知道你的心思。便拿出给老人买的两件新衣，让母亲试穿。母亲一试穿都很合身，受宠若惊地傻笑，不停地说，我一个老人，干吗破费？我说，这是你儿媳的一片心意，穿就是了。

这餐饭吃得很快乐，像过年。

饭后家婆命儿媳也试穿新衣，说是穿给奶奶看。她的决定因为有前期的铺垫，我觉得很适宜，也就怂恿。

几件新衣儿媳依次试来，件件惊艳，大家一同感叹。

母亲喜极，频出睿语，譬如，她说：

人是衣服马是鞍；

脚底没鞋穷半截；

炕上没席浑身是泥；

瓜秧儿不济却结好瓜。

……

前边三句没有新意，是在说衣服好；后边一句，大有深意，是在赞美后辈。儿媳妇写一手好散文，冰雪聪明，奶奶的话她自然听得明白，便心花怒放紧拥了老人叫奶奶，亲昵不止。

家婆很是得意，认为这一切都是她的功劳，对我说，你看我多会给你操持、撑足了门面。

我说，我既看重门面，更看重门面背后的东西。

她说，跟你们文人在一起生活，忒累。

大家笑在一起，心无芥蒂。我便对儿媳说，闺女，你奶奶在我心中就是一把尺子，我会时时用这把尺子衡量你和你的婆婆。儿媳说，爸，您放心，我会真心跟奶奶和妈好。

2014 年 6 月 22 日

第四辑

放不下的身价

我所居住的单元楼，除了我是一个现职干部之外，其余都是老干部。就不时地发生一些有趣的事，譬如今天就一连发生了三件，让我看到事情之外。

一吴姓老人，退休之前是地区以著名企业的厂长，有叱咤风云的历史。他几年前得了脑梗，出院后加强锻炼，每日早中晚骑三次三轮车，几乎是风雨无阻。很是奇怪，我每次晚上遛狗，只要他骑车归来，狗都会啸叫着把他追逐。他总是面带微笑低头不语，听任于狗。但今晚就不同，他突然把车刹住，大声叫我，你过来。他说，俗话说，子不教父之过，那么，狗不教人之过，你堂堂一个领导干部，竟听之任之家里的狗欺负一个风烛残年的老人，你是怎么接受的群众路线教育？我一愣，本能地感到此时不能再做戏语，便把狗薅住，拎到老人面前，对它说，你给我记住，这是吴老，是你家主人的老前辈，平时我都毕恭毕敬不敢怠慢，你更应该毕恭毕敬不能得罪，否则，我就打断你的腿。狗好像知错，咻咻地吐着舌头，甚至还想舔他的手。吴老把手缩回去，一笑，这还差不多。

老刘退休前是一个乡镇的副镇长，原来很少见到他的身影，现在则每晚都能见到他在楼前晃动。他是在拔甬道上的草，修补街面上活动、残缺的砖。我说，不愧是领导干部，即便是做了平民也有觉悟。他说，狗屁，我是闲得没事干，以此填补空虚。今天，我遛狗出门时，见他坐在甬道上正在修一辆自行车，一小时后归来，见他还在修，只不过身边多了一个半大孩子。我停下来，说，街口就有修车的，三两块钱的买卖，推过去就得了，没必要这么费事。他说，以前自然是这样，但现在有的是工夫，再去花钱就冤枉了。再说，我孙子就在这儿看着，如果不把它修好，他会说，我爷爷就会当官儿，其他什么本事都没有。

还有，早晨去上班，正急急地往前走，三门栋的老张闪出身来，朝我吼了一声，站住！见我一脸错愕，他说，虽然住在一栋楼里，没想到你原来是个名人，与浩然、刘绍棠还有一比，出了很多书，我怎么一本都没有见到？我嘿嘿一笑，您别开玩笑，您老其实早知道我爱写作，今天这是怎么回事？他说，我昨天晚上看电视了，市里给你开了个什么研讨会，人家把你捧得很高，不由得让我寻思，难道这小子真的有两下子？我说，那都是宣传需要，不可当真。他说，别给我打马虎眼，党的媒体是很严肃的，你赶紧给我拿本书来，有了成绩要及时向领导汇报，不然就没成绩了。老张原来是一个乡镇的一把手，有很强的领导意识，平时聊天都是满嘴的政治理论、政策法规，一点都不含糊。我赶紧踅回去，取了一本长篇小说，签上“敬请张老指正”的字样，谦恭地呈上。他翻开扉页，看了一眼我的签字，说，这很好，你在我的心中立住了。

所以，住在这里很好，在官与民之间、在势与去势之间，能看到人性的本相，既接地气，又能引发思考，可安于斯享于斯，类似福地。

2014 年 6 月 23 日

与生活言和

我感到，人一过五十，就感受不到爱情了。然而，在爱情麻木之处，人们往往更渴望爱情。

与家婆分居二室，遂复读白朗宁夫人的爱情经典——《抒情十四行诗集》。该书由四川人民出版社印行于1982年4月，我购于同年7月。

那时我正就读于北京农职院的蔬菜专业，由于不安于枯燥的农学，拼命地亲近文学，酷爱读诗。且每有心得，渴望与人言说。

恰好我的表兄军也痴情于诗，每日勤于动笔，写得昏天黑地，便自然吸引，一拍即合。我每到周末，就乘车拜访，一同喝酒吟诗，不舍昼夜。他订阅有《诗刊》，常为我朗诵上面的作品，慷慨激昂，自恃为天纵之才。遇到不入眼的作品，他会大怒，竟至把整本刊物撕碎。碎后，还想读，就趴在地上，把碎片再拼贴起来。这种大发神经的做法，让人迷醉，我觉得他天生就属于诗，生出激烈崇拜。

分别后，竟有强烈思念，不停地写信。有时一日竟连发三封，情感黏着，胜于男女。他在信中随兴赋诗，词采、文思不输于《诗刊》上的作品。我抄录下来，替他投稿，竟篇篇不中。由此我恨诗坛，觉诗坛人物有眼无珠，都是欺世盗名之人。恨诗坛，反而更爱他本人，一得机会，便如脱弦之箭投奔于他，耳鬓厮磨，甚至还睡在一个被窝里。

一日，我发现他已有一女友，竟心中嗒然，颇似嫉妒。他的女友姓武，姿容凡常，身高而瘦，却有一双大胸乳。被我视为女妖，不愿与之言。此女也爱好文艺，好作惊人之语，被军视为知音。他们在一起时，总是热议白朗宁夫人十四行抒情诗，且以白朗宁和白朗宁夫人自况，好像要学习他们的榜样，也成就一番惊天动地的爱情。

由于嫉妒，我不看好他们的感情，认为他们近似肉麻，在一封给军的信中，我竟说，武女浅薄，不过是有傲人双峰而已，所以，你之所迷，乃形而下的欲望，让我看俗。他回信说，友情和爱情，是两种东西，你要学会区别，不然你会永远也长不大，更甭说成就文学。

武女的介入，让我心生不爽，与军的交往便渐渐疏远了。但我却走进了白朗宁和白朗宁夫人的诗，觉得她的十四行诗既让人血脉偾张，也让人意象频生，助人于俗处升华。

我读白朗宁夫人的诗，与军和武的着眼点不同，他们看重其中的爱情信息，惊异于爱情可以医病，让一个叫伊丽莎白·巴莱特的腰瘫之女，在情爱的牵引之下，走下病榻，走向诗歌，走向白朗宁夫人。我则看重同声相诉、同气相求的知音境界，可以改变人的心灵格局，从小我走向大我。巴莱特早期的作品，不过是深闺里的感叹，是白朗宁让她走出户外，关注童工、关注黑人，就他们的命运改变发出深情呼吁，写出与时代和社会有关的大情怀。

因而我开始关心身边的人与事，生民与社会的痛与痒，写出关乎时代的文字，并开始在报刊上源源不断地发表。

他们的爱情则没走出书本，因追求惊世骇俗，常弄出一些“有伤风化”的小事情，便愈来愈与周围的环境格格不入。姑母和姑父因反感于武女的嗲与妖，也不认同军的狂与傲，从中作梗，不使其进入婚姻。军在忧愤之下，出外打工，到燕化胜利厂抹灰班当了工人。繁重的体力劳动，使他心灰意懒，渐渐远离了诗歌。

有一年他来看我，胡子盈腮，油渍灰斑遮蔽了工装的底色，有不能遮掩的落魄之相。酒熏之后，他做诗自我调侃——远看是逃荒的／中看是要饭的／近看是燕化抹灰班的。

我无言以对，不停地叹息。他被激怒，说，你现在也人模狗样了，也出了书，加入了作家协会，这一切是谁给的？是我，是我领你进了文学的门槛。所以，你能写并不牛，写得拔份才是真的牛。因为你现在不是一个人在写，而是代表我们两个人，不，三个人，在写。

就这样，他理直气壮地把他和武女的文学理想、文学使命都不容分说地交给了我。

这岂止是白朗宁和白朗宁夫人的事业，也把他们的门人强行拽入！

军既从高处跌下，就变得极端入世，为了增加收入，他申请到坦桑尼亚援外，拿双份工资，并得到一些外贸商品，早早地置备下了彩电、冰箱、录像机等当时十分热门、并让人眼红的家用电器。物质条件的改善，吸引女性追逐，便择一貌美者娶之，过普通人的小日子。

起初还心安，久了就不如意，因为文学的底蕴，他情怀里还是有高洁的东西，而妻子凡俗，美貌之下，不过是生活中的鸡毛蒜皮，便多生龃龉。况且，军妻性拗，脾气刚烈，不容他放纵，就多吵闹，且不时大打出手。在征服与反征服的较量中，内心锦绣的军败下阵来，彻底臣服，沦为凡夫俗子。然而他心里还装着武女，还有一点沉潜的浪漫，平静之下，就有了更深的痛苦。

去年一个晚侄娶亲，在婚礼上我们相遇，见他颜面刮得异常净洁，衣服也穿得异常笔挺，不带一点岁月沧桑，好像日子过得很得意。想借机与他畅饮叙旧，他却说，我已戒酒，只亲近美食。问他何故，他说，酒后常失控，丢乖露丑，然而儿女已长大，得保持最起码的父尊。

我知道，文学的军，已真的成为过去，他已与生活言和。

想了这么多的过去，我心绪复杂，为了能够平复，只有借助于手边的这卷白朗宁夫人诗集。给我感触最深的是第九首，不禁轻声地朗读：

能不能，我有什么就拿什么给你？
让你在我身边承受苦涩的泪水，
听着那悲叹的岁月流逝飘飞，
在我唇边重复着叹息，
我的唇已经被微笑离弃，
就算你万般恳求那笑容也难得一回。
啊，我怕会铸成大错！我俩不配
作为情侣；我承认我也伤心悲戚，
像我这样，捧出如此微薄的礼物，
必定被视为吝啬。唉，我不想
让自己的尘土将你的锦衣玷污，
我不想自己的浊气喷到你的威尼斯水晶杯上！
我什么爱也不能给你——因为这是个错误。
爱人，就让我只爱着你吧！让它成为过往！

读罢，我酸涩难耐，哭了。

白驹过隙，韶华易逝，总是物是人非；而人又不能主宰命运，不甘又如何？只能按生活规定的河岸，不自主地流去。

或许，这就是所谓的通透。人生的安妥，缘自放下所执，顺其自然，随遇而安。

2014 年 7 月 2 日

自行车的承载

午睡前看《南方周末》（7 月 3 日），读到宁肯忆旧散文《自行车》。不禁也勾起了我对自行车的有关记忆。

山地的行脚是驴、骡和马车，所以自行车进入我的视野，是考上高中走到平原之后的事情。

平原的大马路上不断有自行车走过，但也没有让我对它发生兴趣，因为骑车者都是陌生人，跟我的生活无关。

和我睡在一张床铺上的同学刘军，家住葫芦堡赵庄，离我们的学校有 20 多里的路程。第一个学期他都是走着来，等我们因性情相合建立了彼此信任的友谊，他才把家里的一辆旧自行车骑到了学校。为什么特别标明“信任”一词？是因为他的骑车，并不是为了行脚之便，而是他们家在偷偷地做着买卖。自行车是他们家做买卖的工具——他兄弟姊妹 5 个，嚼口多，家境极贫，他的父亲就在暗地里养鸡。每到星期日，父亲就用自行车带着鸡蛋和不生蛋的鸡到学校旁的地下集市。父亲张罗交易，他则观敌瞭阵，不让人看出破绽。虽然已是二十世纪七十年代的后期了，但还是没有公开的农贸市场，他们的做法属于投机倒把，是会被惩办的。等我们成了朋友，能够与他共担当了，他的父亲就不亲自来了，因为成年人目标明显，也耽误生产。他就让刘军自己骑车带来家禽与蛋，让我配合他完成既定的交易。

因为家距学校有一百二十里地之遥，而且每天只有一次班车，稍一错时，就无车可坐，所以，月末之外的星期天我是不回家的，正好帮他完成友谊的义务。而且这种偷偷的动作，神秘而刺激，我们能一起享受到一种莫大的乐趣。他交易完成之后，会迅速回家，把收益交给父母，然后再骑车赶回来，跟我一道吃晚饭。这顿晚饭给我留下了终生难忘的记忆——他每次都会带回来两张热乎乎的大饼，一罐头瓶熟咸菜炒黄豆，裹在一起咀嚼吞咽，真是奇香无比。这样的美食享受的次数多了，竟渴望见到烹制美食的人。我提出跟他一道回家去，见一见他的父母。她的母亲瘦而清秀，浑身有一股说不出的清爽之气，看人的眼神也慈和温暖，让人顿生敬意。第一次进家门，我就情不自禁地认她做干妈，让友谊升级到了亲情。

刘军的自行车在周日完成使命之后，由于他也寄宿学校，平时就放在学校里，我就自然有机会学会了骑车。练车时经历了不少次摔摔倒倒，车子也送去修过两次，但因为已是自家兄弟了，他只心疼人而不心疼车。学会骑车之后，心中竟生出莫名的冲动，有了放飞的欲望。第一个举动，就是不顾他的劝阻，在晚自习时骑车回家。100 多里的山区公路弯多坡陡，我居然没有一丝畏惧，俯身撅臀，放纵地较量膂力。骑行一半时，两瓣臀尖开始隐隐作痛，之后，像有两团火苗在臀下烧起，再之后，臀瓣像迅速地往肥厚里生长，肥厚之后，便没了感觉，只剩下了机械的动作。夜半到家，整个人麻木得像长在了车上，已无能力下车，就任其摔。摔倒之前紧紧地抱住腰间的挎包，因为那里边有干娘精心烹制的一罐熟咸菜炒黄豆。

父母被唤醒之后，懵懂不已，这孩子是怎么了？

我则傻呵呵地笑着说，爸，妈，这以后我就能经常回来看你们了，因为我学会了骑自行车。

这之后，我就真的经常骑车，不叫他们惦念。而且因为有了骑行经验，掌握了节奏，学会了用力，不再有初次那样的身体之苦。

就这样，自行车打破了山路阻隔，密切了亲情。

专业学校毕业，我被分配到一个叫“良乡”的基层乡镇（那时叫人民公社）。由于我年轻，在分派下乡任务时，镇辖区域中最远处的村落，就分派给我。譬如梨村，譬如安庄。那时下乡，单位不提供交通工具，一切都要靠下乡干部自行解决。我刚参加工作，买不起自行车，只有借。借来的车辆，在骑行时，要加倍小心——遇到沟坎，要下车推；遇到泥洼，要用肩扛。因为是人家的私有财产，稍有损坏，就难为情，损坏严重，就得赔。这样，人与车之间就有了倒置的关系，人沦为奴隶。见我闷闷不乐，公社主任以为我怕路远、怕累，专门找我做工作。我对他说，这里没有觉悟的问题，只有人情的问题。公社主任恍然大悟，笑着说，这没关系，我这里正有一辆自行车，你尽管骑。

有了公社领导派给的车辆，我的顾虑烟消云散，有了在田野里放飞的大好心情。属于青春期的野性和顽劣也就放纵得无遮无拦——遇到沟坎与泥洼，我会早早地提速，到了跟前会猛地一提把，飞越过去。三年下来，我有了一流的骑技，下乡工作也完成得顺风顺水，机关上下一致称赞，年度先进屡屡获得。但是胯下那辆车却惨不忍睹，除了铃铛不响，浑身全响，待我被选拔进县委机关时，车子几近报废了。公社主任给我送行，酒喝得昏天黑地，借着酒意，他哈哈大笑，对我说，我造就了一个县委干部，却搭进我自己的一辆车，不过，也值了。原来，他以公社主任身份派给我的车辆，却不是公社财产，还做得那么自然而然，不给别人增添心理负担。

这是怎样的领导干部啊，我惊愕不已。

惊愕之余，也隐隐地生出一个念头，在今后，也一定要像他那样做人做事。

现在想来，自行车的事，已不简单是物质属性，一如仓廪实方知荣辱，物质的前提其实是很重要的，它关系到人的生存状态、心理状态和境界状态。因为自行车的存在，我的青春才得以放飞，我的亲情才得以维系、我的干劲才得以提升，自行车已人格化了，它是我的感情记忆和精神细胞。所以，那种断然的傲物态度是不可取的，那种一味地否定 GDP 的做法，也会产生新的隐患。

2014 年 7 月 7 日

心中的文艺劳模

到今年9月，文联秘书长赵思敬就要年满退休。

一想到这一点，我不禁心中嗒然。

从1986年相识至今，我们竟然有了二十八年的交往。

都说人间无至人，但稍一回想，赵思敬与至人庶几近之。

1986年，我在房山政协编《房山文史资料选编》，他在《燕山油化报》编副刊，因喜写文史小品，便有稿件送来，遂相识。他那时，与有相同嗜好的张寿江形影不离，故，每次都是结伴而来。因为工作生活在工业区，二人绝无乡下人的那种委琐、狡黠之相，行止磊落大方，言谈坦率质直，且只谈学问，不论人事，给人以好感。所不同的是，赵思敬总是徐徐道来，而张寿江则眉飞色舞。

他们对学问很认真，稿子投过来之后，还不时打电话，进行补充修订，让人不敢懈怠。二人文字之外，还有另好，赵好书法、好摄影、好诗词、好藏书，张则好金石、好扇面。所以，每有投稿，还辅以照相、篆刻，以求图文并茂。他们善与名流交往，与史树青、范曾、欧阳中石、康殷、李准等都有往来，只要谈到哪个名家，他们都能讲出许多趣闻轶事，也能拿出留影、手迹、签名、赠品以做证。他们虽交游广泛，眼界宽阔，但却从不矜持卖弄，好像这一切，是再自然不过的事。

这就把他们同周围的文化人区别开来——他们博识、通透、儒雅、谦抑，好像天然就属于文化。

1996年冬，父亲得了肝癌，无灵丹妙药以保命，只好窝在家里，用吗啡、杜冷丁消解疼痛。时间久了，镇痛效果锐减，便寻民间偏方。一小诊所的中医闻讯前来，说他研制了一台镇痛仪，愿义务救助。果然有效果，病痛能够忍受。给其诊费他拒收，相持不下，他说，你既是文人，若非要表达谢意，就写几笔，在报上发表。因为我的诊所无名，门庭冷落，一如好酒也怕巷子深。

这几乎是软广告，一般报纸不会刊发，即便发表，也要斥以重金。无奈之下，想到赵思敬。文稿之外附了一封短笺，说了秀才人情纸半张之意。稿子寄出不久，就收到一大叠样报，也附一短笺，说，令尊之痛，乃大家之痛，既是秀才人情，绝不打折扣，原文照发。

从这时起，我们的交往，上升到感情的层面。

后来我到赵府登门致谢，刚要说感谢的话，就被他笑着拦住，拽着我去看他的藏书。他的住房有宿舍性质，标准的蜗居。但卧室、客厅，甚至包括厨房、卫生间，都被他“塞”满了书，留给生活的空间便极其有限，几乎是仅够容膝。书架之外是书垛，层层叠叠，翻检不易。但是，只要你说出书名，他总能从被覆盖、遮掩之处迅速找出，让人惊讶不已。我不禁感到，他真是个读书种子，一如劲草，地表之乱，乱不了他捕捉阳光的意志，总能向上生长，且钻隙而出，站在明处。

他执意留我吃饭。吃的是水煮面条，无酒菜。面条是他从店里买回来的成品，他只是简单地煮。他告诉我，在生活中，他奉行极简主义，一身工装穿了洗、洗了穿，几把面条煮了吃、吃了煮，心中所想，只有书。

他肚里装的书的确多，几乎是无所不包。

中国的古典名著，只要你说出篇目，他都能给你叙述出大致的概要；古典诗词的名篇佳构，只要你说出题目，他都能倒背如流；历史方志，只要你点出方向，他都能给你作一番清晰的勾勒；地理名胜，只要你有所问询，他都能给你作一番泾渭分明的描绘；文献典籍，只要你有所借用，他都能给你提供有关的影印、图像、版本、考据、索引。

若说钱钟书是一座文化昆仑，赵思敬则是一座活的图书馆。前者在远处，我等羡而不妒，似与己无关；后者就在近旁，我等便自惭形秽、频生汗颜。

赵思敬的渊博，源于他的家学根脉。他的祖父和父亲，就好读，敬惜字纸。他的父亲，虽是工人，却喜钻研学问，遇到好的诗文，不仅研习，还恭恭敬敬地抄在本子上。我亲眼见到，他父亲留下的笔记，就有数十本。本子上的字迹，差不多都是小楷，很见功底。赵思敬参加工作后，也是工人，他父亲就先开导他，做工人不意味着就远离学问，要学会用书香修身养性，以便活得超逸脱俗。他听父言，勤于阅读。但父亲还嫌不足，告诉他，书要能真正读懂，并且装进肚里，就要勤于抄，不仅摘句，要抄全文，且要用小楷，做到一丝不苟（后来赵思敬成了书法家，入了北京书协，问他如何学书，他说，无他，抄书使然）。所以，赵思敬与乃父一样，也留下了很多抄本。娶妻生子后，家里的这个气氛，也感染了母子，也都手不释卷。他的儿子刚小学毕业，就把成人需要研修的古典文学必读书都悉数读完。他的妻子，因饱读诗书，悟性突出，被从售货员的岗位，上调到公司党委宣传部，搞文案、做电视节目。他们家可谓是真正的书香门第。

后来，我以他们家为原型，写了一部中篇小说《欢悦》，在大型文学期刊《长城》发了头条，并被《中篇小说选刊》转载，还被河北作协推荐为鲁奖的参评作品。不是我写得好，是原型的生活样相好。其中的主人公好作古体诗，为了增减现场感，我也贴着主人公的身份炮制几首。由于我不懂平仄，就找赵思敬请教，他一笑，把他父亲的两个抄本借我，一本是《逻辑学概要》，一本是《诗词学发凡》。比猫画虎地弄出两首，嵌在小说里，一些文友读罢，竟大加赞誉，以为我素有诗才。

赵思敬由于满身书香，就写了大量的文史小品，除了在各大报刊发表之外，还在他所在的厂报上以专栏的形式经年连载，大光版面，吸引了燕化之外的许多读者。这些文章应读者要求结集出版，为《闻喜斋随笔》《闻喜斋续笔》，成了许多文化人的枕边书。

上世纪末，赵思敬所在的燕化公司进行企业改革，搞一刀切，四十五岁以上的职工都被分流。或买断工龄，提前退休；或自谋出路，实行转岗。恰此时，《房山报》创刊，也恰好当时的区委宣传部长也是出身于燕化，对他有很深的了解，遂把他顺势调来。

以为是如愿以偿，却赶上一农民出身的主编。该主编无学问根基，且度量狭小，赵思敬的编报经验和满腹经纶，便被其视作无形威胁，就出一损招，不让他管版面，而是令其做广告事务。该主编还私下里放风，都说你是能人，我就反其道而行之——你越是能干的，我越是不让你干；你越是不能干的，我越是让你干，让你成为废人。

赵思敬内心温柔，不忍抗争，但内心的苦闷终究是要发泄的，便找到我。这既是出于多年来的相知，又是出于感情相近的信任。

那时，他几乎是天天给我打电话，可见苦闷之深。义愤之下，我不再顾忌人事关系的种种禁忌，经过一番运作，把他调进文联。

到了文联之后，他真正进入了人尽其才、如鱼得水之境。

首先是我把我们俩的关系定位在兄弟、同道、知己的层面，而不是世俗意义上的上下级——领导与被领导的关系，让他享受到被尊重的美好，做到尽展欢颜、知无不言。其二是给予他充分的信任和自由施展的空间，放手让他在自己最擅长的领域，譬如办刊、编书、策划书画笔会和搞文化学研究，使其才华得以绽放出最璀璨的光华。

他也珍惜天时，十几年来，兢兢业业，任劳任怨，埋头苦干，戮力而为。

参与创办地区文艺刊物《燕都》。不仅牵头组稿、审稿、编辑、校对、发行，而且封面、版式和插图设计都是他一人承担。《燕都》出刊十五年，总六十一期，已成为北京的名刊，成为北京，乃至全国文艺家向往的发表平台，没有赵思敬的鼎立支撑，是不可能的。我跟他开玩笑说，你在《燕山油化报》编副刊是在练兵，到了《燕都》才是作战，好像这个战场，就是预先给你准备的。

与我、崔国民、张东升、王德恒等人一道，创立北京第一个区县文化研究学科——《房山文化学》。周口店北京人遗址文献收集、贾岛诗词研究、房山民间文学集成、房山农民画钩沉和六个中心乡镇的地域文化挖掘等项目，包括2007年由房山区文联主办的“贾岛诗歌全国学术研讨会”，他都是工作支柱。文化学至今已出版了近千万字的研究成果，都是由他代表我履行了终审的职责。

与我、刘泽林、张东升一道推出两辑《燕都文丛》，皇皇三十三卷，近千万字，把房山骨干作家的创作成果悉数收进，成功地打造了一个“房山作家群”现象，使房山一跃成为北京的文学大区。在丛书的编审、校对环节，他以极端负责的精神，对我已签订了的文稿，也锱铢必较，反复推敲，决不放过一处错讹一个别字，其严谨作风，让人感佩不已。

可以说，文联的每一份出版物上，都凝聚着他的心血和倾力付出，且甘心情愿，不讲回报。

然而，这只是他工作风貌的“惊鸿一瞥”，其实，他在许多方面，都有其独特的贡献——

譬如他因为有很强的文献意识、档案意识，参加工作以来，积累了大量的历史文献和史地资料，包括文本、图像、原件，堪称是房山历史文化的私人资料库、档案馆。在市场经济条件下的今天，这些稀有资源，绝对是自己获利的独特资本。但是，在房山文化学研究、乡镇地域文化挖掘以及行业文化打造过程中，只要是需要，只要是他有，他都会毫不犹豫地贡献出来，供有关单位无偿使用。即便是他个人的研究成果、文章著述，只要是别人想借鉴、想引用，不管告知与否，他都慨然应允，决不计较所谓的版权与稿酬。许多人说他傻，说他不会经营，而他却说，私人收藏如果不被利用，会烂掉；个人智识如果不发挥现实效应，会胎死腹中——只要是被运用了，就是实现了我的个人价值，我深感欣慰和快乐。

也是因为他的文献意识、档案意识，他到文联以后，对文联工作的方方面面，他特别注意信息、资料和文献的收集、存储和积累，详细编制了历年的大事记，建立了活动图像电子文库，责编印制了《房山文联十年图志》，使文联的发展历程有据可查，为今后房山文艺史的撰写提供了原汁原味的一手资料。被广大的文艺工作者誉为我们文联自己的文献专家。

譬如他性情敦厚，处世谦恭，总是与人为善，体恤他人，也从不论人是非，一味地忍辱负重，就变成了一种人格力量。这种做人风范，因着他秘书长的身份，就带动了文联良好风气的形成，促进了文艺界整体的团结。在别的区县，普遍存在着文人相轻的现象，而整个房山文坛，却呈现出文人相亲、文人相重的大好气象，这是与赵思敬蔼然仁者的示范作用、“润滑”作用分不开的。令人感叹的是，他的“仁者”操守，竟坚守到了极致——由于他敬业，工作从不放低要求，总是精雕细刻，有人便说，他认真是认真，但不注重效率；由于他承担的事务多，而每一件事情他都力图处理得尽善尽美，就不会变通，统统苦干，有人便说，他负责是负责，但统筹协调能力太差；由于他有奉献情怀，不仅自己的收藏、积累和研究所得、文字著述供别人无偿使用，而且干什么都不讲条件、不讲回报，就给有谋利之心的人造成了心理压力，便说他虚伪、爱表现……面对这一切，他总是一笑置之，从不反驳，从不抗争。我曾对他说，做好人也要有底线，也要有原则，听到不实、不公之词，你要斗争。他说，主席，你说的我也明白，但是跟谁斗争？都是自己的文艺家，都是咱们服务的对象，你一“斗争”，就伤和气、伤和谐，影响合力的形成，得不偿失。赵思敬虚怀若谷，就像一团海绵，自己吸进脏污，还周围一片净洁。可以说，他是地区文艺界走向团结的一块磊落的基石。

回想与赵思敬在文联共同的十几年经历，我除了敬佩和爱戴之外，心里也有很深的歉疚——

即便是他贡献突出，但是由于文联的职数所限，他依旧是个科级干部。

即便是他渊博多识、底蕴深厚，可以写出无量数的文史随笔，但是由于我给他分派的任务太多、太重，几乎耗尽了他全部的心力，他无暇写自己的文章。他的密友张寿江，因为处境超脱，不断有文章在各大报上发表，且不断有新书问世。每一接到张寿江的赠书，面对日显老态的赵思敬，我都心潮不平。如果说，我用好了一个赵思敬，推动了地区文艺的发展繁荣，可以算是功臣；但是针对于赵思敬本人而言，我“剥夺”了他的创作时间，使他在个人成就上不能脱颖而出，堪称罪人。

即便是他无怨无悔，但是他的身体状况却每况愈下——发白齿豁，肩斜腰塌，全身都是病，反应也大不如以往那样敏捷。即便是如此，在我询问他退休之后有什么打算时，他竟毫不犹豫地说，只要你聘用我，我还跟着你干。我说，跟着我干就累。他一笑，累也不怕，习惯了。

听了他的话，我转身离去，因为我满眼盈泪，就要落下。而面对这样一位无私持重的人，流泪是一种侮辱，有假惺惺的味道。

我回到自己的房间，打开了去年 6 月 30 日的日记。那天，我被授予全国文联先进个人的称号。赵思敬主动陪我前往，说要把全国政协副主席、全国文联主席孙家正给我颁奖的镜头留下。日记中写道：

在回程的路上，到会场为我照相的区文联秘书长赵思敬，无意间感叹了一句：我这辈子最大的一个遗憾，是我父亲临终前，我没在他身边，这几天他总是在我梦中出现，让我深感不安。

赵思敬是我最亲密的工作伙伴，十几年来，文联的每一项工作，他都是出力最勤者。2006 年，我们两个人搞没有共产党就没有新中国纪念馆的展陈设计，由于要赶在“七一”当天开馆，便日夜赶制，他无法抽身回家照顾病危的父亲。在“七一”前夜，还有最后一块展板没有上墙，家里急电，要他速回，说老父咽气前要看一眼儿子。我催他归，他有极强的敬业精神，说，这块展板内容是我设计的，我不在场，怎么上墙？凌晨三点，终于告竣，含泪急归，父已僵冷。父一直不瞑目，他只好跪身抚其合。此情此景，令我都心中大痛，觉欠下了一笔大大的人情债。

以为岁月可以弥合伤痕，却适时裂开，刺痛心灵。我没有语言可以安慰，因为说出的任何语言都轻浮，便对自己说，这个荣誉不属于我，因为赵思敬这样的人才是月亮，我不过是掠其光华，使自己晶莹而已。

作为文联主席，有职无权，几近边缘，既不能促其荣升，也不能遗其金钱，只有一颗感恩的心——我终生敬重，并祝他健康永在，幸福长寿。

所谓“这个荣誉不属于我，因为赵思敬这样的人才是月亮，我不过是掠其光华，使自己晶莹而已”的感慨，是我真实的心声。

他是我心中的文艺劳模，其光华足可以照亮我未来前行的道路。

我们基层的文艺工作，新时期以来之所以有了实实在在的发展和繁荣，是与有一大批像赵思敬这样的、默默无闻、无私奉献的文联工作者分不开的。他们的名字虽然没被写在光荣册上，却深深镌刻在广大文艺家的心中。所谓桃李不言，下自成蹊，他们配得起。而且，一个地区能够出现这样的人才，也是颇不易的，所以我想，对赵思敬，不仅搞文艺的人应该学习他的榜样，整个社会，也应该给予充分的尊重。

2014 年 7 月 24 日

警惕犬儒

晚，在下班的路上，听车载广播，106.6兆赫中央人民广播电台“文艺之声”。一叫江美琪的小女生唱《对我好一点》，其中两句歌词把我触动：

嘿
你对我好一点
否则我随时翻脸
你对我好一点
否则我转身不见

回味一下，不禁感到，其实那个女生处于被动地位，表面强势，实际脆弱，不自信之下，乞求爱，求之不得，只好“逃”，“翻脸”不过是挽回情面的动作。

从小女生这里，我联想到现在人的生存状况，普遍地是外强中干、色厉内荏，缺乏直面生活的勇气，用“话”雷人。

回想自己的过去，土地哲学教我自身要强大，遇事切不可回避，要勇于迎头痛击，以牙还牙，以眼还眼。于是就有了可资骄傲的既往。

十二岁那年，夏季缺粮，人们饿，山杏进了场院，人们抢食充饥。家母与队长素有不和，便把她独从人群中赶出。我闻讯从墙上摘下猎枪，愤然指向队长。队长说，你甭拿枪吓唬我，我不吃这一套。我微微一笑，毫不犹豫地扣动了扳机，一条火舌就擦着队长的头皮蹿过去（这自然是我算计好了的角度）。队长被吓得一屁股坐在地上，很久很久说不出话来。队长从此留下后遗症，只要我一走近他，他就手足无措，面带谄笑。

虽然已上初中了，但性情依然顽劣，用八号铅丝弯成一把手枪，以橡皮筋为簧，弹射石子、土块和粉笔头，以自娱。一同学看不得我的快乐，趁我不备时把枪窃走，让我数日陷在焦急的找寻之中。在另一个同学的暗示下，我终于从他的书包里翻出，失而复得。他居然率先发难，在我的臀上狠狠地踢了两脚。我愤然把粉笔头顶上枪簧，指着他说，给老子道歉。他吐口痰涎，说，你扯淡，吓唬谁？话音未落，我已把“子弹”射出去，打花了他的眼白。他父亲把他背进我家，对我母亲说，你儿子把我的孩子打坏了，你得养。我母亲觉得天塌下来了，哭出声来。我狠狠地从锅里盛了一碗饭，蹾在那个同学面前，说，这有什么，就当咱家里多养了一条狗。后来，同学的眼睛渐渐地好，但他的心却多了怯性，有一天他颤抖着说，你是大爷，我惹不起，走了。

二十九岁我当了一个大乡的乡长，针对一个村的狗患，我决定打狗。我把那个村的村长找来，让他做好准备，予以配合。第二天我带队到了现场，竟见不到一条狗的身影。正纳罕间，本地出身的办公室主任对我耳语一番。原来，这个村长回村以后，先就把信息通报给村人，让养狗者把狗转移，以换得人心。我怒火中烧，却含笑问他，你们的厕所在哪儿？他谄媚地说，我带您去。进了厕所，我薅住他的脖领，大骂，我肏你娘！他一脸愕然，怯怯地说，您堂堂的一介大乡长，怎么骂人？我厉声说道，你自己清楚！然后扬长而去。他后来不仅主动整治了狗患，而且每项村政事务都按乡里的要求完成得有声有色，不让你分神。

现在的我却跟以往大不一样了——遇到不平，也能冷静；见到不喜欢的人，也能面带笑容；面对不恭，也能大讲宽容……究其原因，一是因为文联主席的身份，与文人打交道要有与之相匹配的风度和雅量；二是书读得越来越多，有知有畏，蛮性被涵养掉了，内心变得越来越锦绣、越来越温柔。

我有时不禁问自己，长久的读写，在获得智慧人生的同时，是不是也弱化了生命的力度，让犬儒主义占据了支配地位？

所以，我对那个小女生“对我好一点”的幽怨诉求特别敏感，很想紧紧拥抱她，并告诉她，不要只大声说话，被人看破无助，要保住自我，积累实力，悄悄地行动。

2014 年 7 月 30 日

“典型”的重新审视

晚间在杂物间里翻阅积存的旧报刊，看到上世纪七十年代的两种刊物：《农业学大寨》和《华北民兵》。前者的封面，包括封二、封三和封底不是照片就是绘画，属全彩印刷，而后者，封面全是纯白，只有刊名着红，极简却庄重，透着政治刊物的固有特征。

刊物里的文字自然无法卒读，但却勾起我对农业学大寨运动的历史记忆。我虽然出生在上世纪60年代，但那个运动在该世纪的70年代末才无声收场，当然会有清晰的记忆。

学大寨作用到我的故乡，最著名的事件，就是每到冬季，在故乡的河道里大规模地人造粮田。俗称：闸沟垫地，从龙口里夺粮。甫一入冬，河道里就竖起了红旗，山头上就架起了高音喇叭，其气势乃标准的热火朝天。受到感染，每户人家绝无有闲居者，只要还能迈动脚步，就都“战斗”在工地现场。我祖母已年逾花甲，又是个裹小脚的旧式女人，但她是三八式的老党员，即便是步履蹒跚，也终日出工，用荆筐往田堰上端石子。报道员觉得她是个榜样，就去采访她。问她你年龄大了，又腿脚不好，为啥也不在家里享清闲。她说，既然是党员，就要有一分热发一分光，我虽然年纪大了，端不了一筐端两筐。她是想说，端不了一筐端半筐，无奈心情激动，语义混乱了。也许是报道员粗心，也许是因为那时录制声音不是件容易的事，县广播站广播时，原样播出。村里人听后，都乐翻了。我祖母姓贾，乡亲们给他起了一个外号叫“贾两筐”。这个外号叫了很多年，起初祖母还恼，到了后来她还喜欢人们这样叫，因为她说能唤起她对过去那火热时光的回味。

但在河道里造田，忤逆自然规律，清俊俊的玉米长进夏季，大雨就到了——山洪暴发，所有田堰都被冲垮了，大部分庄棵都被冲走了，剩下的也横七竖八地躺在零乱的峁间，那裸露的气根像一缕缕的叹息。以为人们该接受教训，不再做堵塞河道的蠢事，没想到冬天一露头，红旗又打出来，人们投入造田的步伐反而更急迫。这时的人民群众，对党忠诚，对上级迷信，学大寨的意志坚定。于是造了冲，冲了造，毫不停歇。人们不懂什么劳民伤财，只懂得要听领袖的话，政治上一贯正确。

想着这桩旧事，我突然觉得对“典型”这两个字要重新审视。在那时，大寨绝对是农业战线的一个典型——踏平虎头山、大战狼窝掌，在没有土壤的地方造土地，在不长粮食的地方要粮食，体现了中国农民不信天、不信命，靠自己的双手创造生活的豪迈意志。但我们再看典型，特别是学典型的时候，要有唯物主义的态度，要一切从实际出发，而不是生搬硬套。因为典型都是特定环境下的产物，它有着只属于自己的生成土壤和发展条件；即便是一丝不苟地仿照，也不是原有的形态，它要经受被迫的适应，它会变异，因而最终的所得，也不是原来的主观预设，所以古时才有“橘生淮南则为橘，生于淮北则为枳”的立论。也就是说，所谓典型，不过是一个动力“符号”，学习典型，更多的是学习它的精神境界，而不是它的具体做法。我的故乡，照搬大寨的造田法，不仅没有得到粮食，还破坏了生态平衡，河道常年干枯，水草不生，鱼虾顿绝。更可怕的是，因为我看多了典型的反面和典型带来的灾难，典型的正面效应被逐渐消减了，不仅失去了敬意，而往往以走向典型的反面为荣。这种“反动”与反讽让我们哭笑不得。

奇怪地，这些旧刊物虽然经过几十年的封存，但用干布掸去封面的灰尘，“农业学大寨”几个字显得异常鲜红。鲜红之下，我不禁想到了父亲对我说过的话。

为什么家乡的堰田，造了冲，冲了造，明知道留不住，却毫不停歇？你以为他们只是因为听话，或者是因为愚昧？原因没那么简单。最不好明说的一条原因，是因人们喜欢。我那时是民兵连长，这一点，我比谁都清楚。

父亲告诉我，虽然冬天最好的营生是“猫冬”，孩子老婆热炕头地享受。但是觉睡足了，酒喝透了，女人的奶子摸够了，就觉得这日子太单调了、太没劲了。可闸沟垫地的举动让人感到有劲：红旗飘动、号子不停、炮声轰鸣、人声沸腾，让人感到是天赐的节日。最初人们是被迫出工，但到了最后，大家喜欢上了这种阵势、这种气氛。因为它让人兴奋、让人激动，可以发泄那多余的蛮力。

父亲还告诉我，虽然造堰田卖出的力气都归于无用，但这可是个比高低的机会。咱山里人就是怪，吃不饱、穿不暖不觉得低人一等，就怕人说自己没能耐。你看，这一造田，就出了多少垒堰能手，爆破高手，推车快手？多少汉子得到了吹牛的资本，多少女子让人称颂能干？就连你奶奶也上了广播。没用的劳动给了乡亲们在有用的劳动里所感受不到的快乐——人们能向别人显示能力，有荣誉感。

回味父亲说过的话，我感到，“典型”的影响一旦发生之后，就也如同一个西哲所说的“影响的焦灼”一样，局面不再能被典型的初衷所控制，它发生了连锁效应，变得陌生而复杂了，以至于人们不敢信任。另一方面，对典型意义的过度阐释、对典型作用的过度夸大，也在社会上产生了一种为当典型而“典型”，为当劳模而“劳模”，为当先进而

“先进”的功利化倾向。这很可悲，它将最终导致典型意义的荒谬与虚无，甚至导致人性的恶化。所以，我们在向典型学习之前，要做一番认真的审视，看清它真实的模样。

2015 年 1 月 18 日

老庄的现代版

本地的“笑佛”安法鲁先生日前仙逝，享年八十三岁。

安老的为人，我于前年的日记里详细地记述过，现在想来，还有需补充的部分。

三十年之前与之初识，他就有个阔大的身膀，肚子像一口大锅扣在身上，每进门时，身子还在门外，肚子早已登堂入室。都说肥胖短命，他却长寿，即便是逝世前的三二日，还与人谈笑风生。既长寿，又喜乐，有很高的生命质量。

1985年，我调县政协当秘书，他则从县委宣传部长位置上到政协当代主席。因为是届中而来，所以“代”。他喜与文人交往，经他的介绍，我认识了时任北京作协秘书长的赵金九和《北京文学》编辑部主任傅用霖。他留二人吃饭，邀我作陪。我那时发了“名文”《中国媒婆》，被陕西教育出版社收入《今文观止》一书。书被他发现，买来送我。从此以后，他替我大力鼓吹，说我是与鲁迅、郭沫若、冰心同居一室的大作家。因为高看我，当我提出要办一张《房山政协报》时，他率然应允。他还主动送来自己写的诗词，发在创刊号上。他写的是七言律诗，题目是《偕政协友人同游北戴河》。起句是：“东方出火球，往事乐悠悠。”我当时年轻气盛，敢说话，就拿着诗稿找他，说，安主席，把太阳喻作火球，形象固然形象，但过于俗俚，不雅。他哈哈大笑，说，他毛泽东都能说“不须放屁”，我老安怎么就不能说“出火球”，留着，留着。我被他逗乐了，感到他这个人虽贵为领导，却有童趣，殊可爱。

因工作单位与住家遥远，我那时每星期的一三五都住在机关，就有机会进入他的个人生活。晚间我正在寂寞中写作，有人轻轻地敲门。我问，谁？门外答，你们安主席。开门揖入，见他手提一个人造革的皮包，风尘仆仆的样子，但右腮却有抓痕。见我眼光疑惑，他笑笑说，不小心让猫抓了一下。他一屁股坐在我的床上，问我，你吃了没有？我说，早吃了。他说，你能不能再吃点？然后他不由分说地让我去县委门外的小店买点炸花生米、粉肠、猪蹄之类，别忘了带一瓶二锅头和两个火烧。餐品买来，他说，你陪你们安主席喝两杯。

他猪蹄啃得好，酒也喝得好，话头也稠密。他从马克思的《资本论》说到毛泽东的《论十大关系》，满肚子学问，让我震惊。还让我震惊的是，他右腮上的伤痕，殷红殷红的，看着就有痛感，然而却被他忘记了。正酒酣之际，桌上的电话铃声大作，他哆嗦了一下。他让我别接，只管喝酒。但铃声不断，我只好接。电话里劈头就传来严厉的女声——你们政协值班的怎么回事，有电话都不接，还是不是共产党的机关？我愣了，看一眼安主席。他幸灾乐祸地笑着，意思是说，我不让你接你非接，自讨苦吃。那边又传来厉声，姓安的老混蛋在不在？安主席朝我摆摆手。我说，你是哪一位，怎么这么没礼貌，我们政协没有姓安的老混蛋，只有姓安的主席。那边说，就是他，他在不在？我说，他不在。那边说，你小子别蒙我，如果你让我发现了在蒙我，连同那老混蛋一块收拾你。我说，悉听尊便。她说，有什么样的当官的，就有什么样的当兵的，真他妈的不假。放下电话，我气愤不已，安主席大笑不止，甚至把自己笑翻了。他擦着眼泪说，那是我那位老太婆，她在做河东狮吼。我自然知道，所以我故意望着他的伤痕看，他笑着点点头，调侃道，狮吼不果，故抓之。之后，他居然给我讲苏格拉底和尼采，说，他们之所以能成为伟大的哲学家，都是河东狮吼的产物。然后他狼吞虎咽地吃那两个烧饼，再然后他提起他的人造革皮包，对我翻翻白眼，说，你们安主席吃饱喝足了，该就寝了。他回到他的办公室，睡下了。

在他当代主席期间，这样的情形不断发生，所以，每当他敲门而进，不用他吩咐，我就去路边小店，给他采买吃食。就这样，我们无话不说，成为忘年交。

因此，我当文联主席之后，他总是上门做客，每有活动，他都不请自来，用他最具领导风范的身姿给我坐阵。

前年的一个下午，我们谈完正事，想留他吃饭，他说，切不可停留，我家的老太婆病着，我得回去伺候。他对我解释说，你别以为女人做河东狮吼，就是强势，其实她一直是脆弱的，一病了就更像个无助的孩子，每时每刻都离不开你。他对老伴悉心照顾，让人看到夫妻之间更深刻的一面。

安老先生是个极其旷达的人，一辈子都是带着伤痕笑。这种笑，融化了自己，也融化了别人。虽然他总是在学问层面高谈阔论，从不就为人处世有意施以教化，但其教化之功，已深深地浸润了每一个认识他的人。

大象无形，大善若水，把安老譬作老庄的现在版，是不为过的。

安法鲁遗体告别仪式搞得很隆重。

出席者甚众，人头攒动、比肩继踵。

彩色巨幅遗像两侧，垂一挽联，写道：爱国悯民 和谦共仰 慈悲哀山河 / 高风亮节 敦厚可馨 丹心映日月。

联语出自区诗词楹联学会会长、诗人颜景河，既与逝者为人相契合，也道出众人心声。

安生豫，颜出鲁，都不是本地人。安自外交部下放而来，颜缘于铁道兵地方“支左”，都是特殊时代的产物。虽是外来人，却很快融入当地，顺应本地人情世故，且为人均“和谦”，悲悯自己也悲悯他人。二人均与文化亲和，善读善诗，内心锦绣，人缘大好。安做过房山县的宣传部长，颜做过宣传部副部长、文化局长、文联党组书记。二人离退休之后，依然是文场中人，前者是文联顾问，后者是文联副主席兼诗词楹联学会会长，可谓是文坛的重要人物甚至是核心人物。因为是相同的来路，所以二人惺惺惜惺惺、相依相伴，为终生至交。二人几乎是同进同出，相互呼应，呈以文坛风景。由于二人“和谦”的共性，也就有优柔的共性，当政时，也少凌厉，缺乏决断作风，这或许与他们传统文化的根基太深，笃信“仁政”，或从俗于“强龙不压地头蛇”有关。也因为此，造就了他们上好的人脉。他们的特殊贡献在于，虽是外地人，却以创造、推动、繁荣本地文化为己任，积极投入，戮力而为，且与本地文人打成一片，最终成为本地文化的代表人物。这是一种奇特现象，治地方文化史时，可做专门研究，对后人有借鉴意义。

颜为鲁撰写挽联是当然的人选，可为友谊画上完美的句号。不过，在告别仪式现场，越过攒动的人头，遥望颜的身影，他面色凄白，形态萎缩，好像他整个人都变小了一圈。看来，“朋友是自己生命的一部分”之说是对的，友人殁去，自己生命的一部分也随之而去。

颜、鲁都是我的故交，一个殁，一个萎，我也有殁与萎的一丝感觉。所以行文至此，我内心忧伤。

2015年2月1日至2日

不同的叹息

今天，听到了两个女人的叹息。

一个是家婆。

家婆年满五十五周岁，退休了。她十八岁高中毕业，进了良乡镇机关，一直到退休，凡三十七年，均工作在良乡这个弹丸之地。她为人率真耿直，从不计较个人得失，有阳光性格。由于心底无私，敢攻坚克难，镇里最烦难的事务，譬如农村拆迁、清理陈欠、特殊群体就业，都有她的身影。她特别能干，有“女汉子”之称。由于一心扑在工作上，无多少个人生活空间，从不做多余的思虑，所以倍感充实，觉人生有不竭的意义。但一退休在家，在休闲的状态之下，顿感人生失重，一片虚空。晚间吃饭，她突然感叹道：我这辈子算完了，一天一天消磨日子，就这样等死。

我心中一惊，突然醒悟到，她这样一个人，一生都被工作和生活推动，自我一直沉睡，从来不思考生死这一人生的根本问题，所以一味乐观。今天有了悲叹，并不是坏事，说明退休让她回归自我，开始过属于自己的日子。所以我安慰她说，你是经不得闲，也不知闲的重要。从现在起，你要调整心态，有意设计一下自己的生活，在无聊处找有趣，在无意义处体验意义，这样，真正的幸福就开始了。况且，你身体尚好，年龄也不太老，一切都来得及。而且我还告诉你，别看你工作了三十七年，比一般的公职人员都要长，但你只有工作经验，或者说你社会经验虽然很丰富，但你缺乏人生经验，还没进入完美的境界。从现在开始，你要认真体验生活，聆听心灵的声音，感受生命自身的美好，从工具人生，变成有我的人生，好好做一回真正的女人。

她说，你说得太玄，我似懂非懂。我说，那你就慢慢体会吧，你一旦有所体会，就会感到其实“死”离我们还太远，属于“生”的日子还太多太多。

另一个是戴锦华。

戴锦华是北大的知名教授，她学识渊博，活力四射，也被学生们拥戴，但她却感叹说，我只想好好做女人，享受做女人的快乐，而不是寄望于“峰值”的人生，成为某个领域的“专家”“老大”或“巨匠”。

她的这番感叹，我是从今天的《光明日报》对她的整版报道《戴锦华：打开天窗说亮话》中“听”到的。

“1987年，我几乎死了。”她告诉记者，那一年她得了肺结核，住院时就已经是“三级肺痨”，胸片看上去极其恐怖，满视野的结核病灶，有两个巨大的空洞。那时还没有特效药，服的药是二十世纪五十年代研制的、副作用极大的抗痨药，也只能死马当作活马医。她说：“死亡来得如此猝不及防、直截了当，我感到的是纯粹的怕。最重要的是，我才27岁呀，对生命有无尽的规划和梦想，却尚未实现半分。”真是命由天定，她的病罕见地康复了，她大喜过望。人生观由此发生了根本性的改变，她说：“结核病以后，开始对自己没有那么高的期许，不再野心勃勃，开始理解懂得生命的单纯。濒临死亡，才懂得放自己一马，用更朴素的态度生活。”

因为她过早地认识了生死，所以才通彻地懂得，活着真好，便不再强求自己实现什么，而是回归生活本身，什么能使自己快乐，就做什么，也不追求结果，只是享受快乐的过程。所以，她除了本职的教学、科研，还忘情地投入各种公益活动：城建、环保、绿色农业、电影知识普及和世界社会论坛等等“一些没有利益可言、多数靠自掏腰包或捐款的活动”。这些活动有趣、好玩，不仅有益于身心健康，还能帮助别人，使生活变得异常洒脱，也异常开心。

生活着，快乐着，使她笑看人生成败，她说：“成功和失败是单一价值观的世界施加于所有人的暴力，但女人可能面临的更多，仅仅因为她是个女人。”所以她越来越率真地生活着，随性而为，全不管别人做如何评价。

一个家婆，一个戴锦华，同样是女人，心灵的格局和生命的风致却大不同。根本地，不在于她们文化修养的不同，而是因为家婆没有经历过生死的关口，对生死感悟得太晚，所以，生活一虚空，就想到生等同于死；而戴锦华过早地感受到了生死，看清了生活的本质，心境豁达了，所以，她不让自己空闲，总是主动地去寻找能让自己开心的事情做。

其实一个人，很难把握人生的意义，却能很容易地把握自己的生活快乐；哪里有快乐，你就走向哪里，这就够了。

2015 年 2 月 5 日

穷人的烦恼

上午十点时正在会客，电话响了，看显示，是五叔。

我心里咯噔了一下。因为五叔是城市打工一族，是穷人，依老例，穷人轻易不给你打电话，一旦打来，通常是有事求助。

五叔说，也没什么事，只是春节回老家过年，今天回来了，告诉你一声。

我们小区的近旁，又起了一座新小区，因为电力增容困难，居民迟迟不能进驻，只好建一简易门房，雇人看管。

五叔就是这个看门人。

晚饭后，决定去看望。家婆说，眼下还在年里，手不能空，你应该带点东西。

便带了劲酒两提（八瓶）、高钙奶一箱、红塔山香烟两条、素炒花生两斤、熟牛肉和熟猪肘各一块。

进了小区，旷黑一片，摸索到围墙下的简易房跟前，屋内也昏黑无声。我连续叫了几声“五叔”，才听到有人嗯了一声。灯亮的同时，木板门也开了，破衣破衫的五叔就出现在眼前。

其实时间还不到晚上八点，但他已经和衣睡了。我说，睡得是不是有些早？他说，只有睡着，时光才过得快些。见我拿了不少东西，他说，你这叫干吗，你饱我一时，又不能饱我一世，看看我就得了。

他屋里除了一张床，就是一张破桌子，满室清气，冷。我说，给你弄点酒，喝几口，驱驱寒。他说，我有一个半导体话匣子，暗地里听听声，也不觉得冷。

我问，一般过了正月十五才开工，您怎么这么早就来了？

他说，不早来不成啊，就这么一个寒天冻地的看门的差事，也有人眼红，你不早来，就会被别人顶替了。

原来，这小区工地里有个小工头，总想让他自己的亲戚当这个看门人，经常对五叔恶语相加轰他走。

我心中嗒然。这个看门的差事每月才给 1200 元工资，连城市最低工资标准都达不到，要不是山里没活路，要不是五叔已年过花甲也无正经活计能做，才不让他背井离乡受这个苦呢。但就连这么一个受苦的差事，他也做不安生，真是岂有此理！

我对他说，那个人如果再欺负您，您就给我打电话。

不用。他说，这儿的总经理还是认可我的，见我提前回来了，工地又没开伙，他从家里给我拿来两棵白菜、一小袋米，让我自己做着吃。那个小工头白天又来找我的麻烦，我对他说，你猜我的菜和米是谁给的？是你们的总经理。那个人吐口唾沫，说一声你牛 ×，就走了。

五叔很得意地笑笑。

我心里更不是滋味。

那个总经理是我的一个老相识，他曾笑着讽刺过我，你堂堂个区委的大干部，连自己的五叔都照顾不了，还得靠我赏饭吃，你真是趴着拉屎——没劲。

我是在想，那个小工头之所以盯着这个看门的差事，他身后也一定有一个像五叔这样的穷亲戚。

门房外就是一条大街，店面房也是霓虹闪烁，五彩缤纷，616路车每二十分钟就有一辆经过。然而在人流的熙攘中，就有这么一间不起眼的门房，窝着一个更不起眼的穷人，就如张爱玲所说，再华丽的锦袍下，也会藏着虱子，提醒你这是人间世，有真实的痛痒。

2015年2月26日

鸡兔之乐

我所居的单元楼，有许多人家发达了，搬到更好的小区，因而就住进来一些新的成员：有外地打工者，还有山里的农民。

一住一楼的农民，在自家阳台的荫蔽处建一鸡埘，养母鸡两只，家兔一对。在山里，鸡兔是不同笼的，但到了楼宇之后，因无隙地，也只好随遇而安。它们处得很好，各自行止，互不打扰，就像这里的居民，虽同楼而栖，却像陌生人，兀自生息，不相往来。

小兔好养，城镇的菜叶子总是多的，如果主人能放下身价，邻人遗弃的，也能捡回来，即便不储备，也不至于饿。母鸡更好养，粗粮身贱，花有限的钱就能从农贸市场买回旬月所需。那母鸡的叫声能勾引童年的记忆，所以特感亲切。有时会情不自禁地把自家的小杂粮拿给这家居民，他们也不推辞，只是从此亲热起来，喜欢唠几句家常。鸡似乎比人懂得感恩，因为吃得好，就拼命给人下蛋，一只母鸡，有时一天里会给主人下两枚鸡蛋，最后那枚蛋，竟往往还带着缕缕血丝。

只不过，小区的管理者前来干预，说这是楼宇，不可饲养，既扰民，又污环境，不仅要拆除，还要接受罚款。鸡兔的主人很委屈，找我求助。因为我是区里的干部，说出的话，能占位置。小区居委会的主任，正是我的一个酒友，我对他说，鸡兔安静，并不扰民，即便是母鸡时有咕声，也是喜人语调，让人热爱生活。至于饲养带来的粪便，可令主人勤于打扫，环境之污也会迎刃而解。他说，我倒无妨，就怕居民不允，若众人皆怒，会成为事件。我说，这你也不要担忧，因为这栋楼房的居民成分我了解，除新搬来的住户，老住户基本上是离退休机关干部，尚在职者唯我一人。新住户都是草民，他们疲于为生计奔波，不会计较细节；会计较的，主要是这些干部，但这些干部我都熟，也都看重我的在职，所以，我这个在职干部都能容忍，他们也就不会更多地反对，因为去职的干部都隐忍，身上的浮火已渐渐熄灭，与一般百姓趋同。他说，既然这样，我也就睁一只眼闭一只眼。我说，这就对了。在我的观念里，自我意识太强，喜欢多事的人，多是权贵，而这是个平民小区，居民多自卑、悯人，不会鸡蛋里挑骨头，更不会节外生枝。

于是，鸡兔无恙，得以平安生存。

但是，小区的居民生活却发生了微妙的变化。

以前甬道凄清，很少见到人影，而现在我每一下班归来，都能看到鸡兔的笼旁总有数人簇拥，他们有说有笑，不是品评小兔的长相，就是夸赞母鸡的产蛋之勤，都觉得鸡兔给他们带来生气与乐趣，让他们又见到土地上的生活。

由于鸡兔，居民有了自然的来往，陌生的人们也渐渐相识，再见面，都能理所当然地打招呼，小区多了人声与人气。

更可喜的是，居民多了对鸡兔的牵挂，好像鸡兔活得好不好，都跟他们每个人有关。于是，他们主动把多余的米谷和炒菜择下来的枝叶拿给鸡兔的主人；到河畔遛弯儿，也留心柳树的新芽和可食用的野菜，适时地采回来，也交给鸡兔的主人。有时鸡兔生病，许多居民不仅问询，还拿出医治的建议，甚至从动物医院买回相关的药剂，殷切地叮嘱鸡兔服下。奇怪地，鸡兔虽然不是人，却比人更牵动人的情怀，大家关切在一起，彼此都亲近了。同时，这情景还大有深意，起初的鸡兔，属于“私人饲养”，到了后来，就变成了“公共饲养”，虽然鸡兔不为自己所有，却比实际的拥有，更具有“拥有”意识——凡俗的小区，居然很有哲学韵味。

由鸡兔的启示，麻木的居民，这之后，竟有了多余的心思，不仅居住，还要居住得符合自己的心意。纷纷找我，说：我喜栽桑，能否栽桑存茧？我喜植杏，能否杏挂东南枝？我喜培香椿，能否香氲你我？我都是允的，于是，楼前楼后，都有了随性的栽植，渐渐地，虽居住的是楼宇，却居然一改刻板，有了山林模样，葳葳蕤蕤，兴盛得一如山间形态。桑熟，我能看到抽丝之难；杏黄，我能尝到儿时的况味；香椿长成，我能品到既往的幽香——虽与乡土隔绝，却也如还在垄亩上耕耘；虽漂浮于市井，却也如亲炙于旧时桑梓，一举一动好像都对应着出身的来路。大家都有同感，生者熟，熟者近，你我与共，一片和谐。

如是，鸡兔虽小，却也有大牵引，生态的善化，从兹展开。可谓，无心者，怨处境，有心者，顺时事，便居小看大，俗处看雅，乘势而为，渐进佳境。不是我等心胸开阔，而是现实不可拂逆，一旦顺生，鸡兔健旺，人心归一，孤独之我，也融于万众，乐在其中，心地就壮大了。

2015 年 3 月 19 日

饼干的故事

早起，家婆对我说，小侄春节送来的一盒点心，无人吃，一直放在那里，已有异味了，我要倒掉。

打开包装，上好的奶油蛋糕，一块块整齐地排列着，油光闪亮、胖大诱人，不似变异模样。但顺手抄起一块送入口中，果然有酸苦味道，确实坏了。不禁生出痛惜，心被剜了一下。

现在的日子真是好了，香腴的口味也不是口味了，不再吸引人吃，白白浪费掉。

痛惜之余，不禁想到儿时。

那时，村北的高台上，有一代销店，货架上放着的动物饼干，是对儿童的最大的吸引。那种动物形状的饼干，放到今天，是最低劣的点心，几乎就是面料加一些糖精，没有一点儿油性，吃在嘴里发干，像甘蔗嚼后的余渣，如不迅速吞咽，会堵塞喉咙。然而对陷在饿中的儿童来说，是最奢侈的美食。

儿童生病的时候，父母会买回一捧，给孩子一个意外惊喜，让病状迅速转好，饼干之用，似灵丹妙药。这就给儿童留下了驱之不去的诱惑，即便是病好，也馋得心痒。自己去代销店看一看那饼干，吞咽一番口涎，悻悻而归。这种动作，类似望梅止渴。

这是无法止息的渴望，是儿童每日的惦念。然而家里没余钱，也只是望一望而已，因此就恨贫穷。

记得那日在上学的路上，看到一只独走的母鸡，它一边走一边扑棱着翅膀。我立刻警醒，揣度它一定是有生蛋欲望，便尾在它身后。它果然钻进路边的草丛，出来时不停地咕叫，我心中一喜，赶紧抢过去，看到草窝里正有一枚蛋。我毫不犹豫地捡起来，装进自己的裤兜里，因为我下意识地就冒出一个念头，这枚蛋若卖到代销店去，可买回一两动物饼干。

我有些兴奋，揣着鸡蛋急急地往前走，以便赶快远离生蛋的现场，坐实了鸡蛋的拥有。但回头时，还是看到了鸡的主人疾速地追上来，且口中大喊，你给我站住！

我慌了，一边暗中加速，一边紧急思忖对策。情急之中，把鸡蛋摁碎在兜中，使自己有了坦然面对的勇气。那人追上，对我说，我家的鸡婆下蛋了，可转眼就没了，而只有你从它身边走过。我故意拧起眉头，反驳道，我从它身边走过就是错吗？你可别冤枉好人。他说，你怎么证明你是好人？我把书包里的东西抖落在地上，你看你看。然后又扑打着裤兜让他看，你看你看。书包里很清白，裤兜里也很平展，而我的上身只有一件绽着许多破洞的跨栏背心，他的怀疑无处落脚。

虽然我机智地躲过他的盘查，但上学的路上，我还是很难过，一是痛惜，二是羞耻。因为我知道，农家的鸡婆是打野食的，生一枚蛋很不容易；而农家的少年是很清纯的，却为了一点可怜的口腹之欲坏了自家的心地。我哭了。

为了安慰自己，我竟选择了一种特殊方式：把自家仓柜里的一枚蛋偷偷地拿出来，到代销店的柜台上换回来一把动物饼干，然后恨恨地咀嚼、吞咽。我当时的心绪很复杂：心地既然“坏”了，就要“坏”

得能说服自己。母亲自然会发现少了一枚蛋，她对我说，咱家的鸡蛋好像少了一颗。我说，怎么会少？也许您记错了。母亲顿一顿，说，也许吧。事情就这样过去了。我知道，她之所以不刻意追究，是因为她心中有慈悲，不愿在贫寒中再加一层忧伤。这反而更让我惭愧，心中狠狠地骂了一句：这狗日的饼干！

对饼干的刻骨惦念，使我惦念自家的进项。寒假一到，就去挖药草。在以往，什么知母、黄芩、半夏之类，即便是崖间、沟坎、野地里都能遇见也视而不见，而现在不同了，强烈地意识到把它们挖来、晒干，卖到代销店去，可以换来现钱。奇怪地，没有这种意识的时候，好像遍地都是药草，一旦变成主动的行动，就感到药草真是稀少，进而感到故乡的土地真是贫瘠，即便是爱它，心中也是一片凄惶。虽挖来很多的药草，但换来的现钱却十分可怜，那时的政策似乎专用来对付穷者，药草的价格定得很贱，几乎就是象征的意义。这也就够了，因为动物饼干的价钱也很低廉，八毛钱一斤，相较之下，药草的收益也是一笔巨款。先就买了一斤饼干，剩下的钱，本能地给家里买了糖、醋、油、盐。父母夸孩子懂事，其实我是让自己在吞食饼干的时候，能有心里的安妥。我们家是三兄弟，而我是老大，饼干之乐，就不能独享。分食时，你争我抢，你推我搡。母亲见状，对父亲说，看你那三个儿子，怎么那么没出息。父亲很凝重地说，这能怪他们吗？因为他们的爹娘就没出息。因为抢食，那饼干的滋味比往常更香甜，越来越觉得这饼干是人间最好的吃食，长大后，一定要过有饼干的日子。饼干罄尽，也没放过包饼干的油纸，那油纸也香，也勾引三个儿童撕扯着把它吃进肚里。净光之后，哥仨先是哈哈大笑，之后是哇哇大哭，情不自禁地发泄着快乐与悲伤交并的感情。

说到勾引，自然就想到了山里的女童。因为这该死的饼干正是不良者勾引女孩的一枚枚诱饵。

那代销店的掌柜，是一个老鳏夫，面黑齿豁，阴沉寡言，有威仪。所以，我们每次见到他，不敢嬉笑，更不敢跟他说多余的话。就觉得他是一个严正的人，绝不会有不庄重的举止。

但是，一个夏天，他却被抓了。他带着手铐，从我们身边经过，居然朝我们笑，是一种让我们吃惊的谄笑。原来他被捕的理由也很卑贱，就是那不起眼的动物饼干。

我们男孩子渴望饼干，可以动鸡蛋和药草的心思，而女孩子虽比男孩子更馋，她们却想不出获取的办法。她们每每在柜台前站立，嘴上说着本、笔和橡皮的事，其实目光却很贪婪地落在饼干之上。这自然逃不过老鳏夫的眼睛，一旦有落单的女孩，他会问，你想不想吃饼干？女孩摇摇头又点点头。他会继续说，没钱没关系，大爷拿给你吃。饼干吃过，女孩送给大爷一个感激的笑。大爷说，你过来，让大爷摸摸你的脸。脸摸过，却没有就此停止，继续摸她的胸，摸她的腰臀。女孩虽然有些害怕，但大爷没有进一步的冒犯，也就忍受了。大爷笑着说，想吃饼干的时候，你再来。

肯定会再来，因为女孩对美食的喜爱是一种本能，而且大爷那些温柔的动作也并不是多么严重的事情，不会有被“伤害”的感觉，就不令人惧怕，就依旧来。

许多女孩子就这样吃上了她们梦寐以求的饼干。

但大爷有时也管不住自己，特别是喝了几两烧酒之后，就有了进一步的动作。正好他面前的女孩是大队长的女儿，女孩对“伤害”的不可承受，让她不得不哭着把遭遇告诉了父母。大爷就败露了。这一败露，引起了女孩家长们的普遍联想，纷纷质询自己的孩子，女孩子们招架不住，都悉数做了供状。大爷猥亵，甚至强奸未成年少女的罪行就成立了。

老鳏夫被抓之后，也引起了相邻村落的普遍联想，一经深究，居然又挖出了几个类似的人物。民间惊愕，官方惊警，原来一种小小的美食，居然可以引发人间罪恶，就引发了一场“严打”的战役。

事发之后，我好像一下子就长大了。看到村里的榆树都被剥光了树皮（村里人常年吃不上细粮，为改善伙食，会在玉米面里掺上榆皮面，再用一种叫“揑搁”的圆筒餐具压出面条），痛感到，家乡固然美丽，却实在是贫穷，常被饥饿的阴影重重地笼罩着，没有一天的舒展的日子。而山外正有美食的召唤，虽隐隐约约，却能听得真真切切。就产生了一个坚定的念头：必须走出去。

都说从山里出来的晚生，有强烈的进取意志，殊不知背后的动力这么形而下。我等也不说破，暗暗地努力，即便是有所成就，也收敛眉眼，疑似有很深的境界。自己就不敢放纵，独享自卑，潜心前行，且守身如玉，渐渐地有了人物的模样。

2015 年 3 月 20 日

祖上的素描

天气渐暖，心潮涌动，思绪繁多，爱回想，类似思春。我不思女人，思自己的来路。

我没见过曾祖父。我出生时，他的真身已殁，记事之后，只在祖龛前见过他的挂像。或许是时间经久，风消土蚀，他的表情在图像上很不能辨，脸形团团，模模糊糊。曾祖母是见到了的。山里的老女人普遍身矮，她却高，因而腰身有些佝偻，倒着三寸金莲往前走时，总像是要跌倒。在我印象中，她站起来的时候不多，大多数的时间是坐在炕上，麻木地看着进出的人，好像她的这些后人跟她没多大关系。她活到了 83 岁，无疾而终。那个年代，她的这把年纪，人们普遍认为活得已足够久，号称“喜丧”，族人没有悲伤，办丧事时，人们有说有笑。给我最深刻的记忆是，发送她时，我听到了欢快的锣鼓唢呐，还吃上了平时难见的馒头、猪肉。

曾祖父、曾祖母留下了四男二女。这在乡下，也算是颇理想的养育了。两个姑奶奶，我只对老姑奶奶有印象。她眼眸很大，能把眼皮撑起来，人称“泡眼”。她个子很矮，跟她的母亲形成鲜明对照。但她异常灵活，腿勤、嘴勤，族人每逢有大事小情，包括族人争执、夫妻吵架，她都能适时到场，讲出很有道理的话，让大家服膺。因而族人特别喜欢她的在场，她可以平息怨火，消除隔阂。人们管她叫“欢喜人儿”。

我的祖父行二，先放下不说。

大爷爷叫史甫庭，他人生少起伏，在场面上可圈可点的地方不多。只记得他与老伴终生不育，竟至让我的大伯过继给他当儿子，以其养老送终。孩子们总愿到他的屋里去，因为他和蔼，很会讲故事。他给我讲过《封神演义》《三国演义》和《三侠五义》等演义故事，给了我最初的文学启蒙。他们家的土炕总是那么热，炕沿边放着一个竹编的烟笸箩。他们老俩都抽烟，他们的烟袋烟杆细长，烟锅袖珍、只有成人拇指肚大小。老俩在烟笸箩两旁对坐，两点萤火忽明忽暗，照着两张慈和的老脸。我们很爱闻他们的烟味，觉得香，觉得温馨。从没见他们吵过架，虽然没有儿女，但相互间不离不弃、且一举一动都配合得异常默契，是故乡夫妻的典范。我们之所以爱去他们屋里，除了能听故事之外，也是因为他们之间这种恩恩爱爱的氛围。还有，我们每次去，大奶奶都能给“变”出好吃食，或一捧花生，或一掬大枣，或几粒黑枣，或几颗板栗，她把母性的爱，常年不断地给了走近她的孩子。大奶奶过世之后，怕大爷爷孤寂，我们还是经常去他那里坐坐，催他讲不知讲过多少遍的故事，让他忘记忧伤。他去世的时候，我们都给他披麻戴孝，那隆重的场面，让外人见了，以为他是儿孙满堂的“全合人儿”。

三爷爷叫史甫有，做了一辈子的木匠。因为是手艺人，吃喝不愁，有隐隐的傲气。他走动串西，见多识广，就有些经营意识，所育的两男两女，他都给规划了令人羡慕的前程。大儿子憨厚，就给他娶了一房能掐会算的媳妇；二儿子聪明，就让他学医，最终成了远近闻名的杏林望人；大闺女漂亮，就把她送出山外，嫁给了门头沟煤矿的一个领导；二闺女贤惠，就把她聘到岭后的一个富村，跟一个憨厚的汉子过日子。因为能干，自然就瞧不起做家庭妇女的三奶奶，就多口角。三奶奶口齿伶俐，他总是败下阵来，气愤不过就把手中的碗砸过去，让三奶奶清秀的白面上挂一丝或几丝殷红的划痕。俗话说，男怕伤心，女怕伤脸，三奶奶开始抗争。在一次饭碗又扔过来的时候，她嘿嘿一笑，霎地伸出手去，居然就接住了，而且顺势用食指勾住碗沿，不停地转动。三爷爷愣住了，嗫嚅道，难道你不声不响地趸来了功夫？三奶奶得意地笑笑，说，正是，要不然把碗扔给你，你也试试？三爷爷被唬住了，再也不敢发作了。后来我悄悄地问三奶奶，您真的有功夫？她笑而不答。三爷爷虽靠手艺吃饭，却不讲进度，只讲究精细。家里人说，你出手快一些，可多接几单活，多一些进项。他说，千家万户每家都需要木工，海量的机会就放在那儿，所以我没必要急。有的东家娶亲急用，出高价让他快速制作，他对东家说，所谓慢工出细活，就是因为慢，才能保证家具的寿命。我的手艺要熬得过人，也就是说，即便是人不在了，家具还在，不变形，不走卯榫。你要是急，就另请他人。他敬重自己的手艺，懂得放弃。他干木工活，一辈子都是不紧不慢，从容不迫。他不看重钱，能养家，就足够了。

老爷爷叫史甫全，是老辈里唯一上过私塾的人，而且人长得也俊朗，就特别爱惜羽毛。山里的男人一上年纪，就都戴毡帽，却从来没见他戴过，他嫌土。他戴一种制服帽，穿中山服，风纪扣也系得紧，顺溜得像个干部。人们干庄稼活的时候，都是低头弯背，自觉地卖大力气。他总是直立，在田间地头指手画脚，挑别人的毛病。山里人朴实，就怕别人说自己干得不上眼，他抓住了人们这一心理，通过指指点点，使人们不愿跟他计较，就给了他一个直立偷懒的理由。人们或许想，只要你不说三道四，横竖随你。人们在午休期间，打干柴，背回家里做冬用的储备。他却不打，躺在铺开的油布上，抖着二郎腿看风景、唱小调。他之所以不打，是怕负重的时候，柴捆弄皱了他的衣裳。一如是鱼就归水，是羊就归山，他的干部模样使他后来真的当了队里的干部——我们小队的队长。他最大的爱好，是喜欢往女人堆里扎，跟大闺女、小媳妇调笑。他有文化，有容貌，有风度，又有权力，自然对女人们有吸引，听任他摸一把捏一把。所以，作为队长，人们听从；但作为长辈，人们不敬重。在村里，他的朋友不多。老奶奶性子极绵，一贯地顺美顺眼，对老爷爷在外的风流习性，她也不多一言。后来发现，老爷爷在社员们面前，颐指气使，一回到家里，就特别讨好女人——不仅给老奶奶捶肩按脚，并且亲自下厨，连饭都给她盛好端上。老爷爷的确很懂女人，老奶奶拿他没办法。一次队部放树，他在旁边指挥，树倒了，他也忘了躲闪，因为他感到树离他足够远，砸不到他。没想到树砸在地上断了两节，其中一节蹦了起来，落在他脚踝上，脚腕断了、脚踝碎了。伤好了以后，走路一跛一跛的，他大为懊丧，逢阴天下雨疼痛复萌，他就暗自垂泪，因为他觉得，一个讨女人喜欢的男人，怎么能是个瘸子。村里的男人也不同情他，认为这是报应的结果，属自作自受。他也育了两男两女，男的他给安排了体面的活路，女的他许配给了山外殷实的人家。不过，大儿子娶妻后得了骨髓炎，人半瘫，靠拐杖移步。老爷爷让他当队里的会计，坐在炕上就能挣公分。大家也没意见，觉得老子虽不正经，但也不能让小子给他承担处罚，都真诚地悲悯。

现在就说我爷爷。我的爷爷和奶奶，我的许多文字里都记述了他们的故事，再费笔墨就重叠了，只好简单地勾勒一番。

爷爷大号叫史甫存，他和奶奶都是三八式的老党员，是共和国的功臣，是我们家族的光荣。新中国成立前爷爷借放羊为掩护收集传递情报，新中国成立后政府让他当干部，他却依旧选择放羊。因为他既是革命者，也是地道的农民，他过惯了乡土上的日子。奶奶在救助伤员时，毅然杀掉了自家圈栏里的猪，让伤员有足够的营养以早日康复，已传为美谈。被救助的伤员有的后来当了大干部，想把她当作亲人供养，被她拒绝了。她甘愿守在爷爷身边，躬耕陇亩，自食其力，相夫教子，恪守妇道。两个老人养育了六男二女，后来又繁衍了十八个孙儿、孙女，是家族里最繁盛的一支。村里人议论道，因为他们老俩为公家做了太多的事，公家保佑，百姓拥戴，自然会兴旺。其实是老人们自己积有阳德。譬如，爷爷在放羊时发现了一窝野蜜蜂，收回家里驯养，最后壮大成群，产蜜无数。但他并不独享甜蜜，而是让村里人都拿着容器把蜜分走，只留下够蜂群过冬的那一份。譬如，奶奶特别勤劳，出工还是居家，都不忘了捡拾干柴，就积累了很大一垛。邻人做饭，柴草不凑手，或冬天生火，需要引柴，都会到奶奶的柴垛前逡巡一番，奶奶知道他们的用意，笑着挥挥手，说，尽管拿。于是，村人都觉得，这是最没有私心的一对，疑是在世的活佛。但是他们对自己的儿女却从来不用心照拂，一味地放手，任其自生自灭。这情形，我在《人行羊迹》里有形象的记述：

祖父一生，育有六男二女，香火延续，半个村庄都是他的人丁。但对子孙们的生活，无论顺畅，还是艰辛，他都不过问；即便是手里有钱，对贫穷者也从不接济。每到晚间，他都要喝上一杯，仅仅一杯。他只喝一种叫竹叶青的酒，酒色青碧，略带甜香，他喜欢这种绵软的滋润。他既享受又节制，从不胡言乱语、怨天怨地，从容自在，一世清明。

祖母对他说，子子孙孙可都是你的，无论如何也应该给一些照拂，他们过得好与坏，可都连带着你的脸面。

他说，不，你看到羊没有，无论瘦肥，都是他自己在啃青草，难道他们还不如羊？

祖母说，人毕竟不是羊，人有感情。

他说，羊也有感情——你如果偏袒哪一只羊，别的羊就朝你叫，声声如怨。那只羊再回到羊群里，别的羊就会用犄角顶它，从此就再也不能安生了。再有，病了的羊为什么也不能喂吃喝？因为你一旦喂了，它会真的以为自己病了，撒到山上，它也懒得吃草，它对人产生了依赖，知道你不会让它饿死，到了，它会连跑山的本事都比别的羊差了，不是掉队，就是被狼撵上。怜就是害，道理就在这里。你就说这鞭子吧，它不只是为那些调皮捣蛋的羊预备的，更多的是为那些偷懒撒贱的羊预备的，羊的勤快和矫健都是鞭子抽出来。所以，对儿孙的不管不顾，反而是又管又顾，使他们及早懂得自立，自己活出尊严。

祖父的做法，断了子孙们的指望，他们只好咬紧牙关，在苦日子里硬撑硬挺。到了后来，家族里的人竟都变得很有气性：个个要强，个个勤勉，个个乐观，个个本分，即便是好处就放在眼前，譬如国家给补贴，上边发救济，他们也懒得去领。奇怪地，家境竟都渐渐地发达起来，且人才辈出：父亲当了村支书，老叔当了南海舰队的营长，堂兄做了石材加工厂的厂长，幺表妹是县里有名的中医……在五行八作里，都有老羊倌后人的身影。而且，当官的清正，经商的诚信，从医的仁义。家风所致，对身外利益没有兴趣，便无贪心，乐善好施、喜生自足。大家都有一个共同的信念：除从根本上做人之外，其他一切，都是多余的。

有人问祖父，看你家混得这样齐整，你是怎么调教后人的？

他捻着他那根玲珑须，得意地说，我从不调教。

“齐整”一词，在京西，是个大词，有兴旺、端正、光亮、体面的多种含义，后面的意味，便是家道中兴，广有影响，受人尊重。

爷爷的精神，通过父亲自然而然地传递给了我。我从小就懂得自强、自立，在别的孩子“受读书无用论”的影响，纷纷辍学的情形下，我苦守学业，终于考出大山。走上社会，也不“指望”外界的帮助，潜心自修，且步步为营，终于有所成。

到了晚年，爷爷特别爱讲故事，但他讲的不是大爷爷那样的传统评书，而是他自己的经历。他的经历特别丰富，好像怎么讲都讲不完。他总爱重复的一个故事，是他如何从鬼子的炮弹下死里逃生。他讲道：

“那年我给在斋堂的八路军送信，整往回走的时候，两边就干起来了。嘿嘿，可能我的信送晚了，八路军未来得及转移。小鬼子打仗先是用炮轰，然后是飞机炸，最后才是人往上冲。可能是我的羊发白，目标大，一架飞机追着我炸。我赶紧把羊往旮旯里赶，总算把羊保住了。但飞机却瞄准了我，俯冲下来，朝我放了一阵子机关枪。我被打趴在地上。以为我死了，飞机昂昂地飞走了。我在烟尘中坐了起来，看到整个裤裆都被打烂了。我大吃一惊，忍不住喊道，完了，完了，我的那个物件给敲掉了，这辈子就断子绝孙了，因为那时候我刚刚与你奶奶结婚。悲痛之下，再细一看，那玩意儿，竟还好好地长在那里，我高兴得不成，就又哭又笑。”

每讲到这，他都会得意地对我说，嘿嘿，孙子，这是命中注定，不然哪儿能有你爹，又哪儿能有你，还有这大家子人？

他告诉我，他这辈子赚了，赚大发了，后来的一切，都已不在话下了。

他活到了整个家族从没有人活到的一个岁数，无疾而终。那是一个普通的早晨。一早起来，大伯心里突然漾起一阵难耐的烦躁，便对伯母说：“我去看一眼咱爹。”

一进门，见老人双手抱膝地端坐在土炕上，头抵在膝盖上一动不动。

叫也不醒，上手一摸，已气脉皆无。

仁义的老人，在夜色中不声不响地上路了，放任着儿女们的梦乡，不忍打扰。

2015 年 3 月 21 日

活得明白

今天是阴历二月初九，依乡俗，适合祭扫。

老叔和我，遂率族人中的少小，回老家祭祖。

祖坟在山上，要攀爬。刚一起步，就有风四五级，人有被吹动的感觉，老婶、家婆和三弟媳因为是平原人，就心怯，止步不前，待在山脚下。

我等逆风而上，虽腿酸气喘，终于还是爬到了山顶，在祖坟前小憩，我感到今年的体力，竟强于去年，不禁心中窃喜。

清理完坟茔上的荒草，开始祭扫。因风大，怕引起山火，我建议纸钱不必烧，就压在坟上，行鞠躬礼。堂弟春则极力反驳，他说，这违反祭扫古俗，对故祖有大不敬。依礼，女眷可以压纸，男丁则必须烧，还要大声念叨。众人对春都信服，我寡不敌众。既然执意要烧，就要倍加小心。

大家买的纸钱，有惊人的数量，还有纸元宝、纸金条，即便是纸币的面额也大到一张一千亿元。好像在众人眼里，活人都富裕了，故去的人也要富裕，不然，就心不诚。

我说，数量这么大的纸钱，如果悉数烧来，很难保证不引发山火。

春说，依旧俗，用草纸压出的纸钱，是正经的冥币，故人能够辨识，也能在地下银行顺利流通，就都烧。至于仿照人间大钞所印制的纸钱，他们生前从未见过，未必会来认领，可烧可不烧，要看风的状况。

便三两个人紧紧地围在一起，小心地烧。春反复叮嘱，你们要用棍棒摁住纸钱，因为风吹不走火苗，吹走的是着火的纸。

草纸烧完，风居然小了。春又大声说道，既然是这样，那些大面额的仿真纸钱也要烧掉，因为是活人拿给死人用的，不烧掉，就不会化为魂灵，就进不了先人的门庭，会对活人不利。

他俨然是个民俗专家，大家觉得他说的都有道理，就依旧谨慎地烧下去。

终于平安祭扫完毕，大家掘出新土，把烧过的灰烬严严实实地封住。听着风吹动坟上的挂纸而产生的呼啦声，人人都有微笑。都感到又完成了一件庄严的使命。

归程的路上，老叔和老婶与我同乘一车（我驾车）。老叔抽烟，老婶放言。老婶说，搁在以往，你老叔在车上抽烟，我早就训斥了，现在我放任，为的是让他心情好，身体健康。我退休之后，有了新的生活体会，再好的生活方式、再好的养生手段，都不如有好的心境——它是立在前边的那个“1”，其余的一切都是它后边的“0”。

老婶接着说，侄子你也知道，我打早就得了糖尿病，起初我心情特别沉重，天天都测试糖尿指标，但无论怎么注意，也不见好，人瘦得只剩下七十斤。后来我索性把这个病忘掉，既不测指标，也不人为禁忌，该吃就吃，该睡就睡，夏天吃西瓜，冬天吃苹果。我是想，与其憋憋屈屈地生，不如痛痛快快地活。这心情一放开，奇迹就发生了，十年过来，病情居然有大好转，指标趋于正常，腿脚也很有力气，人也胖了，体重达到一百零五斤。

我说，您之所以这样，依我看，不仅仅是因为您不再计较自己的病，而且还在于您有了属于自己的精神生活。

你说得太对了。她说，以前我只注重生活起居，不注重精神生活，只是为了活而活。后来，我开始读书，开始看足球。到了现在，都成了瘾，只要一有球赛，我就兴奋，即便是半夜看球也不知疲倦；只要拿到一本好书，我就一头扎进去，真有点废寝忘食。这精神一充实，就觉得生活特有趣味，还感到，这人一退休，才有了属于自己的美好生活。眼下，读书已成了我的生活方式，没有好书可读的时候，我就读《名人格言》。我读格言不是为了显摆，而是帮助自己理解生活，所以，我每有一点个人体会，就在对应的格言上划个勾；那厚厚的一部书，我已经划过一半了，我发现，生活的道理早已有人说在那里，只是自己蒙昧，没有留心。这一留心，可不得了，人家明白了的，我也开始明白，一来一去，心里豁然开朗，少了愁苦，多了喜乐。比如一个伟人说道："我之所以快乐，不是我得到的多，而是我计较的少。"他说的真对，因为就拿我跟你老叔来说，我一计较，他身上处处是缺点，是个臭男人；我一不计较，他身上处处是优点，是个好老公。我就学会了用欣赏的眼光看他，他也反过来用体贴的方式对我，我们的关系就越来越好，整个家庭充满了阳光。

老叔含笑不语，我也被深深打动，觉得，这女人一从柴米油盐、鸡毛蒜皮中突围，一亲近书本、追求知识，就脱俗，就宽阔，就可爱。

到了县城，老叔老婶把参加祭扫的族人都聚拢来，请大家到"一木一舟"饭店吃饭。大家怕他们破费，纷纷推辞。"谁也不许走。"老婶说，"祭扫，表面上是对先人的敬重，其实真正的目的是让后人们凝聚；所以，这顿饭必须吃，为的是亲情。"

她真是活明白了。

2015 年 3 月 28 日

血的禁忌

想到故乡的一重禁忌，即对血的禁忌。

儿时顽劣，不时会弄破手指、弄出鼻血。每一见血，布缕、棉团、草纸，甚至树叶，只要就近能信手索取，都用来揩。揩过，就随意丢弃。

但这种丢弃，立刻就受到了年长者的斥责。他们告诉你，带血的东西，有灵晦，不能丢在阳光之下，要放在人看不见的阴处，或掩藏，或掩埋。否则，一遇条件，会化为精怪，无形地游走，祸害人。

阴魂和灵怪的说法，让儿童大感神秘和惊惧，再揩血的时候，会自觉地把揩后的物质塞进墙洞、埋进土里，或干脆烧掉，不让旁人看到痕迹。

但乡下的妇人多冥顽不化，经血沾染的物件有时也公然袒露在房前屋后，村间小路。长者一旦见到，会跳梁大骂，贱货骚畜的词语远近可闻。许多汉子，即便不是自家妇人所弃，也大为羞愧，争相把那污物捡走掩埋，以清风气。

潜移默化地，儿童们也把经血、不洁与妇人联系起来。

上小学五年级的时候，我已有了性别意识，对同班的一个叫金菊的女生大有爱慕之心。因为她的学习成绩跟我一样好，还白脸长身，比别的女生高过一截。但有一天，情势突发逆转，她在我心中的美好荡然无存。那天，我们去上劳动课，我和几个同学坐手扶拖拉机奔劳动场地。我身边坐的是母亲和金菊。清风习习，我们的兴致很高。但突然，鼻翼里钻进来一股股腥秽的味道，时浓时淡。由于不堪忍受，我大声喊道：哪儿来的臭味，真让人恶心！见无人理睬，我还要喊，母亲用力拽了拽我的衣角，暗示我住口。看母亲时，我顺便看了一眼金菊，发现她脸色通红，且迅速地躲避我的眼光。下车以后，母亲把我拽到一边，小声在我耳边说，你瞎喊什么，多一半是金菊来例假了，你要懂得给人家女孩子留面子。这很快就得到验证，因为金菊总是远远地躲着我，有时目光相撞，也能感觉到她的目光里含着怨恨。从此以后，我们很少说话，但关系冷落，我也不觉得遗憾，因为她虽然长得这么秀美，却也是那么不洁，可惜了。

这给我留下了很深的心理暗示，成年之后，每见到有妇人的内衣、内裤，也包括文胸，公然挂在露天地里晾晒，我会眼神打漂，本能地躲避。认为那是不雅、不洁的展示，让人轻鄙。

由血液的禁忌，让我有了“唯灵主义”的倾向，对其他的禁忌，也是信的。譬如农村忌讳孕妇看木工操作，木匠锯木砍木，会砍掉胎儿的鼻子或嘴唇。所以，一旦有兔唇婴儿诞下，我会觉得，那个孕妇一定偷看了某个木匠的手艺，让人家在恼怒之下，重重地挥动了斧头。虽然平原的孕妇，很难接近木工，居然也生下兔唇或塌鼻子，但不解之余，也生出类似的联想，认为她看了不该看的什么。譬如禁杀生，特别是不能招惹老而成精的动物，也自觉遵循。以至于活到现在，从未亲手杀过生禽。父亲年方五十二岁就故去，我总猜疑是他猎人的身份害了他，他打的猎物太多，而且还打折过一只雪狐的腿。譬如乡下人说蛇和刺猬是灵物，我每一遇到蛇，会绕着走。一只蛇钻进了自家的宅基地，我小心地用木棍挑着，把它送进远处的草丛，嘴里叨念着，你老走好。那年的一个夏晚，有淋淋小雨，一只刺猬进了庭院，停而不走。家婆和小儿害怕，让我把它打走，我不忍，只是用铁锅把它扣在庭院的水泥地上，上面压了几块砖，以防它再钻出来，吓坏了妇人和孩子。且对它说，你老就在这里避避雨，等天一亮，我就放你走。待到天亮，我去放生，锅底下却空空如也，我极纳罕：上边有重物，下面有硬地面，无缝无隙，它竟自己逃脱了。我更信它是灵物，不敢得罪。譬如每到鬼节、寒衣节和清明节前，已故的父亲总是到我的梦里来，栩栩如生地跟我交谈半个夜晚。醒来懵懂，就查日历牌，果然是祭奠的节日要到了，就赶紧于翌日的黄昏，到路边的空旷处给他烧纸。由于不在坟地，路途远遥，须寄。就依乡俗，在地上画一个大大的信封，写上地址，而且要把信封朝向祖坟的方向“剪开”一个口，以期烧下的纸钱他能收到。奇怪地，纸钱烧出的火苗和烟，居然总是从“剪开”的缺口处奔窜或飞走，让人顿感通灵。所以，每到祭奠时节，工作再忙，事务再多，也要不失时机地亲自祭奠，让先人们知道我孝祖尊亲，是个永不忘本的人。

正因为如此，我越是有了年纪，越是“迷信”了——对种种禁忌，不敢乱说话，更不敢造次，总是采取“宁可信其有不可信其无”的态度。延伸到对人间和大自然的种种神秘现象，也是报以理解和尊重，不轻易言否，更不妄论。起初还认为自己还未脱俗、达到高远境界，但后来读了大科学家爱因斯坦的传记，就彻底释怀了。因为他虽然是伟大的科学工作者，按理说是很唯物的，但他也承认一些神秘现象确实存在，而且他还虔诚地信奉宗教，认为上帝有灵，且无处不在，并公开说过，其实唯物与唯心并不矛盾，在认识论的层面，大可并行不悖。

2015 年 3 月 29 日

捡拾书香

《新华每日电讯》的《草地》周刊办得很好，好在它贴近百姓生活，直击现实热点，提倡有生命力的阅读，让小人物发声。遂与《南方周末》《中华读书报》《文汇读书周报》《北京日报·理论周刊》一道，成为我的每周必读。

4 月 10 日的《草地》周刊，发表了陶江濛的《拾荒阅读》，文章虽短，但读后有大触动。作者给我们描绘了这么一幅奇特的图景。

杭州图书馆里有一群特殊的读者，他们衣衫褴褛，从不借书，每次读书前都必定洗手。由于害怕在拾荒的过程中损伤书籍，他们从不借书，只是每日来这里阅读。拾荒阅读者像是守着约定，得到了所有人的善意礼遇。拿起书，他们就是读者，而放下书，则依旧流浪。

图书馆又迎来一位拾荒者。他从不肯怠慢书籍。他如同一位平凡的读者，在书架间穿梭来往，嗅闻一样的墨粉味道，触摸一样的书页和书脊。这位物质上的贫乏者来到知识的宝库中寻找精神的财富，遵循世间等价交换的原则，他付出一日的光阴、充盈而热烈的求知欲和对待知识的虔敬与尊重，来换走双手的清香、满目的喜悦和不断增长的智慧，也凭借他不卑不亢的身姿赢取他人的善意和礼遇。

然而图书馆中还有更多的衣冠楚楚的读者。他们脚步不停，在书架间肆意点选、随意翻看又粗暴地放回，好像永远也找不到想要阅读的书，又或者他们也根本不想阅读。浮躁的思绪无法浸润一行铅字，难以对焦的瞳孔如浮光掠影漫扫过一页诗篇，他们什么都在读，又仿佛什么也没有读。来到图书馆的他们却更像精神上的拾荒者，在溺人的书库中找寻自己的缺少的部分，好像找到了，又好像永远找不到。

这样的图景，让作者感慨系之。

博尔赫斯说，天堂应该是图书馆的模样。是的，所有人都生活在无尽的知识中，拥有无数个安静美好的午后，脸上永不褪去幸福的微笑。擦身而过时我们点头致意，比肩读书时我们默然相伴——正如同书籍承载着人类的文明，阅读承载着人类的智慧和尊严。漫长的时间中，是书籍教会人类将生活的经验和情感体验一代代传承下去，所以新生并不意味着从头开始，而可以站在前人的肩膀上触碰穹顶。书籍也教会人类克服语言的障碍，所以巴别塔由书籍堆叠建起，将人类送入天堂。

一位位拾荒者徘徊在讯息的海洋中，有的人体验着物质的匮乏却成了精神上的贵族，有的人尽管衣食无忧却永远不得完全。“空心人”是没有心的偷儿，他渴求着智慧、尊重，沦陷在“生之孤独”与“死之惧怖”的夹缝间受尽求而不得之苦。这样看来，婆娑世界三千烦恼，每个人都该去做一名拾荒者，怀抱对昨日的感恩睡去，又在明天的期盼中醒来。

就像字面上最最直白的意思，做一名在大荒中捡拾珍宝的流浪者、在无尽旷野中找寻归途的异乡人，抛却烦恼，拾起智慧、人性与生命。不必抱以讶异的目光，因为你和我都在“拾荒”。只是有的人捡起面包，我们要捡起人类对知识、对思考所抱有的爱情。

又如三毛在撒哈拉大漠中的白色屋子，那里有棺材板做成的沙发、旧轮胎制成的坐垫，她赶走了一切“外来的侵入者”，在独一无二的宫殿中收起吊桥，缓缓地坐下去，一如一位君王。

文章对我的触动，不在于他肯綮、精彩的议论，而在于他切中了时弊——对物质的极端追求，使人们物华人贵，但却沦为精神的“拾荒者”；反而是那些在生存底线上苦苦挣扎的人，不自卑，不沉沦，咬定精神救赎的理念，在无望中希望，在卑微中自尊，迈向有灵魂的生活。总之一句话：大富者，卖萌、耍蛮；贫寒者，求知、找魂。这就是当今的社会实况，物质与精神的倒挂，让人唏嘘不已，并惊醒于表面的繁华和欲望的催眠。

事实上，物质与精神的分离，造成的潜在危害已渐渐凸显。仅以我的居停地房山为例。

房山的西南山区，富含煤炭，上世纪八九十年代小煤矿星罗密布。其掠夺性开采，使那里的农民暴富。暴富就激发了大的享乐欲望，不仅别墅豪车、灯红酒绿，还赌博成风，甚至赌到国外，一掷千金嫌土，而是百万金、千万金。他们一味炫富，目空一切，美其名曰大款风度。但他们蔑视知识，均认为教育无用，其后代子女便整体地辍学，文盲遍地。他们不以为耻，反以为荣——文盲又如何？文盲加有钱，也可以行走天下，吃遍人间。这其中，我的一位姨弟从老子那里分来上亿存款，开始过帝王生活。正室之外，还暗续两房小，且不怕罚钱，任意生养，儿女成群。因与他素有往来，新书出版，也送他一本。他随便翻一翻，就扔在茶几之上，问，这么厚的一本书给你多少钱？当得知是一个很寒酸的数字，他哈哈大笑，说，哥，你留下来，咱哥俩喝几杯，趁着酒兴咱找人试试手（搓麻将赌博），别怕，我给你出底垫，一晚上下来，肯定让你拿走三五十万。这是个完全不同的语境，我只好速速逃离，不再来往。

进入二十一世纪，北京城市功能调整，房山定为生态涵养区，强令小煤矿关闭，让西南部山区发展新型绿色产业。但是，发展的主体是一群文盲、准文盲，他们不具备应有的知识和技能，所以他们迟迟不动，过坐吃山空的生活。日前那位姨弟找我，说他的大儿、二儿、三儿都已成年，由于没有文化，总也找不到工作，希望我帮忙。我说，很难，因为大学毕业生都求职无门，况几个白丁。我接着说，你不是有钱吗？计算着花，也足够他们终生挑费。他说，他们几个当然没问题，但他们的儿女呢？我说，儿孙自有儿孙福，别为儿孙做马牛。他咳了一声，气哼哼地说道：都是煤矿闹的，它耽误了我至少三代人！

暴富，使人目盲，以至于丧志，进而轻视文化，这样的人群会有未来吗？

所以，杭州图书馆里那些拾荒者的阅读，就给了人们更深层次的触动：贫而阅读，是面向未来的精神准备，灵魂一旦充盈壮大，“我”就有了君王情怀，就有了昂然向前的自信和能力，就没有走不通的道路。

一个人是这样，一个人群是这样，一个民族也是这样。

2015年4月12日

劳动的尊严

这是街头的一处风景。

从这一景象之上，能让我看到，什么是劳动的真实，什么是劳动的智慧、什么是劳动的和谐。

这是一个十字路口，往南是我们小区的北门，往北是华冠超市，往东是拱辰街道办事处办公大楼，往西是金华丽酒店的过街天桥。十字路口的西南角，有个报刊亭，一切都发生在这个报刊亭之下。

我每天遛弯，都要经过这个报刊亭，每月的15日、30日，我都要在报刊厅前停下，伸进头去，看新出版的《读者》。我并不一定要买，先看目录，一旦有我的文章，就把拿起刊物买上三五本。

报刊亭的主人，是一对父女。父亲是邮局退休职工，给女儿盘下这么一处就业的岗位，据说是他一辈子唯一从单位得到的一点照顾。春夏秋冬、风霜酷暑，他们靠原始的劳动，维持基本的温饱生活。他好像有怨气，眉眼从来没有舒展过，我每要过《读者》翻看，他都要催促，你到底买不买？如果不买，他会嗫嚅有微词；如果幸好有我的文章，就一下子买上几本，即便是数本地买，他也没有愉悦之色。倒是他的女儿，总是面带笑意，因为对什么人都笑，类似天性，或者是没心没肺。她后来知道我是《读者》的老作者，文章经常上刊物的版面，便总是同我打招呼，或者是在里面向我笑着点头。他父亲见状，很是反感，问她，怎么你们认识？她兴奋地说，他可是个了不起的人物，是个大作家，经常在《读者》上发表文章。他父亲嘟囔道，我管他作家不作家。

其实他也是认识我的，因为从他手上也经常几本几本地买《读者》，因为不以为然，所以总是装作不认识。或许他每天面对熙熙攘攘的人群，觉得都是过客，陌生着，都自在，熟了倒是麻烦，至少要打声招呼，费多余的口舌。

他们在报刊亭外，设了一个卖食品的摊位。从里面接出电来，放了一个电子烤箱，里面的台湾香肠，不停地滚动着，散发出诱人的香味。烤箱旁是一个玻璃质地的透明食柜，里边码着一层层的麦多馅饼。叫卖声是从一个小小的落地音箱中传出来的。那是女儿提前录下来的，因为语气温柔，在嘈杂的市声中，显得特别的有气无力：又鲜又脆的台湾烤肠啊，又大又香的麦多馅饼。

他们的报刊生意很冷清，食品却卖得火。走过的人，匆匆地买下烤肠或馅饼，又匆匆地走远，咀嚼的动作放在行路的过程之中，便不占摊位。占摊位的倒是读者，停下来乱翻一阵，还未必买。我发现，他并不是对所有顾客都冷，对买食品的，他总是主动递上微笑，只是对买报刊的冷漠，甚至不耐烦。久了，我发现，这一冷一热间，有它必然的道理——报刊是官价，利薄；食品是他们的自主价格，利厚。而且，利厚的不占摊位，利薄的反而久久赖着不走，放在谁的身上，也会有本能的反应。还有，民以食为天，是百姓心中的道理，而唯有读书高，好像与民众无关，这种心理暗示，肯定对他有自然而然的影响。

有一次，城管大队的人开着警车呜呜地从远处来，他们迅速地电烤箱搬进亭子里，而那个食品柜，则顺势用一块早预备好的苫布罩上。一切做得不慌不忙，不露痕迹。警车远走，他们又复原，生意继续，表情依旧。我恍然大悟，原来——至少从某种意义上说——报刊亭是个幌子，食品生意才是他们看重的本质。

奇怪地，虽知真相，我却毫不诧异，反而顿生悯意，而且还多了一层敬重。因为从他们身上，我看到了普通劳动者的生存智慧。既然我们不偷不抢，靠劳动吃饭，就问心无愧，就有底气躲过搜查，长久地坚持。而且，我们并不蔑视执法，一搬一遮之间，给足了执法者面子，而我们变通的经营，是为了实现自食其力、有尊严地生活，更是符合人世间的情理。他们活在自己的道理之中。

从去年的秋天，父女的身边，又多了一个经营者。

他们报刊亭的背后，有一爿小小的空地，不知是同情，还是包容，他们允许一个东北女孩在那里搞临时烧烤。

女孩摆了两张桌子，几只凳子，支起一架炭火烤具。他们还有进一步的关怀，给她从报刊亭里拉出一项电，让她的电风扇能够转动。这是为了让炭火健旺，不生浓烟。他们既要谋生，也要体恤这个城市的环境，其情感人。

那个女孩穿着时尚，皮衣皮靴，薄粉敷面，干起活来，眼神妩媚，秀发飘逸，一如声光电下的舞者。有顾客时，她专心烧烤，无人来时，也不停歇——擦拭桌凳，清洁餐具，打扫地面。桌凳本来干净，就更干净；地面本来清洁，就更清洁。好像她不是为了挣吃喝，而是要把生活的喜乐、做人的纯净和劳动的美丽传播给路人。

由此，她的摊位上，多是回头客。一听到警笛，顾客们就帮她把烤具搬进报刊亭，而且留下来装作打牌的样子给她打圆场，外人见了，以为是一帮熟人在休闲、在娱乐。

这个女孩一点也不贪心，最多不过两个时辰、烧完两炉炭火，她就收摊了。她说，北京电视台影视剧频道那个电视连续剧很是抓人，她每集必看。

因为她不贪心，那对父女对她始终有好感。

父女俩则要坚持到夜深人静，有一搭无一搭地赚着路人的钱。我问那个女儿，既然生意冷清，你们为什么不也早走？她说，我们不像那个外地女孩，可以云里来云里走，因为我们是本地的老住户，待在这里与待在家里，都是一样的。

2015 年 5 月 1 日

“原始股”的回归

今天，本地散文家董华为其女办花月，邀中午用喜宴。

被邀者还有本地作家刘泽林、杨亦武和张文玺，三人九时半共聚我处，以便同行。

三位仁兄与我于上世纪八十年代同时进入文坛，系文学交往的“原始股”。那时心地纯粹，眼里只有文学，彼此之间息息相通，率性发言，心无芥蒂。泽林当时在区文化馆编文学小报《青峰》，故，是聚会的根据地。三天两头碰面，论文学、喝酒，不醉不归。亦武争强好胜，善文史，有学究之气，谈论时一遇碰撞就强辩，说“好歹我是名牌大学毕业，还不如你！”他的锋芒是指向我，与他相比，我不过是农职院的专科生，还是学农的，劣势自显。即便如此，我也能承受，且虚心向他请教。他也不吝赐教，让我从读《古诗源》开始，恶补古典文学知识。并送我《陶渊明集》，指点我既读其《桃花源记》《饮酒》，也要读他的《闲情赋》，让我知道，伟大的作家，其实是一个复杂的存在，既有“采菊东篱下，悠然见南山”的清幽，又有“愿在丝而为履，附素足以周旋”的艳情。所以，他对我来说，“逆友”良师得兼，使我受益匪浅。文玺憨朴，又专写诗，便有赤子情怀，每一见面，就大声朗诵，让人热血沸腾。他后来编《燕山企业文化》，在封面登西洋裸画，开地区风气，影响颇具。他还给我等大版面地发表作品，致大稿酬，无私相助，为文人张目。

我们四人的交情波及家属，轮流在各家用饭，煮酒论文，不亦乐乎。有一次在亦武家兴致大发，我拿过他家公子的吉他，虽不懂乐理，也乱弹一通，他们居然不察，拍手相和，还陪以舞。有一次在文玺家因观点不合，我故意嘲讽，他不能承受，痛饮一杯之后，把酒杯摔碎在地上，含泪喝道："我其实对朋友最真诚！"我们忍俊不禁，哈哈大笑，他顿然醒悟，嗫嚅道："我他妈的上当了。"有一次在泽林家背诗赌酒，我因腹笥虚空，常出错句，被罚的次数最多，故酒喝大，上完厕所竟不知提裤，还是泽林细心救护。

种种形状，均证明我们已到了不分里外、不讲礼数的感情深度，文学让我们任性而幸福。

到了上世纪末，文学式微，我们均被世俗价值所离间，纷纷做官，泽林当文化馆馆长，亦武做文化局文物科科长，文玺任燕化宣传部副部长，我则下到基层当了一个乡的乡长。都陷于事务，来往渐少，即便是参加文学的聚会，也都遵循官场的规矩，装模作样，矜持有加，不再放言。

在官场的一路行走，并没有得到既定的发达，至今都卸下了豆丁官帽，成了闲人；我虽然当着文联主席，也不过是个闲职。我们都痛感到，真不是做官的料，最终的归宿，还是文学。这正验证了别林斯基的伟大，因为他说："任何人迟早都要回到自己的位置上。"

在我的办公室，四人到齐，竟不约而同地感慨道：四人同聚首，已暌违多年，今天能再次团圆，真是命运所赐！彼此便久久地面面相觑，五味杂陈一番之后，都觉得昨是而今非。因为泽林面黑，亦武额窄，文玺齿豁，我则膗肥，都是不可挽回的老态。且心中有沧桑，耻于张扬书生意气。但都认同一个道理：一如水流千遭归大海，我们因文学而聚义，也应为文学而珍惜，既然是“原始股”，就还以文学为轴心，爱在一起吧。

我突然生出一个意象：我们于上世纪八十年代伏下案来，不停地书写，试图交出一卷卷指点江山之激情文字。三十年后终于写成，但起身展纸，不过是几篇（首）不温不火、不痛不痒的诗文。于人生何益？于世道何补？虽满目苍凉、满心悲壮，但不敢说破，一说破，就虚无。

钱钟书、季羡林敢说“虚无”，这是大有之后的隐忍，类似得了便宜卖乖。我等连“卖乖”的资格都没有，只能敝帚自珍，因为来路还长，得有底气活。

临出门前四人约定，见了董华，我们要把这番感觉和感慨说与他听。虽然他比我们年长，虽然他经历了比我们还多的艰难，但因为去年他得了一个什么奖，虚火就上升了，以为自己坐拥了文字江山，便任意臧否本地人物，包括我们四个在内。

我们要真诚地对他说，本地土壤瘠薄，且少有风调雨顺，仅有的几株庄稼，也是艰难地长成，要悲悯，要怜惜，要爱护。而且家人之间不宜论短长，相互鼓励，相互扶助，有你有他才有我。

2015 年 5 月 15 日

杌凳情缘

看见眼前这只杌凳，我内心温柔。

这只杌凳，出自先父之手。儿时家里打家具，锯下碎板木条，怜惜材料，父亲自制了几只杌凳。他做得认真，挖榫楔钉，一丝不苟，便做得很牢固，用它抛击野狗，也摔不坏。直让人觉得，只要人敦厚，器具也随之敦厚。

那年我娶妻，带新人回家省亲。因为女眷既貌美如花，又善解人意，让父亲喜不自胜。正好下来当年核桃，父亲就稳坐在杌凳上，给新人砸食。新核桃口感好，新人极喜，几乎是父亲砸一颗，她吃一颗。父女情浓，让人感动。临走时就要了那只杌凳，一则以纪念，一则以砥砺我们的爱情，让父辈放心。

后来父亲病逝，送到殡仪馆火化。抱骨灰盒时，我让三弟随身携带这只杌凳。依山里的习俗，抬起来的棺材就不能放下，就不能在中途沾土，抬重的人如果欲歇，就要在棺材底下支上两张条凳。骨灰盒是浓缩的棺木，自然要有小小的杌凳相匹配。骨灰送至祖坟要走百里山路，无论是乘车，还是步行，一旦身累，就把骨灰放在杌凳上。大礼完毕，我又把杌凳带回来。虽说殡仪用具，依乡俗或陪葬、或烧毁，以免带回鬼魂；但父子情重，且他生前我已竭尽孝道，即便是有魂跟来，也是英魂，他会护佑我。我真正的用意，是要留下想念，以便睹物思人。

后来我有了一定的文名，便有文学女青年前来拜会。书房之内，我们或高谈阔论，或喁喁低语，还杂以笑。情境中的人，知道这笑声，是会心与共鸣，有自然而然的质地；但局外人门外听之，就有了暧昧的成分，堪觉不伦不类。女眷心忧，携杌凳悄然而进，一屁股坐在杌凳上，对愣在那里的交谈者说，你们尽管谈，因为我也爱文学，我也听听。如此这般，虽然我与文学女青年、或女作家、女诗人多有交往，但都止于文学，让心中有很纯净的东西。细想起来，女眷并无促狭之心，她只是出于本能，因为她一直觉得，文学为轻，家庭与生活为重，无论如何，也不能让轻浮的迷雾罩了沉实的本质。她也知道那只杌凳的分量，那是先父给她的依托，一旦登场，就有不言而喻的庄严。

因为有了正常的文学生活，那只杌凳就从属于我的读写活动。因为居室窄仄，书架就要做得高大，要想拿到最上一层的书籍，就要踩在杌凳之上；而最下层的书册则低近脚面，要想查找翻阅，须蹲，就我腹大腿细的身形，那不啻高难动作，就离不开杌凳之坐。一踩一坐之间，竟有了近二十年的时光，即便是铁打的杌凳也会散架、变形（这期间，女眷嫌其与室内家具太不协调，曾把它弃置阳台而换上了一只铁质的杌凳，不期一年未到，就腿折面瘫，无法使用），而它依旧结构坚实、不晃不动。它好像是对你无声地发出一个宣言：我从山中来，带着认真、诚实与周正，有着不变的品质，你尽管用。

但是，它的确丑陋：凳面乌黑，不见本来底色；凳脚因匝以复榫，鼓鼓凸凸，毫无秀气模样。因此在女眷的眼里，即便是经久耐用，也不过是一个卑贱的物件，所以她并不敬重——买来排骨，把案板放在它身上，用力剁；享受干果，譬如核桃、杏核、松榛，就以其做砧木，用力砸。以至于乌黑凳面又添了累累伤痕，凸凹不平，愈加丑。

我终于不可承受，对她说，这可不是一个普通的机凳，它承载着记忆，有父亲，有我。

她说，屁，那是你们自作多情。

我又说，物件也有人格、也有灵性，你没听说，木头戳在那里，一年不烂是木头，十年不烂是魂灵，百年不烂是神圣，人就该跪拜了。

她说，你可别吓唬我。

在五十岁生日那天（前年），对机凳这只老物件的感情，在心里突然盈满起来——我找来一块砂布，仔细擦拭它身上的疤痕，不仅抚平，还见了原木的颜色，它居然还散发出淡淡的香味——一切都对应着故乡那不老的土地。

不知为什么，我突然掉下了眼泪。

或许这就是乡愁。

这只机凳，真是皮实：生与死、雅与俗、珍重与轻贱，它都默默地承受，不似人，还有不平，还有感慨。因而它比人有肚量，也比人持重。

我便更把这只机凳放进心里。

但它能存留到今天，甚至走进未来，毕竟是因为有我，验证了人与物同源、人与物同在这一天地伦理。

所以我对女眷说，从今往后，你对它就像对我，不要在它身上乱砸乱剁。

2015 年 5 月 16 日

病中日记

翻检书斋里的故纸堆，居然又有出人意料的收获，找到了1995年8月的几则日记。展读之后，不禁脸红，因为那个时候，就已经有很重的文人习气了，已绽露出柔弱之象，但尚不自知，还要在三个月之后，去乡下任职，经历粗粝的生活，几近于愚。

那几则日记，是在病中的随手涂抹，似乎是在发泄一种不平的情绪，可称之为“病中日记”。

1995年8月16日

患眼疾，羁于室。想读点什么，不足五分钟的样子，视眼便模糊了，心甚烦。才感到，读书人最不可病的器官，是眼。看到的不管是美是丑，只要景物收入眼底，便真切地感到自己与这世界发生了关系。

实际上，文人之于世界，是看客，多情的看客。感情丰沛地评说些什么，便觉得自己活过了。

离开书本去看窗外的景物，亦是不足五分钟的样子，景物就变成混沌的一片；只好仰卧到床上去，滴几滴眼药，闭目而享无奈的闲。此时，我讨厌自己：肉身真是靠不住的东西，一点眼疾，便羁束了人的活力；世间可谓处处是肉身的缧绁。

躺得久了，慢慢陷入一种似梦似醒的幻境：有一泓清冽的湖水，一片平柔的沙滩，一间绿藤萝掩映的白色小屋。我与一个女人在一起。女人皮白如洗、腴润柔媚，她轻轻地抚摸着我的肩颈，温温地笑着。后来，竟撩开了丝质的襟袍，露出饱满的一对乳，把乳头送入我的唇；我竟忘情地去吸吮，闻到了一股久违了的奶香。

听到一声门响，怔地醒转来，已十一岁的小儿进来看我。我有几分愠恼，挥一挥手，叫他出去了。再躺定，动一动舌蕾，果然还残留着一丝甘甜。睁开眼一看，还是低仄的一间屋檐，还是依墙而立的两个冰冷的书架，架上的书已经泛黄。竟莫名地忧伤起来，落下两滴泪。

儿子都齐胸高了，却还有这样的梦境，看来儿子与我的精神好像不太相干。堂里的女人是个黄瘦的悍人，锐音如锥，刺得我的日子很粗糙，她的影子便从来不进我的梦境。原来我暗暗地厌弃着他们，心中并没有依托与牵系。自己仍然是孤独的一个人。

于是，那两架泛黄的书亦显得多余，其实真心需要的是梦中那样诗意的环境与腴润可人的一个可安妥心灵的女人……以前的日子都人为地矫饰着，不敢面对内心最后的那一种真实与浪漫。希望的日子与注定了的日子之间有很长的一段距离，恰是在这段距离上，我们迷失了自己，痛苦了自己。

梦境暂时消失了这段距离，梦是好得不能再好的好东西。

所以，钱有什么用呢？钱又不是诗意的虹桥，可以架在希望与现实之间；官有什么用呢？官又不是率性的剪刀，把希望与现实的距离剪短。还是有一双健康的眼睛吧，多看一些人世的风景，给梦以丰厚的质料。

1995年8月18日

眼疾仍不见好，很盼有个人来，闭目与他谈一会儿，哪怕是自己的对手。

便想人与人之间的关系。人与人之间到底是一种什么关系呢？很简单，是个墙的关系。墙里的是自己，墙外的是他人。墙里的自己幽闭着，只觉得幽闭是一种陷落，一种难耐，直想冲出墙去；墙外的人，觉得墙内是一种神秘，一种诱惑，很想逾过墙去看个究竟。然而竟没有行动，在走出墙外和走进墙内的犹豫与徘徊中，人走完了人的一生。

因为人世间有太多的禁忌，人的自身也有太多的禁忌，人是禁忌的集合体。譬如你与对手握手言和，别人就认为你软弱胆怯；剩下自己时自忖，也往往觉得自己有几分下贱，内心总是不能放安妥。对手便永远是对手了。

所以，打破禁忌是毁灭，更是新生。

1995年8月20日

躺得久了，头晕脑涨，便想干点不用眼力也能干的活计。想到了那包松蘑和那包干扁豆。

松蘑是父亲冒雨在百花山的松林里亲手采的，晒干以后专门送来的。一同送来的，还有一包干扁豆。干扁豆，是山里的扁豆角用沸水焯后晒干的产物，系山里的过冬菜。

松蘑和干扁豆均呈浑黑的颜色，气味亦不太好闻。堂里的女人便说："什么他妈的好玩意儿，喂猪都不够档次。"欲弃之门外。感到父亲那拳拳的情意竟这般轻贱，愤然地打了女人几拳。之后是几天不说话，那两包干菜便遗忘在角落里了。

父亲去世半年多了，现在想起还酸涩难耐，一定不要再辜负了父亲的两包干菜。便烧开水，依次把两样干菜煮舒展。本来眼就肿胀，一边煮一边流泪，视线就更模糊。

小时候总是吃这两样菜，极熟悉其做法，干菜很快就做好了。

在饭桌上，女人不屑地挟起干菜，试探着嚼下去，一张皱脸竟豁地舒展了，"没想到这么好吃！"好吃就只管吃吧，我无话可说。

女人愉快地收拾碗筷，我则躺在床上想父亲，眼前晃着父亲采松蘑时的身影。女人是不熟悉那干菜，也不掌握干菜的做法，不自觉地就把干菜排斥了。这并非是女人独有的错，想一想其实人都一样：自己不熟悉的、不理解的、不能把握的，甚至是不能占有的，干脆就予以推拒和排斥。比如自己不能居于城市，便说城市刻板嘈杂；自己不能把握的女人，便说她烂说她轻浮；自己不了解市场经济，便说市场之下多见利忘义；自己读不懂的书，便说它狗屁不通；等等。

所以，人其实心胸很褊狭，识见很愚氓，人是有缺陷的一群动物，物种的优越是一种盲目与虚妄，人一刻也离不开虚伪与掩饰。

克尔恺郭尔说：良知一丧失，人的生活反倒有趣味儿。这符合人类生活的真实。人的"有趣味"，正是成就于良知丧失的前提下。

从这几则日记，再联想到我现在的种种趣味，我发现自己的骨子里淤积着几种情结：

一是恋母情结。喜饱满的乳和新鲜乳汁的香味，也喜丰润腴肥的女人和温热的情怀。这或许是源自在婴儿期时，因贫饿交加，母亲干瘪，断奶过早；也或许是因为所娶女人，瘦而悍，少驯顺和温柔。

二是土地情结。因出身于乡土，有根性的作用，嗜质朴的风物、情感和味道。

三是内趋情结。故乡是个狭仄之地，有封闭的历史和现实，便不喜与人交接，愿孤独自处，向内心考问，便多愁善感，敏于思，而钝于行。

一切都关乎来路，是自然而然的生成。

2015 年 5 月 27 日

常失意，所以去赌

一李姓农职院同学，上学时，不仅与我同班，还同一宿舍。宿舍里置备的是上下铺，依身高，我睡下铺，他睡上铺。他性怯，遇到北风呼号的夜晚，他会惊惧不安，从头上出溜而下，钻进我的被窝里。

毕业后，我们都分回原籍，便能经常相见，在一起交流工作体验、处世心得，共同语言颇多，故，交谊深厚，视为胞弟。

他后来调至去团委机关，任一个部的部长。团委系统升职快，他不久就被下派到一个乡镇，当了副镇长。但遇人不淑，就经受了挫折。当时的党委书记是一步一步从基层做起的人，不喜欢他这种火箭式升迁的干部，再加上他秉性率真，敢于表达自己的意见，颇让书记厌烦，便在一次山火事故中，把所有责任都加在他的身上，上告组织部门，借机把他免了。

他回到区直机关，不再被重用，保留了原有待遇，做一般办事员。但他为人笃厚，忍辱前行，对工作毫不懈怠，在同事里有很好的声名，便在几年后，重新崛起，任了单位的副职。

俗话说，江山易改，秉性难移，他虽然好不容易有了一个体面的位置，但是仍然不改率真本性，对工作常有主见，即便是一把手不喜，也不放弃原则。一把手宽容，不跟他计较，但为了能掌控单位大势，不再委以实权，而是让他分担具体事务。从此，他的主见，变为闲谈，即便是高明之计，也无现实效用，他几乎就是个闲人。

一个聪明睿智、精力充沛的人，一旦被晾在一边，内心的不甘，自然会让他寻找发泄的出口。正好单位里有好赌之人，就让他半推半就地走入了赌场。

一开始是小赌，以发泄胸中积郁为止。但到了后来，就赌大了，因为赌场的氛围，有硝烟战火，能给他一种横刀立马、纵横驰骋、一主沉浮的生命快意，他不再能把握自己。

赌场也真如战场，他挥臂砍伐，也会遭人砍伐，人头落地处，是金钱易手。易来易去，膨胀了不服输的情结，就豪赌。一个工薪阶层的人，哪有大战的本钱，就四处借钱。他借钱的对象，多是亲友、同学，这就让他进入了恶性的循环——借钱的压力，让他寄希望速胜，就铤而走险；一旦失手，就理性迷失，狂躁不安，进行更大的冒险。

到了最后，他欠资巨大，不再有偿还能力，这才意识到事态的严重。他紧急办理提前退休手续，以规避组织惩处；壮士断腕般地与发妻离异，以切割掉家庭的债务责任。然后，切断了一切联系方式，在芸芸众生之中，隐身而去。

多少人向我问询他的下落，我只能摇头不止。这之后，街头的墙壁、广告橱窗、电线杆子上就贴出了寻人启事，上面所写，乃如能提供此人线索，必有重谢云云。我也撕下一张，放在手中玩味，不仅悲从心生。

因为事发之后，同学、亲友聚而议论：没想到，他这么一个亲切随和、胆小怕事的人，居然敢于涉赌，岂有此理！

我思忖其中的道理，感到，他得势过早，又失意过早，刚有转机，又随之失去，人生的总体，总是在委屈之中而不能伸展。而官场的熏染，又使他失去了常人的心态，不再甘心承受，他要发泄，他要翻盘，他要给家人、同事、同学、亲友一个自我价值的证明。如此说来，他不如不得势，如果一直是个小人物，他就会有知足认命的心理基础，就不会有过多的奢望和超越能力的徒然争竞，就会随遇而安，安享庸福，善始善终。

细想一下，还有一层因素，或许也是导致他人生失常的一个动因。他十年前得了乙肝，曾对我说，得了肝病并不可怕，只要注意养，也能寿；可怕的是肝病之外再得糖尿病，那可就相生相克了，因为一个需糖，一个忌糖。三年前，他苦笑着对我说，我这回可算是功德圆满了，怕什么来什么，肝病与糖尿病同附一体，根本不容你躲，也只好活一天算一天了。他本想乐观生活，但生活却不给他乐观的理由，所以他的涉赌，或许是对命运不公的一种极端反抗，有破罐破摔的味道。

如此想来，我心生悲悯，很想对他的债主说：此公心不毒，不存在主观故意之恶，对他之所欠，便要有等待的雅量，既不要追讨，更不要起诉，给他一点做人的最后的尊严。需要特别说明的是，我手上正有一张他两万元的借据，为表明自己的态度，我现在就把它撕碎。

2015 年 6 月 13 日

凡人的端午

早，陪家婆到谢记烧饼店吃早点。每人一碗羊杂，她佐以一烧饼夹羊肚，我则一烧饼夹肠、烧饼夹菜。

她跟我说，今天是端午节，你不必再写，也休息一天，去孩子奶奶家，与她共度。难得她主动关心母亲，我心中一热，把碗中的羊杂拨给她一些。我说，那好，那你就下厨房，把你最拿手的两道菜——红烧肉和糖醋鲤鱼做给老人吃。

夸她拿手，她甚喜，率然允曰：那自然。

早点毕，共赴城南菜市场，割前臀尖一块，八斤六两，称活鲤鱼一条，三斤三两，另购香葱、香菜、荠菜和黄瓜若干，火腿两只，一斤六两，西瓜一枚是三斤八两。

进了家门，爱犬刚特见购物众多，喜而跳。家婆对它说，我们要出门，也带你。它听懂了，坐在房门的位置等待。家婆梳妆，耗时久，小犬急切，不停地向她啸叫，意思是说，你怎么还不走。

到了老母家，那个特大号的搪瓷缸子已沏好酽茶，并放着几只小茶碗。母亲说，知道你们要来，我们已在等。

所谓“我们”，母亲之外，还包括大弟一家和三弟的两个女儿。

家婆说，今天我烧菜，你们谁也别插手。当然，两个侄女可以给我打下手。

两个侄女今年大学毕业，对未来有期待，大妈、大伯的到来，让她们很欢快，很乐意表现她们的勤快，所以大妈的话音刚落，她们就已经簇在她的身边，等候吩咐。

两个人的交谈让我忍俊不禁，因为她们说，今天即便是节日，也不宜发祝福节日的短信，因为是屈原投江的日子，既然悲壮，所以要庄重。

虽然离中午时间尚早，但家婆按捺不住操刀的兴奋，转身进了厨房。母亲不愿让儿孙们感到自己无用，开始投米、蒸饭。电饭锅蒸上以后，她往餐桌旁摆凳子，一刻也不闲。我说，妈，您就歇着，这些活儿有人干。她笑着说，我高兴，就不歇。

我说，既然你们都喜欢忙，我也别闲着，我到村西大堤上去遛狗。

爱犬刚特这次又听懂了，不用我示意，它就跟我一起抬腿。

我们到了大堤，左右环视，麦子已收割完毕，新鲜麦茬像平静的波浪，朝四下荡漾开去。隐隐有香味，既来自麦茬，也来自被阳光曝晒的土地。我大口呼吸，喜不自胜。刚特也望远，眼神明亮。是新奇又无辜的明亮，猜测着主人的心情。

看着土地茂盛之后的秃，我心中有沧桑，不禁哼起了李宗盛的《远行》。

亲亲我爱多么希望你会明白
我需要安静下来
想象未来怎么安排
时间飞快 时间飞快
来不及抹去昨日尘埃

时间它不让我等待
就这样迎面而来
不舍你那黑白分明亮亮的眼睛
只是你年纪还小
无从明了我的心情
时间不停 时间不停
原谅我依然决定远行
当所有等待都变成曾经
我会说好多精彩的故事给你听
就要离开
虽然我心中有无限伤怀
就要离开
虽然我心中有难言悲哀
明知寂寞叫人难以忍耐
也许一切就此从头再来
虽然不知何时回来
我只盼望你会明白 你会明白
喔 你会明白
回想过去曾经黯淡几许光采
有时候我不知道
这样决定应不应该
时间飞快该来的会来
我从来不曾这样坦白
啊往日绚烂的梦已不再
我已经累了
我需要离开这舞台

就要离开

虽然我心中有无限伤怀

就要离开

虽然我心中有难言悲哀

明知寂寞叫人难以忍耐

也许一切就此从头再来

虽然不知何时回来

我只盼望你会明白

你会明白 喔 你会明白

你会明白 喔 你会明白 喔

你会明白

这是李宗盛唱给他女儿的，我身边没有女儿，所以我唱给小犬。也因为我不去远行，所以就唱远行的歌。哼唱之后，我突然意识到，对千篇一律的生活，我有隐隐的不甘，内心的深处，有思变的愿望。

而小犬被唱得表情懵懂，以为自己有过错，不敢走远，一步不离地跟在我身边。

归来时，家婆已弄好了一大桌子菜，最显眼的是红烧肉和糖醋鲤鱼，堪称色香味俱全。

大家围桌而食，有自然喷发的节日气氛。

母亲胃口好，吃了很多红烧肉，她对我说，她真的很幸福。

如此说来，屈原也很幸福，因为生民的快乐，能让他的悲壮适得其所，不寂寞。

2015 年 6 月 20 日

山音不杳

昨晚，手机猝响，有山音传来。对方不报家门，而是不停地问："你猜我是谁？"

这个声音很熟，虽暌违了近二十年，但依着山音之尾，我还是毫不犹豫地报出了他的名字，"你是小白蛋儿，白蛋叔儿。"

对方大悦，在电话的那一头大叫："你还真成，老长时间不联系，还一下子就说准！"

在旧时的故乡，女孩儿叫丫儿、叫片儿，男孩儿叫奘儿、叫蛋儿，无论辈分，都可以通叫。白蛋儿与我同龄，大号叫陈广祥，虽然是我的表叔，但在家时却从来没叫过他的大名，也从来没称呼过他叔，因为大家都不习惯，觉得那样很像蛋，很生分。

但如今不同了，我们都有了一定年龄，我也在官面做事，觉得应该有所讲究，所以前半句下意识地叫他小名，后半句则有意识地补充一声叔，让他感觉到我毕竟没白在外边混，懂得尊重人。

他是邀请我参加他儿子的婚礼，用我装潢一下门面。我率然应允。不仅是因为他的器重，更因为每逢这样的场合，故乡人团聚得全，可以浑然地感受乡情。

放下电话，我久久回味，觉得这乡音就是奇特，不怕时空阻隔，一旦发音就听得真，无毫厘失误。

今起了一个大早，从小区门口包了一辆出租车，急切地回归故里。

婚礼的场面不大，还是老场院、老桌椅。许多人起立迎我，我却感到都陌生。因为老辈人几乎都故去了，庭院站着的，多是同龄人；而同龄人又都分别得久，从当初的小长到如今的大，就一如小树成大树，都变了形。但坐了片刻之后，大家旧时的模样，竟渐渐地都能依稀而辨，我开始叫出他们的名字，他们也激动地答应，毫不芥蒂地拥抱在一起，就等于他们又接受我了。

与他们在一起，我突然恢复了儿时的顽劣，我问他们说：“大米白面是什么色儿？”

他们答道：“还用问，自然是白。”

我说：“那就怪了，整天吃大米白面，你们的牙怎么都那么黑，像灶洞。”

眼前正是这样的场面，大家大口吃肉大口喝酒，眼神飞动，嘴唇红润，但牙齿都一水儿的黑，好像什么饱满的日子都填不满。

他们面面相觑，像有重大发现，“是哩，是哩。”

白蛋叔借机过来敬酒，对我说：“你净瞎扯淡，乡下人卖的是苦力，整天混吃混喝，哪儿有工夫刷牙？不像你，整天坐在办公室里指手画脚，不仅每天刷牙，还没事就往医院跑去洗牙。”

大家伙被他点明白了，齐声说：“没错，你净瞎扯淡！”

他们觉得这还不够本，又说：“你牙白有什么了不起，还不是被你娘揍大的。”

他们是在揭我的短，因为我小时候爱淘气，常被母亲用荆条抽屁股加以惩治。荆条往往是抽在光屁股上，很疼，所以我不仅哭，还故意大呼小叫，以引起左邻右舍的同情。

我说："喝酒，喝酒，别净提过去那点糗事儿。"

"那你也喝，咱们一醉方休。"他们说。

"我肝不好，医生叮嘱忌酒。"

"你净瞎扯淡，不喝就打屁股。"

见我坚持不就，就真的有人扑过来，毫不商量地扒下裤子，噼里啪啦一阵打。

我赶紧告饶，抄起大碗满上，"咱们用大碗喝，谁不喝是狗。"

大家就纵情喝，喝得昏天黑地，许多人被喝得趴在桌子上，不动了。

这是乡村婚宴的最佳境界，所以白蛋叔领着一对新人单独来敬我，"侄子，谢了，你这一来，咱这婚事算是办圆全了。"

这时，我也喝高了，用力拍了一下他的肩膀，举起手中的大腕，"你净瞎扯淡，满上！"

我是被出租车司机搀上车的。仰倒在后座上，我不停地嘟囔，"敢打我屁股，扯淡！"

其实我心里很受用，能被乡亲们打屁股，说明他们还把我当家人看待。即便是二十年的疏于问候，我们依然亲近在共同的乡情之中。

啊，故乡永在。

2015 年 6 月 27 日

吃食的哲学

故乡是山地，不产麦子，可称细粮的谷物，只有小米。所以，吃小米的日子，肯定是年节。

这种属于年节的吃食，变成了生命记忆，我噬吃不已。尤其是暑热的夏季，心火健旺，脾胃萎靡，茶饭不思，但一闻到小米饭的香味，食欲就偾张，立刻就想饕餮一番。

一如咖啡有伴侣，吃小米饭也要有相宜的菜蔬，方能吃出旧有的感觉。其中有干炸辣椒，凉拌苦苣。五十岁之后，肝胆有恙，规避辣，而苦苣又过了时令，就剩下了苏子和薄荷，便用心搜寻。苏子和薄荷，虽然都有香味，但香的程度不同：苏子香得淡，爽口；薄荷香得浓烈，让人气闭，不是什么人都能承受。

昨天，儿媳从她奶奶那里拿回来两小捆薄荷，今晚，我赶紧让家婆蒸小米饭，以快朵颐。家婆不喜纯粹的小米饭，认为它干硬，不好下咽，就掺了一捧大米，蒸了一锅人们俗称的“二米子饭”。这也不错，因为毕竟能见小米。但对薄荷，她就坚拒了，她说她闻不了那个味道，会生呀。她给我凉拌了薄荷，说，你就独自享用吧，我不馋。我吃得昏天黑地，觉得生活真是好。她一开始紧皱眉头，到了后来，居然也试着品尝。她说，看到你的吃相，我立刻就感到饿。

我对她说，你知道为什么吃小米饭最好佐以苏子和薄荷？因为它们的香味不是一般的香味，在乡下，把它视作“油”。小时候，缺油少肉，口味寡淡，它本身带来的味道，就类似油和肉，让人胃口大开。这口味一旦变成了记忆，味蕾就本能地朝着它开放，不可阻挡。这就如闻惯了自家女人的气味，即便是蒙着眼，也能摸到她。

美食撑满了肚腹，双腿自动就迈步，带着人去遛弯。遛到一定的里程，就不停地放屁。家婆掩鼻，说，还作家呢，瞧你这点出息。我放声大笑，说，你知道这叫什么？这就叫回肠荡气！所以，美食的功能与艺术类同。

家婆来了兴致，问我，你知道我最爱吃什么？我说，当然知道，热馒头夹猪头肉。

她又问，你知道为什么我爱吃热馒头夹猪头肉？

我说，智商低的人都爱吃热馒头夹猪头肉。

她一笑，说，小的时候，家里穷，就养头猪换现钱。猪养大了，宰了卖肉，肉都卖给街坊邻居，一点儿也舍不得自己吃，只留下一个猪头，大锅炖了，给家里人解馋。即便是猪头，也不全属于自己，而是先拿去上供——给村里的干部、族里的头人，以方便日后的生计。最后只剩下一张猪脸，吊着孩子们的胃口。而那猪脸太油腻，糊嘴，就吃不出香味，只有夹在馒头里，才觉得香。而猪油凝得快，只有夹在热馒头里，才一直化着。

我看了看她精瘦的身板，说，你从小就吃热馒头夹猪头肉，也没见你长肉，喊。

她说，这也像你说的，吃了自己喜欢的吃食，就回肠荡气，消化得快，不瘀不滞，自然就不长赘肉。

我们笑在一起。吃食引发的美好心情，疑似爱情。

2015 年 6 月 29 日

救赎

一

2015年的夏天不期而至。

天渐渐地热起来，思绪也渐渐地活跃。年轻人愈加伤春，我则伤身世——一些旧时生活的画面总是在眼前萦绕，有不吐不快的感觉。

父亲是土生土长的山地人，除了大山与草木，他见过的世面不多。因而在生活中，他立身的支点、对外的触角也是少得可怜。所以，他很早就对我们哥仨说过一句话：你们今后的生活，甭指望你们的父母，横竖靠你们自己。

这就是动力，使我能够苦学，以至于以中考全县第二的成绩考到了平原的良乡中学。因为山人手中无余钱，即便他当时任着村里的支部书记也因内心的周正而“变”不来余钱，所以，为了能供养我上学，他毅然决然弃官不做，到山后的煤矿挖煤。等我完成了应试教育的所有学业，终于当上了国家干部，他也身染重病，垮了下来。

但是，他以自我牺牲的精神给了这个家庭最初的支撑，不啻是完成了一个农民父亲所能完成的伟大使命，其中的悲壮底色给了我很大触动，让我自觉地接替他去履行他对这个家庭未尽的责任。

我一边给他筹钱治病，一边在山外给两个弟弟安置工作，寻觅生路。

我最初被分配在当时的良乡公社，做蔬菜技术员。机关里有个当电话员的李姓女子，活泼貌美，又钟情于我，便动了成家的念想。公社的主任给我善意的提醒，说她只是个社调干部，实际的身份还是个农民，你既然是从低地爬到高处，就不能再回归低地。

见我没被说动，就把我请到他家里。他的家是坐落在机关后院的两间平房，居室狭窄而暗，由于地势低洼便有很重的霉味。他对我说，你看我是公社的一把手，却住在这么寒酸的地方，为什么？因为我是一工一农的家庭，按规定不给福利分房。他的夫人也接茬说道，就因为我的农民户口，也不给商品粮，要想温饱，还要自己去种地。所以，你选择了这样的婚姻，就等于选择了一种艰苦的生活。我感到很奇怪，她既然是艰难生活的成因，却能把话说得这样坦然，好像是别人的叙事，与自己无关。后来我明白了，艰难的生活使她具有了承担的理性，她已释然，而她觉得我是一时冲动，事后或许要后悔，所以她要给我善意的提醒。后来，他们又加重了对我说服的力度——麦收时让我去他们的口粮田里帮助割麦。凌晨四点下地，借晨凉用力，以减暑热。奇怪地，麦浪滚滚，秸秆泛香，银镰在手，一起一伏之间，我竟不感疲累，反倒尝到一种在大地上挥洒的浪漫。麦子割过，我们坐在田埂上，喘着粗气，喝豆浆吃烧饼油条。主任问，感觉如何？我说，挺好。他摇摇头，说，既然如此，我就什么也不说了。

机关的东侧，是新华书店。店面虽小，架上居然赫然地摆着一套精装本的《鲁迅全集》。心跳加剧，感到那是先生对我的邀约。那是人民文学出版社 1981 年版 1982 年第二次印刷本，简体，页白，疏朗，大方，价五十二元整。而我每月的工资只有三十二元，即便是倾囊而出，离请先生之资也尚差不小的距离，不禁嗒然，整日絮叨，仓皇不安。李姓女子，闻之嫣然，慨然送上银两，遂成就愿望。她的举止令我五内俱热，更坚定了我的婚姻选择。

那时结婚领证是在本公社的民政科，为不惊动同事，就跟办事员约定，在一个下班后的时辰前去办理。那是个苏姓老同志，盖章前他问我，你喜欢小李什么？我说，喜欢她漂亮。他一愣，就这么简单？就这么简单，我说，在我们山里，因为婚姻无法选择，好男人娶的大多数都是丑妻，所以能娶到漂亮媳妇，是天大的造化，街坊邻居都会羡慕。领证出来，天色已暗，我们钻胡同回她的母家。正有一条野狗迎面而来，她不禁躲进我的怀里。这意外的依靠，让我顿感沉重，我下意识地问了自己一句，你会后悔吗。她适时地问道，你娶了我，就还要种地，你怕累吗？我说，我当然怕累，所以我不打算种地，但是，没口粮之后，我会去要饭，要回一个馒头是你的，要回两个馒头还是你的，我绝不会让你挨饿。

因为被感动，她非常体恤我的家境，婚事也不要求大办，只是请了单位的同事，在一个晚上，在机关会议室举行了一个简单的婚礼。机关支部书记主持仪式，弄得像个茶话会。因为只置备了一些瓜子、花生和糖果，总计才有五十元的开销。礼毕，由机关的两个大姐护送她入婚房——一间租来的只有八平方米的农家房。房里的摆设，只有一床、一案、一书柜而已。第二天一早，她就同我一道乘长途公共汽车回老家省亲，向公婆宣告，她已是家庭中的一员。

省亲归来，后边还尾随着一员，那是我初中刚毕业的大弟，要我给他在平原找一份工作，以便能自食其力。我的连襟正是一个搞建筑的包工头，就把大弟硬塞给他。为了解决大弟的住宿，就跟连襟商定，他白天当小工，晚上就做值夜的，也好住在工地的门房。工地离公社很近，大弟的一日三餐就由我和她料理。早餐和午餐，让他和我们一道下机关食堂。因为他发憷跟机关干部打交道，我们便把饭菜打回来，让他在我的办公室里吃得自在一些。而我总是下乡，打饭的事，就基本上由她承担。晚饭则放在家里，考虑到大弟做的是苦活，总要让他喝一点酒。我们都年轻，经常把酒喝大，就招惹出她的责备。她说，也没有好菜，就一点凉拌辣白菜，喝什么喝。我怀疑她是嫌我们喝酒而增加了家庭开销，便大声呵斥，惹得她暗自垂泪。

有时酒后我会送大弟回工地，就看到了他过夜的门房的状况。那是临时搭建的简易房，铁皮盖顶，门窗摇曳，四面透风，一如柴棚。此时正是夏天，屋热如蒸，飞满蚊蝇。大弟说，他大半个夜晚都是与暑热和蚊子争斗，只有天色渐亮、渐凉，才能打上一个盹。我不禁心中颤抖，为他的悲苦而痛。但我嘴上却说，我们出来就是为了能挣一点钱，为钱而战，必须隐忍。

但是月底开支，不过是给的日工的工钱，他值夜的工钱不被计算。我找到连襟询问，连襟说，我的工地不缺人手，考虑到他是连带的亲戚，才给他硬插了一个岗位。至于他的夜值，不过是给他找了个住宿的地方，不收他的住宿费就不错了。他的话给了我意外的刺激，再联想到大弟在暑热和蚊蝇叮咬中苦熬苦守的情境，我有不可抑制的愤怒，我说，你这是混蛋逻辑！如果他不住在这里，你是不是要安排一个守夜的，你是不是要给人家开一份工钱？他说，那当然。我说，既然如此，老弟的值夜钱就应该照常计算。他说，我只是个体户，一切都要精打细算，既然是亲戚，就应该替我着想。我说，正因为是亲戚，才到你这里谋份工作，一是求得照顾，二是能多挣几个钱，可你却忍心克扣，真是岂有此理！我啪地把拳头砸在桌面，吓得他跳了起来。他嗫嚅道，难道，难道你跟我小姨子结婚，就是、就是为了能安排你弟弟到我这里挣钱？我顺口说道，没错，如果你这里没有这么一点点便利，我凭什么如此低就，娶了她这么一个农民！

话一出口，我自己也惊呆了，这是我的本意吗？

话传到她的耳朵里，她含泪问我，你真的那么想？我说，都是你姐夫给气的，顺势撒气，把没有的说成了有。

不过，事后思忖，却着实让我看到了不曾想到的另一面：我之所以这么草草地结婚，的确有替父担当的意味。我的婚姻，不仅仅是为自己组建一个家庭，以便按部就班地生活，下意识地，还把这个家庭当作了家族进身、向兴旺里发展的跳板和根据地。

想到了这一点，我不禁陷入了很深的忧伤，既为自己，也为那个无辜的女人。

二

因为怜惜大弟在工棚里的苦境，我决定盖房。

连襟毕竟是连襟，那次交锋之后，他反而对我有了一重敬意。他说，通过这件事，让我看到，你是个有血性的人，也是很有责任心的人，孩子他姨跟了你，我们放心。

说到盖房，他很支持，他说，椽檩柁秸、砖瓦灰沙都由你自己置备，工程建筑就交给我。

这之后的所有业余时间，我都跑建筑材料，可谓风尘仆仆。这期间，为了节约开支，购置低价材料，我动用了所有能动用的关系。虽然颇耗精力，但也增强了我的变通能力，自信与自豪也油然而生。

但也饱尝了人生况味，让我看到了真实的生活模样。

一个星期天，我借了一辆木板车去八里之外的一个村庄拉覆盖屋顶的花秸（麦秸）。花秸轻飘，装在车上膨胀如山，需用麻绳扎牢。即便是在捆扎之下，从远处看去，移动的车子也像一座移动的山。草垛把车辕杆遮了，我就躬身钻进去，盯着脚底的路面，凭感觉往前拉动。

因为在覆盖下也不迷失方向，所以我惊异于自己的判断能力，居然还生出一股莫名其妙的浪漫。初始，天气晌晴，草山移动得轻松，我还有心情吟唱着歌谣。突然就有阵雨倾注，山被水浸，就渐渐低沉，最终沉到肩头疼痛，移步艰难。不禁苦笑，谁他妈的婚姻似我，不仅低，还要低过地皮。雨真是好雨，那是著名的太阳雨，已经被诗人写进粉红色的诗篇里。而且暑期的庄稼也急迫地需要，好在滋润中响脆地拔节。但是，我是陷在生活中的小人物，最忌惮的是，生命难以承受之重。艰难行走之中，我想，人生最不可堪的悲摧，也不过如此。

花秸终于拉到宅院，我愤恨地把木板车掀倒在一边，然而沉重的草山居然砸不出一声亮音，它抹杀我的功绩。但心中的不平，还是被她感受到了，她赶紧躲闪我幽怨的目光。我很想痛快地发作一下，但看到她挺着已明显隆起的小腹，还在不停地往宅基里搬砖，便陡地升起一股羞惭。其实她更应该发作，即便是有了身孕，也不得闲。羞惭竟唤出一丝柔情，我对她说，你就歇一歇吧，别动了胎气。她凄然一笑，说，我妈说过，重身子就得经常活动活动，生的时候能够顺产。

于是我无言，嘱咐自己，面对生活的重负，你最适宜的态度，就是隐忍地承担。

终于住进了新房，大弟也远离了蚊虫的叮咬。我觉得自己对得起在病中的父亲了。

但更艰难的生活从兹开始。因为盖房负债，日子更要特别地算计。我们把一个人的工资存下来，只用另一个人的工资支付日常开销。即便是仅仅维持最低的生活标准，有限的那点收入，也常常不能支付到月底。

这时，我已经在报刊上发表文章，但写作不过是玩票的性质。因为现实需要，我不得不开始苦写，强迫自己三二日就写一篇文章，漫天地投稿。奇怪地，文章竟大多都能发出来，稿费单子也时时能出现在机关的收发室里。每月的下旬，一旦囊中钱尽，她就到收发室去，看有没有一张单子。即便是三二十的面额，在那时也是大钱了。她一旦拿到钱，就兴冲冲地去副食店割下一块肉，给我们弄一道红烧肉，隆重地改善一下伙食。天长日久，她做红烧肉的手艺大为精进，以至于比正经的厨师还要好，直到现在，也是她的一个骄傲。

大弟也很懂事，总是要从他的工资中拿出一些来贴补日子。我们坚拒，要他好生存起来，以备他日后娶妻成家。父亲已病，无余钱资助，一切只能靠他自己。而且我们知道，母亲在老家，一边伺候着父亲，一边上山砍椽、下山采石，以便给大弟造出两间石屋，供他成亲所用。

一如人算不如天算，生活的轨迹总不会依据你认为的设计，刚把大弟安置妥帖，老弟又兴冲冲地投奔而来。他刚学完初二的学业，就自主辍学。那时山里正弥漫着读书无用的空气，因为大多数的学子，即便是初高中毕业，也很少能考上大学，还得回归山林，过面朝黄土背朝天的日子。所以，与其浪费精力和钱财，不如早一点谋个生路。这时，我已在公社站住脚跟，工作勤奋，还能发表文章，大家都觉得我前途无量，自然而然就有了很好的人脉。公社里有一阎姓副主任，分管公社的副食品业务，念我的家累太重，就主动帮我为老弟在副食店里谋了一个砍肉剔骨的差事。

两个弟弟都聚首于我的家庭，不仅生活秩序大乱，家境也日益捉襟见肘。她即便是善解人意，磕磕碰碰之间，也不免生出怨言。她说，我这哪里是嫁给了你，分明是嫁给了你们整个家庭。繁难之下，我乱了阵脚，情不自禁地对她谩骂，甚至还大打出手，就败坏了正常的感情关系。我高中的一个刘姓同学，在北京肿瘤医院动物实验室当主任，因感情甚笃，在校时就结拜成契。在春节期间，这位契哥前来拜年，察觉了我的家庭矛盾，他说，你整天的这样委屈弟妹，也总不是个办法，就让大弟跟我走，到我的实验室里干后勤。

大弟走后不久，老弟竟也不辞而别。他给我留了一张纸条，上写：“整天剔骨头砍肉，腻得我连猪肉都不敢吃，正好北京的军事博物馆招保安，我想去见见世面。大哥你别生气，路是我选的，即便是今后无路可走，我也不会给你再添麻烦。”

他的举动让我大为痛惜，因为副食店的临时工很快就要转正了，一旦转正，就意味着端上了铁饭碗，这近乎是一劳永逸，也意味着他今后的出路不再用我操心。然而他偏偏去当朝不保夕的保安，一旦年龄渐大，虽然他言之凿凿地说不再给我添麻烦，但我知道，在混不下去的时候，他还得回来找我。

弟弟们的纷纷出走，既偶然也自然，我却迁怒于她，认为是她的不能见容所导致，便陷入冷战。人稀屋阔，好不容易有了安静的日子，反而日日凄惶。小儿诞下，我也不喜，洗尿布、做家炊、庭除打扫，种种家务，都推给她。她也不反抗，一切都在默默承受中收拾停当。从此就留下了遗患：她的双手至今也红肿粗糙，全不似一个美丽女性所有；她的性情也失去了温柔，作为电话员本应轻声细语，但却时不时地会对客户恶声恶语。

由于时时在报刊上发表文章，无意间在本地弄出一点小小的声名，被县政协的主席看重，要调我到他身边当秘书。不期公社的主任竟出来阻拦，他说，我也是笔杆子，我也能写，你不如调我。我问他其中缘故，他对我说，你们夫妻间已渐生不和，再远远调走，地理上的距离会离间你们的婚姻，我必须尽一点责任。起初他反对我们结合，眼下他又黏合，让我看到了人心的厚重。

正犹豫间，公社的书记找我做工作，说政协是大机关，有广阔的发展空间，你应该抓住机遇，切不可陷入儿女情长。原来他是政协主席的同乡兼学生，他要确保实现领导意图。

政协离我的住家有三四十里的路程，那时公交又没有现在这么发达，所以我要时常住在县上。后来索性就成了规律：逢单日住宿，逢双日回家。这就给她造成了困难，因为她是电话员，必然要有夜值，若夜值时赶上我不归，她要把幼儿带上。幼儿哭扰，惹她心烦，接线时就常有不佳的态度。公社就要把她分流，下到街心的商店当售货员。作为社调干部，如果在公社机关，尚有转正的机会，一旦到了基层，就永无出头之日。

她几日茶饭不思，表情哀怜。情动之下，我找到公社的书记，一番慷慨陈词：我调到县里，是你的主张，造成家庭困难，你却放任不管，还要分流，你这样的领导，缺乏境界。再说，正如你所说，政协是个大机关，前途广阔，就我的天分，肯定有发达的那一天，如果你现在帮我一把，日后我会加倍回报，你应该有这份远见。

他被我说乐了，说道，你求人办事，还这么咄咄逼人，看来你还真的是个文人。

我说，鲁迅说过，文人的骨头最硬，也最有机锋。

他说，那好，你不能只给主席当秘书，也给我当一回秘书——现在县里正要提拔干部，我急需要一篇政绩文章，你能不能帮我写一篇，在报上亮一亮相?

我说，这好办，生活不归我支配，但手中这支笔还是服从我的意志的。

我便为生活而战，认真采访，苦思苦写。稿子写完，他极其满意，说，你真是有才华。找到一张著名报纸的副刊编辑，诉说了各种苦衷，求他成全。他听罢，唏嘘不止，稿子还没看，就率然应允。我顿然感到，文场人物不同于政界官员，心中有大悲悯。稿子看过，他拍案而起，激动地说道，稿子不仅要发，还要发在副刊头条，因为它是近年来我看到的最好的报告文学作品！所以，你不要感谢我，要感谢就感谢你自己。果然如他所料，年终作品评奖，一篇马屁文章，居然以全票获了头奖。

生活得救，她被安置在公社财务科当了审计干部；承若兑现，书记被列入县级后备干部。

文学给我的峰回路转，让我对它有了全新的感情。为了对得起妻儿失怙所承受的困苦，每住在县上，我都要拼命写作。为了写得流畅，我确定了“垭里风景”的创作主题，试图把故乡的物事系统开掘，直到素材罄尽。

真是高产啊！

用一位报纸副刊作品年度评选的评委的话说，上个世纪的八九十年代，几乎所有带“中”字头的报纸，一不留神就能见到凸凹的名字。

激愤地写下去之后，渐渐地却有了内心的愉悦。我有福了。

但她与幼儿却依然承受着生活的惊悚与不安。

盖房的欠债要还，幼儿的哺育需钱，所以三间民房孤零零地立在那里，始终不能垒一堵团圞的院墙。在农村，没有院墙的房舍疑似危房：盗贼遥望，野狗奔窜，鸡虫纷扰，有不虞之虞。我不归之日，每到夜晚，她都要早早地插上门闩，拥着小儿听屋外寒风弄声，且一有异响，就瑟缩发抖，不停地盯着床前那把防身的利剪。

那天，她从广播里听到一曲《社员都是向阳花》，便愁容顿开，不知从哪里弄来几十棵向日葵的幼苗，以镢开土，以手做穴，很庄重地栽下了。秧棵疯长，渐成阵势，她的愁容也渐渐地有了明朗之色。秋天一到，葵盘烁金，整个院落一片辉煌。在我眼里，那是一片浪漫之火，烧得人心一片空明。心动之下，写了一篇题为《燃烧的向日葵》的文章，臆想了一个煽情故事，发在《北京日报》上。

我叹曰，没想到，你一个农民居然有艺术家的情怀，真是小瞧你了。

我是联想到了大艺术家梵·高。

她说，什么艺术家情怀，我不过是给自己建了一堵特别的院墙，白天看着喜兴，晚上一有响动就知道那是向日葵在叹息，心里就有平安的感觉。

三

然而她的平安感觉，还是遭到了现实的惊扰。

文学的意外兴隆，给我带了意外的声名，就自然有了所谓的崇拜者的不请自来。

家居东侧，不过三四里的地方，坐落着著名的中央企业——北京电力设备总厂。厂里有个文学社，文学社里有个文学女青年秀女士。一个傍晚，在毫无前兆的情景下，她居然“摸”到我的家里来。那时，我刚在庭院里支上餐桌，女眷也正喜乐地往餐桌上端餐盘，她贸然闯入，且无声无息，我们都愣了。

她秀发披肩，长裙曳地，身姿就格外绰约。我便愣后欣喜，热情地让座，女眷则依旧愣，餐盘凝固在手里。秀也不坐，只是从手包里拿出一个丰满的信封，放在桌上，嫣然一笑，说，凸凹老师，这是我的一篇习作，希望您给看一看。她看了一眼愣在那里的女眷，说，我今天就不打扰了，改日再来。

送走了那个美丽的身影，我心里居然有一丝淡淡的忧伤。想看一眼那习作，以确定今后的交往，但信封已托在女眷的手上。“嘿嘿，还写上了电话号码。”她莫名其妙地说。这意外的插曲，居然改变了餐桌上的气氛，无论我怎么笑脸相对，垂询日间见闻，她都沉默不语。但饭菜均合我的口味，我便埋头痛享，以表对她的感激。她竟说，你是没心没肺，还是暗自得意?

晚上躺在床上，我翻看那篇习作。作品不仅写得流畅顺达，有很独特的生活感悟，而且也讲究技法，让所思所想蕴含在意象之中。便让人感到惊喜。更让人微微触动的是，稿子的字迹异常端庄，能让人看出一笔一画的痕迹，稿面也净洁，还散发着隐隐的淡香。我感到她是个有心人，有从里到外的用心。我发现，女眷在从侧畔观察我，就顺势把稿子递给她，你也看看。她不仅看，还急切地看，看后说道，写得不怎么地，但我横竖是写不出的。她蒙面而睡，再也没有声息，好像她真的累了。

过了几天，那个女工又贸然造访——她似乎知道我的作息习惯，能在我回家的夜晚适时出现。这一次，她穿一身工装，头发也梳成乡下女孩般的两条发辫，身形隐忍在朴素之中。女眷微笑着把她引进我的书房，轻声说道，你们谈。因为稿子的基础好，自然就谈得很投机，她就释放出本性的喜悦，弄出脆亮的笑声。她的笑声很有磁性，被感染之下，我夸夸其谈，尽心尽意。女眷闻声而进，给客人倒水。我也借势把水杯往书桌的边沿推一推，给她一个明确的暗示。但是她却把热水瓶放在地下，转身走了。看到那个女工并没有察觉，我陡然而起的不快渐渐地平复下去。我依旧慷慨激昂，很想把已有的创作经验在一个晚上的时间之内，悉数传授给这个可爱的女工。不久，女眷又推门而进，这一次，她手里端着个小杌凳，说，我也喜欢文学，我也听听。竟坐下不走了。

在这种情境下，我的语锋变钝了。因为当着一个整天说家长里短的人云山雾罩地谈文学，总觉得有些可笑，甚至尴尬。那个女工也羞于提问，也羞于摆出倾听之状，空气就凝滞了。这种气氛让屋里的三个人都觉得难以承受。女眷借口去照看婴儿，先行退出。就像凝聚的云团一旦被撕裂了一个缺口，会迅速散去，那个女工也知趣地站起身来，说出一个很体面的理由，走了。由于走得仓促，她把自己的作品遗忘在我的书桌之上。

婴儿就熟睡在床上，女眷则坐在床头愣神。见我探进头来，她朝我暧昧地一笑，说，怎么，这么快就走了？

我嗒然地说道，搁着你，也会走。

她撇一撇嘴，补充道，依我看，她心不在文学。

为了让女眷看到文学，我把女工的作品推荐给一个相熟的报纸，不久就登出来了。按照信封上的号码打通了电话，惊喜让她在电话那端大呼小叫，急迫地说，凸凹老师，我必须见你。

她把见面的地点放在她所在工厂的东侧，那里有个慢坡，坡顶有一座著名的古塔——昊天塔。它是宋辽交战时的瞭望塔，在民间传说中，昊天塔承载着有关杨家将的一段凄迷悱恻的传奇故事，即“孟良盗骨”传说。北宋初年，宋军勇将杨业孤军深入辽地，兵败身亡。辽人念其忠勇，将他的尸体安放在昊天塔下的洞穴内。“澶渊之盟”后，辽、宋罢战，宋派边关大将孟良去昊天洞盗取杨业尸骨。孟良到达良乡城后，因置买棺椁延误了时间，而追随孟良去盗骨的另一员大将焦赞却先一步进入昊天洞中。孟良后入洞中，见有人盗窃尸骨，立即手起斧落，将人杀死。待他将此人尸体拖出洞外，方知误杀了焦赞。孟良深悔莫及，派人将杨业尸骨运回宋营后自刎而亡。孟良随身佩挂的宝葫芦摔碎在昊天洞外的燎石岗上，引起大火燃烧，将土石烧成了红色。至今，昊天塔下燎石岗上的土石依然是红色。而且，昊天公园内，还有孟良墓和焦赞墓赫然而立。

红的颜色，特别能触动人的心弦，再加上昊天塔是附近唯一的凸起物，在今世，那些被生活逼上绝路的人，特别是那些感情被阻塞的痴男怨女，便多是选择了在塔顶上引身一跃的告别仪式。昊天塔就很文学，它对应着这样的词汇：重情、忠贞、浪漫与悲壮、决绝。

一进到昊天塔的氛围，我就有了一种莫名其妙的感觉。等到她本人走近，我的这种感觉就更加强烈。她穿了一袭白色的超短裙，整个身形就有了被夸大了、似乎要喷薄而出的性感。我的心就有些慌乱，眼神游移，不敢凝视。我不禁暗自悲叹：此女有才，又这么惊艳，我这颗小小的心灵啊！

她朝我大大方方地一笑，很自然地挽起我的手臂，咱们走走吧。

她的态度，似乎我们已相知多年，走在一起是必然的动作，理由的编排，已纯属多余。她的身上，散发着隐约、但又强烈的香水味道，鼻翼一翕动，就迷乱，就感到，什么是暧昧，什么是不名誉。我内心有个声音：既然是谈文学，怎么跟谈情说爱似的？

我本能地从她的臂弯里抽出自己的手臂，把那张样报递给她，说，祝贺你的作品发表。

她说，不谈它，咱们先谈谈昊天塔。

我说，我要对你说的是，你的作品写得很成熟，已不需要我的所谓的指点，你就一路自信地走下去，一定会修成正果。

她说，难道你没看出，我的作品有许多模仿你的痕迹（她居然不称“您”，而称“你”），没有你这块模板，我怎么会写得好。

她告诉我，我的作品，她几乎全有收藏，篇篇都用心研读，她既懂我的文学，又懂我的心，我对她有强烈的吸引，便情不自禁地想走进我。

前边有一片茂密的桑树林，厚暗的绿色，让我想到不可掌控的变数，而我又这么年轻，尚不具备完全掌控自己的能力，我便说，咱们就走到这儿吧。

她知道这是分手的预告，便急切地说，你不要想得那么多，我真的只是想一心一意地跟您学写作啊！

写作不是跟别人学出来的，而是靠自己悟出来的。我说。

请允许我经常能到贵府去拜访您！她说。

不是什么贵府，只是几间茅屋，欢迎你去，但你要担当我夫人搬过来的那只杌凳。

怎么会这样?

我们的交往就终止于此，因为那只杌凳，虽家常，虽矮小，但却足以伤害女孩子的自尊。从此再也没见到秀女士那充满诱惑的身影，好像也再未见到她在报刊上发表作品，也许她已回归她女工的生活，安心扮演相夫教子的角色。

但是，却给我留下了深刻的影响，或者说是阴影。因为那个年代，人们普遍尊崇文学，由尊崇文学而尊崇制造文学的人，是时代的潮流。而一个身处低处的女工，想借助文学的翅膀获得一种被提升的生活，也是出自青春的律动，她没有错；工厂里那种非文学化的环境，使她进而想寻求一个贴心的陪伴，也是没错的。错就错在生活它有自己的秩序，一想到生活的秩序中链接着为了建造几间茅屋女眷挺着身孕搬砖的身影、一个书生驴一样在雨中拉花秸的沉重，就哀怜，就痛惜，就在突如其来浪漫面前，惊惶地逃避。这种逃避，既是一种自保，也是一种伤害，因为那个女工后来从文学中消失了，不能说跟我无关，所以我有拂之不去的愧疚。更不可救药的是，日后我再与女作者、女作家相遇，总是报以远离和冷漠的态度，败坏了我在文坛的人际关系。

那年到高邮领取汪曾祺文学奖，认识了一个美艳的女作家。开汪曾祺追思会时，她一语惊人，说，汪老生前特别喜欢美丽的女孩子，如果早一点相见，我跟他之间一定会编织出一段动人的佳话。见我皱眉，她说，凸凹你别不相信，一定是的。接下来的两天她总是不停地换着装，上午一身，下午一身，晚上又一身，抖落着她自以为是的韵味。且我越是躲闪她，她越是黏在我身边，逼着你欣赏她。她说，凸凹，别看你得了金奖，我只是个三等奖，但是我一点也不觉得你的文章好，倒是你这个人还有点儿品位，有北方男人的挺拔傲岸，而且唇红齿白，疑似俊美。半年后她到鲁院学习，几次给我打电话，说这里的生活很无聊，我很想到你那里去透透气，因为听说你们那里山清水秀、人文深厚，可以得一番快哉。她的快哉让我害怕，便绞尽脑汁编出婉拒的理由，使她不得成行。又是半年之后，在全国作代会的晚餐上，我们不期而遇。她那时正和一帮当红男作家拼啤酒，我们的眼光意外地碰在一起，她愣了一下，然后冷冷地盯着我。一个在场的男作家是我的熟人，他马上站起身来，对她说，怎么你不认识他，他是凸凹啊。她说，这么怪的名字，没听说过。

她后来很是走红，散文集还获了大奖。她居然把获奖作品寄给我，扉页上只有她美丽的肖像，而没有只言片语的题字。我知道她给我寄来的是一把钝刀子，便转身送与身边的女眷，对她说，你看看，这个女作家，不仅人美，文章更美。

女眷翻了翻，凄然一笑，说，俗话说得好，跟着师傅睡，什么都能会，你也教教我，不信我就弄不出个人美文更美来。

我说，甭跟我瞎扯淡，还是把儿子给我喂养好吧。

她说，你真粗俗。

我转身走远，留给她一阵放浪的大笑。但我心里却说，因为我对你忠诚，所以我有理由粗俗。

四

生活究竟不是文学，它有不管不顾的沉重。

虽然大弟去了肿瘤医院的动物实验室，但是每次相见，他都是一脸愁容。问他原因，他总是支吾不语。我便去了一趟肿瘤医院，既是要探个究竟，也是要对我那位刘姓契哥表达谢意。

去过之后，我才知道，我的那位契哥跟我一样，也背负着长兄的责任。他的一个弟弟、一个妹妹，一个中专毕业，一个中学毕业，毕业后也都无就业门路，就都投奔于他，让他接济生活。他本来是个药理医生，是搞科研的，但为了安顿弟弟妹妹，他承包了动物实验室，搞起动物养殖，虽然也穿着白大褂，实际上已沦落为技术工人。由于是自负盈亏，大弟和他的弟弟妹妹的收入所得，其实都是他的经营收益。他重友情，就无声地承受友谊对他的盘剥，这让大弟不忍，也让我大为不安。

人间竟有这样大仁大义的人！我便不安与惭愧交并。

我想把大弟带走，可契哥立刻就阴起了脸，说，你这是见外，或者是不信任我。

我说，因为你也艰难，让我于心不忍。

穷不帮穷谁照应？他说，再说，这有什么，咱自己的人不用，也要聘用外人，还不如肥水不流外人田。

话虽是这么说，但家人与外人所承担的道义重量不同。所以我还是执意要带大弟走。

他说，要不这样，我的动物实验室需要大量活体动物，自己养殖缓慢，成本也高，而捕捉则来得快，你正好在乡下，经常打狗灭鼠，你不妨把狗鼠“转化”到我这儿来，这可是无本的买卖。

我回来以后，我就不露声色地给他捉狗捕鼠，连带着野兔、蛇、蝎，只要凑手，就都收入笼中。我经常趁着夜色，给他往城里运送猎取物。动物都放在麻袋里，车一动它们也蠕动，我感到很怪异，总觉得这举动与身份不符。

就这样，我有大半年的工夫不再执笔，夜色一降临，我就潜入田间地头、村街小巷。到了后来，狗鼠一见到我，即便是有远遥的距离，它们也转身而逃，好像我已带上了捕捉的面相和捕捉的气味。捕捉就困难了，收获也就渐渐变少。更让人却步的是，周围有了反映，有了议论，政协主席找我谈话，你为什么不安心工作，也不关照家庭，总是莫名其妙地往乡下跑？

我对契哥说，狗鼠不好捉了，我想罢手了。他说，我理解你，不捉就不捉吧，反正这大半年的收益能顶上两三年的饲养，够咱们周转一阵子的。关键是，这已满足了你的自尊心，大弟弟可以安心地待在我这里。

他好像钻进我心里去了，因为过于相知，我有些讨厌他。

在山里，母亲凭着一副柔弱的肩膀，给大弟弟背出了三间石板房。在上梁的时候，缺三根檩条，父亲就去找他的连襟舍脸求助。姨父这个人喜欢开玩笑，说，檩条可以给你，但须付钱。多少钱一根？三十。市面上才十五块钱一根，你黑不黑？板正的人不懂得开玩笑，父亲气哼哼地走了。姨父差人扛着檩条尾随而来，对父亲说，檩条我给你送来了。多少钱？不要钱。父亲大怒，不要钱我也不要，我使不起。这是山里人的本性，容不得羞辱，他要捍卫自己的自尊。母亲懂父亲，让姨父把檩条扛回去了，然后她抄起一把大斧子，上山了。选了三棵笔直的树木，挥手就砍，扛回家里就上梁，减去了以往干燥的过程。支部书记闻声赶来，说母亲擅自砍伐，要法办。母亲说，先让我把房盖完，你再抓人。一切停当，母亲自己走到支部书记家里，你是捆绑，还是压送？支部书记愣了，你一个犯法的人还这么理直气壮？母亲说，我自然理直气壮——我家男人当支书的时候（这个人是我父亲的继任），连个针头线脑都没往家里拿过，不像有些人……支部书记赶紧挥挥手，你别说了，回去等候处理吧。

等候处理就是不再处理，这一点，母亲是懂的，她含笑而回。但父亲却张皇地迎出来，急切地问，他怎么处理？母亲说，砍几根木头，是讨回你以往对村里的恩德，他敢处理！

虽然紧悬着的心平复了，但父亲胸中的郁闷无法化解，他干咳了两声，连续吐出两口血。病从此就加重了。

他对我说，房子既然盖起来了，就要住，你大弟弟整天在城里算怎么回事。

他的心思我明白，我已在外安家，将来三弟也会落户在外，他身边必须有个儿子。

要想回家住，首先要在附近给大弟找一份工作，这对我来说，是一件难事。因为我少小离家，几乎断了山里的人脉。母亲见我面有难色，悄悄地抻了抻我的衣角，示意我赶紧答应父亲。因为病者为大，不能败坏了他的心情。

正在思忖门路，母亲叫我陪她到公社去一趟。她说公社有一个姓傅的副书记，在我父亲当支书时，常在我家吃派饭，即便是家里缺盐少油，母亲也总是想方设法给他调弄可口的饭菜，他对母亲很感激，夸她能干。如果这时去找他，兴许他能给面子。

到了公社，他果然在，母亲单刀直入，让他帮二儿子找一份工作。傅副书记很魁梧，有英武之风，他当过兵。他笑了笑，说，我知道你无事不登三宝殿，可是，这事有点难办。不难办就不找你了。母亲说，就你这人高马大的，上眼一看就是能办事的人，你就别说屄话，难办也得给办，不然我就不走了，让你管吃管喝。

老嫂子，你还是那么伶牙俐齿不饶人。他说。

为了缓解气氛，我插话道，傅叔叔，我爸妈整天念叨您，说您为人正直、善察民情，尽为老百姓办实事，我心中一直敬重。

他瞟了母亲一眼，意思这位是谁。母亲赶紧说，这是我们家老大，在县上工作。

哦，你就是那个全县中考第二，还特别能写文章的侄儿小子，你可给咱山里人争大光了！就冲你，我也得替你妈想想办法。

很快他就想出了办法。老家的山那边，是国营大安山煤矿，他给大弟找了一个当窑工的指标。整个过程，他没吃过我家一顿饭，也没收过我家一份礼。

这件事在我心里抹上了一层亮色，一是因为母亲的胆识和魄力，她虽然是个普通的家庭妇女，却敢于直面生活的困难；二是因为傅书记的淳朴敦厚，他虽居官场，却以感情为重，且体恤小民，毫不功利。他们这代人身上，有宝贵的东西，给了我做人的动力。

但是，大弟却不知珍惜。他一听说去做窑工，就联想到了父亲，父亲要不是因为在地下过暗无天日的日子，也不会病。考虑到家庭的现实处境，他还是硬着头皮从城里归来，带着忧伤的眷恋。矿工生活让他心情郁闷，就染上酗酒、赌博的恶习，直至在一次酒后操作失误，让提升机的绞索绞掉了食指。

父母就商议，赶紧给他张罗一房媳妇，好让他收心。父亲当窑工时，有一个要好的工友，他膝下有两个女儿，大女儿已嫁，小女儿在身边伺候他的起居。父亲一提亲，他就满口答应，说就冲父亲的人品，嫁进家去那是天大的福气。他的大女儿反对，因为她悔于自己嫁了一个不起眼的人家，生活艰难，她要妹妹吸取她的教训，嫁得好一些。这期间，她的父亲突然中风，抢救过来之后，已失语，但他拖着口涎指指天指指地对她呜呜浓浓，那意思是说，如果不嫁给这户人家，他就不活了。大女儿对我父母说，嫁也可以，必须满足两个条件：一是她父亲要随过去，由我大弟养老送终；二是因我是县上的干部，有门路、有实力，将来她妹妹一家人生活有什么困难，我必须管。

父母和我，都毫不犹豫地答应了。

接下来就正式相亲。

叫人捎信给大弟，告诉他父母给他说了一房媳妇，赶紧回来一趟见见面。大弟出现在家里的时候，居然剃了一个锃光瓦亮的秃瓢，他是要告知父母和未来的媳妇，他要痛改前非、洗心革面、重新做人。

母亲叫苦不迭，以为他这个做派，必遭女孩嫌弃，婚事非黄了不可。没想到女孩扑哧一笑，觉得他很真实。

很快就举办婚宴。在喜庆的场面上，父亲却突然消失了。我悄悄地寻找他，找到他时，他居然躺在山顶的一块巨石之上。他心思太重，把自己喝多了。我对他说，爸，你身子病着，经不得凉，咱回家吧。他一把抱住我，儿子，家庭这把大锁已把你拴牢了，爸对不住你了。说完，他痛哭失声。

五

停当了大弟，我把父母接出来，住在我家里，专心地给父亲治病。

但父亲得的是绝症——直肠癌。为了有效地治疗，我便送他到北京的友谊医院。全面检查，结果不妙，癌细胞已扩散到肝肺。医生说，建议你把病人转回你们地区医院做保守治疗，没必要再浪费金钱。母亲说，既然这样，咱还是回吧，咱一个农民，没有医保，你的两个弟弟又不能指望，只有靠你，但你又盖房欠债，钱真是咬手。

我坚决不从，因为父亲在我心中种下了太多金贵的东西，不仅如山，更是我做人的标杆，我必须在绝望中希望，给心灵一个安妥的理由——

从记事起，就感到父亲的性情和他的身量是不统一的。他身材高大，面相俊俏，有天然之威。但他始终寡言，语调也和缓，给人以厚道，而不是怕。白日里在田堰里劳作，已然是累了，但一回到家中，就不言不语地去担水。村人吃村西古井里的泉水，相通的道路窄而崎岖，父亲担水的步态却又疾又稳，如履大道与平地。总是把一口大缸担得满溢，才止步歇息。那时的日子很清苦，但见到家中缸满，便陡然增添了在苦日子里隐忍的底气。

有一个时节，山村旱涝频仍，收益几稀，粮食只够一季。粮断之后，瓜菜代之，继之以野菜树皮。到了最后，满眼秃树，地面上也少有可充饥之物。三岁的三弟本可以直立，饥饿又使他复归于爬。困厄之中，母亲只有唠叨与怨尤，空气凝重，更添了几分愁。父亲凄然一笑，说，命运不理会废话，沟坎不理会腿瘸，只理会不服软的人——咬一咬自己的后槽牙，总会有活路可走。撂下这番话，他背起两挂羊毛大绳，走了。

悬崖峭壁之上，居停着一种怪异的复齿鼯鼠，村里人称之为“寒号鸟”。它体似松鼠，前后肢间生有宽大多毛的飞膜，孤傲地在山间滑翔，且常在夜深风高时发出凄哀的锐叫，一如啼饥号寒。名贵的是它的粪便，是上好的中药，医生的方笺上写着：五灵脂。都知道五灵脂可以换钱，但它窝藏在陡处，采取之时，有生命之虞。在记忆里，已有人跌下山谷，落得无完整尸骨，所以，即便是村里的精壮，也大都望而却步。父亲的去处，就是这样的陡处，家人的生路，让他别无选择，付以向死而生的决绝。父亲走后，母亲脸白而泣，因为这背后的预想，她心知肚明。哭暗了天地，升起了星斗，父亲居然盈满而归，只是两只膝盖都磨破了，露出森然白骨。母亲的心力只够喊出一声“我的天啊”，就晕倒于地。事后她说，肚饿可忍，不可忍的是设想中的惊怕，一如不死也死。

五灵脂换来了几口袋土豆和红薯，疗救了饥饿，膨大了父亲的形象，我们心中敬重。那时的敬重不过是在苦寒面前不喊，在艰难面前忍受，不再给他增添忧烦。便很早就懂事、知趣，且以苦为乐，不怨天尤人。譬如到山外去读书，中午的干粮总是粥，并且稀得可以照见自己的面影，喝进肚里，非但不能饱，而且还会招引饥饿。因此，村里的孩子大多都辍学了，我却依旧坚持。心里想，粥再稀，究竟是干粮，究竟是贫贱父母的肥厚心肠，唯一的回报，就是埋头苦读。

父亲后来当了支书，有了到县城开会的机会。那天回来，他在我就读的学校落了一下脚，从布袋里掏出两个馒头，塞给我。我知道那是他撙下的会议用餐，关爱之下，是他自己的辘辘饥肠。心里自然是热，眼角也自然是酸涩，但还是笑着收下来。父亲也不说话，转身就走。望着他的背影，我顿生感慨：父亲的身材就是好，肩膀宽阔，腰身挺拔，即便是一个山里的农民，一点也不委琐。

我把那两个馒头，收在书包的最底处，拿回家里，放到家人的餐桌之上。父亲看到，眼圈立刻就红了，忍了几忍，还是掉下泪来。他说，你这样做，更让我感到做父亲的无用。我说，你的馒头，大家分享，情意自然就衍生开来，一如母猪下崽，让大家爱在爱中，都感到温暖，怎么能说无用？我的话，让他很感动，以至于偌大的一条汉子，居然很羞涩地低下头去，嗫嚅道，你真是长大了。

后来我以全县第二名的成绩考入了县里的重点高中。报到那天，他说，我口袋里也没有稀罕之物，唯一的贵重，是我本人的送。他背着我的铺盖，挟着我的胳膊，上了公共汽车。下车之后，还需走四里多的路程，背囊就显得重。我几次要求跟他替换一下，他都说，不用不用，既然是我送你，你就安心受用。一路上他也不说话，只是当头上有飞机低低地飞过，他嘿嘿一笑，说，儿子，它飞得这么低，咋就不担心掉下来？到了学校，我对他说，爸，你赶紧回吧，不然就赶不上末班车了。他说不急不急，我必须把铺盖给你送到宿舍，待彻底安顿了，我才松心如意。他执意送到了宿舍，亲自把被褥在床板上铺舒展、弄妥帖，一举一动，精心、细致，一如母亲。到底是错过了坐车的时辰，想到那几十里的山路，我说，你就跟我挤上一晚吧。他说，不成不成，我又不是学生，不能沾学校的便宜，再说，那几十里山路对我来说是小意思，有星星月亮做伴，岂不更惬意。

然而惬意的事情是不属于他的。在重点高中里就读，学费、饭费、住宿费，加起来是贵的，而山村的家庭殊少财路，只有到了年底结算才能分到少许的现钱，平常用度，只能靠借。山村地瘦，生民无多余膏腴，朝人张口，颇费踌躇。急难之下，母亲说，亏你还当着支书，就不能想一想“变”钱的路数。一个变字，让父亲的脸黑得凝重，他说，我父亲是三八年的老党员，一辈子以清正为荣，墙上总挂着伟人的手书：发扬革命传统，争取更大光荣。这一如镇鬼的符咒，压着心中的邪气，便不敢歪。再说，我上有老下有小，都要认真对待——对老要敬，俗称孝；对小要爱，俗称护。护小不能欺老，才是男人的周正。他考虑的是一个长远的问题，就是忠实地延续被祖父造就并极端看重的家风。就是在这种情形下，他做了一个悲壮的抉择，到隔岭的煤窑，当了一个窑工。

当窑工后的一个春节，父子对酌，脸红耳热，都感到光景好。喜乐在喜乐中，父亲突然说，我给你看一样东西。他从房柁上取下来一个包袱，打开已褪了颜色的包袱皮，呈现在眼前的，竟是一摞小学生用的练习本。每个本子的封面，都一笔一画地写着他的大号，虽经岁月，字体的颜色，还是重的。打开本子，密密麻麻的字体也是那么工整，简直是笔笔不苟。那是他当支书时的会议记录、生产计划和工作日志，记得事无巨细，不分详略，一如生活的每一天都是应该好生过的日子，都值得爱惜。他嘿嘿一笑，说，我当支书的时候，上边的每一次会议我都认真传达，生产的每一个季节我都没有错过，堰田的每一处地块我都没有荒疏，空口无凭，有字为证。

我突然明白了，在父亲心中，家庭的事再大，也是小，村里的事再小，也是大，他真正的期许，还是要活得有社会作为。然而他只是一个普通的农民，没有纵横捭阖、伸展自如的能力，终究是陷于小中，便在知足中有不甘，在周正中有遗憾。这一切，他都埋在心底，兀自承受，对他人，只送关爱，不说所以。

就这么周正的一个人，居然天不救赎，让他得了癌症，我不禁生出愧疚之上更上的愧疚，不给他最终的救治，我何以心安?！医生理解并感动，说，那好，你们就在医院治疗，回家里休养，减少一些不必要的费用。

那时我已经当上了县政协办公室的副主任，有了调动车辆的权力，也有了可以动用的人脉，便不顾一切地在父亲身上施以回报。看病的路上，父亲说，你能不能不用公车拉我，我一个普通农民，在这样的车上坐着，屁股底下会着火。在病房里，看着你进我出的探视者，父亲说，你能不能不让他们来，我只是你一个人的父亲，对旁人无恩。我说，不要计较这些，你只需安心养病。他说，就连阎老西（阎锡山）都知道，不慎于初，必悔于终，你这样做，不但减轻不了我的病，还是在给你自己找病。

不敢拂逆他的意志，一切就轻减了。一个人陪他上医院，来来去去都坐公共汽车。那一次到医院抽血、穿刺、下胃管，一系列检查下来，他整个人都散了身架，躺在医院走廊的木椅上，无声地缩成一团。我悲从心起，给司机打电话，要把车调过来。刚接通电话，他猛地坐起来，吼道，你敢!

坐在公共汽车的硬座上，由于久病的消瘦，他的臀部只剩下了两块骨头，便总也坐不稳，左掂右转，不停地替换，且发出细小的呻吟。我蹲在他身边，给他换过来的一边按摩。那曾经是壮大的一个腰身，现在看来，却一如八岁儿童一般弱小。为了缓解他的痛苦，我调侃道，爸，你竟返老还童了。他强睁开疲沓的眼皮，无奈地笑道，你真是饱汉子不知饿汉子饥，我都这样了，你还拿我开心。之后，他依旧摇晃，依旧呻吟。我感到了命运的力量——即便是这样一个耿直自尊的人，毕竟也是一个肉身，也怕病苦，也怕疼。我哭了。

临去世的那个晚上，他拉着我的手说，你一定要听我的话，我走之后，一把火烧掉。我说，咱山里允许土葬。他说，你想想，你是谁，我又是谁，即便不是支部书记了，还依旧是在组织的党员。然而在他转过脸去的时候，还是轻轻地叹一声：“可惜啊，到底是身死异乡了。”这一声叹，像一副重锤锤得我身心俱痛，我哽咽得说不出话来。他虽然情系组织，但毕竟还是一介普通山民啊，山里人的传统观念，还是在他的心里，留下了最后的一丝不安。

父亲去世，我心中有大痛。但是我没哭，而且竟连一滴眼泪都没有落下。我平静地把他推进太平间，并仔细地给他系好领扣，然后蒙头大睡。天一透亮，我就动身上路，到十里八乡，给亲朋好友磕头报丧，之后是联系火葬场进行火化，再之后是抱着他的骨灰盒把他送回祖坟安葬。在这期间，我还要接待前来凭吊的族人，赔着笑脸，说着感激的话，一切都处理得井井有条，没表现出一点丧父之痛。母亲大惑不解，对人说，这孩子心真硬，死了老子居然还能平静如常。待父亲入土，看到眼前堆起了一座新的坟茔，我才突然醒悟到，父亲真的没了！于是，压抑的痛苦瞬间被激活，我一下子扑倒在地，放声号啕。那哭声异常怪异，不似人声，却似野驴哀号。事后回想，不是我意志坚强，能够承受失父之痛，而是因为我是长子，父亲的后事都需要我悉数担当，让他体面地入土，是第一等的要事。在责任面前，痛苦失去了它本身的锋芒。

回顾父亲的治病过程，我不禁感慨：貌似我在尽孝道，其实是在承领父教——父亲无言地告诉我，人可以身病，但不可心病，在纷乱中不失据、在困苦中不失重，安可活。

所以，父亲虽然已离去二十个年头了，但他的音容笑貌依然清晰如昨，常出现在我的梦境。特别是一到年关，一到清明，一到送寒衣的时节，他肯定会与我在梦中相遇——嗫嚅的语态，谦卑的表情，全如生前模样。所以，明明知道是梦，也不愿醒来，与他促膝对话，缠绵在一起。

醒来就忧郁，恨长夜苦短，不照拂人的心情，使父子重归永隔。便赶紧到路边的荒处，依故乡老例，画一枚信封，写上老家的地址和他的名姓，在信封的中央，烧几串纸钱，给他“寄”去。明明是风势暗猛，且风向不定，但火焰一旦生起，风竟和煦了，且径直吹向故乡的方向，令人惊奇不已。都说这是迷信，其实是生者对逝者牵挂得重，神情趋于恍惚，感应在感应里，直至不能自已。

六

父亲走了以后，作为长子，自然要把母亲接出来同住。母亲耿直，不愿让儿媳看作是闲人，不仅接送孙子上学，还操持家务，包括庭扫、洗衣、买菜、下厨。还有一层令人动容的原因，是因为她觉得，我为了父亲的病花了不少钱，降低了小家庭的生活水平，她无力以偿，就甘愿当儿子的长工。

不知为何，勤勉的人总会被人挑剔，儿媳不时嫌她衣服洗得不干净，饭菜做得咸，她毫不辩驳，悄悄改正，努力往好里做。老人家姿态放得很低，低眉顺目像个家仆。

我不能忍受，暗地里训斥家眷。家眷说，我之所以挑剔，是不想让她做，免得让外人说我不孝、不体贴。其情可悯，我无话可说，便对母亲说，您是长辈，在家里尽管甩手，逛街、会友、赏景，至于家务，就放给儿媳，不然她就找不着自己的位置了。

母亲苦笑一下，说，理是那个理，但你反过来想一想，你媳妇找到了位置，你妈就找不到自己的位置了，没有位置的日子，让人凄惶，感到自己是多余的人。我知道，母亲是传统的劳动妇女，已劳动成癖，强迫她休闲，依她自立的性格，她会抑郁而病，便只好任她去做。我说，既然是这样，为了不伤婆媳间的和气，您得能忍受挑剔。她说，你放心，我明白，婆媳之间，婆婆就是预备着被挑剔的。

一天晚上，我回到家里，见到母亲的床铺上，三弟蒙头睡着。饭菜停当之后，我去叫他，他只是哼了一声，依旧蒙头躺着，并没有用餐的意思。我问母亲，他这是怎么了？母亲说，他被军博裁了，失业了，心里憋屈。我从床上把三弟扯了下来，“咱哥俩好久不见了，痛痛快快地喝两杯。”

三弟瞥了一眼酒杯，说：“我没脸跟你喝。”

我知道，他还念着他只留下一张纸条的不辞而别，还记着纸条上“大哥你别生气，路是我选的，即便是今后无路可走，我也不会给你再添麻烦”的不知深浅的大话，他眼下还抹不开面子。

我说：“你只管喝酒，至于工作，哥明天就给你去找。”

话一出口，就连我自己都感到吃惊。哪来的这份豪迈？因为我下意识地想到了母亲有关“位置”的那番话——父亲不在了，作为长兄，顺理成章地就应该顶上他留下的位置，负起对这个大家庭的责任。

酒喝了两杯之后，三弟抹开了面子，他说：“我这次不仅自己回来了，还给你带来一房未来的弟媳。”

我说：“有出息，老爸如在地下有知，他一定会很开心。”

我知道三弟的潜台词，能不能给他找到工作，关系到他婚姻的成败，他们捆绑在一起对我有期待。

给他找工作，我又走了一条作为文人所能走通的老路。

北京轮胎厂就坐落在本地，它的厂长是个改革派人物，有关单位要把他推举成全国劳模，亟须一篇过得硬的典型事迹材料。我便主动请缨，倾心投入。两个月之后，任务完成，且不仅上交了一篇生动的事迹材料，还变换角度，写了一篇声情并茂的报告文学。报告文学在一家大报的副刊上以半个版的篇幅隆重发表，题目十分响亮，叫《太阳每天都是新的》。那时的报告文学作品一旦在党报上发表，就有十分强烈的影响，那个厂长几乎是在一夜之间就名冠京城，不仅当选劳模毫无悬念，而且还成了炙手可热的社会人物。这种远远超出预期的效果，让那个厂长很感动，他对我说，凸凹先生，你在我心中有神圣的位置，今后无论你有何需要，我都会毫不犹豫地效犬马之劳。于是，三弟和三弟媳的工作，在毫不丧失尊严的前提下顺利解决。

母亲满脸笑容，对我说："你爸虽然走了，但咱家头上这爿天并没有塌下来，因为有你这根顶梁柱，比他撑得还好。"母亲的喜悦，给了我一种类似成就感的安慰，暗自忖道，有母亲殷殷的注视，在家庭的使命面前，我是断不能有丝毫懈怠的。

一如胖人不能说胖，一说胖他就真的喘，这种使命意识，就真的招引来持续的担当。

一年后，三弟对我说，大哥，我要结婚了，您要帮我筹办婚礼。

我说，好。

三弟又说，您不仅要帮我筹办婚礼，还要帮我买房。

我说，现在买房也不难，你可以去贷款。

三弟说，即便是贷款，也还是有首付的，这笔钱我拿不出来。

我说，你可以去借，比如你去找大姨夫，他是窑主，是暴发户。

三弟说，借了，可大姨夫说，钱是有，但都存了死期，手头没有现钱，实在不成，可以拉两车煤走，要我自己卖出钱来。

我哭笑不得，这个大姨夫，真是顽劣成性，父亲朝他找木料，遭他耍弄，眼前三弟找他借钱，他又这样变相地拒绝。说来说去，是嫌这家人穷，没有偿还的能力。

我只好把家眷叫来，当着三弟的面问她："咱家折子上有多少存款？三弟要买房，咱支持他一点儿。"

家眷毫不犹豫地说："咱家哪里有存款，如果有的话，也不至于一直垒不起院墙，只能靠种大片的向日葵遮挡。”

三弟无言，转身走了。他进了路边的小店，自己独饮二锅头。一口就喝下半瓶，以此稀释绝望。我被吓坏了，也闪身进去，“别想不开，哥陪你喝。”

当三弟喝得有些醉意的时候，他嘟囔了一句：“咱爸他就是死得早，不然他肯定会帮我想想办法。”

他的话，类似责难，因为俗谚云，长兄如父，而我这个长兄，却没有父亲般的任劳任怨。我被刺痛，霍地就站起身来，“我现在就去给你借。”

三弟完婚，且住进楼房，一年后生了一对双胞胎女儿，日子过得有滋有味。

他好像把借钱的事给忘了，埋头经营自己小家庭，从不提还钱的字眼。细细想想，他也的确没有偿还的余裕——刚成家，就生双胞胎，而且工资挣得也少，其家庭状况，不过是维持一个温饱的基本水平而已。

但债主却不做这样的“细想”，刚过一年就催促，好像这个世界信任的缺失，让他有了巨大的不安。我是个脸热的人，承受不起别人的不安，就把一部书稿的稿酬提前预支，以还人情饱满的境况。待著作出版，家眷久也不见稿酬，就试着问我。一如身矮反而声高，心虚反而气壮，我厉声说道，你以为是人就能出书？你不知道现在出版得有多难，得自己买书号、自己花钱印，好在我多少有点小名气，人家友情资助。所以，咱不往外掏钱就不错了，还想着盈利，你懂事不懂事？

家眷大觉理亏，羞愧地说道，我不过是问一问，你还真生气。

接下来的事情又有些不妙，一天中午，我在办公室里刚吃完最后一口午饭，大弟弟就突然“猫”进来。之所以说“猫”，是因为他也不敲门，而是把门推开一条缝，把头探进来。看到果然是我，就闪身而进。也不用让，自己就找到了座位。他把一只布袋放在膝盖上，不停地抖腿。

我问他吃饭了没有，他一笑，打开手中的布袋，拿出一只馒头，“自己带着呢。”他一边啃着馒头，一边说：“大哥，我也不绕弯子，之所以冒猛子（冒昧）来你这儿，是要你办件事。”

“什么事？”

“把我的家搬到平原，离你们近一点儿。”

“好好的搬什么家？”

他说，大哥你看，父母为什么在山里老家给我盖了房子？是要把我留在他们身边，给他们养老送终。眼下情势变了，一个去世了，一个投奔你了，我就没用了。没用还是小事，问题是母亲、三弟和你都在平原，而独独把我留在大山里，没着没落的，心里凄惶。心里凄惶还是小事，问题是山里太荒蛮，既没有收入来源，生活上又有种种不便，比如家人就医，孩子上学，都是难事，如果没有你们的照应，我会越混越惨。

我说，道理是这个道理，但举家搬迁，不是一件简单的事——得有接收你的村子，还要重新盖房。更主要的是，你人搬出来了，未必就能活。在山里，即便是没钱买煤，但是有漫山的柴草，只要你不懒，照样能烧饭取暖；即便是没钱买粮，但是山场广阔，只要你肯开垦，照样是粮食丰收瓜菜满园。到了平原，一切就不同了，水电气暖都靠买，柴米油盐都须钱，也就是说，生活成本要成倍成倍地增长，而你当矿工的那点收入，是远远不能应付的。而且，煤矿开在山里，你当矿工基本是属于门前就业，每天都能和家人团圆在一起，幸福在亲情里。

他说，道理是这个道里，但我必须迁出来——俗话说，人挪活，树挪死，一辈子生活在巴掌大的一个小地界，山还是那座山，梁还是那道梁，是永远不变的树木和牲畜，总是老旧的事物，即便是活着，也跟死了一样。

见他主意已定，我不禁叹道："这可是一件难事，恐怕我办不来。"

他嘻嘻一笑："办不来也得办，谁让你是我大哥呢。"

这种理直气壮的口气让我有些反感，我说："是大哥怎么了，哥们之间能给的是力所能及的帮助，没有'必须'的义务，不像父与子之间，养儿是债，爹对儿女有天经地义的垂顾与担当。"

大弟眼前一亮，狠狠地啃了一口馒头："俗话说，长兄如父，也甭俗话说了，谁让咱爹死得早，在我眼里，你就是爹了，爹……"

他居然能叫出口来，而且一边叫着，一边就要给我跪下。这始料不及的动作，让我震惊，我在他屈下来的膝盖上狠狠地踢了一脚："给我站直了！"

他身子是站直了，但馒头却卡在嗓子眼上，他满脸通红，憋出了大颗大颗的眼泪。我送给了他一杯水。他响亮地咽下去之后，长出了一口气，然后就傻笑不止。

这时候，我又想到了他妻姐"开"出的嫁妹条件：因你是县上的干部，有门路、有实力，将来我妹妹一家人生活有什么困难，你必须管。我当时是毫不犹豫地应承了的，如果不能兑现，不仅会被大弟妹和她的娘家人小看，还会怀疑我的人品，所以，他的要求，我必须满足。"试试看吧。"我说。

"大哥究竟是大哥。"大弟眼里放出光芒。

我知道，我又一次被亲情绑架了，所以面对眼前的大弟，我感到他很陌生，而且有一种隐隐的憎恶，觉得他的赞美有假惺惺的味道。

接下来就去运作。我找到了县山区办的主任。

主任也是山里出身，捯家谱还算是一个远方的亲戚，所以他听了我的来意之后，并没有打官腔，很坦率地对我说——你们那个村子，属泥石流多发地区，还是具备搬迁条件的，但是两年前县里动员整个村子集体搬迁，却被全体村民拒绝了。其中的原因，表面上是他们索要的附带条件太多、太苛刻，超出了有关的政策规定，实际上是他们故土难离，从感情上就根本不愿意搬。搬迁工作的前提，是自愿，既然不情愿，就搁置了。你弟弟现在想搬迁，属于散户，原则上是不办理的，你既然亲自来了，横竖我也要卖给你个面子，但搬迁补助就免了，因为搬迁补助对集体不对个人，非要享受的话，手续很麻烦，乡、县、市，层层审批，很费周章。

我说，在平原安家，建造新房，需要很大的一笔费用，像我弟弟这样的小门小户、穷家破业的，如果不享受国家的补助，他还真的搬不起。所以，即便是费周章，您也要担待。

他说，你不知道我们的工作性质——我们因为做的是民生工作，在人们的眼里好像理所应当地就应该任劳任怨，干好了，也没人表扬，稍有迟误，就被人们放大，认为我们不作为。所以，我们这个群体，长期被漠视，评劳模、评先进，从来没我们的份。急需要有人能为我们正名、张目，给我们应有的荣誉。

我知道他的意思，他知道我是写文章的，而且在县里有不小的名气，他对我手中的笔有期待，而我又是县政协的中层干部，属上级领导，他不好意思公然役使。我便说，您放心，我愿意做一点这方面的工作。不过，我老弟搬出来了，在老家落户的，就还剩下一个老母亲，索性就一同都办了。

他眼前一亮，那好，你写你的文章，我办我的手续，咱俩齐头并进，希望早日开出合作之花。

我也知道，这是一次不对等的合作，因为他是在终点原地等待，而我是从起点拼命奔跑，赶去与他会合。当我一篇充满深情的报告文学《奇葩开自大地》在市级报刊发表之后，他打电话给我，说您来一趟，您老弟和老母亲的手续办好了。见了面，他对我说，手续是办了，但有个前提条件，老家的房子都要拆掉。

为什么？

因为搬迁的理由是泥石流，如果老房子里再住人，出了问题谁负责？

我说，在保证不再住人，更不会出租的前提下，你能不能把我母亲的老屋给我留下？

为什么？

母亲的老屋是我的出生地，而我大小也是个文化名人，而名人故居对一个地区来说，多少还是有些文化意义的。

享受政策搬迁，就必须拆掉老屋，这是铁律，没得商量，他露出一丝嘲笑，说，你们文人就是好名，在生存的硬道理面前，虚名无用。

于是，为了获取几文拆迁补助，凸凹故居顷刻间灰飞烟灭。当灰尘散去，看着那丑陋的残垣断壁，我哭了，因为我成了一个没有来路和出生记忆的人。那时我就下意识地想，凸凹的文运或许会因此而大打折扣，因为哪一个巨匠和大师，没有祖屋、没有故居？那是文曲星的星座！

后来，当大弟和母亲搬进平原的新居的时候，一个女人也放声大哭。

是家眷。

那个山区办主任作为监督人，见证了我在祖屋前的一哭，他当时脸上抽搐了一下。不久他破天荒地被评上了出席北京市的山区工作先进个人，便对我在感激之余也生出悲悯，对我说，您老弟和老母在平原建房时，我会亲自监工。依规定，搬迁户的新居由接收村落的村委会义务施工，所以，有他的到场，工程质量就有了根本的保障；不仅有了屋宇，就连院墙也一并垒上了。

家眷是在看到那规整的院墙之后，触景生情，忍俊不禁而哭。她嘟囔道，我那可怜的向日葵啊！

2015年7月8日至9月8日于北京石板宅慨然而书

错位之思

小引

进入 7 月，天气且闷且热，思维凝滞，懒做长思，但总有散碎念头，疏忽闪现，捕捉下来，颇有玩味处，故记之。

一

在儿时，母亲有一双美丽的手，纤长、白皙，但却不善女红。女人们的针线活计一放到她手里，立刻就变得异常笨拙，纳鞋底时，常把针脚扎到自己的手上，布面上便血迹斑斑。但她依然要勤勉地纳，因为有三个顽皮小儿等鞋穿，她要怜惜他们的脚。待手艺渐渐地娴熟起来，她的手也渐渐地变了形，手指短粗、弯曲，即便是抚在平展的几案上，也放不平。

她自己都笑，自嘲道："这是人手吗？"

然而，现在的她，都到了七老八十的年纪，一双丑陋的手却异常灵巧，不仅把鞋垫纳得美轮美奂让人不忍心穿，还能剪出线条繁复、构图精细的窗花，让人不忍心在窗上贴。酷暑当前，买来的T恤，沾在身上，让人心烦，她笑笑，拿过一块家常白布，转眼之间就给我裁剪出一袭褡裢，穿上之后，在大堤上散步，既爽身又典雅，有老北京人的气派，很文化。

也是在儿时，母亲有个袅娜的身姿，即便是在硬冷的石头村路上，也走得柔软温暖。乡下人管这种身姿叫“风摆柳”，能让男人产生联想。但这个属于赏月眠迟、成就浪漫的身姿，却要负重——上山背粪肥，下山背苞米和谷黍。渐渐地把腰背驼了，把腿背撇了，到了现在，即便是走在平阔的街道上，也像满目崎岖、坎坷，蹒跚而瘸。她脸相端庄，步态老丑，都觉得可惜了。

她自己打趣道：“怜惜步子，就怜惜不了肚子，身子重了，日子才过得轻松，老天对人是公平的。”

她从不自哀、自怜，内心洒满阳光。

现在的她，虽身姿老丑，却不管不顾地在街上行走，好像她又回到了年轻的时光。她到建筑工地捡砖头瓦块、破铜烂铁，到商店酒肆门前捡塑料袋、包装盒、易拉罐和啤酒瓶子。她多有所得，且常跟收破烂的小贩计较斤两，眼睛发亮，乐在其中。

儿女们碍于虚荣，纷纷劝阻，说，您腿脚已不灵便了，应该养在家里，却满世界捡，外人见了，会对我们产生质疑。母亲说，正因为腿脚不灵便了，才需要动，这跟年轻时不同，年轻时是为了填乎日子，不得不动，现在是为了心里盈满，乐意动。动一动就满心欢喜，觉得活出了自己。

从母亲身上，我想到了什么是岁月。所谓岁月，就是无论如何都要过的日子，这其中的行止，都是被迫的动作，因为人不能左右，只能顺应。生活的状态就常出现错位——就一如母亲的手，美丽时笨，丑陋时巧；也一如她的身姿，袅娜时应该花前月下，却负重；滞重时应该颐养天年，却不安于闲。

因为岁月不居，心灵的深处，就多了生命的沧桑之感。这种沧桑，其实是一种厚重的存在，即面对生活的种种错位，不再诧异、不再惊恐，更不再抱怨，而是以豁然的心境，泰然处之，做到随遇而安，这一如撮盐入水毕竟要咸，刺破的伤口即便是再小也会流血，没有什么值得大惊小怪的。这样一来，人就自在了，从被动的顺应，到主动的顺生，最后进入乐生之地，俗生活也有了佛门禅意。母亲在拾荒中的乐此不疲，或许就有了此中意味——虽然她浑然不知，但我知。

二

儿时的我，矮小而瘦，胆子却出奇地大。遇邻里纠纷，我会抢先冲出去，争辩不过，就动拳脚，甚至还有更极端的行动。譬如十二岁那年，夏季缺粮，人们饿，山杏进了场院，人们便抢食充饥。母亲与队长素有不和，便把她独从人群中赶出。我闻讯从墙上摘下猎枪，愤然指向队长。队长说，你甭拿枪吓唬我，我不吃这一套。我微微一笑，毫不犹豫地扣动了扳机，一条火舌就擦着队长的头皮蹿过去（这自然是我算计好了的角度）。队长被吓得一屁股坐在地上，很久很久说不出话来。队长从此留下后遗症，只要我一走近他，他就手足无措，面带谄笑。

怕我惹祸，再遇争执，母亲总是把我夹在腋下、拢在胯间。这就产生了奇特的感觉——因为是从母亲的胯下看人，明明是上蹿下跳的人影，却总是半个身子，对方一点也不威武；明明是面红耳赤、高声叫嚷，却听不清声音，只看到夸张的嘴唇徒劳地翕动，便失了动魄之功。心中的旺火就没了冲腾的理由，渐渐地熄了下去，到了最后，竟觉得对方有些许可怜，轻蔑地一笑，扯淡。

儿时的我，即便是瘦小无力，也莫名其妙地觉得强。母亲到山顶的堰田去点种，我也执意地跟去。我对她说：“有我在，你会省不少力气。”

堰田离家颇有段路径，便装了干粮和水。堰田很窄，正容我与母亲并排点种。起初还与母亲保持相同的节奏，愈到后来愈跟不上母亲的步调了，便被母亲远远地甩在身后。母亲回过头来，看着她气喘吁吁、力不可支的儿子，怜爱地微笑着。但在我眼里，她的笑疑似嘲弄，我便愤怒地追赶，不让她拉下。到中午了，我便感到了极端的疲乏，筋骨似被抽去。母亲将干粮摊在地头，我却无一点胃口。这时我总想笑，神经有一种莫名的兴奋。我呵呵地笑起来：看到一只蚂蚁爬进地隙里，呵呵地笑；看到一尾蛲虫在树梢上蠕动，也呵呵地笑。

“你是累脱了神经了。”她说。

待我把下巴笑酸了，眼皮也重得再也睁不开了，我极想睡上一觉。

“你就在干草上仰一会儿吧，但千万别睡着了，四月的风还硬哩。”母亲说。

母亲独自点种去了，我依旧在干草上仰着。怕我睡着了，她隔上一会儿就喊我一声。对她的这种母性的呵护，我感到很烦，便没好气地喊道：“就好好地点你的地吧，我不用你管！”

既然不让睡，我就仰面望天空。山顶上的天空，因为再没有山树的遮蔽，就显得特别空阔。空阔之上，也无一丝云，就蓝得无边无际。一只苍鹰在上边翱翔，虽然不断振翅，却看不出在飞，好像一直就停在那里。

再回看母亲——不老的山谷，一片空茫；荷镐而立的一介农妇，相映之下，渺小如蚁，几近虚无。

我心头一酸，想到，连苍鹰在空阔处都显得小，何况在空茫大地上的一介妇人？便感觉到了母亲的微不足道，从此以后我对她就不再苛求，即便衣不保暖、食不疗饥，也默默承受，无一丝抱怨。

现在的我，不仅身形伟岸，气壮如牛，而且还得到了许多额外的拥有，譬如官位，譬如文名，在外人看来，是有力量、有分量的人了，足可以傲然挺立，纵横左右。然而却出奇地随和，出奇地谦卑，努力淡化自己的存在。遇到人事纠纷，总是先找自己的短处，在得理处也让人；遇到文场争雄，总是看到自己的不足，即便优势在我，也矮下身来向别人送上敬意。至于嘲讽讥笑和恶声恶语、肢体冲突，更羞于使用，觉得那样的行径，只能说明自己的内心之虚、人格之鄙，几近于丑。

现在想来，除了有后天修养的作用之外，根本的，还是源自儿时的经历——那空阔的天空、苍茫的大地上的生命暗示。苍鹰之小、人力之微，是无声的天启，让人懂得敬畏，从而师从自然、内敛守成，以目空一切、自我膨胀、自以为是为耻。

2016年7月10日于北京石板宅